Schönes Ende

BROKEN BOW
BUCH EINS

ASHLEY A QUINN

TCA PUBLISHING LLC

ISBN: 978-1-959943-37-2

Verlag: TCA Publishing, 216 N Hayes St., Bellefontaine, OH 43311

Ansprechpartner: ashley@ashleyaquinn.com

Hast du jemals ein Bild betrachtet und gedacht: »Wow. Dahinter steckt eine Geschichte!« Genau so ist dieses Buch entstanden. Eine Autorin, der ich auf Instagram folge, postete ein Bild von den Ruinen einer alten Mission auf dem texanischen Land. Sofort dachte ich: »Was für ein großartiger Ort, um eine Leiche zu verstecken.« Und so wurde »Schönes Ende« geboren. Dieses Buch begann als kleine Idee – die eines Serienmörders, der an einem abgelegenen Ort agiert. Es entwickelte sich zu einer ganzen Welt rund um eine Rancherfamilie. Diese Figuren nahmen mich mit auf eine Reise, bei der ich manchmal selbst nicht wusste, wohin das Boot steuert. Aber ich mag den Weg, den wir gemeinsam gegangen sind, und ich hoffe, du tust es auch.

Wenn dir dieses Buch gefällt, hinterlasse bitte eine Rezension, wenn du fertig bist. Das würde ich sehr schätzen.

Du kannst dich für meinen Newsletter anmelden, um exklusive Vorabeinblicke in diese Reihe und andere Goodies zu erhalten unter https://ashleyaquinn.com/deutsch

Danke fürs Lesen!

-Ashley

KAPITEL

Eins

»Bist du sicher, dass wir hier sein dürfen?« Die Augen des Mädchens wanderten über das raue Gelände, sprangen von einem Objekt zum nächsten, auf der Suche nach Gefahr. Nichts als robuste Kiefern, die im Wind schwankten, und der azurblaue Himmel begegneten ihrem Blick. Sie waren allein auf dem Berg, aber trotzdem kroch Beklemmung ihre Wirbelsäule hinauf.

»Entspann dich mal, ja? Dieser Ort liegt mitten im Nirgendwo. Wer soll uns hier schon sehen? Die Bären?«, sagte ihr Freund, während er sich über den unebenen Boden seinen Weg zu den Ruinen des alten Gehöfts bahnte, auf das sie gestoßen waren.

Sie schluckte und sah sich erneut um. An Bären hatte sie nicht gedacht. Ein Schauder lief durch sie. Sie hätte es tun sollen. Es *waren* schließlich die Rocky Mountains in Colorado.

Während sie ihm folgte, achtete sie auf ihren Tritt. Steine und kleine Felsbrocken übersäten die Landschaft. Das Letzte, was sie brauchte, war über einen zu stolpern und sich den Knöchel zu verstauchen. Trent könnte sie niemals zum Auto zurücktragen. Sie wollte nicht hier im Freien sitzen müssen, ganz allein auf Hilfe wartend.

Sie erreichten die verfallene, holzgerahmte Hütte mit zwei Zimmern. Sie betrachtete sie skeptisch. Die Hütte neigte sich so weit nach rechts, dass es aussah, als könnte ein kräftiger Windstoß sie umwerfen.

»Ist das sicher?«

Trent zuckte mit den Schultern. »Sie steht doch noch, oder?« Er nahm ihre Hand und zog sie zum Gebäude hin. »Komm schon.«

Sie folgte ihm durch die Türöffnung, blieb aber abrupt stehen, als ein ranziger Geruch sie überfiel. »Ugh! Es riecht, als wäre hier etwas gestorben.« Sie bedeckte ihre Nase mit ihrem Ärmel und versuchte, flach durch den Mund zu atmen, während sie sich umsah. Ihre Augen tränten, und sie kämpfte darum, ihr Mittagessen da zu behalten, wo es hingehörte.

Die Hütte war innen größer, als sie gedacht hatte. Die Küche lag direkt vor ihr. Eine Arbeitsplatte verlief entlang der Wand, und auf den Regalen darüber standen noch ein paar Blechbecher. Zu ihrer Rechten stand ein Tisch, der aussah, als würde er zusammenbrechen, wenn sie auch nur ihren kleinen Finger darauf legte. Zu ihrer Linken befand sich ein Sitzbereich. Ein alter Schaukelstuhl lehnte betrunken neben einem mit jahrzehntelangem Staub und Spinnweben bedeckten Holzofen. An der gegenüberliegenden Wand stand ein Schreibtisch, dessen Oberfläche mit Vogelkot und wer weiß was noch bedeckt war. Dahinter führte eine Türöffnung in das, was sie für das Schlafzimmer hielt.

Sie ließ Trents Hand los und ging in diese Richtung. Je näher sie kam, desto schlimmer wurde der Gestank. Sie drückte ihren Ärmel fester gegen ihr Gesicht und versuchte, nicht zu würgen.

»Oh, das ist schrecklich. Ein Tier muss hier reingewandert und gestorben sein.« Sie trat über die Schwelle und erstarrte. Ein Schrei riss sich aus ihrer Brust, und sie stolperte entsetzt zurück.

»Was? Abigail?« Trent rannte zu ihr, seine Hände packten ihre Schultern, um sie zu stützen.

Sie zeigte auf das Schlafzimmer, Tränen liefen über ihr Gesicht. »Da drin liegt eine tote Frau!«

Trents Augen schnellten zur Türöffnung und weiteten sich. »Was?«

Er eilte vorwärts, während sie ihren Rückzug zur Haupttür fortsetzte.

»Oh mein Gott.« Trent würgte, als er das Bild erblickte, das sich nun in ihr Gehirn eingebrannt hatte. Auf dem Bett lag eine Frau in einem Hochzeitskleid, einen Blumenstrauß zwischen ihre Brüste geklemmt. Gesprenkelt und aufgedunsen starrte sie mit trüben Augen ausdruckslos zur Decke.

Trent drehte sich um. Seine Stiefel schleiften über den abgenutzten Holzboden, als er auf Abigail und den Ausgang zustürmte.

»Lass uns gehen. Wir müssen den Sheriff rufen.«

Das musste er ihr nicht zweimal sagen. Sie rannte aus der Hütte und die Böschung hinauf, flüchtete in den Wald, den Weg zurück, den sie gekommen waren. Schluchzer erschütterten sie. Ihr Atem hickste ein und aus, ließ sie zwischen den Schluchzern nach Luft schnappen. Das Bild dieser Frau würde für immer in ihr Gedächtnis eingebrannt sein.

KAPITEL

Zwei

»Nun, das ist wirklich ein Schlamassel, oder?«

Sheriff Sebastian Archer blickte zu Caleb Bering auf, seinem Stellvertreter, während er neben der Leiche kauerte, die über das antike Bett in dem alten Anwesen ausgestreckt lag. Er richtete seine langen Beine auf und trat zurück, um den Gerichtsmediziner hereinzulassen, der seinen Kopf hinter Caleb hervorgestreckt hatte.

»Allerdings.« Er nickte dem Gerichtsmediziner zu. »Hey, Alex.«

Dr. Alex Randall betrat den kleinen Raum und rümpfte die Nase wegen des Geruchs.

»Sheriff.« Er zog eine Maske über sein Gesicht und ließ seinen prüfenden Blick über die Leiche auf dem Bett schweifen. »Jesus. Wer hat sie gefunden?«

»Mein Patenkind und ihr Freund. Sie waren wandern und beschlossen, diesen Ort zu erkunden.«

Alex stellte den Koffer ab, den er trug, und kniete sich neben die sterblichen Überreste der Frau. »Das ist schrecklich. Geht es ihr gut?«

Er runzelte die Stirn. Abigails wässrige blaue Augen blitzten in seinem Gedächtnis auf, zusammen mit dem zitternden Lächeln, das sie ihm schenkte, nachdem er sie in eine Umarmung gehüllt hatte. »Sie ist erschüttert, aber ich glaube, sie wird es überstehen. Sie ist ein hartes Mädchen. Ich habe sie und Trent zurück zur Wache geschickt, um formelle Aussagen aufzunehmen. Ich bin nur hier geblieben, weil ich deine ersten Eindrücke bekommen wollte.«

Der Gerichtsmediziner stieß einen Atemzug aus und wandte sich wieder der Leiche zu. »Nun, sie sieht ziemlich übel aus, aber sie ist noch überwiegend intakt. Basierend auf der Zersetzung und Insektenaktivität würde ich sagen, der vorläufige Todeszeitpunkt liegt etwa eine Woche zurück.«

»Kannst du feststellen, was sie getötet hat?«

»Möglicherweise Erwürgung. Es gibt einige Verfärbungen um ihren Hals, die nicht durch die Totenflecken verursacht wurden.« Er deutete auf die verdunkelte Haut am Hals der Frau und blickte dann zu Sebastian auf. »Ich werde mehr wissen, nachdem ich eine Autopsie durchgeführt habe.«

Seb nickte. »Bist du sicher, dass dein Büro das handhaben kann? Ich kann den Staat einschalten, wenn du denkst, dass du Hilfe brauchst.«

Alex runzelte nachdenklich die Stirn, schüttelte aber den Kopf. »Ich habe Hunderte von Autopsien durchgeführt, als ich beim Gerichtsmediziner in Salt Lake City war. Ich muss vielleicht einige der Proben einschicken, aber die Autopsie selbst wird kein Problem sein.«

»Gut.« Sein Bezirk hatte Glück, einen so erfahrenen Gerichtsmediziner zu haben. Seb war dankbar, dass Alex Randall des Stadtlebens überdrüssig geworden war und ein langsameres

Tempo suchte. Das bedeutete, dass er früher damit beginnen konnte, den Mörder dieser Frau zu finden.

»Ich werde zurückfahren und mit Abigail und Trent sprechen. Deputy Bering wird hier sein, wenn du etwas brauchst.« Er deutete auf Caleb, der gerade außerhalb der Türöffnung stand und hereinschaute.

Caleb gab dem Arzt ein kurzes Nicken.

Sebs Stiefel hallten auf dem Holzboden wider, als er an seinem Stellvertreter vorbei die Hütte verließ. Draußen hielt er kurz inne und atmete tief die saubere Bergluft ein, um den Geruch der Verwesung aus seinen Nasenlöchern zu vertreiben. Selbst mit der Mentholsalbe, die er sich unter die Nase gerieben hatte, bevor er hineinging, drang der Geruch noch hindurch und verdrehte ihm den Magen. Es gab nichts so Übles wie den Gestank verwesenden Fleisches.

Er nickte einem weiteren seiner Deputies zu, der nach Beweisen suchte, und machte sich auf den Weg zurück durch die Bäume. Er freute sich nicht auf diese Befragungen, und nicht nur, weil er Abigail liebte. Er konnte sich nicht vorstellen, in ihrem Alter auf so etwas zu stoßen, und hasste die Vorstellung, dass er sie das Erlebte noch einmal durchleben lassen musste. Aber er brauchte alles, was sie ihm geben konnten, wenn er diesen Kerl aufhalten wollte, bevor er wieder tötete.

Nachdem er diese Szene gesehen hatte, hatte er keinen Zweifel daran, dass es einen weiteren Mord geben würde, wenn seine Abteilung den Mörder nicht schnell fand. Es schrie förmlich Serienmörder.

London Scott knallte die Autotür zu, eilte die Stufen zur Polizeistation hinauf und riss die Tür auf. Ihr Herz schlug ihr immer noch bis zum Hals nach dem Anruf, den sie gerade erhalten hatte.

»Hallo, London. Kann ich Ihnen helfen?«

Angst trieb sie zum Plexiglasfenster und der weiblichen Beamtin, Alaina Wilder, die den Schalter bediente.

»Ja. Ich habe gerade einen Anruf wegen meiner Nichte Abigail bekommen? Geht es ihr gut?«

Deputy Wilder lächelte beruhigend. »Es geht ihr gut. Sie ist etwas erschüttert, aber unverletzt.«

Londons Schultern sackten herab, und ihr Herz beruhigte sich ein wenig.

Die Frau schob ein Besucherbuch in ihre Richtung und einen Besucherausweis. »Kommen Sie durch, ich bringe Sie zu ihr.« Die Tür zu ihrer Rechten summte.

Begierig, ihre Nichte zu sehen, unterschrieb London im Buch, schnappte sich den Ausweis und trat durch die Tür, um die Beamtin im Flur zu treffen. Wilder führte sie den Korridor entlang, vorbei an mehreren Aufnahmeräumen.

Sie bog an der Kreuzung nach links ab und blieb vor einem Raum mit Jalousien vor den Fenstern stehen. London sah Abigail auf einer Couch sitzen, die Knie angezogen und ihr erdbeerblondes Haar ein wirres Durcheinander.

Die Beamtin öffnete die Tür und führte sie hinein. »Ich lasse euch beide allein. Wenn ihr etwas braucht, gibt es eine Sprechanlage an der Wand. Drückt einfach den Knopf für den Hauptschalter. Der Sheriff wird bald kommen, um mit euch zu sprechen.«

London dankte ihr und trat in den Raum. Sie eilte an Abigails Seite und setzte sich neben sie, umarmte das Mädchen an ihrer Brust.

»Oh, Liebes. Geht es dir gut? Was ist passiert? Der Deputy, der mich anrief, sagte nur, du seist in einen Vorfall verwickelt gewesen. Was ist los?« Sie streichelte Abigails Haar und wiegte sie sanft.

Abigail schniefte heftig. »Trent und ich haben eine verlassene Hütte gefunden, während wir wandern waren«, sagte sie mit wässriger Stimme. Sie setzte sich auf, um London in die Augen zu sehen. »Wir gingen hinein, um nachzusehen, und es roch schrecklich. Ich dachte, wir würden einen toten Kojoten oder ein Reh sehen. Aber da war eine-« Sie brach mit einem erstickten Schluchzen ab, schluckte es aber schnell herunter. »Da war eine tote Frau drin.«

London zog Abigail wieder an sich und hielt sie fest. Sie schloss die Augen und atmete tief durch, um sich zu beruhigen, während sie ihre Nichte tröstete. Was für ein Anblick. Sie hoffte, dass dies Abigails Albträume nicht zurückbringen würde. Das Mädchen hatte so hart daran gearbeitet, dahin zu kommen, wo sie jetzt war.

Die Tür öffnete sich, und London sah, wie der Sheriff eintrat. Sebastian Archer war ein großer, dunkelhaariger Mann. Seine breiten Schultern spannten die Nähte seines Uniformhemdes, und seine Jeans umspannte muskulöse Oberschenkel. Seine warmen, dunkelbraunen Augen trafen ihre, und er lächelte sanft. Londons Bauch machte einen kleinen Salto, wie immer, wenn er in der Nähe war. Er war ein ziemlich gut aussehender Mann.

»Hey, London«, sagte er, trat in den Raum und schloss die Tür. Er ließ sich in den Sessel gegenüber der Couch sinken. Abigail drehte den Kopf von der Schulter ihrer Tante, um ihn anzusehen. »Hi, Abigail. Ich weiß, dass das, was du gesehen hast, traumatisch war, aber ich muss dir ein paar Fragen stellen.«

London klammerte sich noch einen Moment fester an ihre Nichte, bevor sie sie losließ. Abigail setzte sich auf und wischte sich die Tränen vom Gesicht, fasste sich wieder.

London spürte einen Anflug von Stolz über die Reife, die ihre junge Nichte zeigte.

»Was willst du wissen?«

»Warum seid ihr und Trent zu der Hütte gegangen?«

»Das war nicht geplant. Wir sind nur wandern gegangen und haben sie gefunden. Trent fand sie cool und wollte hineinschauen, also haben wir das getan.«

Ein leichtes Stirnrunzeln verunstaltete sein Gesicht. »Also wusste er vor heute nicht, dass sie dort war?«

Abigail schüttelte den Kopf. »Ich glaube nicht, nein.«

»Okay. Hast du bei deiner Wanderung etwas gesehen, das ungewöhnlich erschien, oder etwas Seltsames gehört?«

Die Augen des Mädchens wanderten hin und her, während sie zurückdachte. Nach einem Moment schüttelte sie erneut den Kopf. »Nein. Es war ruhig außer dem Wind und gelegentlichen Vogelgeräuschen.«

»Hast du jemanden auf dem Parkplatz gesehen?«

»Nein, aber da war ein anderes Auto.«

Sebastian setzte sich etwas gerader hin. »Wie sah es aus?«

»Es war ein blauer Honda Limousine. Neuer.« Abigail zuckte mit den Schultern. »Ich habe dem nicht wirklich viel Aufmerksamkeit geschenkt. Es war weg, als wir zum Auto zurückkamen.«

»Was ist mit der Frau? Ich weiß, dass die Verwesung ihre Gesichtszüge verdeckt hat, aber kam sie dir irgendwie bekannt vor?«

Tränen stiegen Abigail wieder in die Augen. Sie presste den Handrücken gegen ihren Mund und schüttelte den Kopf. Eine einzelne Träne löste sich, und London zog sie an sich.

»Gibt es noch etwas, das du fragen möchtest, Seb? Wenn nicht, würde ich sie gerne nach Hause bringen.«

Er schüttelte den Kopf. »Abigail, wenn dir noch etwas einfällt, egal wie unbedeutend, ruf mich an.«

Das Mädchen nickte. London stand auf, ebenso wie der Sheriff, und zog Abigail auf die Füße.

»Wo ist Trent?« fragte Abigail, als er sich zum Gehen wandte.

»Ich habe gerade mit ihm gesprochen. Seine Eltern haben ihn nach Hause gebracht. Es tut mir leid, dass ich euch trennen musste, aber das ist Standardverfahren, damit ihr eure Erinnerungen nicht gegenseitig beeinflusst.«

»Ich bin sicher, er wird dich später anrufen, Abs«, sagte London mit sanfter Stimme.

Abigail nickte und führte den Weg aus dem Raum.

»Hey.« Sebastian berührte Londons Schulter, als sie an ihm vorbeiging. Schauer jagten ihren Arm hinunter. Sie bewegte sich leicht, sodass seine Hand wegfiel. Jetzt war nicht die Zeit, dass ihre Anziehung zu diesem Mann ihren hässlichen Kopf erhob. Sie bedeutete Abigail, voranzugehen, dann schaute sie zu ihm auf.

Er reichte ihr eine Visitenkarte. Sie sah darauf hinunter und runzelte die Stirn.

»Dr. Michael Santori?« Sie blickte wieder zu Sebastian auf und hob eine Augenbraue.

»Er ist der Psychologe der Abteilung. Abigail muss vielleicht in den kommenden Tagen mit jemandem sprechen. Michael ist über die Situation informiert und bereit zuzuhören.«

London schob die Karte in ihre Tasche. »Ich werde es ihr mitteilen. Wenn sie das Gefühl hat, dass sie reden muss, werde ich ihn anrufen.« Sie bewegte ihre Füße unruhig, begierig, zu gehen, bevor sie etwas Dummes sagte, wie es ihr um diesen Mann herum immer zu passieren schien.

Er legte eine sanfte Hand auf ihre Schulter und sendete weitere Schockwellen durch ihren Körper. London presste die Zähne gegen die Empfindung zusammen.

»Du kannst auch mich anrufen, wenn du etwas brauchst.«

»Nur weil Eddie weg ist, heißt das nicht, dass ich einen weiteren großen Bruder brauche.«

Sebs Kiefer zuckte. »Darum geht es nicht, London. Ja, dein Bruder war mein bester Freund, aber ich bin besorgt um Abigail. Was sie heute dort draußen gesehen hat-« Er brach ab und schüttelte den Kopf. »Ich will nur sicherstellen, dass es ihr gut geht und dass du weißt, dass du Unterstützung hast, wenn du sie brauchst.«

Etwas von der Steifheit verließ Londons Schultern. Er hatte recht. Abigail würde in den kommenden Tagen alle Unter-stützung brauchen, die sie kriegen konnte.

Sie ließ einen Atemzug entweichen. »Warum kommst du nicht morgen vorbei? Sie wird sich wahrscheinlich über die Ablenkung freuen.«

Er lächelte dieses kleine halbe Lächeln, das ihr Herz immer schneller schlagen ließ. »Das werde ich tun. Machst du sonn-tagmorgens immer noch Scones?«

Sie konnte nicht anders, als zu lächeln. Seit sie ihn kannte, hatte er eine Schwäche für Backwaren.

»Ja, mache ich.«

Sein Lächeln verwandelte sich in ein volles Grinsen. »Dann sehen wir uns morgen früh.«

London schaute weg, spürte, wie ihre Wangen heiß wurden, und nickte. »Ich sollte Abigail einholen. Wir sehen uns später.« Mit einem schnellen Blick in seine warmen braunen Augen eilte sie ihrer Nichte hinterher.

Seb sah London weggehen, seine Augen zeichneten die Linie ihres langen, anmutigen Rückens und die Kurve ihrer Hüften nach. Sie hatte sich im Laufe der Jahre zu einer atemberaubend schönen Frau entwickelt.

Er schüttelte den Kopf, um seine Gedanken zu vertreiben. Er hatte Wichtigeres zu bedenken als wie gut London Scotts Hintern in einer Jeans aussah. Zum Beispiel, warum er eine tote Frau in einem Hochzeitskleid in einem verlassenen Gehöft hatte.

Seine Gedanken wanderten zu Abigail. Er hoffte, dass es ihr gut gehen würde. Sie war ein hartes Kind und hatte in ihrem jungen Leben einige tragische Dinge durchgemacht. Mehr als ihren gerechten Anteil. Es schien nicht richtig, dass sie auch noch Teil von etwas so Grausamem wie einem Mord sein musste.

»Sheriff.«

Er drehte sich um und sah seinen Schreibtischserganten, Alaina Wilder, auf ihn zukommen.

»Caleb ist am Telefon für Sie. Er hat etwas.«

Mit einem dankenden Nicken ging Seb in sein Büro. Er umrundete seinen Schreibtisch, riss das Telefon aus der Halterung und drückte den Knopf neben dem blinkenden Licht, um den Anruf entgegenzunehmen.

»Hey, Caleb. Was hast du gefunden?«

»Ein heilloses Durcheinander, das ist es. Gentry wanderte auf der Suche nach Hinweisen umher und stolperte über die Überreste eines Feuers. Es waren Kleidungsstücke unter der Asche. Ich habe gesehen, was er gefunden hat. Es gab mehrere Stoffreste - mehr, als eine Person tragen würde, denke ich. Wir könnten ein zweites Opfer hier draußen haben.«

Seb fluchte lang und laut. »Okay. Sucht weiter. Ich werde die Staatspolizei anrufen und uns mehr Manpower besorgen. Wir müssen jetzt eine Rastersuche dort oben durchführen. Richtet einen größeren Umkreis ein und lasst mich wissen, wenn ihr noch etwas findet.«

»Wird gemacht, Chef.«

Seb widerstand dem Drang, das Telefon zu knallen. Er hatte vielleicht im Moment nur eine tote Frau, aber das fühlte sich definitiv nach einem Serienmörder an. Er hatte das FBI verlassen, um von solchem Scheiß wegzukommen. Das Aufregendste, was hier jemals passierte, war, als Robbie Knight einen halben Liter Whisky trank und beschloss, mit seiner Schrotflinte in die Luft schießend durch die Stadt zu fahren.

Er rieb seine Stirn zwischen den Augenbrauen und seufzte. Er nahm das Telefon erneut auf und wählte die Nummer der Staatspolizei. Er brauchte mehr Leute, um diese Hügel zu durchsuchen.

»Tante London, mir geht es gut. Wirklich.« Abigail seufzte müde. »Ich möchte einfach nur schlafen gehen.«

London saß auf der Kante von Abigails Bett und strich mit einer Hand über das seidige Haar des Mädchens. »Bist du sicher, dass du nicht bei mir schlafen willst?«

Abigail verdrehte die Augen. »Ich bin sechzehn. Ja, es war eklig und verstörend, aber es ist nicht wie-« Sie brach ab und holte zitternd Luft. »Es ist nicht wie damals, als Mom und Dad starben. Ich kannte diese Frau nicht und habe nicht zugesehen, wie sie starb. Ich komme schon klar.«

Was sie sagte, war logisch, aber London konnte sich nicht helfen, sich an das verängstigte, traumatisierte elfjährige Mädchen zu erinnern, das nach dem Tod ihrer Eltern zu ihr gezogen war. Abigail hatte diesem Mädchen wieder so ähnlich gesehen, als London sie früher von der Polizeistation abholte.

Aber sie hatte recht. Sie war kein Kind mehr. Und dies war nicht ihre erste Begegnung mit dem Tod.

Nach einem letzten Streicheln über das Haar ihrer Nichte tätschelte sie ihre Hand. »Okay. Ich lasse dich in Ruhe.« Sie stand auf. »Ruh dich aus. Wenn du etwas brauchst, ich bin gleich den Flur runter.«

Abigail lächelte sanft. »Ich weiß.«

London drückte einen sanften Kuss auf ihren Kopf. »Gute Nacht, Abs.«

»Gute Nacht, El.«

London schlich leise zur Tür, schaltete das Licht aus und schloss die Tür hinter sich. Im Flur nahm sie sich einen Moment zum Durchatmen, bevor sie die Treppe hinunterging, um das Frühstück für morgen vorzubereiten. Die Arbeit einer Pensionswirtin war nie getan.

Sie lächelte in sich hinein, während sie leise die Treppe hinunterging und versuchte, ihre Gäste nicht zu stören. Sebastians warme braune Augen blitzten in ihrem Gedächtnis auf. So sehr er sie auch verunsicherte, es wäre trotzdem schön, ihn am Morgen zu sehen. Trotz der Tatsache, dass er ihr Herz zum Flattern brachte, war er ein guter Freund. Sie wünschte nur, sie könnte ihre Anziehung zu ihm abschütteln.

Sie schüttelte den Kopf über sich selbst. Sebastian Archer war tabu. Er war der beste Freund ihres Bruders gewesen. Er war Abigails Pate. Es gab keine Möglichkeit, dass sie diese Beziehung jemals gefährden würde. Es war ja nicht so, als würde er sie jemals auf diese Weise ansehen. Sie war nur Eddies kleine Schwester. Die Nachzüglerin.

Aber Eddie war weg, und sie war nicht mehr das lästige Kind, das versuchte, cool zu sein und mit ihrem jugendlichen Bruder und seinen Freunden abzuhängen.

Sie seufzte, als sie um die Ecke des Gemeinschaftswohnbereichs bog und auf die Küche zusteuerte. Warum sie sich weiterhin mit Gedanken an Seb quälte, war ihr ein Rätsel. Das war eine solche Sackgasse, sie hatte blinkende Neonschilder mit der Aufschrift »ZUTRITT VERBOTEN«.

Die Haustür öffnete sich genau in dem Moment, als sie die Schiebetür zur Küche erreichte. London drehte sich um und sah den Mann mittleren Alters – Doug Brown – der geschäftlich in der Gegend war, durch die Tür schreiten. Ein Stirnrunzeln verunstaltete sein Gesicht.

»Guten Abend, Herr Brown.«

Er blieb mitten im Schritt stehen und schaute zu ihr herüber. Sein Stirnrunzeln glättete sich nur leicht. »Oh, hallo, Frau Scott.«

»Kann ich Ihnen mit etwas helfen? Sie sehen etwas gestresst aus.«

Er schüttelte den Kopf. »Nein. Nur die Arbeit. Sie scheint mich nie in Ruhe zu lassen.« Er bot ihr ein kleines Winken an. »Haben Sie eine gute Nacht.«

»Sie auch.«

Er war die Treppe hinauf und aus dem Blickfeld verschwunden, bevor sie sich überhaupt umdrehen konnte.

Was für ein seltsamer Mann.

Kopfschüttelnd schob London die Schiebetür auf und betrat die Küche. Sie wusste immer noch nicht, was ihn in die Stadt gebracht hatte, außer Geschäftlichem. Silver Gap, Colorado, war nicht gerade ein Hotspot für Führungskräfte. Sie hatten jedoch recht viel Tourismus.

Sie holte mehrere Schüsseln aus den Schränken und stellte sie auf die große zentrale Insel. Vielleicht war er hier für eine der Tourismusbranchen, überlegte sie. Oder er war ein Entwickler. Das klang wahrscheinlicher. Er war immer bis ins kleinste Detail gekleidet, selbst in Freizeitkleidung.

Stirnrunzelnd schaufelte sie Mehl in eine ihrer Schüsseln. Sie hoffte, er war nicht hier, um irgendein widerlich modernes Eigentumswohnungs- oder Wohnbauprojekt an der Seite des Berges zu errichten. Die Leute kamen hierher, weil es unberührt war. Wild. Nicht, damit sie einen Blick auf eine berühmte Persönlichkeit erhaschen konnten. Dafür waren die größeren Städte im Norden da.

Sie maß Zucker in eine andere Schüssel. Was sie dachte, spielte jedoch keine Rolle. Wenn er seine Häuser bauen wollte, würde er das tun. Sie konnte ihn nicht aufhalten, aber sie hoffte aufrichtig, dass er aus einem anderen Grund hier war.

Nachdem sie die Grundzutaten für die Scones vorbereitet hatte, die sie am Morgen backen würde, holte London die Tüte mit Mini-Schokoladenstückchen heraus, die Seb darin mochte. Sie würde seine Lieblingssorte machen sowie einen Schwung mit Blaubeeren.

Ihr Herz flatterte wieder bei dem Gedanken, ihn am Morgen zu sehen.

Nein!

Sie weigerte sich, diesen Weg heute noch einmal zu gehen. Sie verschloss ihre widerspenstigen Emotionen unter einem festen Deckel und beendete schnell ihre Frühstücksvorbereitungen, bevor sie wieder nach oben ging, um nach Abigail zu sehen.

Ein schneller Blick in das Zimmer des Mädchens zeigte, dass sie unter ihrer lavendelfarbenen Bettdecke fest schlief, ihre Lavalampe warf einen violetten Schimmer durch den Raum. Leise schloss London die Tür und ging den Flur hinunter zu ihrem eigenen Zimmer.

Sie zog sich schnell ein T-Shirt und weiche Baumwollshorts an und verkroch sich unter ihre Decken, auf der Seite liegend, mit dem Gesicht zum Fenster. Es hatte angefangen zu regnen, seit sie früher nach Hause gekommen waren, und Tropfen prasselten gegen das Glas, während der Wind durch die Bäume peitschte.

Was für ein bedrückendes Ende eines schrecklichen Abends.

Noch einmal kamen Sebastians dunkle Augen in ihren Sinn. Diesmal jagte sie das Bild nicht fort. Es half, ihre deprimierenden Gedanken über die Frau zu vertreiben, die Abigail und Trent entdeckt hatten, und ließ sie sich getröstet fühlen. Sicher. Sie hoffte nur, dass er den Mörder dieser Frau bald finden würde, damit ihre arme Seele in Frieden ruhen konnte.

Ein müdes Gähnen überkam sie, und sie kuschelte sich tiefer unter die Decken. Als sie die Augen schloss, hielt sie an dem Bild von Sebastians hübschem Gesicht fest, während sie in den Schlaf glitt.

KAPITEL

Drei

Als Seb am nächsten Morgen durch die Vordertür des B&B trat, umhüllte ihn der Duft von warmem Speck und frischem Kaffee. Er lächelte und entspannte sich sofort bei der Aussicht auf Londons Küche. Er und Eddie hatten ihr jahrelang gesagt, sie solle eine Bäckerei an das B&B anschließen. Dann starben Eddie und Camille und hinterließen ihr die Vormundschaft für ein sehr traumatisiertes junges Mädchen, und London hatte all ihre Träume auf Eis gelegt, um ihre Nichte großzuziehen.

»Onkel Seb!«

Er drehte sich um und sah Abigail die Treppe herunterlaufen, ihr erdbeerblondes Haar hüpfte in seinem hohen Pferdeschwanz.

»Hey, Knirps.« Er lächelte zurück und traf sie am Fuß der Treppe. »Wie fühlst du dich heute? Hattest du letzte Nacht Albträume?«

Sie runzelte die Stirn, ihre zierlichen Gesichtszüge, die ihrer Mutter so ähnlich waren, verzogen sich nachdenklich, als sie über die gestrigen Ereignisse nachdachte. Ihre blauen

Augen allerdings hatte sie ganz von ihrem Vater und ihrer Tante.

»Mir geht's gut. Ich hatte ein paar, aber nichts im Vergleich zu denen, die ich früher hatte. Ich werde nicht lügen und sagen, dass gestern nicht schrecklich war, aber ich komme ganz gut damit klar. Der Schock hat nachgelassen und jetzt frage ich mich nur, was mit ihr passiert ist. Hast du irgendwelche Hinweise?«

Seb legte beruhigend eine Hand auf ihre Schulter. Er war froh, dass es keine alten Ängste und Erlebnisse bei ihr wachgerufen hatte. Sie hatte einige schreckliche Albträume, nachdem ihre Eltern gestorben waren.

»Ein paar. Wir arbeiten daran. Ich hoffe, dass etwas dabei herauskommt.«

»Gut. Ich hoffe, ihr findet die Person, die es getan hat. Diese Frau verdient Gerechtigkeit. Niemand sollte jemals so behandelt werden. Also, bist du wegen Tante Londons Scones gekommen?«

Seb grinste. »Du weißt, dass ich das habe. Und wegen des Specks.«

Sie lächelte zurück. »Komm. Lass uns welche holen, bevor alles kalt wird.«

Abigail führte ihn in den großen Speisesaal neben dem Wohnbereich, wo London das Frühstücksbuffet aufgebaut hatte. Sie schaute auf, als er eintrat. Er konnte das kleine Kribbeln nicht unterdrücken, das ihn durchfuhr, als ihre Augen seine trafen.

Er setzte ein Lächeln auf und tat so, als würde er nicht mögen, wie ihr T-Shirt mit dem Logo des B&B ihre Brüste umschmeichelte, und ging zu ihr hinüber, wo sie gerade das Rührei auffüllte.

»Guten Morgen«, sagte sie.

Er ließ seinen Blick über ihr hübsches Gesicht wandern. Sie hatte sich nicht die Mühe gemacht, Make-up aufzulegen, und die Sommersprossen, die ihre Nase und Wangen übersäten, waren sichtbar. Seb liebte ihre Sommersprossen. Sie konnte so ernst sein, und sie verliehen ihr eine Schelmenhaftigkeit, die er bezaubernd fand.

Er räusperte sich und nahm einen Teller. »Guten Morgen. Das sieht alles toll aus.«

»Danke. Willst du Kaffee? Oder hast du dich heute Morgen schon darin ertränkt?«

»Hab ich, aber ich nehme immer mehr.«

Sie warf ihren langen, erdbeerblonden Zopf über ihre Schulter zurück. »Ich bin gleich wieder da.« Sie schaute an ihm vorbei zu ihrer Nichte. »Willst du Saft oder Milch, Abs?«

»Milch, bitte.«

London drehte sich mit einem Nicken auf dem Absatz um und ging in die Küche. Seb runzelte ihr hinterher die Stirn und fragte sich, ob alles in Ordnung war. Sie schien ein wenig genervt zu sein.

»Hast du sie verärgert oder so?«, fragte Abigail und legte einen Scone mit Schokoladenstückchen auf ihren Teller, womit sie seine Gedanken aussprach.

Er funkelte sie an. »Achte auf deine Sprache, junge Dame.«

Sie blinzelte zu ihm hoch und verdrehte dann die Augen. »Was auch immer. Also, was hast du getan?«

Seb zuckte mit den Schultern und begann, seinen eigenen Teller zu füllen. »Keine Ahnung. Vielleicht ist sie einfach müde.«

Abigail schnaubte. »Sie ist immer müde. Der einzige Unterschied heute ist, dass du hier bist.«

Das ließ Seb die Stirn runzeln. Er dachte an ihr Gespräch gestern zurück. Nichts, was er gesagt hatte, schien etwas zu sein, das sie hätte wütend machen können.

London betrat den Raum wieder mit einer Tasse Kaffee und einem Glas Milch. Sie stellte sie auf den Tisch und zog sich dann in die Küche zurück.

Sebs Stirnrunzeln vertiefte sich. Sie verhielt sich wirklich ein bisschen seltsam. Normalerweise lächelte sie und unterhielt sich mit ihren Gästen, während sie arbeitete. Er füllte seinen Teller fertig und stellte ihn auf den Tisch in der Nähe seines Kaffees, aber anstatt sich zum Essen hinzusetzen, folgte er London in die Küche.

Sie stand am Spülbecken, eine Tasse Kaffee in der Hand, und starrte aus dem Fenster.

»Hey. Alles okay?«

Sie zuckte bei seiner Stimme zusammen, und Kaffee schwappte über den Rand ihrer Tasse. Mit einer Grimasse stellte sie die Tasse auf die Arbeitsplatte. »Meine Güte, Seb. Gib einem Mädchen beim nächsten Mal eine Warnung.« Sie zog ein Küchentuch von der Rolle und tupfte ihre Hand ab, bevor sie sich umdrehte, um ihn anzustarren.

Er ging näher heran, bis er direkt vor ihr stand. Er nahm ihre Hand in seine und schob das Tuch weg, um den roten Fleck zu betrachten, den der heiße Kaffee hinterlassen hatte.

Sie zog ihre Hand zurück und ging um ihn herum zum Herd.

»Was willst du, Sebastian?«

Er drehte sich um, um sie anzustarren, seine Hände gingen zu seinen Hüften, ein stechender Schmerz der Verletzung durchzuckte seine Brust bei ihrer offensichtlichen Abweisung.

»Ich möchte wissen, was los ist. Du scheinst wütend zu sein. Sogar Abigail hat es bemerkt.«

Ihre Schultern sackten nach unten und sie drehte ein Stück Speck in der Pfanne um.

»Mir geht's gut. Nur müde. Es war eine lange Nacht.«

Er durchquerte die Küche, um neben ihr zu stehen. »Du bist nicht nur müde.« Er legte einen Finger an ihr Kinn und drehte ihren Kopf, damit sie ihn ansah. »Was ist los?«

Ihre blauen Augen suchten seine, bevor sie ihren Blick senkte, um auf seinen Hals zu starren. Sie zuckte mit den Schultern.

»Ich schätze, gestern hat einfach einige schlechte Erinnerungen zurückgebracht, das ist alles. Ich bin wirklich müde, also ist es einfach etwas schwieriger, damit umzugehen. Das, und ich mache mir Sorgen um Abigail. Warum musste ausgerechnet sie diese Frau finden?«

Sebs Hand wanderte zu ihrer Schulter. Er spielte mit ihrem Zopf, die seidigen Strähnen kühl gegen seine Finger. »Ich weiß nicht, El. Sie scheint aber gut damit umzugehen.« Er deutete auf den Essbereich, wo sie sie über etwas lachen hörten, das einer der anderen Gäste gesagt hatte.

London lächelte sanft. »Ja. Besser als ich.« Sie seufzte und wandte sich wieder ihrem Speck zu.

Er schnappte sich einen gekochten Streifen von dem Teller neben dem Herd. »Das liegt daran, dass du sie liebst und dich um ihr Wohlbefinden sorgst.«

»Ich weiß. Es ist jetzt meine Aufgabe, da Eddie und Camille nicht mehr da sind.«

»Unsere Aufgabe«, korrigierte Seb und stahl noch eine Scheibe Speck. »Ich bin da, wenn du jemals Hilfe brauchst, das weißt du.«

Sie blickte auf und schenkte ihm sein erstes echtes Lächeln des Tages. »Ja, das weiß ich.« Sie stapelte den Speck aus der Pfanne auf den Teller, nahm ihn hoch und reichte ihm ihn. »Hier. Mach dich nützlich und bring das da raus. Ich muss eine neue Kanne Kaffee machen und dann komme ich zu euch.«

Er nahm den Teller und gab ihr dann einen Kuss auf ihren erdbeerblonden Scheitel. »Beeil dich. Die Scones gingen schnell weg.« Er steckte sich ein weiteres Stück Speck in den Mund, drehte sich auf dem Absatz um und ging zurück in den Speisesaal.

Abigail runzelte die Stirn, als er eintrat, und fragte sich offensichtlich, warum er verschwunden war. Er schenkte ihr ein beruhigendes Lächeln, als er den Teller auf dem Buffet abstellte und sich dann neben sie setzte.

»Alles in Ordnung?«

Er nickte und nahm sein Messer, um seinen Scone zu schneiden. »Jep. Sie macht sich nur Sorgen um dich.«

Sie verdrehte wieder die Augen, typisch für einen Teenager. »Mir geht's gut, Onkel Seb.«

»Wir wissen das. Aber es ist unser Job, uns Sorgen zu machen. Sie wird okay sein.« Er tätschelte ihren Arm, bevor er sein Messer in die Butter steckte und sie großzügig auf seinen Scone strich. Er nahm einen Bissen und schloss die Augen in Ekstase, als die süßen, reichhaltigen Aromen seinen Mund füllten. Er liebte Londons Scones.

»Ich habe frischen Kaffee, falls jemand möchte«, sagte London, als sie den Raum betrat. Sie stellte die Edelstahl-Thermoskanne auf den Tisch mit dem restlichen Essen, dann nahm sie sich selbst einen Teller. Sie füllte ihn schnell und setzte sich neben Sebastian.

»Also, stell uns deinen Freund vor«, sagte eine ältere Frau am Ende des Tisches. Sie beäugte ihn und London mit einem verspielten Lächeln im Gesicht.

»Oh, ja. Natürlich. Alle, das ist Sebastian Archer. Er ist ein Familienfreund. Seb, das sind Herr und Frau Strattman und Herr und Frau Copeland.« Sie deutete auf die ältere Frau und den Mann, der neben ihr saß, dann auf das jüngere Paar ihm gegenüber. »Die Strattmans sind hier auf einem Stopp ihrer Tour durch die westlichen Bundesstaaten. Die Copelands sind auf ihrer Hochzeitsreise.«

Seb nickte ihnen allen zur Begrüßung zu.

»Die leider heute endet«, sagte Herr Copeland. Er machte ein Gesicht voller Bedauern und schaute zu seiner Frau hinüber. »Wir haben unseren Urlaub hier sehr genossen. Die Leute sind sehr freundlich, und diese Stadt war ein großartiger zentraler Ort für all die Orte, die wir besuchen wollten.«

»Das freut mich«, sagte London.

»Ja, London ist eine wundervolle Gastgeberin«, sagte Frau Strattman. »Sie hat uns ein wunderbares Restaurant empfohlen, und wir haben es gestern besucht – The Heartwood Grill. Haben Sie davon gehört?«, fragte sie Sebastian.

Er nickte. Er kannte es gut. »Ja. Die Besitzerin ist tatsächlich meine Schwester, und das Restaurant liegt auf der Ranch meiner Familie, The Broken Bow.«

Frau Strattman grinste breit. »Nun, haben Sie nicht Glück, zwei so erstaunliche Köchinnen in Ihrem Leben zu haben?«

»Wie lange seid ihr zwei schon zusammen?«, fragte Frau Copeland.

Sebs Augen weiteten sich und London verschluckte sich an ihrem Kaffee.

»Wir sind nicht zusammen«, sagte sie und wischte sich den Mund mit einer Serviette ab. »Er ist Abigails Patenonkel und der beste Freund meines Bruders.«

»Warum sollte euch das davon abhalten, miteinander auszugehen?«, fragte die junge Frischvermählte.

»Ja, warum, Tante London?« Abigail lehnte sich in ihrem Stuhl zurück und verschränkte die Arme, ein Grinsen im Gesicht. Seb verengte seine Augen zu Schlitzen, was nur das Funkeln in ihren Augen verstärkte.

London warf ihrer Nichte einen vernichtenden Blick zu, bevor sie Frau Copeland ein gezwungenes Lächeln schenkte. »Seb ist ein Freund, seit wir Kinder waren. Er ist ein nerviger Stachel in meinem Hintern.«

»Hey.« Empörung färbte Sebs Stimme.

Sie hob eine Augenbraue zu ihm, und er grinste sie an. Sie schüttelte den Kopf, ein reuevolles Lächeln brach hervor und vertrieb die Spannung.

»Also, ihr zwei seid zusammen aufgewachsen?«, fragte Herr Strattman.

Seb nickte mit einem Mundvoll Scone.

»Ich war der Anhang meines Bruders«, sagte London. »Eddie war sieben Jahre älter als ich. Im Sommer ließ meine Mutter mich mit ihm zu Hause. Er wollte natürlich mit seinen Freunden ausgehen. Ich versprach, Mama und Papa nichts zu sagen, wenn er mich mitnahm.«

»Wir sind viel gewandert, nicht wahr?«, sagte Seb und lächelte zu ihr herüber.

Sie nickte. »Unter anderem.« Sie wackelte mit den Augenbrauen, und er lachte.

»Du denkst an die Mine-«

Londons Hand schoss hervor, um seinen Mund zu bedecken. Sie warf einen Blick zu Abigail hinüber, ihr Gesicht drückte aus, dass er diesen Gedankengang nicht fortsetzen sollte.

Die Augen tanzten vor Heiterkeit über ihrer Hand, er nickte zum Verständnis.

»Was?«, fragte Abigail. »Was habt ihr in der Mine gemacht?«

London nahm ihre Hand weg und warf dem Mädchen einen tadelnden Blick zu. »Dinge, die dich in Schwierigkeiten bringen werden, wenn du es wagst, sie mit Trent und deinen Freunden auszuprobieren.«

Abigail warf dem immer noch grinsenden Sebastian einen schlauen Blick zu. »Du und ich müssen später reden, Onkel Seb.«

Er lachte wieder und tippte auf ihre Nase. »Netter Versuch, Knirps, aber ich schätze meine Haut.«

»Ja, ganz zu schweigen davon, dass dieser Ort verdammt ist«, fügte London hinzu.

Seb hob eine Augenbraue. »Das war er auch schon, als wir Kinder waren.«

Sie funkelte ihn an. »Du hilfst wirklich nicht, Sebastian.«

Er schob sich ein Stück Speck in den Mund und entschied, dass Schweigen wahrscheinlich seine beste Wette war.

Die anderen lachten.

»Ihr zwei seid so süß«, sagte Frau Strattman.

London wurde knallrot, hielt aber den Mund. Abigail kicherte. Seb grinste nur und genoss es, London zappeln zu sehen. Selbst nach über zwanzig Jahren machte es immer noch Spaß, sie zu necken.

Er lehnte sich in seinem Stuhl zurück und nippte an seinem Kaffee, genoss eine willkommene Pause mit seinen zwei Lieblingsmenschen auf der Welt und wünschte, er könnte genau hier bleiben. Doch allzu bald würde die reale Welt eindringen. Er hatte einen Termin mit dem Gerichtsmediziner.

MIT EINEM SEUFZEN HÄNGTE LONDON IHREN SPÜLLAPPEN ÜBER den Teiler im Waschbecken, endlich fertig mit dem Frühstücksgeschirr. Sie nahm den Teller neben dem Waschbecken, den sie für Herrn Brown vorbereitet hatte, und drehte sich um, um ihn in den Kühlschrank zu stellen.

Abigail kam herein, als sie die Tür schloss.

»Hey, Kleines. Bist du bereit für die Kirche?« London musste noch nach oben laufen und sich umziehen. Sie schaute auf ihre Uhr. Sie würden es knapp schaffen. Seb war länger geblieben, als sie gedacht hatte, und jetzt war sie in Verzug.

»Jep.« Sie hüpfte auf einen Hocker an der Kücheninsel. »Kann ich dich etwas fragen?«

Die Minuten tickten in Londons Kopf weg, aber sie lehnte sich gegen die Arbeitsplatte. Sie würde sich immer Zeit für Abigail nehmen. Gott würde es verstehen.

»Klar.«

»Warum waren du und Onkel Seb nie zusammen?«

Londons Augen weiteten sich und Abigail sprach hastig weiter.

»Ich meine, er ist ein gutaussehender Typ und du bist einfach wunderschön. Ihr versteht euch großartig und kennt euch seit einer Ewigkeit, also warum wart ihr nie mehr als Freunde?«

»Schätzchen, ich empfinde nicht so für Sebastian. Das habe ich nie.«

»Oh, das ist so ein Quatsch. Ich sehe, wie du ihn anschaust, wenn er nicht hinschaut. Ich sehe auch, wie er dich anschaut. Da ist offensichtlich ein Funke, also warum handelst du nicht danach?«

Sebastian schaute sie an, als ob er sie mögen würde?

Nein. London verwarf diesen Gedanken sofort. Seb war liebevoll, aber all seine Aufmerksamkeit war brüderlich. Er hatte nie irgendeine Art von Anziehung zu ihr gezeigt. Abigail hoffte einfach auf mehr, als wirklich da war.

Sie spielte mit dem Ende ihres Zopfes, während sie die Frage ihrer Nichte überlegte. »Es ist komplizierter als das. Ich gebe zu, ich finde Seb attraktiv – welche Frau nicht? Aber er ist wirklich nur ein Freund. Das ist alles, was er je sein kann. Er ist ein fester Bestandteil unseres Lebens. Ich weiß, wie sehr du ihn liebst, und ich würde das nicht gefährden wollen, indem ich etwas mit ihm anfange, das vielleicht nicht funktionieren könnte.«

Abigail runzelte nachdenklich die Stirn. »Was wäre aber, wenn doch? Er könnte dich wirklich, wirklich glücklich machen, El.«

»Schatz, ich bin glücklich.«

»Wirklich? Denn du bist immer müde und du verbringst keine Zeit für dich selbst. Für dich selbst.«

»Das liegt daran, dass ich ein Geschäft zu führen und einen Teenager großzuziehen habe.«

Abigail seufzte. »Erstens bin ich so gut wie erwachsen. Ich bin sechzehn und verbringe die meiste meiner Freizeit mit meinen Freunden. Anstatt diese zusätzliche Zeit für dich selbst zu nutzen, hast du mehr Arbeit übernommen. Ich meine, wie viele freiwillige Projekte braucht eine Frau?«

»Abigail-«, versuchte London einzuwerfen, aber ihre Nichte redete einfach weiter.

»Und zweitens hast du das Führen des B&B perfektioniert. Die meisten deiner Abende sind frei – die du mit deinen endlosen Projekten gefüllt hast. Du musst ausgehen und ein bisschen Spaß haben. Etwas Stress abbauen. Seb wäre gut dafür. Und wenn nicht er, warum dann nicht irgendein anderer Typ? Ryan Marsters denkt, du hast den Mond aufgehängt.«

London runzelte die Stirn. »Der Besitzer des Baumarkts?« Meine Güte, er war fast fünfzig.

Abigail nickte. »Und auch Herr Carroll.«

Jetzt schossen Londons Augenbrauen zu ihrem Haaransatz hoch. »Dein Mathelehrer?« Sie konnte nicht glauben, dass sie diese Unterhaltung mit ihrer jugendlichen Nichte führte.

Sie richtete sich von der Arbeitsplatte auf. »Abs, ich liebe es, dass du dir Sorgen um mich machst, aber mir geht es gut. Wirklich. Ich brauche keinen Mann, um glücklich zu sein. Ich habe dich und diesen Ort – beides liebe ich. Ich habe ein gutes Leben und suche nicht nach mehr, Liebes.«

Abigail zuckte mit den Schultern. »Ich sage nur – vielleicht ist es Zeit für dich, etwas für dich zu tun.« Sie wackelte mit den Augenbrauen und grinste. »Auch wenn dieses Etwas Onkel Seb ist.«

London wusste, dass sie bis zu den Haarwurzeln errötete, aber sie konnte es nicht stoppen. Der Mann hatte diesen Effekt auf sie, selbst wenn er nirgendwo in der Nähe war.

»Eine letzte Sache und dann schwöre ich, dass ich den Mund halte. Ich weiß, dass du keinen Mann brauchst, um glücklich zu sein, aber wäre es nicht trotzdem schön, einen zu haben?« Sie stand auf und ging zur Tür. »Du solltest dich umziehen gehen, damit wir nicht zu spät kommen.« Ihr Lächeln war verschmitzt, als sie aus dem Zimmer schritt.

London stöhnte und rieb sich mit den Händen über das Gesicht. Teenager.

Sie folgte Abigail, lief aber die Treppe hoch, anstatt ins Wohnzimmer zu gehen. Hatte Abigail Recht? Existierte sie nur und lebte nicht wirklich? Sie hatte nicht gelogen, als sie sagte, dass sie glücklich war. Das war sie. Sie hatten ein gutes Leben hier. London hatte nach Eddies und Camilles Autounfall ihr Bestes getan, um ein stabiles Zuhause für ihre Tochter zu schaffen. Sie hatte sich den Hintern aufgerissen, um mehr Geschäfte anzuziehen, damit Abigail ein stetiges, sicheres Zuhause haben würde. Aber sie hatte dabei ihr eigenes Leben vernachlässigt, das wusste sie.

Vielleicht war es Zeit, dass sie wieder versuchte, mit jemandem auszugehen. Es wäre schön, einen Mann um sich zu haben. Jemanden, mit dem man ausgehen kann. Mit dem man an kalten Abenden am Feuer kuscheln kann und schließlich das Bett teilt.

Ungebeten tauchte Sebs Gesicht in ihrem Kopf auf. Seine dunklen Augen, die auf sie hinabschauten, die Lachfalten, die sich kräuselten, wenn er grinste, schwarze Stoppeln, die seinen starken Kiefer bedeckten.

Sie schüttelte den Kopf, um das Bild zu vertreiben, als sie die Tür zu den Familienräumen aufschloss und zu ihrem Schlafzimmer eilte. Sie ging zu ihrem Kleiderschrank, zog ihre Jeans und T-Shirt aus und riss ein Sommerkleid vom Bügel. Sie schlüpfte hinein, wütend auf sich selbst, dass sie Sebastian Archer nicht aus ihrem Kopf bekommen konnte. Der Mann hatte gerade erst mit ihr gesprochen. Nenne es Hormone oder Pheromone – oder beides –, ihr Gehirn weigerte sich, ihn loszulassen, egal wie sehr sie sich selbst sagte, dass er tabu war.

Vielleicht würde sie mit ihrer Freundin Rayna sprechen. Sie versuchte immer, London zu verkuppeln. Das nächste Mal, wenn sie es versuchte, würde London sie lassen, denn so konnte sie nicht weitermachen – sie war es leid, so zu tun, als würde er sie nicht jedes Mal aufwühlen, wenn er diesen wunderschönen Mund verzog. Und Sebastian verdiente einen Freund, der ihm nicht die Einstellung gab, die sie ihm an diesem Morgen gab.

Sie schüttelte den Kopf über sich selbst, als sie eine Strickjacke über ihr Kleid zog. Sie hatte sich darauf gefreut, ihn zu sehen, aber in dem Moment, als sie ihn erblickte, frisch aus der Dusche in seinen Jeans und dem eng anliegenden, ausgewaschenen, grünen T-Shirt, hatte die Lust sie in den Magen getreten und ihre Stimmung war abgestürzt.

Sie fand ein Paar Sandalen, die zu ihrem Kleid passten, und schlüpfte mit den Füßen hinein. Der Mann hatte die Angelegenheit nicht besser gemacht, indem er sie in der Küche berührte. Sie war so abgelenkt vom Gefühl seiner Hände gewesen, dass sie kaum einen zusammenhängenden Satz bilden konnte. Sie war nur dankbar, dass sie auch Abigail im Kopf hatte, so dass sie ihn nicht anlügen musste, warum sie verärgert war. Sie war besorgt um ihre Nichte gewesen – war es immer noch – aber in diesem Moment war sie hauptsächlich wütend auf sich selbst gewesen, weil sie so von ihm angezogen wurde. Warum musste er nur so verdammt sexy sein?

Seb stieß die Türen zur Pathologie des örtlichen Krankenhauses auf. Der Geruch des Todes traf ihn, sobald er über die Schwelle trat. Londons Scone machte einen Salto in seinem Magen. Er öffnete seinen Mund und versuchte, nicht durch die Nase zu atmen.

Alex Randall blickte von den Vorbereitungen der Überreste ihres Opfers für die Autopsie auf, um ihn zu begrüßen.

»Perfektes Timing. Ich habe sie gerade auf Spurenbeweise untersucht.«

»Ja? Hast du was gefunden?« Er schlenderte zum Schrank an der Seitenwand und suchte nach einer Maske und dem Pfefferminzöl, das sie benutzten, um den Verwesungsgeruch zu überdecken.

»Vielleicht. Ich habe Abschabungen unter ihren Nägeln entnommen. Ich hoffe, sie hat es geschafft, ihren Angreifer zu kratzen. Wenn nicht, werde ich wahrscheinlich keine brauchbare DNA des Täters von ihr haben. Ich fand Anzeichen für sexuellen Missbrauch, aber kein Sperma. Der Typ muss ein Kondom benutzt haben.«

»Hast du irgendwelche Partikelspuren gefunden?«

Alex schüttelte den Kopf. »Nicht vom Täter, nein. Ich fand allerdings Erde in einigen Kratzern auf ihrem Rücken. Ich glaube nicht, dass sie in dem Gehöft getötet wurde. Oder, wenn doch, fand ein Teil des Übergriffs im Wald statt. Es sieht aus, als hätte sie auf einer rauen, schmutzigen Oberfläche gelegen, während sie kämpfte. Ihr ganzer Rücken ist voller Abschürfungen. Ihr Kleid ist sauber, also hat er sie nach ihrem Tod angezogen. Ich habe es an Katie geschickt, um zu sehen, ob sie es zuordnen kann. Es ist Vintage und billig, soweit ich es beurteilen kann, also bin ich nicht sicher, ob sie viel Glück haben wird«, sagte er und erwähnte damit Katie Mitchum, ihre leitende Tatortermittlerin und Forensikerin.

Endlich fand Seb, wonach er suchte, gab ein paar Tropfen des Öls auf eine Maske und zog sie über sein Gesicht. Er ging näher an den Untersuchungstisch heran, um einen besseren Blick zu bekommen. Jetzt, da sie etwas gereinigt worden war, waren die Blutergüsse an ihrem Hals viel deutlicher zu sehen. Er konnte einzelne Fingerabdrücke erkennen, die ihr Fleisch entstellten.

»Wurde sie erwürgt?«

Alex nickte. »Möglicherweise.« Er deutete auf die Blutergüsse. »Ich habe die Spanne von der Fingerspitze bis zur Daumenspitze gemessen, was uns ungefähr die Handgröße gibt. Daraus sollte ich die ungefähre Körpergröße ableiten können. Ob das allerdings die tatsächliche Todesursache war, nun -« er hielt ein Skalpell hoch, »werden wir sehen.«

Seb trat ein paar Schritte zurück, als Alex den ersten Schnitt machte, wissend aus Erfahrung, dass Körper in diesem Stadium der Verwesung oft im Inneren verflüssigt waren. Er wollte das wirklich nicht auf seinen Schuhen haben.

Der Körper zischte, als die angestauten Gase entwichen und Körperflüssigkeiten heraussprudelten. Alex öffnete schnell Brust und Bauchraum und klemmte die Rippen ab, um ihre inneren Organe freizulegen.

»Ich schwöre, ich weiß nicht, wie du aus dem Ganzen irgendwas herausbekommst«, sagte Seb, während er Alex dabei zusah, wie er ihre Organe in situ untersuchte, bevor er einen Schlauch in ihre Aorta einführte, um das Blut aus ihrem Körper abzulassen.

Alex zuckte mit den Schultern. »Es ist nur eine Frage zu wissen, wie gesunde Anatomie und normale Verwesung aussehen, und dann die Anomalien zu finden.« Er machte einen Schnitt und hob das Herz aus dem Brustkorb. »Wie diese hier.« Er zeigte auf die Oberfläche des Herzens.

»Siehst du die kleinen Punkte überall auf dem Perikard - der Membran um das Herz?«

Seb nickte.

»Das sind petechiale Blutungen, die entweder auftreten, wenn die Thrombozytenzahl des Körpers extrem niedrig ist oder bei Erstickung. Im letzteren Fall entstehen sie durch erhöhten Druck in den Venen, der kleine Gefäße zum Bluten zwingt.«

»Also wurde sie erwürgt.«

»Ich würde sagen, das ist wahrscheinlich, ja. Es gab keine Schuss- oder Stichwunden. Ich habe bei meiner Untersuchung auch keine Einstichstellen gefunden. Ich werde aber ein Toxikologie-Screening durchführen.«

»Kannst du mir irgendwas über sie sagen?«

»Sie ist Mitte bis Ende zwanzig. Guter körperlicher Zustand, also höchstwahrscheinlich aus einem Mittelklasse-Hintergrund. Sie ist auch groß. Etwa eins fünfundsiebzig.«

Seb nickte. Sobald Alex die Autopsie beendet hatte, plante er, mit den neuen Informationen in sein Büro zurückzukehren und zu versuchen, den Kreis der möglichen Opfer einzugrenzen. Es war nicht viel, aber ein Anfang.

SEB RIEB SICH DEN NASENRÜCKEN, WÄHREND SICH ZWISCHEN seinen Augen ein Kopfschmerz auszubreiten begann, weil er den ganzen Tag über Berichte angestarrt hatte. Er würde gerne seine ganze Aufmerksamkeit auf den Mordfall richten, aber als Sheriff war er für viel mehr verantwortlich. Montags bedeutete das, alles vom Wochenende nachzuholen.

Seine Tür öffnete sich und Caleb Bering steckte seinen Kopf herein. »Hey. Ich habe gerade mit dem Gerichtsmediziner telefoniert. Der forensische Künstler in Denver hat ihm die Phantomzeichnung unseres Opfers gemailt. Er hat sie dir weitergeleitet.«

Er schob den Papierstapel beiseite, zog seine Tastatur näher heran und meldete sich bei seiner E-Mail an. Caleb kam herum, um hinter ihm zu stehen. In wenigen Augenblicken hatte Seb das Bild geöffnet.

Er neigte seinen Kopf und starrte auf die Zeichnung. Irgendetwas an ihr kam ihm bekannt vor.

»Kennst du sie?« fragte er Caleb.

»Nein, kann ich nicht behaupten. Sie kommt mir aber bekannt vor.«

»Stimmt.« Er drückte die Drucktaste, und der Drucker erwachte ratternd zum Leben und spuckte schnell das Bild aus. »Nimm die Skizze und geh durch die Liste der Frauen, die wir gestern anhand der vorläufigen Ergebnisse von Dr.

Randall zusammengestellt haben. Vielleicht haben wir sie dort gesehen.«

»Mach ich, Boss.« Calebs Dienstgürtel knarrte, als er den Raum verließ.

Seb warf seinem Deputy nur einen flüchtigen Blick hinterher, seine Aufmerksamkeit galt dem Bild auf seinem Computerbildschirm. Sie sah wirklich sehr vertraut aus.

Erdbeerblondes Haar, in einem französischen Zopf zusammengefasst, und blaue Augen, die Dolche auf ihn schleuderten, blitzten durch seinen Geist.

London.

Das war der Grund, warum diese Frau so vertraut aussah. Sie erinnerte ihn an London. Und Abigail.

Die Unruhe ließ seinen Magen brodeln. Dieser Fall trug alle Merkmale eines Serienmörders. Es war kein Verbrechen aus Leidenschaft gewesen. Der Tatort war sauber, ihr Körper bewegt und inszeniert worden. Wer auch immer sie getötet hatte, war ein raffinierter, methodischer Mann.

Die Stimme in seinem Hinterkopf nagte an ihm. Es hatte keine Anzeichen für eine Kontamination am Tatort gegeben, was bedeutete, dass es wahrscheinlich nicht der erste Mord des Täters war.

Als ihn der Gedanke traf, wechselte Seb die Bildschirmansicht, öffnete die NCIC-Datenbank und füllte schnell das Suchformular mit den Parametern des Opfers aus, auf der Suche nach ähnlichen, ungelösten Morden.

Sechs offene Fälle tauchten auf, vier davon im westlichen Teil der Vereinigten Staaten. Er überflog schnell die beiden östlich des Mississippi und schloss sie beide aus. Eine Frau wurde zu Hause gefunden, und im anderen Fall war der Hauptverdächtige der Ehemann, der auf der Flucht war.

Seine Aufmerksamkeit den anderen vier zuwendend, las er die Akten durch, wobei seine Besorgnis wuchs, während er jeden Bericht durchging. Alle bis auf einen schienen mit seinem Fall übereinzustimmen.

Seb fuhr sich mit der Hand übers Gesicht, das Brodeln in seinen Eingeweiden wurde schlimmer. Wenn er Recht hatte, machte die Jane Doe in der Leichenhalle das vierte Opfer.

Seine Augen schweiften zu dem Foto auf seinem Schreibtisch.

Vier Frauen, die verdammt noch mal wie London und Abigail aussahen.

Er zog sein Handy heraus und schickte seiner Patentochter eine schnelle SMS, in der er fragte, wie es ihr ginge.

Fast sofort bekam er ein Augenroll-Emoji zurück, gefolgt von »Mir geht's gut. Danke für's Nachfragen« und einem Herz.

Ein Lachen über ihre jugendliche Frechheit unterdrückend, wählte er Londons Nummer. Er wusste nicht, was er sagen würde, wenn sie abheben würde, aber er würde sich etwas einfallen lassen.

Als das Telefon weiter klingelte und dann zur Mailbox überging, runzelte er die Stirn. Es war nicht ihre Art, nicht zu antworten. Sie trug ihr Handy überall mit sich, weil es auch die Hauptleitung für das B&B war.

Beklemmung ließ die Magensäure in seinem Magen sauer werden. Er würde Sodbrenntabletten brauchen, bevor das alles vorbei war.

Da er sich vergewissern musste, dass es London gut ging, fuhr er seinen Computer herunter und verließ sein Büro. Er würde nur schnell hinüberfahren und nach ihr sehen. Wenn er sie fände, würde er ihr einfach sagen, dass er gekommen sei, um nach Abigail zu sehen. Darüber konnte sie nicht verärgert sein.

Er stieg in seinen Truck und fuhr schnell vom Parkplatz, Richtung Osten. Londons B&B, The Lilac Inn, lag nur knapp außerhalb der Stadt auf zwei Hektar Land. Es bot ihren Gästen eine ruhige Zuflucht, aber im Moment machte es ihn nervös. Das Grundstück grenzte an den Nationalwald – denselben Wald, in dem Abigail und Trent die Leiche gefunden hatten.

Als er den Stadtrand erreichte, beschleunigte er. Die zwei Meilen zum B&B flogen vorbei, und bald sah er die Fliederbüsche, nach denen das Gasthaus benannt war, die die Einfahrt einrahmten. Sein Truck rumpelte die Steinauffahrt hinauf, und er parkte auf dem Gästeparkplatz an der Seite der Garage.

Den Motor abstellend, stieg er aus dem Fahrzeug und machte sich auf den Weg zur Vordertür. Er nahm die Veranda-Stufen mit einem langen Schritt und riss die Tür auf.

»London?«

Das Wohnzimmer vor ihm war leer, also wanderte er in die Küche. Sie war makellos sauber, aber auch dort war kein Leben zu sehen.

Den Weg zurücknehmend, ging er zurück ins Wohnzimmer und lief die Treppe hinauf.

»London, bist du hier oben?«

Keine der Gästezimmertüren war offen. Tatsächlich fühlte es sich an, als wäre überhaupt niemand zu Hause. Er ging weiter den Flur entlang und klopfte an die immer verschlossene Tür zum Familienwohnbereich, wobei er erneut ihren Namen rief. Als sie noch immer nicht antwortete, legte sich die Sorge schwer auf seine Schultern. Er drehte sich auf dem Absatz um und rannte wieder die Treppe hinunter, durch die Küche in den Hauswirtschaftsraum, wo er die Tür zur Garage aufstieß. Londons SUV stand in seiner Bucht.

»Wo zum Teufel steckt sie?«

Er erspähte die Tür, die zum Hinterhof führte. Es war der einzige Ort, an dem er noch nicht gesucht hatte. Mit drei großen Schritten überquerte er den Garagenboden und zog die Tür auf.

Die Erleichterung ließ seine Schultern sacken, als er sie draußen in der Nähe der großen Eiche in der Mitte des Hofes entdeckte, bis zu den Ellbogen in einem Beutel Blumenerde steckend. Er joggte über den Rasen und rief ihren Namen. Als sie aufschaute, konnte er nicht anders, als zu lächeln. Sie hatte einen Streifen Schmutz auf ihrer Wange.

»Das sieht schön aus.« Er deutete auf die Reihe von Blumen, die sie um den Baum gepflanzt hatte, und kam ein paar Meter entfernt zum Stehen.

»Danke. Ich hatte es satt, auf nackten Boden zu schauen. Was gibt's?«

Er nahm ihr verschwitztes Aussehen in sich auf. Strähnen ihres hellroten Haares hatten sich aus ihrem Zopf gelöst und flatterten im Wind um ihr Gesicht. Sein Herz verkrampfte sich, und die Luft verließ seine Lungen in einem Schwall. Er fühlte sich, als hätte ihm jemand einen Tiefschlag versetzt. Sie war so verdammt schön, selbst verschwitzt und schmutzig.

Er schluckte hart und zuckte mit den Schultern, zwang seinen Blick auf die Blumen, die sie gepflanzt hatte. »Ich wollte nur sehen, wie es unserem Mädchen geht. Ist sie immer noch okay?«

London nickte. »Ihr geht's gut. Sie ist nicht mal hier gerade. Trent ist vor etwa einer Stunde gekommen und hat sie abgeholt. Sie wollten ausgehen und mit Freunden rumhängen.«

»Keine weiteren Wanderungen, hoffe ich.«

Ihr Mund zuckte. »Wahrscheinlich für eine Weile nicht, nein. Sie hat gesagt, sie wollten in der Nähe bleiben.«

Er nickte kurz. »Gut.«

Sie grub ein weiteres Loch und setzte eine Pflanze hinein. »Also, bist du wirklich nur hergekommen, um nach Abigail zu sehen, oder gab es noch einen anderen Grund?«

Ja, er wusste, dass er sich eine bessere Ausrede hätte einfallen lassen sollen. Er schrieb Abigail ständig Nachrichten, und London wusste das. Sein Kopf arbeitete fieberhaft, während er versuchte, sich eine andere plausible Entschuldigung für seine Fahrt hierher auszudenken. Er wollte sie nicht beunruhigen, indem er ihr die Wahrheit sagte – dass er sich Sorgen um ihre Sicherheit machte. Der Mörder war vielleicht inzwischen aus der Gegend geflohen. Alle anderen Morde lagen Hunderte von Kilometern auseinander.

Er betrachtete nachdenklich ihr Grundstück, bevor sein Blick wieder zu ihr zurückkehrte und ihm eine Idee kam.

»Hast du schon zu Abend gegessen?«

»Es ist gerade erst fünf Uhr, Seb. Ich war hier draußen am Pflanzen.«

Er nickte. »Stimmt. Also, hast du Lust, einen Burger essen zu gehen oder so?«

Ihr Blick verengte sich, als sie zu ihm aufschaute. Die Sonne glitzerte in ihrem Haar und ließ es wie poliertes Gold schimmern. »Warum?«

»Darf ein Freund einen anderen Freund nicht zum Abendessen einladen?«

Sie wedelte mit dem Finger zwischen ihnen hin und her. »Du und ich gehen nicht zusammen essen, es sei denn, Abigail ist dabei. Du warst in erster Linie Eddies Freund, nicht meiner.«

Seb seufzte. Ihre Zurückhaltung, sein Freund – ein echter Freund – zu sein, wurde langsam mühsam. Eddie war jetzt seit fünf Jahren tot, und er selbst war seit zwei Jahren wieder in der Stadt. Wann würde sie akzeptieren, dass er nicht mehr nur der Freund ihres Bruders war?

»Komm schon, El. Du weißt, dass das nicht stimmt. Eddie war vielleicht mein bester Freund, aber du bist auch meine Freundin. Ich war immer für dich da und werde es immer sein. Also, was sagst du?«

Ihr Blick wanderte an ihm vorbei, während sie sein Angebot abwägte.

»Ich lade ein«, sagte er mit hochgezogener Augenbraue und hoffte, sie zu verlocken.

Sie verdrehte die Augen und stieß einen Seufzer aus. »Na gut. Lass mich diese Blumen fertig pflanzen und mich frisch machen. Ich kann dich in etwa einer halben Stunde bei Boone's treffen.«

Seb zuckte mit den Schultern. »Ich warte.« Er hockte sich neben sie, nahm das Tablett mit den Pflanzen auf und löste eine aus der Schale, um sie ihr zu reichen. Sie lockerte den Wurzelballen und setzte ihn in das Loch, bedeckte ihn mit der fruchtbaren Erde.

Sie pflanzten schnell die letzten Blumen ein. Seb half ihr, ihre Gartengeräte zusammenzusuchen und trug sie zum Schuppen.

»Geh dich umziehen. Ich räume das alles weg.«

»Bist du sicher?«

»Ja.«

Mit einem kurzen Nicken drehte sie sich um und ging zum Haus.

Seb bemühte sich, ihr nicht nachzusehen, scheiterte jedoch. Lust regte sich in seinem Bauch beim sanften Schwingen ihrer Hüften und beim Anblick ihrer langen, seidigen Beine, die durch ihre Shorts zur Geltung kamen. Und bei einer Größe von 1,78 Metern gab es eine Menge Bein zu betrachten.

Er wirbelte herum, riss die Schuppentür auf und ging hinein, wobei er seine Emotionen fest im Griff behielt. Die Lust nach London würde nichts anderes bewirken, als ihn erregt und frustriert zurückzulassen. Er konnte sie nicht einmal dazu bringen zuzugeben, dass sie gute Freunde waren. Welche Chance in der Hölle hatte er, sie davon zu überzeugen, dass sie mehr sein sollten? Keine, genau. Außerdem war es wahrscheinlich nicht klug, etwas anzufangen. Wenn es schief ging, könnte es seiner Beziehung zu Abigail schaden, und das würde er niemals tun. Dieses Mädchen bedeutete ihm mehr als jeder andere Mensch. Er war seit ihrer Geburt der Lieblings-"Onkel" gewesen, aber seit Eddies Tod war er viel mehr als das geworden. Er stellte sich vor, dass die Liebe, die er für sie empfand, der ähnlich war, die er für sein eigenes Kind empfinden würde.

Seb verstaute Londons Gartengeräte und die restliche Blumenerde, bevor er den Schuppen schloss und abschloss. Er schob die Gedanken an seine Beziehung zu London in den Hintergrund, holte sein Handy heraus und öffnete seine Notizen-App, in der er einige Notizen zu den Altfällen machte, die er in der NCIC-Datenbank gefunden hatte. Er musste die zuständigen Ermittler kontaktieren und sich ihre Akten zusenden lassen. Wenn sie etwas finden könnten, das die vier Opfer verband, könnten sie vielleicht einen Verdächtigen finden.

Die Hintertür zur Küche öffnete sich, und London streckte ihren Kopf hindurch. »Ich bin fertig.«

Seb stockte der Atem. Sie hatte sich in ein hellblaues Kleid mit Blumenmuster umgezogen. Der lockere Rock flatterte um ihre Beine. Ihre korallenrosa lackierten Zehen lugten aus einem Paar riemchenbesetzter, mahagonifarbener Sandalen mit Absatz hervor. Als bereits große Frau brachten die Absätze sie näher an seine Größe von 1,95 Metern heran. Sie hatte ihr Haar aus dem üblichen Zopf gelöst und glatt gebürstet. Es fiel in kupferfarbenen Wellen um ihre Schultern. Seine Hände zuckten, und er steckte sie in seine Taschen, Handy und alles, um sich davon abzuhalten, nach den seidigen Strähnen zu greifen, als er näher kam.

Er räusperte sich. »Du siehst gut aus.«

Sie lächelte sanft. »Danke.«

Mit den Händen noch immer in den Taschen vergraben, neigte er den Kopf und deutete ihr an, ihm um das Haus herum zu seinem Truck zu folgen. Als sie das Fahrzeug erreichten, wagte er es, eine Hand herauszunehmen, um ihr die Tür zu öffnen.

Sie lächelte dankbar, als sie einstieg, und er umklammerte den Türrahmen, bis seine Knöchel weiß wurden. Ihre milchige Haut mit ihren Sommersprossen sah seidig weich aus.

Nachdem sie saß, schloss er die Tür und ging um die Vorderseite des Fahrzeugs herum, um neben ihr einzusteigen. Ihr blumiger Duft umhüllte ihn in der Enge der Fahrerkabine, und er unterdrückte ein Stöhnen. Es würde eine lange Fahrt werden.

Mit einem Drehen des Handgelenks startete er den Truck und ließ sofort sein Fenster herunter. Es war ein warmer Tag, aber nicht so heiß, dass sie die Klimaanlage brauchten. Er hoffte, dass sie nichts gegen die Brise hatte, denn er brauchte den fließenden Luftstrom, um ihren Duft zu vertreiben, oder sie würden es nicht bis zum Restaurant schaffen, ohne dass er anhalten würde, um sein Gesicht in ihrer Halsbeuge zu vergraben und sich satt zu trinken.

Am Ende ihrer Einfahrt bog er rechts ab, weg von der Stadt.

Sie setzte sich sofort aufrecht hin, mit einem Stirnrunzeln im Gesicht. »Wohin fahren wir?«

»Zur Ranch. Ich dachte, wir könnten bei Heartwood essen.«

»Aber du hast Burger gesagt.«

»Da kann man auch Burger bekommen.«

»Einen Fancy-Burger. Das Heartwood Grill ist nicht gerade ein Burger-Lokal. Das ist eher ein Date-Lokal.«

Er verdrehte die Augen. »Es ist auch ein Burger-Lokal. Und ein Steak-Lokal. Nach dem Tag, den ich hatte, klingt ein Steak fantastisch.«

Ihre Augen streiften über sein Hemd und seinen Waffengürtel, bevor sie wieder auf seinem Gesicht ruhten. »Du hättest etwas sagen sollen, bevor wir losgefahren sind. Ich hätte dir folgen können. Jetzt musst du mich nach Hause bringen, bevor du genau denselben Weg nochmal fährst, um selbst nach Hause zu kommen.«

Er zuckte mit den Schultern. Er war immer noch ein wenig erschüttert von ihrer Ähnlichkeit mit ihrem Opfer – mit allen Opfern, die er aufgedeckt hatte – und wollte nicht, dass sie allein unterwegs war. Das würde er ihr allerdings auf keinen Fall sagen. London war unabhängig wie kaum jemand anderes. Sie würde ihm die Hölle heiß machen, wenn er vorschlüge, sie könne nicht auf sich selbst aufpassen. Er wusste, dass sie sich verteidigen konnte, wenn jemand in die Pension einbrach. Sie war eine ausgezeichnete Schützin und besaß mehrere Waffen. Aber sie trug keine versteckte Waffe, also müsste sie sich auf ihre eigenen zwei Hände verlassen, wenn jemand sie von der Straße abdrängen und entführen wollte. Sie war eine starke Frau, aber er bezweifelte, dass sie in der Lage wäre, sich gegen einen Mann zu wehren, der ihr schaden wollte.

»Macht mir nichts aus. Es ist nicht so weit.«

Sie brummte eine nicht eindeutige Antwort und ließ ihr eigenes Fenster ein wenig herunter, während sie auf die Landschaft starrte, die vorbeiflog.

»Ich werde wahrscheinlich nach dem Essen sowieso zurück in die Stadt fahren. Es gibt ein paar Dinge, die ich für meinen Mordfall überprüfen möchte.«

Sie warf ihm einen Blick zu. »Du musst dich auch ausruhen, Sebastian. Ich weiß, dass du heute Morgen schon früh im Büro warst. Und das, nachdem du auch das Wochenende dort verbracht hast.«

»Ich weiß, aber Bering ist mein einziger echter Detektiv, und bei einem solchen Fall braucht er ein zusätzliches Paar erfahrener Hände. Sei froh, dass ich mir überhaupt eine richtige Abendessenpause gönne.«

»Bin ich, aber du solltest sicherstellen, dass du dich ausruhst, sonst hetze ich dir Abigail auf den Hals«, sagte sie mit einem schelmischen Grinsen.

Er lachte. Seine Patentochter würde ihn tatsächlich zu Tode nerven, bis er zustimmen würde, eine Pause einzulegen, und er liebte sie dafür. Es war schön, von Menschen umgeben zu sein, denen er am Herzen lag. Das war ein wichtiger Grund dafür, warum er das FBI verlassen hatte und nach Hause zurückgekehrt war, und es war definitiv der Grund, warum er jetzt blieb.

Seb betrachtete London aus dem Augenwinkel während der Fahrt. Ungeachtet dessen, ob sie es zugeben wollte, gehörte sie zu der Gruppe, der er am Herzen lag. Unabhängig vom Status ihrer Beziehung war er außerordentlich glücklich, sie in seinem Leben zu haben, und er würde alles tun, um sie zu beschützen. Selbst wenn das bedeutete, sie über den Grund anzulügen, warum er in ihrer Nähe blieb. Bis sie diesen Mörder gefasst hatten, würde er sich wann immer möglich an sie heften wie eine Klette. Sie würde es hassen, aber das war ihm egal. Sie zu beschützen war alles, was zählte.

LONDONS AUGEN GEWÖHNTEN SICH AN DAS GEDÄMPFTE LICHT des Heartwood Grill, als Sebastian sie hineinführte. Während sie darauf warteten, dass die Hostess sie zu ihrem Tisch brachte, inspizierte sie den Raum. Es war eine Weile her, seit sie hier gewesen war. Das Restaurant war eine große Blockhütte. Sebastians älteste Schwester und Inhaberin des Restaurants, Tara, hatte die Wände naturbelassen. Riesige Stützbalken standen im ganzen Raum und erstreckten sich vom Boden bis zu den sechs Meter hohen Decken. Lichterketten umwickelten die Dachbalken, und riesige schmiedeeiserne Kronleuchter hingen im ganzen Raum und spendeten den Gästen ein sanftes, warmes Licht.

Was London jedoch am meisten an der Einrichtung liebte, waren die Bilder. Tara hatte ein Naturthema gewählt, aber anstatt Tierköpfe an den Wänden aufzuhängen, hatte sie den Raum mit eindringlichen, wunderschönen Fotografien sowohl der Tierwelt als auch der Menschen von Silver Gap dekoriert. Londons Lieblingsbild zeigte eine Herde Pferde, die über die Grasebenen des Tals donnerten. Es war in Sepia gehalten, gut anderthalb Meter lang und hing prominent über dem Kamin, der eine Wand dominierte. Tara hatte ihr einmal erzählt, dass sie die Essenz dessen einfangen wollte, was Silver Gap zu einem so wunderbaren Ort machte, also hatte sie eine Reihe von Fotos aufgenommen, die genau das taten, und sie an die Wände gehängt. Der Name des Restaurants – The Heartwood Grill – zeigte den harten, schönen Kern, der die Geschichte des Tals geprägt hatte.

Die Ankunft der Hostess riss London aus ihren Gedanken.

»Hallo, Herr Archer.« Die Augen des Mädchens huschten zu London. »Ich sehe, Sie werden heute Abend nicht allein essen.«

Ein Erröten stahl sich über Londons Gesicht. Gütiger Himmel, das Mädchen dachte, sie hätten ein Date! Sie war froh, dass die Beleuchtung gedämpft war, sodass niemand das Feuer auf ihren Wangen sehen konnte.

Die junge Frau nahm zwei Speisekarten und zwei Besteckssets und bedeutete ihnen, ihr zu folgen. Sie führte sie zu einem Tisch in der Nähe der Fenster, mit Blick auf die Terrasse, die in die Bäume hinausragte.

»Ist das in Ordnung oder möchten Sie lieber draußen sitzen?«

Seb schaute sie an und hob fragend eine Augenbraue.

»Lass uns draußen sitzen. Die Insekten sind noch nicht schlimm, und es ist ein warmer Abend.«

Er nickte und das Mädchen änderte schnell den Kurs in Richtung der französischen Türen, die in die Fensterfront eingelassen waren.

London setzte sich auf den Stuhl, den Sebastian für sie herauszog, und blickte über das üppige Grün, das in den letzten Wochen emporgeschossen war. Der leichte Duft von Geranien aus den Pflanzenkübeln, die auf der Terrasse verteilt waren, umhüllte sie in der sanften Brise. Sie liebte den Frühling. Der Hauptgrund, warum sie das B&B gekauft hatte, waren die Fliederbüsche. Sie hatte sie immer bewundert, jedes Mal wenn sie daran vorbeifuhr. Als das Grundstück auf den Markt kam, war es Frühling und die Fliederbüsche standen in voller Blüte. Ihr süßer Duft hatte sie umhüllt, als sie das Gelände besichtigte, und sie war verkauft. Ihr Vater gab ihr die Anzahlung und unterzeichnete den Kredit als Bürge. Sie hatte sich voll und ganz darauf konzentriert, das Gasthaus zu einem Erfolg zu machen, und nie zurückgeschaut.

Sie warf Seb aus dem Augenwinkel einen Blick zu. Er schaute auf die Speisekarte, obwohl sie sicher war, dass er sie auswendig kannte. Vielleicht hätte sie ein bisschen mehr zurückblicken sollen. Vielleicht hätte sie inzwischen einen Ehemann und ein oder zwei Kinder, wenn sie das getan hätte. Stattdessen saß sie in einem schicken Restaurant und dachte darüber nach, wie sexy der beste Freund ihres Bruders in seinem Uniformhemd und mit dem Tagesstoppeln auf seinem markanten Kiefer aussah.

»Geht es Abigail wirklich gut?«

London richtete ihre Aufmerksamkeit wieder auf Sebastian. Sie nickte und nahm ihre Speisekarte. »Es geht ihr gut. Viel besser, als ich dachte. Sie ist etwas ruhiger geworden, aber sie lässt sich nicht unterkriegen. Das Mädchen ist zäh, das muss ich ihr lassen.«

Seb hob eine Augenbraue. »Das musste sie sein.«

Da konnte sie ihm nicht widersprechen. Abigail war Beifahrerin bei dem Autounfall, bei dem ihre Eltern ums Leben kamen. Sie waren auf der Rückfahrt von einem Skiausflug bei schlechtem Wetter und rutschten von der Straße in eine Schlucht. Eddie starb sofort, aber Camille hielt noch mehrere Stunden durch, bis sie schließlich das Bewusstsein verlor und an Blutverlust starb. Abigail hatte geschlafen, als sie von der Straße abkamen. Ihre Position, ausgestreckt über die Rückbank, rettete sie. Sie brach sich dennoch mehrere Knochen, aber keine ihrer Verletzungen war lebensbedrohlich. Ihre schlimmste Verletzung war die psychische. Es dauerte achtzehn Stunden, bis jemand sie fand. Zu diesem Zeitpunkt hatte Abigail bei Minustemperaturen zwölf Stunden lang mit ihren verstorbenen Eltern im Auto gesessen. Sie war ein sehr traumatisiertes Mädchen, als London im Krankenhaus ankam.

Sie blickte über den Rand ihrer Speisekarte zu Seb hinüber. Er war in jener Nacht auch da gewesen. Seine solide Präsenz half ihr durch die Stunden, in denen Abigail operiert wurde, um ihr Bein und ihren Arm zu richten. Er hatte ihre Seite nicht verlassen, außer um zu duschen und zu essen, während der ganzen Zeit, die Abigail im Krankenhaus verbrachte. Selbst danach war er ein fester Bestandteil im B&B, während sie heilte. Er half ihr auch, Eddies und Camilles Beerdigung zu planen. Ihre Eltern waren zur Zeit des Unfalls außer Landes gewesen, und als sie zurückkehrten, waren beide zu erschüttert, um mehr zu tun, als sich treiben zu lassen.

»Hallo, Sheriff. Ms. Scott. Was kann ich heute Abend für euch bringen?«

London schaute bei der munteren Stimme der Kellnerin auf und erkannte eine von Abigails Freundinnen. Sie lächelte das Mädchen an. »Hallo, Kaylee. Ich wusste nicht, dass Sie hier arbeiten.«

Kaylee nickte. »Ich bin seit etwa einem Monat hier. Also, sind Sie bereit zu bestellen?«

Seb hob eine Augenbraue in Londons Richtung, und sie neigte den Kopf, um ihm zu bedeuten, er solle anfangen. Sie überflog schnell die Speisekarte, während er bestellte, und fand etwas, das anständig klang.

Nachdem die Bestellungen aufgegeben waren, lehnte sich London zurück und blickte auf die Bäume, während ihre Gedanken noch immer darum kreisten, wie Seb für sie und Abigail da gewesen war. Sie glaubte nicht, dass sie ihm jemals dafür gedankt hatte, dass er da war. Dafür, dass er ihr geholfen hatte, als ihre Eltern es nicht konnten. Sie war nicht sicher, ob sie diese Monate ohne ihn überstanden hätte.

Sie blickte ihn aus dem Augenwinkel an und holte tief Luft. »Sebastian, ich möchte dir danken.«

Er runzelte die Stirn. »Wofür?«

»Für etwas, wofür ich dir schon vor langer Zeit hätte danken sollen. All das hat Erinnerungen an Eddies und Camilles Tod geweckt, und mir wurde klar, dass ich mich nie bei dir dafür bedankt habe, dass du für mich und Abigail da warst. Also, danke.«

Er lächelte dieses Lächeln, das ihr Herz in der Brust hüpfen ließ, und lehnte sich vor, die Ellbogen auf den Tisch gestützt, sein Kinn auf seinen Händen ruhend. Diese wunderschönen braunen Augen funkelten hell im gedämpften Licht.

London widerstand dem Drang, sich Luft zuzufächeln, als die Lust sie mitten in den Magen traf, während sie in seine dunklen Augen blickte.

»Ich wusste, dass du dankbar warst. Ich wusste auch, dass du überfordert warst. Ich wünschte, du hättest mir erlaubt, mehr zu helfen. Du warst schon immer stur.«

Sie neigte den Kopf. »Stimmt. Aber ich hätte trotzdem Danke sagen sollen. Ich glaube nicht, dass ich so gut durchgehalten hätte, wenn du nicht da gewesen wärst.«

Ihr Herz setzte mehrere Schläge aus, als er die Hand ausstreckte und eine ihrer Hände in seine nahm.

»Gern geschehen, El. Ich werde immer für dich da sein.«

London verlor sich in der Intensität seiner Augen. Während sie dort saß, gefangen in seinem Blick, verblasste die Fröhlichkeit aus seinen Augen. Feuer blitzte in ihren Tiefen auf, und sie spürte eine antwortende Hitze tief in ihrem Bauch. Seine Finger umschlossen ihre fester und sendeten Funken, die ihren Arm hinaufschossen.

»Also, wann habe ich verpasst, dass das passiert ist?«

Sie und Seb zuckten beide zusammen, als die Stimme in ihren Moment eindrang. Sie schauten auf und sahen seine Schwester über ihrem Tisch stehen.

London gab ihr Bestes, ein willkommenheißendes Lächeln aufzusetzen, aber sie wusste, dass es angespannt war. Sie war immer noch benommen von dem, was gerade zwischen ihnen vorgefallen war.

»Hallo, Tara.«

Tara schenkte ihrem Bruder ein schelmisches Grinsen. »Hi. Also, seit wann läuft das?« Sie wedelte mit einem Finger zwischen den beiden hin und her.

Sebs Gesicht wurde rot und er ließ ihre Hand los, um sich in seinem Stuhl zurückzulehnen. »Es läuft nichts. Wir haben uns nur entschieden, etwas zu essen.«

Tara brummte. »Natürlich. Und London trägt ein hübsches Kleid und ihr beide starrt euch an, als wärt ihr die einzigen Menschen im Raum, weil ihr nur zu Abend esst. Klar.« Sie verdrehte die Augen.

London spürte, wie ihr Gesicht glühte. Sie *hatte* ein Kleid angezogen, das sie hübsch finden ließ, anstatt einer sauberen Shorts und einem T-Shirt.

»Tara-«

Sie winkte ab und unterbrach ihren Bruder. »Ich bin nicht hergekommen, um dich zu ärgern. Als Kaylee sagte, dass du mit London hier bist, wollte ich nur Hallo sagen. Es ist eine Weile her.«

London lächelte, diesmal aufrichtiger. »Das ist es. Dieses Lokal hat wirklich Erfolg.«

»Oder?« Ihr Lächeln war strahlend. »Ich dachte nicht, dass die Beliebtheit anhalten würde, aber ich habe immer noch Leute, die aus Denver und anderen Großstädten herfahren, um hier zu essen. Ich muss mich manchmal kneifen.«

»Nun, das Essen ist fantastisch, also warum sollten die Leute nicht von weit her kommen wollen?«

Sebs Telefon klingelte, und er zog es aus seiner Tasche, warf einen Blick auf den Bildschirm. »Entschuldigung. Es ist Bering. Ich muss rangehen.« Er erhob sich vom Tisch, nahm ab und ging zum Geländer der Terrasse.

Tara plumpste auf seinen leeren Stuhl und stützte ihr Kinn auf ihre Hand. Ein schelmisches Grinsen verzog einen Mundwinkel. »Also. Ich weiß, ich sagte, dass ich nicht gekommen bin, um Seb zu ärgern, aber ich will trotzdem wissen, wie lange das schon zwischen euch beiden läuft. Er hat nichts davon erwähnt, dass er jemanden datet.«

London unterdrückte ein Stöhnen. Sie mochte Tara, aber die Frau konnte wie ein Hund mit einem Knochen sein.

»Es läuft nichts. Wir sind wirklich nur zum Essen hergekommen.«

»Aha. Ich habe diesen Blick gesehen. Das war kein Freunde-beim-Abendessen-Blick.«

Sie rutschte auf ihrem Stuhl hin und her, ihr Gesicht noch immer heiß. Es hatte sich nicht wie ein Freunde-beim-Abendessen-Blick angefühlt, aber sie war sich nicht sicher, wie sie es bezeichnen sollte. »Ich weiß nicht, was ich dir sagen soll, Tara. Wir daten nicht. Er kam zum B&B, um nach Abigail zu sehen, dann fragte er, ob ich schon zu Abend gegessen hätte. Hatte ich nicht, es war fünf Uhr, und ich war hungrig, also sind wir hier.« Sie zuckte mit den Schultern und hoffte, dass sie lässig wirkte. Um ehrlich zu sein, hatte die Einladung sie überrascht. Was sie zu ihm gesagt hatte, war wahr - sie gingen nicht ohne Abigail essen. Unsicher über seine Gründe und wissend, wie sehr seine bloße Anwesenheit ihre Hormone durcheinander brachte, hatte sie sich auf das Argument zurückgezogen, dass er nicht wirklich ihr Freund war. Dass er sie nur wegen Eddie ertrug. Sie hatte den Anflug von Verletzung in seinen Augen gesehen und fühlte sich schrecklich deswegen. Die Wahrheit war, sie wusste, dass sie Freunde waren, aber sie wusste nicht, wie sie mit ihrer Anziehung zu ihm umgehen sollte, ohne ihn wegzustoßen. Sie genoss seine Gesellschaft, aber es wurde zunehmend schwieriger, in seiner Nähe zu sein, ohne sich zu fragen, wie es wäre, in seinen Armen zu liegen. Seine Hände über ihren Körper gleiten zu lassen, während er sie besinnungslos küsste.

Taras entzücktes Lachen holte sie aus ihren Gedanken.

»Oh, das ist fantastisch. Ich habe mich gefragt, wie lange es dauern würde, bis ihr beide erkennt, dass ihr füreinander bestimmt seid.«

Londons Augen weiteten sich.

»Ich warte seit Jahren auf diesen Tag. Er hatte immer eine Schwäche für dich, aber es hat ihn verdammt lange gedauert zu erkennen, dass da mehr ist.«

Sie runzelte die Stirn. Hatte Tara recht? Empfand Seb mehr für sie als nur Freundschaft? Dieser Blick, den er ihr vor einer Minute zugeworfen hatte, fühlte sich nach mehr an, aber sie waren seit ihrer Kindheit Freunde. Warum sollte sich das jetzt plötzlich ändern?

Seb kehrte zum Tisch zurück, bevor sie weiter darüber nachdenken konnte, und Tara stand auf, um ihrem Bruder seinen Platz zurückzugeben.

»Alles in Ordnung?« fragte London ihn.

Er nickte. »Nur ein Update zum Mordfall.«

»Wie läuft es damit?« fragte Tara. »Gibt es schon Verdächtige? Oder einen Namen für das Opfer?«

Seb schüttelte den Kopf, eine nachdenkliche Falte bildete sich zwischen seinen Augenbrauen. »Nein. Caleb hat ein paar Möglichkeiten für ihre Identität gefunden. Aber wir müssen auf die DNA warten, um zu bestätigen, ob eine von ihnen die Frau vom Gehöft ist.«

Tara erschauderte und verschränkte die Arme. »Diese ganze Sache jagt mir eine Gänsehaut ein. Sowas passiert hier nicht. Ich hoffe jedenfalls, dass du diesen Kerl bald schnappst.«

»Glaub mir, ich versuche es.« Er stützte sich auf seine Ellbogen und rieb seine Schläfen. Die Linien um seinen Mund und seine Augen vertieften sich, und plötzlich sah er viel älter aus als seine neununddreißig Jahre.

Ohne nachzudenken streckte London die Hand über den Tisch aus und legte sie auf seine. Sie versuchte, den elektrischen Schlag zu ignorieren, der ihren Arm hinaufschoss. »Wir wissen, dass du dein Bestes gibst. Du wirst den Verantwortlichen finden.«

Er drehte seine Hand in ihrer um und drückte sie, bot ihr den Hauch eines Lächelns an.

London schaute weg, bevor sie wieder in Sebastians hypnotischen Blick gesogen wurde. Sie wandte sich Tara zu und wünschte sich sofort, sie hätte es nicht getan. Die Frau starrte auf sie herab und grinste von einem Ohr zum anderen.

»Das ist so schön.«

London zog ihre Hand zurück und errötete stark.

»Ernsthaft, Tara. Hör auf damit. Wir daten nicht.«

Tara verdrehte die Augen und winkte wieder mit der Hand bei den Worten ihres Bruders. »Was auch immer. London, hattest du vor, am Mittwochabend zum Buchclub zu kommen?«

London nickte. »Solange alle meine Tagesgäste vorher ankommen, ja.«

»Gut. Dann sehe ich dich dort. Ich muss zurück in die Küche. *Aber* ich schicke euch beiden etwas Wein, um eure neue Beziehung zu feiern. Ich würde mit euch trinken, aber die Pflicht ruft.« Sie wirbelte auf dem Absatz herum. »So toll!« sagte sie, als sie wegging.

Seb stöhnte. London blickte auf die Bäume, unfähig, ihm in die Augen zu sehen, ohne zehn Schattierungen von Rot anzunehmen. Sie warf ihm einen flüchtigen Blick zu. Er rieb sich immer noch die Schläfen.

»Es tut mir leid wegen meiner Schwester.«

Sie räusperte sich und nahm all ihren Mut zusammen, um ihn anzusehen, und hoffte inständig, dass ihre Röte verschwinden würde. »Ist schon okay. Egal, was sie denkt, ich weiß, dass wir nur Freunde sind.«

Er nickte und griff nach seinem Wasserglas. »Richtig. Freunde.«

Als sie ihn trinken sah, konnte London nicht anders, als zu wünschen, dass Tara Recht hätte.

»Komm rein und ich mache dir einen Kaffee, bevor du zur Wache zurückfährst. Ich habe das Gefühl, du wirst ihn brauchen.« Sebs Stiefel hallten auf den Stufen der Veranda des B&Bs wider, als er hinter London die Treppe hinaufstieg.

Sie steckte den Schlüssel ins Schloss und drehte sich zu ihm um, während sie die Tür aufdrückte.

Ihr goldrot schimmerndes Haar fiel über ihre Schulter, die glänzenden Strähnen streiften über ihre weiche Haut. Seb ballte seine Fäuste, um nicht danach zu greifen.

»Ich sollte wirklich gehen.«

Sie verdrehte die Augen. »Kaffee dauert nur ein paar Minuten.« Ohne auf eine Antwort zu warten, trat sie ein und erwartete, dass er ihr folgte.

Murmelnd über das Behalten seiner Hände bei sich selbst und sture Frauen, folgte er ihr ins Haus und durch den Wohnbereich in die Küche. Er lehnte sich gegen die Arbeitsplatte und verschränkte die Arme, während er ihr bei der Arbeit zusah.

»Du musst das nicht tun, weißt du. Die Wache hat Kaffee. Verdammt, Boone's auch.«

Sie lächelte zu ihm hoch, ihre Augen funkelten. »Ja, aber meiner ist besser.«

Da würde er ihr nicht widersprechen. Sie hatte das perfekte Verhältnis von Kaffeepulver zu Wasser für ihre Maschine gefunden. Er hatte im B&B noch nie eine schlechte Tasse Kaffee gehabt. Sie bewahrte auch eine Flasche des Kaffeesahners, den er mochte, im Kühlschrank auf.

Während der Kaffee brühte, grub sie in der großen Speisekammer nach den Pappbechern zum Mitnehmen und zauberte schnell einen hervor. Seb holte den Sahner aus dem Kühlschrank und stellte ihn neben die sprudelnde Kaffeemaschine auf die Arbeitsplatte.

Eine unangenehme Stille senkte sich über sie. Normalerweise hatten sie keine Probleme, ein Gesprächsthema zu finden, aber heute Abend blockierte dieser intensive Blickaustausch, den sie im Restaurant gehabt hatten, Sebs Zunge, und die lockere Beziehung, die er mit ihr hatte, war verschwunden. Sexuelle Spannung hatte ihren Platz eingenommen. Es war nicht so, als hätte er ihre Schönheit noch nie zuvor bemerkt. Aber heute Abend kostete es ihn alles, sie nicht zu packen und zu küssen, bis sie beide vergaßen, dass es eine schlechte Idee war.

Dem Drang nachgebend, sie wenigstens zu berühren, streckte er die Hand aus und strich über ihre Schulter und die seidigen Strähnen ihres erdbeerblonden Haars, die darauf ruhten. Gänsehaut breitete sich auf ihrer Haut aus und ihre Pupillen weiteten sich, als sie erschrocken zu ihm aufsah.

Sebs Magen verkrampfte sich und sein Blut erhitzte sich als Reaktion auf ihre Reaktion. Er bewegte sich von der Arbeitsplatte weg, um vor ihr zu stehen, und umfasste leicht ihren Oberarm. Ihre Brust streifte seine, als sie einen unsicheren Atemzug nahm. Seb nahm ihr Gesicht in seine freie Hand und sah auf sie herab. In ihren Augen leuchtete Unsicherheit neben einem Summen von Verlangen.

Sein eigener Körper vibrierte vor Verlangen, das durch ihn floss, als er seinen Kopf senkte, bis seine Lippen nur noch Millimeter von ihren entfernt waren. Ihr warmer Atem stieß gegen seinen Mund, und er unterdrückte ein Stöhnen.

Die Kaffeemaschine piepte in dem Moment, als sich die Garagentür öffnete und Abigail hereinkam.

Seb sprang zurück und blickte über seine Schulter zu dem Mädchen, das gerade innerhalb der Tür stehen geblieben war. Ein enormes Lächeln breitete sich auf ihrem Gesicht aus, als sie den wie-ein-Reh-im-Scheinwerferlicht-Blick auf ihren Gesichtern und Londons gerötete Wangen bemerkte.

»Ich bin nicht hier.« Sie ging in den Raum und steuerte auf die Tür zum Wohnbereich zu. »Ich muss nur einen Pullover holen und dann gehe ich wieder.« Sie machte eine scheuchende Handbewegung. »Macht ruhig weiter, womit ihr beschäftigt wart.« Blitzschnell war sie durch die Küchentür, und ließ Seb und London wieder allein.

Er blickte wieder zu ihr hinunter, die Unbeholfenheit wuchs nun, nachdem der Moment unterbrochen worden war. Sie hatte ihre Arme vor der Brust verschränkt und schloss ihn damit effektiv aus. Das Verlangen, das er vorher gesehen hatte, war gedämpft, aber die Unsicherheit war immer noch da.

Er fuhr sich mit der Hand durch die Haare. »Ich sollte wahrscheinlich gehen.«

Sie nickte und drehte sich um, um seinen Becher zu füllen. Mit einer Effizienz, die aus dem Führen einer Pension geboren war, goss sie den Kaffee ein, fügte einen Schuss Sahne hinzu, bevor sie einen Deckel auf den Becher schnappte und ihn ihm reichte.

Seine Finger streiften ihre, als er ihn nahm, und er musste die Zähne zusammenbeißen, um die frische Welle des Verlangens zu zügeln, die drohte, seine Knie weich werden zu lassen. Die Sehnsucht, die in ihren Augen aufflammte, machte die Sache nicht besser.

Eilige Schritte auf der Treppe und das Zuschlagen der Haustür, als Abigail ging, rissen ihn aus seinen Gedanken, bevor er die Vernunft erneut in den Wind schlug. Er trat mehrere Schritte zurück und drehte sich zur Tür. »Kommst du und schließt hinter mir ab?«

Sie runzelte die Stirn. »Normalerweise schließe ich erst um neun ab, wenn ich zu Hause bin.«

»El, da draußen läuft ein Mörder herum und Abigail hat die Leiche gefunden. Tu mir den Gefallen, ja?«

Verständnis erhellte ihre Augen und sie nickte. Gemeinsam gingen sie zum Hauptteil des Hauses. Als sie den Eingang erreichten, zog eine Bewegung auf der Treppe Sebs Aufmerksamkeit auf sich. Er schaute hinüber und sah einen Mann in legerer, aber teurer Kleidung die Treppe herabsteigen.

»Hallo, Herr Brown«, sagte London.

»Frau Scott.« Der Mann lächelte kaum, als er das Erdgeschoss erreichte. Seine Augen huschten zu Seb und über das Abzeichen auf seinem Hemd, bevor er zur Tür weiterging.

»Stellen Sie sicher, dass Sie Ihren Schlüssel dabei haben. Ich werde die Haustür für die absehbare Zukunft verschlossen halten.«

Der Mann hielt inne und runzelte die Stirn, dann nickte er. »Verständlich. Sie sind die meiste Zeit des Tages allein hier.« Sein Blick wanderte noch einmal zu Seb, bevor seine Augen wegsahen.

Seb verengte seine eigenen Augen und musterte den Mann, als dieser das Haus verließ. Etwas an ihm ließ sein inneres Radar anschlagen.

London hielt die Tür auf und schaute zu Seb hoch. Er blickte stirnrunzelnd auf sie herab.

»Was weißt du über diesen Typen?«

»Herrn Brown?« Sie zuckte mit den Schultern. »Nicht viel. Er sagte, er sei geschäftlich hier. Er hat das nicht näher erläutert, und ich habe nicht nachgefragt.«

»Wie ist sein Vorname?«

»Doug. Warum?«

»Er wirkt ein bisschen zwielichtig. Wollte mir nicht wirklich in die Augen sehen.«

»Manche Leute mögen einfach keine Polizisten, Seb. Und du kannst ziemlich einschüchternd wirken.«

Seine Mundwinkel verzogen sich nach unten, und er starrte auf die Einfahrt, als Brown in einem Mercedes der neueren Generation wegfuhr. »Vielleicht. Aber mit allem, was passiert ist, wird alles, was sich auch nur ein bisschen seltsam anfühlt, meine Aufmerksamkeit erregen.« Und dieser Mann fühlte sich definitiv seltsam an. Er würde Sebs volle Aufmerksamkeit bekommen, sobald er zurück in seinem Büro war.

»Wir sehen uns später. Schließ hinter mir ab und öffne die Tür nicht, wenn du allein bist, für niemanden, den du nicht kennst.«

Sie nickte. »Ich werde vorsichtig sein.«

Seine Augen trafen auf ihre und dieser Drang, sie zu küssen, erhob wieder sein Haupt. Er steckte in so großen Schwierigkeiten.

Er zwang sich, den Blickkontakt zu unterbrechen, nickte einmal und ging aus der Tür. Es kostete ihn alles, sich nicht umzudrehen und direkt wieder reinzulaufen.

London schloss die Heckklappe ihres SUVs mit einem dumpfen Geräusch, bereit, nach Hause zu fahren und all die Lebensmittel auszuladen, die sie gerade gekauft hatte. Sie stieg in den Fahrersitz und verließ den Parkplatz des Geschäfts. Zwei Blocks weiter fiel ihr Blick auf das Schild des Baumarkts, und sie stöhnte. Sie hatte vergessen, dass sie einige Spezial-Wandleuchten bestellt hatte, um sie im Wohnzimmer anzubringen und die Farmhaus-Einrichtung zu verschönern. Mr. Marsters hatte sie vor über einer Woche angerufen, um ihr mitzuteilen, dass sie eingetroffen waren.

Für einen kurzen Moment spielte sie mit dem Gedanken, weiterzufahren und Abigail später zu schicken, um sie abzuholen, verwarf die Idee aber schnell wieder. Nur weil ihre Nichte behauptete, der Mann hätte einen Schwarm für sie, machte es das noch nicht wahr. Und sie konnte ihm nicht für immer aus dem Weg gehen. Es war eine Kleinstadt.

Sie verlangsamte und lenkte in einen der schräg an der Straße liegenden Parkplätze. Sie stellte den Motor ab und holte tief Luft.

»Du schaffst das. Abigail hat sich das wahrscheinlich nur eingebildet.«

Mit einem kurzen Kopfschütteln stieg sie aus dem Fahrzeug und ging hinein. Mr. Marsters stand an der Theke und lächelte, als sie eintrat.

Sie begrüßte ihn mit einem kurzen Winken und ging zu ihm.

»Hallo, Mr. Marsters. Ich bin hier, um meine Wandleuchten abzuholen.«

»Ach ja, richtig. Sie sind hinten. Lassen Sie mich sie holen.«

London lehnte sich gegen die Theke und ließ ihren Blick durch den Laden schweifen, nachdem er weggegangen war. Sie sollte, wenn sie schon hier war, etwas Sprühfarbe für den Gartentisch holen, den sie letzte Woche gekauft hatte.

Sie richtete sich auf, schlenderte den Farbengang entlang und blieb vor dem Sprühfarbenregal stehen. Jetzt musste sie sich nur noch für eine Farbe entscheiden.

»London. Ich dachte mir, dass du das bist.«

Sie blickte von der Dose mit gesprenkelter Eierschalenfarbe in ihrer Hand auf und lächelte ihre Freundin und Besitzerin des örtlichen Cafés, Macy Briggs, an.

»Hallo, Macy.«

Macy kam näher, ihr Blick auf die Farbe in Londons Hand gerichtet.

»Was streichst du an?«

»Einen Tisch. Ich habe ihn letzte Woche auf einem Flohmarkt gefunden. Er wird ein paar dringend benötigte Sitzplätze zu meiner Terrasse hinzufügen.«

»Nun, das klingt nach mehr Spaß als der Grund, warum ich hier bin. Meine extra-schicke, überteuerte Espressomaschine hat den Geist aufgegeben, und ich hoffe, ich kann sie reparieren.«

»Oh nein! Was ist damit passiert?«

»Die Dampfdüse ist abgebrochen. Ich habe ein paar Teile gefunden, die, glaube ich, funktionieren könnten, bis das eigentliche Teil kommt.« Sie hielt zwei verschiedene Düsen hoch. »Keine von ihnen ist so lang wie die, die kaputt gegangen ist, aber sie werden vorerst ausreichen. Ich hoffe nur, dass das Gewinde passt, sonst bin ich geliefert. Selbst mit der Eilbestellung für das Teil wird es immer noch Donnerstag, bevor es hier ist.« Sie deutete auf die Farbe. »Genug von meinen Problemen. Ich würde lieber nicht an sie denken. Ist das die Farbe, für die du dich entscheidest?«

»Vielleicht. Glaubst du, sie wird zu schmutzig, wenn der Tisch draußen steht?«

Macy nickte. »Ich weiß, dass du helle Farben magst, aber ich würde diese hier nehmen.« Sie nahm eine Dose mit einem viel dunkleren Farbton vom Regal. Sie war gesprenkelt wie die andere, aber in einem Schokoladenfarbton.

London stellte sich die Stühle vor, die sie für den Tisch gekauft hatte. Sie würden gut zu dieser Farbe passen. Sie stellte die Eierschalenfarbe zurück und nahm die andere Dose von Macy entgegen, griff dann nach einer zweiten. »Klingt gut für mich.«

Die Frauen drehten sich um und gingen zurück zur Vordertheke.

Mr. Marsters war mit ihren Leuchten zurückgekommen, aber London bedeutete Macy, vor ihr zu gehen, da sie wusste, dass die andere Frau zurück in ihr Café musste, um die Maschine zu reparieren.

»Also«, sagte Macy mit einem lebhaften Glitzern in den Augen. »Ich habe dich und einen bestimmten umwerfend gut aussehenden Sheriff gestern Abend zusammen in Heartwood gesehen. Wann hat das angefangen?«

London verdrehte die Augen und seufzte. »Da läuft nichts. Wir haben zu Abend gegessen. Als Freunde.«

»Natürlich habt ihr das. Freunde halten nicht Händchen und starren sich nicht tief in die Augen.«

»Du klingst wie Tara.«

»Kluge Frau.« Macy kicherte. »Wenn mich ein Mann so ansehen würde, wäre das 'Freunde'-Etikett bis zum Morgen verschwunden.« Sie reichte Mr. Marsters ihre Kreditkarte.

London errötete und Macys Augen weiteten sich.

»Oh mein Gott, hast du?«

Mit jeder Sekunde röter werdend, schüttelte London den Kopf. »Nein. Nichts ist passiert. Wir haben gegessen, und er hat mich nach Hause gebracht.« *Und er hätte mich fast in meiner Küche geküsst.*

»Ihr seid zusammen gefahren?« Sie warf die Hände in die Luft. »Eindeutig ein Date.«

»Es war kein Date!«

Macy nahm ihre Tasche von Mr. Marsters entgegen und grinste London an. »Wenn du meinst. Ich muss jetzt los, aber wir sehen uns am Mittwoch und du kannst mir und den anderen alles über dein Nicht-Date erzählen.«

London unterdrückte ein Stöhnen. Gerade so.

Macy winkte mit den Fingern und eilte aus dem Laden, um ihre Kaffeemaschine zu reparieren.

Sie blickte auf, als Mr. Marsters sich räusperte.

»Also, Sie haben den Sheriff gestern gesehen?«

Sie nickte und versteifte sich, in der Hoffnung, dass er sie nicht auch nach ihrer Beziehung zu ihm fragen würde.

»Wie kommt seine Ermittlung voran? Irgendwelche Hinweise?«

»Nicht dass ich wüsste.« Sie sank erleichtert an die Theke, dankbar, dass er sie nicht über ihr Nicht-Date mit Seb ausfragen würde. »Er verfolgt aber jeden Winkel, den er kann. Er ist gestern Abend wieder zur Arbeit gegangen, nachdem wir von der Ranch zurück waren.«

»Er ist ein guter Polizist«, sagte er, während er ihren Einkauf abrechnete.

Sie nickte. »Ja. Wenn jemand diesen Fall lösen kann, dann Sebastian.«

»Ich habe gehört, dass Ihre Nichte und ihr Freund die Frau gefunden haben. Geht es ihr gut?«

»Sie war etwas geschockt, hat sich aber damit abgefunden. Meistens will sie nur, dass Seb die Person findet, die es getan hat, damit diese Frau in Frieden ruhen kann.«

»Das verstehe ich. Meine Schwester wurde vor Jahren ermordet. Die Polizei hat ihren Mörder nie gefasst.«

»Oh, Mr. Marsters. Es tut mir so leid. Das wusste ich nicht. Das ist schrecklich.«

Er blickte nach unten und vermied ihren Blick, während Schmerz sein Gesicht zeichnete. »Das war es. Sie war jung - nur einundzwanzig. Aber nach dreißig Jahren glaube ich nicht, dass sie jemals herausfinden werden, wer sie getötet hat.«

Sie legte ihre Hand auf seine. »Man weiß nie. Vielleicht sollten Sie Seb bitten, sich den Fall anzusehen, wenn dieser hier endet. Er ist ein sehr guter Ermittler und könnte Ihnen vielleicht zu einem Abschluss verhelfen.«

Er nickte und schniefte. »Das könnte ich tun.« Er hielt ihr den Kassenbon hin. »Hier bitte. Ich trage diese Leuchten für Sie hinaus.«

London folgte ihm nach draußen und öffnete die hintere Beifahrertür, damit er die Lichterkästen auf den Sitz stellen konnte.

»Haben Sie gehört, wann mein Wasserhahn da sein wird?« Neben den Wandleuchten hatte sie auch einen neuen Küchenarmatur bestellt. Einen mit einem großen ausziehbaren Auslauf, den sie mit einer Berührung an- und ausschalten konnte. Sie konnte es kaum erwarten, bis er da war, aber er war nicht lieferbar.

»Nein. Aber ich werde den Großhändler anrufen und sehen, ob sie mir eine Schätzung geben können.«

»Das wäre großartig. Vielen Dank.«

»Kein Problem. Und hören Sie, seien Sie da draußen vorsichtig. Der Sheriff kann nicht die ganze Zeit da sein, um auf Sie aufzupassen. Wenn Sie etwas brauchen, bin ich nur einen Anruf entfernt.«

London kämpfte gegen die Röte, die sich auszubreiten drohte. Abigail hatte Recht gehabt. »Das ist sehr nett von Ihnen, Mr. Marsters. Vielen Dank.«

Er nickte und schloss die Tür. Sie ging um die Fahrerseite herum und stieg ein, winkte ihm zu, als sie den Motor startete. Ryan war ein gutaussehender Mann, aber viel zu alt für sie. Es war jedoch schade. Er war nett.

London sank auf ihre Matratze und seufzte. Nach ihrer Rückkehr aus der Stadt hatte sie ihre endlose Liste an Aufgaben erledigt und zwei weitere Paare eingecheckt, die die Woche über blieben. Mit Beginn der Sommersaison hatte sie jetzt fast täglich Gäste, die kamen und gingen. Sie war müde und bereit, die friedliche Vergessenheit des Schlafes zu begrüßen, bevor sie aufstehen musste, um Frühstück zu machen.

Gerade als sie sich entspannte und die Augen schloss, klopfte es an der Tür zum Familienbereich den Flur hinunter.

Stöhnend setzte sie sich auf und schwor, den Gast zu rösten, der es wagte, sie so spät zu stören, wenn er keinen guten Grund für das Klopfen hatte.

Sie warf einen Bademantel über ihren Pyjama und tappte barfuß den Flur hinunter, öffnete das Schloss. Sie zog die Tür auf und sah Doug Brown dastehen.

»Es tut mir leid, Sie so spät zu stören, Ms. Scott, aber ich habe das gerade auf der Türschwelle draußen gefunden, als ich eben reinkam.«

London öffnete die Tür weiter und nahm mit einem Stirnrunzeln die kleine Schachtel von ihm entgegen. »Danke, Mr. Brown.«

Sein Kopf nickte einmal. »Gern geschehen. Gute Nacht.«

Sie murmelte auf Wiedersehen und schloss die Tür, verriegelte sie erneut, ihre Aufmerksamkeit auf dem Päckchen in ihrer Hand. Es war nicht groß. Vielleicht fünfzehn Zentimeter im Quadrat. Es war in braunes Papier eingewickelt und ihr Name war in ordentlichen Blockbuchstaben darauf geschrieben.

Sie trug es zurück in ihr Zimmer und stellte es auf ihre Kommode. Mit einem Finger unter der Naht riss sie das

Papier auf und enthüllte eine weiße Schachtel. Sie hob die Lasche am Deckel an. Eine Notiz lag oben auf einem Bündel von sechs Badebomben.

Jetzt neugieriger als zuvor, öffnete sie die Karte und keuchte, als sie sie las.

Damit du so süß duftest wie deine hübschen Blumen.

- XO

Sie runzelte die Stirn, während sie auf das Geschenk hinabblickte. Wer würde ihr so etwas schicken? Der einzige Mann, mit dem sie irgendeine Art von romantischer Beziehung hatte, war Seb, und selbst das war eine Dehnung der Definition. Sie bezweifelte sehr, dass er ihr anonym ein Geschenk schicken würde. Nein, wenn er ihr ein Geschenk machen würde, würde er es ihr persönlich geben und nicht an der Tür zurücklassen.

Aber wen ließ das übrig?

Ryan Marsters' Gesicht blitzte in ihrem Kopf auf.

Würde er? Sie kannte ihn nicht wirklich gut. Wenn er heimlich in sie verliebt wäre, würde er vielleicht ein Geschenk an ihrer Türschwelle hinterlassen.

Ein Blick auf die Uhr zeigte, dass es viel zu spät war, um ihn anzurufen und zu fragen. Sie wollte den Mann auch nicht in Verlegenheit bringen, wenn er es nicht geschickt hatte.

Mit einem Schnauben schob sie die Schachtel weg und kroch zurück ins Bett. Antworten müssten bis zum Morgen warten. Als sie die Nachttischlampe ausschaltete, war ihr früheres Gefühl der Entspannung verschwunden. So viel zu einer erholsamen Nachtruhe.

»Geht es dir gut, El?«

London blinzelte ihre Nichte an und brauchte einen Moment, um zu registrieren, dass das Mädchen eine Frage gestellt hatte. »Ja. Tut mir leid. Ich bin heute einfach super müde.« Es hatte eine ganze Weile gedauert, bis sie nach Erhalt dieses Geschenks eingeschlafen war, und dann hatte sie den Rest der Nacht unruhig geschlafen.

»Du kannst nach oben gehen und wieder ins Bett gehen, wenn du möchtest. Ich kann das Frühstück und das Aufräumen übernehmen.«

»Oh, Schätzchen, das ist so nett von dir, aber ich schaffe das schon. Ich brauche nur noch eine Tasse Kaffee.«

Abigail kicherte. »Du klingst wie Seb.«

»Hat jemand meinen Namen erwähnt?«

London schaute hinter Abigail und sah Seb in der Tür stehen, in einem sauberen Uniformhemd und Jeans, sein Haar noch feucht von der Dusche. Sie sehnte sich danach, mit ihren Fingern hindurchzufahren und über sein frisch rasiertes Kinn zu streichen. Stattdessen nahm sie ihre Kaffeetasse und nahm einen großen Schluck der heißen Flüssigkeit.

»Was machst du hier?« fragte Abigail.

Seb trat in die Küche und zerzauste das Haar des Mädchens. London warf ihm einen Blick zu, der ihn anflehte, nicht zu erwähnen, dass sie ihn früh am Morgen angerufen und gebeten hatte, vorbeizukommen.

Er nickte ihr unmerklich zu. »Das Kochen deiner Tante ist einfach so gut, dass ich beschlossen habe, dass ich eine weitere Dosis brauche.«

Abigails Lächeln war blendend, als sie zwischen den beiden hin und her schaute, keine Sekunde davon überzeugt, dass da nicht etwas zwischen ihrer Tante und ihrem Patenonkel am Entstehen war. »Nun, du hast Glück. Sie hat heute Morgen Frühstücks-Burritos gemacht.«

»Das hat sie gestern erwähnt. Deshalb bin ich hier.«

London deutete auf den Herd. »Bedien dich.« Sie wandte sich an Abigail. »Abs, würdest du all die Toppings herausnehmen und sie auf dem Buffet arrangieren und dann nachsehen, ob genug Servietten im Spender sind?«

Abigail nickte und sammelte die Schüsseln auf ein Tablett, ließ ihre Tante mit Seb allein. London schenkte ihm eine Tasse Kaffee ein, dann nahm sie selbst noch einen Schluck von ihrem.

Er setzte sich an den kleinen Tisch in der Küche und hob den Burrito, den er gerade gemacht hatte, an seinen Mund. »Also, worüber wolltest du mit mir sprechen?« Er nahm einen großen Bissen und wartete darauf, dass sie anfing zu sprechen.

Sie drehte sich um und holte die Schachtel, die sie gestern Nacht erhalten hatte, aus einem der Schränke. Sie legte sie vor ihm auf den Tisch.

»Das wurde gestern Nacht auf der Veranda hinterlassen. Doug Brown hat es gefunden, als er spät nach Hause kam, und es mir gebracht.«

Seb runzelte die Stirn und legte sein Essen hin. »Was ist drin?«

»Badebomben. Und eine Notiz.«

Er öffnete den Deckel und nahm die Karte heraus, hielt sie mit seiner Serviette an der Ecke fest.

»Du weißt nicht, von wem sie ist?« fragte er, nachdem er einen Blick auf die unsignierte Karte geworfen hatte.

Sie schüttelte den Kopf. »Nein.« Sie streifte mit der Schuhspitze auf dem Boden und schaute nach unten.

»Was?«

Sie schaute wieder zu ihm auf. »Was?«

»Du sagst mir nicht alles. Was ist es? Hast du einen Verdacht?«

Mit einem Seufzer schaute sie zur Decke hinauf, bevor sie sich wieder ihm zuwandte. »Zuerst dachte ich, sie könnten von dir sein. Nach dem anderen Tag -« sie brach ab und schaute weg, die Muskeln in ihrem Kiefer arbeiteten, während sie ihre Zähne zusammenbiss und versuchte, sich nicht an die Art zu erinnern, wie ihr Körper auf ihren Beinahe-Kuss reagiert hatte. »Jedenfalls dachte ich, wenn du mir etwas geben wolltest, würdest du es nicht unsigniert auf meiner Veranda hinterlassen. Die einzige andere Person, an die ich denken kann, ist Ryan Marsters.«

Sebs Augenbrauen schossen nach oben. »Der Baumarktbesitzer? Er ist in seinen Fünfzigern.«

»Ich weiß, aber Abigail sagte, sie glaubt, dass er mich mag, und als ich gestern dort war, schienen einige Dinge, die er sagte, das zu bestätigen.«

»Ich kann vorbeischauen und ihn fragen-«

»Nein!« Mit ausgestreckten Händen unterbrach sie ihn. »Ich möchte ihn nicht in Verlegenheit bringen. Er ist ein netter Kerl. Kannst du die Schachtel einfach auf Fingerabdrücke überprüfen? Wenn er sie geschickt hat, ist es mir egal, aber ich würde es gerne mit Sicherheit wissen. Ich meine, was ist, wenn er es nicht war? Was ist, wenn da draußen jemand ist, der mich beobachtet, den ich nicht kenne?«

Sebs Kiefer spannte sich an, als er über diese Idee nachdachte. »Ja. In Ordnung. Ich werde es überprüfen. Was möchtest du, dass ich damit mache, wenn ich einige Ergebnisse habe?«

»Behalte es einfach. Ich werde herausfinden, was zu tun ist, wenn ich weiß, von wem es ist.«

Er nickte und legte die Notiz zurück in die Schachtel. »Ist sonst noch etwas Ungewöhnliches passiert, das dir einfällt?«

Sie biss sich auf die Lippe, während sie nachdachte und über den Rand ihrer Tasse auf einen Punkt an der Wand hinter seinem Kopf starrte. »Nein. Aber wenn es *irgendwas* anderes gibt, kannst du darauf wetten, dass ich dich anrufen werde.«

»Vielleicht-« er brach ab und lehnte sich in seinem Stuhl zurück, fuhr sich mit einer Hand durch das Haar. »Vielleicht sollte ich eine Weile hierbleiben.«

Londons Herz setzte aus und schlug dann staccato in ihrer Brust. »Was?«

Zögern zeichnete seine Gesichtszüge. Er kniff für einen Moment die Augen zusammen. Als er sie wieder öffnete, schien eine müde Resignation aus ihren dunklen Tiefen.

»El, ich denke, es wäre eine gute Idee, wenn ich für eine Weile einziehen würde. Ich wollte dich nicht beunruhigen, aber jetzt, wo du anonyme Geschenke bekommst, solltest du wissen, dass du eine gewisse Ähnlichkeit mit meinem Mord- opfer hast.«

Ihr gesamtes Blut wich aus ihrem Gesicht. Sie sackte gegen die Arbeitsplatte hinter ihr, als ihre Knie zu Wackelpudding wurden.

Sie was?

Seb stand sofort vor ihr, nahm ihr vorsichtig die Kaffeetasse aus der Hand und stellte sie hinter sie. Er nahm ihre Hände in seine und beugte sich in die Knie, damit er ihr in die Augen sehen konnte.

»Schatz, ich werde nicht zulassen, dass dir etwas passiert, ich schwöre.«

Sie starrte in seine schokoladenbraunen Augen und ein Teil des Schocks begann zu verblassen. »Warum erzählst du mir das erst jetzt?«

Er richtete sich auf und seufzte, ließ aber ihre Hände nicht los. »Weil es keine Hinweise darauf gab, dass dieser Kerl mehr als eine Frau in einer Stadt auf einmal tötet. Es erschien - erscheint - unwahrscheinlich, dass es einen weiteren Mord in der Gegend geben wird.«

London runzelte die Stirn. »Warte. Es wurden andere Frauen wie die, die Abigail und Trent gefunden haben, ermordet?«

Seb nickte. »Ich habe drei andere Fälle in umliegenden Bundesstaaten gefunden, die diesem hier ähneln.«

»Jesus, Sebastian.« Sie zog ihre Hände aus seinen und bewegte sich weg, brauchte Raum zum Nachdenken. Sie rieb ihre Stirn, starrte auf den Boden, bevor sie sich wieder zu ihm umdrehte.

»Also, wenn du nicht besorgt bist, dass es einen weiteren Mord geben wird, warum willst du dann einziehen?«

»Weil mich das Timing deines Geschenks beunruhigt. Ich mag keine Zufälle - nicht in einem Mordfall und sicher nicht, wenn es dich betrifft.«

Anziehung erhob bei seinen Worten wieder ihr Haupt. Warum musste der Mann so süß sein?

»Wenn du hier bleibst, weiß ich nicht, wo du schlafen sollst. Alle meine Gästezimmer sind ausgebucht und die zusätzlichen Schlafzimmer im Familienbereich haben keine Betten. Eines ist mein Büro und das andere habe ich als Lagerraum benutzt.«

»Ich kann auf der Couch im Wohnbereich deiner Wohnung oben schlafen.«

Ihre Augen weiteten sich. »Diese Couch ist ein Zweisitzer. Du bist ein Meter fünfundneunzig.«

Er zuckte mit den Schultern. »Dann bringe ich einen Schlafsack mit und campiere auf dem Boden. Der Punkt ist, dass ich mich nicht wohl fühle, dich und Abigail nachts hier allein zu lassen. Ich kann überall schlafen.«

»Wir sind nicht allein. Ich habe ein Haus voller Gäste. Niemand würde es wagen, hier einzudringen.«

»Vielleicht, aber wir wissen das nicht sicher. Was ist, wenn er irgendeinen Köder entwickelt, um dich nach draußen zu locken? Ich kenne dich. Du würdest deinen Gästen und Abigail sagen, drinnen zu warten, während du nachschaust.«

Sie runzelte die Stirn. Er hatte einen guten Punkt. »Was ist, wenn ich verspreche, dich zuerst anzurufen?«

Er sah sie nur an, und sie seufzte. Er kannte sie zu gut, um zu glauben, dass ein Anruf sie davon abhalten würde, nach draußen zu gehen, bevor er ankam, um nachzusehen, besonders wenn sie dachte, dass eine Gefahr für ihre Gäste bestand. Sie hatte mehrere Schusswaffen und würde nicht zögern, eine davon zu benutzen, um ihr Heim zu verteidigen.

»Gut. Aber ich will nicht hören, wie du dich über deinen Rücken beschwerst, weil du auf dem Boden geschlafen hast.«

»Ich werde eine Luftmatratze mitbringen.«

Sie konnte das Kichern nicht unterdrücken, das ihr bei dem

jungenhaften Lächeln auf seinem gutaussehenden Gesicht entwich.

»Wohin gehst du, dass du eine Luftmatratze brauchst?« fragte Abigail, die durch die Tür aus dem Esszimmer zurückkam.

»Auf den Boden deines Wohnzimmers.«

»Häh?« Der Blick des Mädchens sprang zwischen den beiden Erwachsenen hin und her.

London stieß einen Seufzer aus. »Seb denkt, er muss eine Weile hierbleiben. Anscheinend sehe ich der Frau ähnlich, die du und Trent gefunden habt, und er will auf Nummer sicher gehen.«

Die Augen des Mädchens wurden groß, während sie ihre Tante anstarrte. »Äh, ja. Ich denke, das ist auch eine gute Idee.« Sie wandte sich an Seb. »In wie großer Gefahr schwebt sie?«

»Sie ist vielleicht in gar keiner, aber ich nehme keine Chancen mit der Sicherheit von euch beiden in Kauf. Dieser Mord wurde gut ausgeführt. Das bedeutet, er ist geduldig und wird auf die richtige Gelegenheit warten. Bis ich ihn fange oder wir einen Hinweis bekommen, dass er weitergezogen ist, werde ich hier ein fester Bestandteil sein.«

Abigail nickte. »Du brauchst die Luftmatratze nicht, weißt du.« Sie nahm eine Schüssel mit geschnittenem Obst auf und drehte sich zur Tür. »Tante Londons Bett ist groß genug für euch beide.«

»Abigail!« Londons Gesicht wurde knallrot.

Das Mädchen warf ihnen beiden ein freches Lächeln zu und schlenderte aus der Küche.

Mit flammendem Gesicht weigerte sich London, Seb anzuse-hen. Stattdessen stellte sie sich vor den Herd und begann,

Eier in die Pfanne zu schlagen. Sie hatte bereits genug für alle, aber wenn sie nicht *irgendetwas* tat, würde sie weinend aus dem Zimmer rennen. Es wurde jeden Tag schwieriger, zu ignorieren, wie er sie fühlen ließ. Warum konnte sie nicht in einen Mann verknallt sein, der nicht tabu war?

Die Haare in ihrem Nacken stellten sich auf und Gänsehaut breitete sich über ihre Arme aus, als Seb hinter sie trat und seine Hände auf ihre Schultern legte. Er beugte sich vor, sein Atem strich über ihr Ohr, ließ die feinen Haare um ihr Gesicht flattern. Sie unterdrückte ein Stöhnen und umklammerte den Pfannenwender in einer Hand und den Pfannengriff in der anderen.

»Eines Tages werden du und ich das angehen müssen.« Seine Stimme war tief und vibrierte entlang ihrer Nervenenden.

Sie stählte sich gegen den Wunsch, sich in seinen Armen umzudrehen und ihren Mund auf seinen zu pressen. Stattdessen nahm sie einen zittrigen Atemzug und schob die Eier in der Pfanne herum. »Nein, werden wir nicht, denn es hat keinen Sinn. Es kann nirgendwo hinführen.« Wie sehr sie sich wünschte, dass es das könnte, aber um Abigails willen mussten sie nur Freunde bleiben.

Seine Hände spannten sich für einen Moment an, bevor er sie losließ und zurücktrat. »Ich muss zur Arbeit.« Seine Stimme trug eine Note der Resignation.

Sie nickte kurz und starrte weiter auf die Pfanne hinab, bewegte Eier herum. Er öffnete die Schublade neben dem Kühlschrank und nahm die Alufolie, um seinen Burrito einzuwickeln. Als er seinen Teller zum Waschbecken brachte, warf sie ihm aus dem Augenwinkel einen Blick zu, unfähig, ihn gehen zu lassen, ohne einen letzten Blick. Sein Kiefer war gespannt und sein Ausdruck angespannt. Sie hasste, was das mit ihnen machte, aber sie konnten einfach seine Beziehung zu Abigail nicht gefährden.

Er schaute zu ihr hinüber und erwischte sie, wie sie ihn anstarrte. Elektrizität zischte zwischen ihnen und er schluckte schwer. »Ich werde vor Einbruch der Dunkelheit zurück sein. Stell sicher, dass du abschließt, wenn du allein hier bist.«

Ohne auf eine Antwort zu warten, ließ er sich selbst durch die Garagentür hinaus.

London stieß den Atem aus, von dem sie nicht bemerkt hatte, dass sie ihn anhielt. Als sie auf die Pfanne hinunterblickte, verzog sie angewidert das Gesicht. Die Eier waren verbrannt. Sie nahm die Pfanne hoch und kippte ihren Inhalt in den Abfallzerkleinerer. Seb machte ihr Gehirn so wirr und durcheinander wie die Eier.

MIT ZUSAMMENGEKNIFFENEN AUGEN GEGEN DAS HELLE Sonnenlicht stieg Seb aus seinem Truck und ging auf den Mitarbeitereingang der Dienststelle zu, seine Hände voll mit seinem Aktenkoffer und seinem Frühstück. Er hatte London nicht angelogen, als er ihr sagte, dass er zur Arbeit musste. Aber er hatte es als Ausrede benutzt, um zu gehen. Er hätte bleiben und sein Essen beenden können, aber ihre Abweisung schmerzte, und er musste raus, bevor er etwas tat, das für immer alles verändern würde.

Während er die Dinge in seinen Händen jonglierte, strich er seinen Ausweis über den Kartenleser und ließ sich selbst ins Gebäude.

»Chef!«

Seb schaute über den Großraum hinweg und sah seine Schreibtisch-Sergeantin, die ihm von der anderen Seite des Raumes zuwinkte. Er änderte die Richtung und ging zu ihr.

»Bering sagte, er muss mit dir sprechen,« sagte sie, als er näher kam. »Er ist in seinem Büro.«

»Danke, Alaina.« Er gab ihr ein kurzes Nicken und drehte sich auf dem Absatz um, änderte seinen Kurs erneut.

Er ging an seiner Tür vorbei, um seinen Kopf in Calebs Büro zu stecken.

»Was gibt's, Bering?«

Caleb schaute von seiner Zweifingermethode an der Tastatur auf.

»Ich habe vom Labor gehört. Sie haben mindestens zwei Sätze Kleidung gefunden und sie wurden mit mehreren Monaten Abstand verbrannt.«

Seb runzelte die Stirn. »Er benutzt also denselben Ort, um die Kleidung der Opfer zu verbrennen, obwohl er sie aus verschiedenen Bundesstaaten entführt. Wir müssen noch einmal zu dieser Brandstelle zurückgehen. Dort könnte es mehr Beweise geben, wenn er diesen Ort häufig aufsucht.«

Caleb nickte. »Ich dachte dasselbe. Ich habe Gentry beauftragt, Feldausrüstung zusammenzustellen, und ich habe in Randalls Büro angerufen, um ein paar forensische Techniker zu bekommen, die mit uns kommen.«

»Gut. Ich würde mitkommen, aber der Bürgermeister hat angerufen, bevor ich heute Morgen überhaupt mein Haus verlassen hatte, und verlangte so bald wie möglich ein persönliches Update. Wie weit bist du mit der Identifizierung unseres Opfers?«

Caleb seufzte. »Nirgendwo. Sie passt auf keine vermisste Person im Staat. Randall hat ihre DNA mit deren verglichen und keine davon stimmte überein.«

»Hast du es in den Nachbarstaaten versucht?«

»Noch nicht. Das stand heute auf meiner To-Do-Liste, aber dann bekam ich den Anruf vom Labor wegen der Kleidung.«

»Nach meinem Treffen mit dem Bürgermeister werde ich eine Suche durchführen. Sehen, was ich herausfinden kann.«

Der Tumult hinter ihm ließ Seb sich umdrehen, um Aaron Gentry zu sehen, der den Flur herunterkam.

Er wandte sich zurück zu Bering. »Da kommt deine Hilfe. Lass mich wissen, was ihr findet.« Er stieß sich von der Wand ab und ging zu seinem Büro. Er jonglierte seinen Aktenkoffer über sein Handgelenk, steckte den Schlüssel ins Schloss und öffnete es. Als er um seinen Schreibtisch herumging, bemerkte er, dass die Nachrichtenlampe an seinem Telefon blinkte, und drückte die Wiedergabetaste, damit er seine Nachrichten hören konnte, während er seinen Burrito fertig aß.

Die erste Nachricht war von der Assistentin des Bürgermeisters, die ihn an ihr Treffen erinnerte. Er verdrehte die Augen und drückte die Taste, um sie zu überspringen. Der Bürgermeister war nicht schlecht, aber Seb hasste es, Politik zu spielen. Gott sei Dank war es kein Wahljahr. Die nächsten paar waren von Reportern, die um ein Update baten. Die letzte allerdings ließ ihn aufhorchen und aufmerksam werden.

»Sheriff, hier ist Detective Jace Travers von der Haskell PD in Nebraska. Ich habe Ihre E-Mail über Ihren Mordfall bekommen und ich denke, wir müssen reden. Rufen Sie mich an.« Er nannte seine Telefonnummer.

Seb stopfte sich den Rest seines Burritos in den Mund und wählte, während er schluckte. Er hatte die Polizeidienststellen angeschrieben, die die drei Morde bearbeiteten, die er in der NCIC-Datenbank gefunden hatte. Haskell war eine davon.

Travers nahm beim zweiten Klingeln ab.

»Hallo, Detective. Hier ist Sheriff Archer, ich rufe zurück. Sie haben Informationen für mich?«

»Vielleicht. Nach Ihrer E-Mail glaube ich, dass Sie Recht haben könnten, dass die Fälle verbunden sind. Sagen Sie mir, als Sie die Frau fanden, war sie in einem Hochzeitskleid positioniert?«

Sebs Burrito setzte sich wie Blei in seinem Magen ab. »Mit einem Blumenstrauß in den Händen?«

»Verdammt. Ich wusste, dass diese Szene zu raffiniert für einen gewöhnlichen Mord war.«

»Bei meiner NCIC-Suche habe ich zwei weitere gefunden, die übereinstimmen. Ich habe noch nichts von diesen Abteilungen gehört.«

»Haben Sie etwas gegen Gesellschaft? Ich bringe alle meine Akten mit, aber ich würde gerne auch Ihre sehen. Wenn wir unsere Köpfe zusammenstecken, können wir diesen Kerl vielleicht stoppen.«

»Sicher. Wann glauben Sie, können Sie hier sein?«

Travers seufzte. »Lassen Sie mich mit meinem Lieutenant sprechen, um die Genehmigung zu bekommen, aber ich sollte in ein paar Stunden auf der Straße sein können. Es ist dann eine sechsstündige Fahrt dorthin.«

»Okay. Lassen Sie mich Ihnen meine Handynummer geben, und wenn Sie in die Nähe kommen, rufen Sie mich an, und ich sage Ihnen, wo wir uns treffen. Und machen Sie keine Hotelreservierungen. Ich habe einen Ort, an dem Sie übernachten können.« Er nannte seine Nummer.

»Klingt gut. Ich schätze das. Ich lasse Sie wissen, wenn ich losfahre, damit Sie ungefähr wissen, wann Sie mit mir rechnen können.«

»Bis bald.«

Seb legte das Telefon zurück in seine Halterung, eine Welle der Vorfreude durchströmte ihn. Vielleicht würde das der Durchbruch sein, den sie brauchten, um diesen Mörder zu finden.

Sechs

Gelächter empfing London, als sie an diesem Abend nach dem Abendessen durch die Hintertür von Macys Café, dem Peppy Brewster, trat. Einmal im Monat trafen sie sich hier zu einem Mädelsabend, der als Buchclub getarnt war. Sie sprachen zwar über das Buch, verbrachten aber viel mehr Zeit damit, Wein zu nippen, zu snacken und zu tratschen.

Sie schob sich durch die Küchentür in den Hauptgastraum, wo Tara und Macy bereits mit dem anderen Mitglied ihrer Gruppe, Rayna Nydert, saßen.

»Hallo Leute.« London lächelte ihre Freundinnen an und stellte die Schachtel mit Macarons, die sie am Nachmittag gebacken hatte, auf den Tisch neben ihnen, wo bereits alle anderen Leckereien ausgebreitet waren.

»Oh, was hast du gemacht?« fragte Macy und stand auf, um zu sehen, was in der Schachtel war.

»Macarons. Brownie, Erdbeer-Limonade und Cookies n' Cream.«

Macy stöhnte und nahm von jeder Sorte einen. »Ich liebe und hasse unsere monatlichen Treffen gleichzeitig.« Sie stopfte sich den Erdbeer-Limonade-Keks in den Mund und stöhnte vor Vergnügen. »Wann lässt du dich endlich überreden, diese im Café zu verkaufen? Du könntest damit ein Vermögen machen.«

London grinste und nahm sich ein Weinglas, das sie mit einem tiefen roten Pinot Noir füllte. »Ich habe keine Zeit, so viele zu backen, wie du zum Verkaufen bräuchtest. Ich habe den ganzen Nachmittag gebraucht, um nur diese drei Chargen zu machen.«

Macy schmollte. »Wie wäre es mit einem Spezialangebot ab und zu?«

Sie neigte den Kopf. »Das könnte funktionieren.«

Die andere Frau quietschte. »Super!«

»Also, London«, sagte Rayna. »Ich habe gehört, du hattest ein Date mit Sebastian.«

London stöhnte. »Es war kein Date. Es war ein Abendessen. Unter Freunden.«

»Sah nicht aus wie nur ein Abendessen«, sagte Tara und stopfte sich einen Cookies n' Cream Macaron in den Mund.

London funkelte sie an. »Ihr solltet besser aufpassen, sonst nehme ich die Kekse wieder mit.«

Wie auf Kommando drückten alle drei Frauen die Macarons an ihre Brust.

»Es besteht kein Grund für solch drastische Maßnahmen. Trink deinen Wein und erzähl uns, was wirklich passiert ist«, sagte Rayna.

Ihrem Vorschlag folgend nahm London einen kräftigen Schluck. Es war schade, dass sie nicht betrunken werden konnte, aber sie musste nach Hause fahren. Etwas flüssiger Mut könnte ihr helfen, mit der Tatsache umzugehen, dass Seb heute Nacht in ihrem Haus schlafen würde.

Sie setzte sich auf einen der Stühle. Mit gesenktem Blick spielte sie mit dem Stiel ihres Glases. »Nichts ist passiert. Wie ich Macy schon sagte, er kam, um nach Abigail zu sehen, und es war um die Essenszeit. Er fragte, ob ich schon gegessen hätte, und als ich nein sagte, schlug er vor, dass wir etwas holen. Ich hatte nur wenige Gäste in der Pension und hatte nicht vor, viel für mich selbst zu kochen, also sagte ich ja.«

»Warum habt ihr dann Händchen gehalten?« fragte Tara. »Ich habe gesehen, wie ihr euch angesehen habt.«

London seufzte. »Diese ganze Geschichte mit der toten Frau hat Erinnerungen an den Tod von Eddie und Camille wachgerufen. Darüber haben wir gesprochen.«

Die anderen drei Frauen tauschten Blicke aus. Rayna lehnte sich vor und legte eine Hand auf Londons Arm. »Es tut mir leid. Wir haben gar nicht daran gedacht, wie dich und Abigail das beeinflussen muss.«

Sie atmete tief aus. »Schon gut. Wir kommen zurecht. Abigail ist ein starkes Mädchen. Sie kommt gut damit klar.«

»Und du?« fragte Tara mit sanfter Stimme.

London zuckte mit den Schultern. »Mir geht es okay. Obwohl mich der heutige Morgen etwas unruhiger gemacht hat.«

»Warum?« fragte Macy.

»Ich habe gestern Abend ein Geschenk bekommen, das vor meiner Türschwelle lag. Badebomben und eine Notiz, auf der stand: 'damit du so süß riechst wie deine hübschen Blumen'.«

»Was zum Teufel?« sagte Tara. »Hast du es Seb erzählt?«

Sie nickte. »Gleich heute Morgen. Da hat er mir gesagt, dass ich dem Mordopfer ähnlich sehe.«

»Was?« Macys Ausruf war ohrenbetäubend. »Bitte sag mir, dass du besonders vorsichtig bist.«

»Bin ich. Und Seb -« Sie brach ab und holte tief Luft, wobei sie jede ihrer Freundinnen ansah. »Er zieht ein.«

Listige Grinsen breiteten sich auf den Gesichtern aller drei Frauen aus. London verdrehte die Augen. »Holt eure Gedanken aus der Gosse. Er schläft auf dem Wohnzimmerboden der Familienwohnung.«

Macys Grinsen wurde nur noch breiter. »Will jemand wetten, dass er bis Ende des Wochenendes nicht mehr auf dem Boden schläft?«

London stöhnte und bedeckte ihre Augen. »Ich hasse euch alle.«

Alle lachten.

»Warum bist du so gegen eine Beziehung mit ihm? Ihr versteht euch großartig und er ist auch nicht schwer anzuschauen«, sagte Rayna.

»Ich will seine Beziehung zu Abigail nicht gefährden. Sie muss an erster Stelle stehen.«

»Schätzchen, das Mädchen ist sechzehn. Wenn es zwischen dir und Sebastian schief geht, wird das ihre Beziehung zu ihm nicht beeinträchtigen. In zwei Jahren wird sie vielleicht nicht einmal mehr unter deinem Dach leben«, sagte Macy. »Ich glaube, du hast einfach nur Angst.«

London runzelte die Stirn. »Nein, habe ich nicht.«

»Doch, total«, sagte Tara und mischte sich in das Gespräch ein. »Und Seb genauso. Ihr habt beide Gefühle füreinander. Gebt es einfach zu und macht weiter.«

»Du kannst gut reden, Fräulein-ich-hatte-seit-Jahren-kein-Date-mehr.«

Tara hob einen Finger. »Aber ich *war* zumindest mal verheiratet. Seitdem habe ich ein Unternehmen gegründet, und es hat all meine Zeit beansprucht. Dein Unternehmen ist gut etabliert. Du hast keine Ausrede. Ich glaube nicht, dass du Angst davor hast, Abigails Beziehung zu Seb zu gefährden. Ich glaube, du hast Angst, deine eigene zu riskieren. Wenn es schlecht läuft, hast du nicht nur einen Freund verloren, sondern auch einen Freund.«

»Sie hat Recht«, sagte Rayna. »Aber wenn du es nicht riskierst, könntest du das Beste verpassen, was dir je passiert ist. Er könnte dein Für-immer sein.«

London nahm noch einen Schluck ihres Weins und warf den anderen über den Glasrand hinweg skeptische Blicke zu. War das wirklich der Grund, warum sie vermied, mit Seb etwas anzufangen? Versteckte sie sich hinter Abigail, um ihre eigenen Gefühle zu schützen? Es würde mehr Wein und viel Selbstreflexion brauchen, bevor sie diese Antwort haben würde, fürchtete sie.

»Um nicht das Thema zu wechseln, aber hast du eine Ahnung, wer die Box geschickt hat?« fragte Macy.

Dankbar für die Atempause ergriff London die Gelegenheit. »Nicht wirklich. Niemand hat mich in letzter Zeit um ein Date gebeten, und ich habe auch niemanden bemerkt, der mir besondere Aufmerksamkeit schenkt.« Sie erwähnte Ryan Marsters nicht. Für den Fall, dass er derjenige war, der es geschickt hatte, wollte sie ihn nicht in Verlegenheit bringen. Er war nett, und sie wollte nicht, dass er dachte, sie würde sich über seine Gefühle lustig machen, indem sie sie mit ihren Freundinnen teilte.

»Was unternimmt mein Bruder dagegen?«

»Er hat die Box und den Zettel mitgenommen, um zu sehen, ob er brauchbare Fingerabdrücke bekommen kann. Ehrlich gesagt mache ich mir nicht wirklich Sorgen deswegen. Es ist wahrscheinlich nur von irgendeinem Mann aus der Gegend, der zu schüchtern ist, um mir direkt etwas zu sagen. Wenn es keinen Mord gegeben hätte, würde es nicht einmal auf dem Gruseligkeits-Meter ausschlagen. Seltsam, ja, aber nicht gruselig.«

»Nun, ich bin froh, dass er bei dir einzieht, auch wenn es nicht aus dem Grund ist, den wir alle wollen«, sagte Macy. »Es ist zu zufällig, und in diesem Fall kann man nicht vorsichtig genug sein.«

Die anderen murmelten ihre Zustimmung.

Insgeheim war London auch froh. Das Geschenk war schlecht getimed, wenn es von jemandem stammte, der einfach nur schwärmte, und es jagte ihr Gänsehaut ein.

KÄLTE KROCH DURCH SEBS KLEIDUNG, WÄHREND ER SICH AUF DIE Ladefläche seines Trucks stützte und auf Jace Travers' Ankunft wartete. Er schlug den Kragen seiner Jacke hoch und wünschte, er hätte seinen dickeren Mantel nicht aus dem Fahrzeug genommen. Diese Nacht bildete einen starken Kontrast zu dem warmen Wetter, das sie in der letzten Woche erlebt hatten.

Scheinwerfer durchbohrten die Dunkelheit, und er richtete sich auf. Es musste Travers sein. So weit außerhalb der Stadt gab es nicht viel Verkehr.

Das Fahrzeug – ein Pick-up neueren Modells – verlangsamte, als es sich der Abzweigung zur Einfahrt von The Broken Bow näherte. Es bog auf den Kiesweg ab und hielt hinter seinem

Truck an. Seb ging nach vorne, als der Fahrer den Motor abstellte und aus dem Fahrzeug stieg.

Er nahm den Mann in Augenschein, der ausstieg. Einen oder zwei Zoll kleiner als seine eigenen sechs Fuß und fünf Zoll, war Jace Travers ein großer Mann. Lässig gekleidet in Jeans, Poloshirt und Jacke, spannten sich Muskeln unter dem Stoff. Honigfarbenes Haar, an den Seiten kurz und oben länger geschnitten, wehte in der leichten Brise.

»Detective Travers?«

Der Mann nickte und streckte eine Hand aus. »Jace, bitte. Schön, Sie kennenzulernen, Sheriff. Tut mir leid, dass es so spät ist. Ich wurde in Haskell aufgehalten.«

Seb schüttelte seine Hand. »Das ist in Ordnung. Ich bin nur froh, dass Sie die Fahrt gemacht haben. Und nennen Sie mich Seb. Wenn Sie mir folgen, zeige ich Ihnen, wo Sie übernachten werden, und wir können durchgehen, was wir beide wissen.«

Sie stiegen wieder in ihre Fahrzeuge, und Seb führte ihn durch das Tor und die Auffahrt hinauf, vorbei am Restaurant seiner Schwester zu einer Gruppe von Gebäuden, die das Familienanwesen bildeten. Es bestand aus dem Haupthaus und mehreren kleineren Häusern für ihn und seine Geschwister sowie einem Wohnheim für ihre Rancharbeiter, die auf dem Grundstück wohnen wollten.

Er führte Jace zu einem einstöckigen, weißen Holzhaus in der Mitte des Komplexes. Er parkte davor, nahm seine Aktentasche vom Beifahrersitz und stieg aus dem Truck, wobei er Jace am Rand des Weges traf, der zur Veranda führte.

Jace sah sich um, Interesse leuchtete in seinen blauen Augen. »Wo sind wir?«

»Das ist die Ranch meiner Familie. Dies«, er deutete auf das Haus vor ihnen, »ist mein Haus. Die anderen kleineren gehören meinen Geschwistern. Meine Eltern wohnen im Haupthaus da drüben.« Er zeigte auf das größere zweistöckige Haus mit seiner grauen Verkleidung und der vollständigen Vorderveranda. Lichter schienen in den Fenstern der unteren Etage, und Seb wusste, dass seine Mutter und sein Vater wahrscheinlich im Wohnzimmer saßen und irgendein wöchentliches Krimidrama schauten.

»Komm rein, und ich erkläre dir, warum wir hier sind.«

Die Männer stapften die Verandatreppe hinauf, und Seb öffnete die Tür, führte Jace in das bescheidene Wohnzimmer. Hochwertige Ledermöbel dominierten den Raum, angeordnet um einen Teppich in Rot- und Goldtönen. Bilder seiner Familie schmückten die beigen Wände, und ein Fernseher hing über dem Kamin.

Seb warf seine Schlüssel in die Schale auf dem Tisch neben der Tür. »Willst du ein Bier?«

»Würde ich nicht ablehnen.«

Sie schlenderten in die Küche. Seb legte seine Tasche auf den Tisch und holte zwei lokale Craft-Biere aus seinem Kühlschrank. Er öffnete sie und reichte eines an Jace weiter, dann nahm er einen Schluck von seinem eigenen.

»Setz dich.« Er deutete auf den kleinen Tisch, der in der Ecke des Raumes stand.

Seb nahm den Stuhl am Fenster und stellte sein Bier ab, öffnete seine Aktentasche. Jace legte seinen Ordner nieder und schlug ihn auf.

»Das ist alles, was ich bisher habe«, sagte Seb und schob einen Ordner über den Tisch zum Detective.

Jace reichte ihm seinen eigenen Ordner, und beide Männer begannen zu lesen.

Die Ähnlichkeiten waren alarmierend. Beide Frauen wurden in verlassenen Gebäuden auf einem Bett entdeckt, trugen ein Vintage-Hochzeitskleid, ihre Hände auf der Brust platziert und hielten einen Blumenstrauß. Er zog das Bild der Frau heraus, die von der Haskell Polizei identifiziert wurde, und sein Magen zog sich zusammen. Charity Bledell. Sie hatte auch eine Ähnlichkeit mit London.

»Ich würde sagen, wir suchen definitiv nach demselben Mann«, sagte Jace und blickte von der Akte auf.

Seb nickte. »Ja. Ich sehe, dass Sie auch nicht mehr Glück hatten, eine Spur des Killers zu finden, als ich.«

Jace schüttelte den Kopf. »Nein. Außer den Blumen, die aus der Wildnis gepflückt wurden, und dem Kleid, das wir nicht zurückverfolgen konnten, wurde nichts anderes an ihrem Körper oder unter ihren Nägeln gefunden. Unser Toxscreen zeigte keine Drogen in ihrem System. Der Gerichtsmediziner sagte, sie sei etwa einen Monat tot gewesen, als wir sie fanden. Sie verschwand einige Wochen davor.«

»Also hat er sie eine Weile festgehalten?«

Jace nickte. »Ja. Der Gerichtsmediziner fand auch Beweise für Vergewaltigung, konnte aber keine DNA bekommen.«

»War sie eine Einheimische?«

»Nicht wirklich. Sie war für Saisonarbeit im Staatspark in der Gegend. Unser Gerichtsmediziner bekam einen teilweisen Fingerabdruck von ihr, und er war in der Strafverfolgungsdatenbank. Sie musste für ihren Job Fingerabdrücke abgeben. Wir haben nie ihre Kleidung oder ihren Ausweis gefunden.«

»Ich glaube, ich könnte einen Hinweis darauf haben. Wir fanden eine kleine Lagerfeuerstelle bei der Suche am Berghang nach Hinweisen, und sie enthielt Überreste von Kleidung von mehr als einer Person. Unser Labor identifizierte mindestens zwei Sets und sagte, es sei möglich, dass es mehr waren, aber sie waren zu völliger Asche verbrannt. Wissen Sie, was Ms. Bledell trug, als sie verschwand?«

»Jeans und eine ärmellose rosa Bluse. Ihre Mitbewohnerin meldete sie als vermisst, nachdem sie nicht von einem Date nach Hause kam. Und bevor Sie fragen, wir haben den Mann überprüft, mit dem sie ausging, und er war sauber. Er sagte, sie fuhren getrennt, und er verabschiedete sich von ihr in der Bar und ging dann nach Hause. Er kaufte auf dem Weg zu seinem Haus Benzin. Wir haben eine Quittung dafür, und die Türklingel-Kamera des Nachbarn auf der anderen Straßenseite bestätigte, dass er zehn Minuten später zu Hause ankam. Er ging erst am nächsten Morgen wieder hinaus.«

Seb lehnte sich zurück und dachte nach. »Ich bekam heute Anrufe von den beiden anderen Abteilungen. Sie sagten im Wesentlichen dasselbe wie Sie darüber, wie sie gefunden wurde. Sie fanden auch nie ihre Kleidung oder ihren Ausweis. Ich denke, der Killer könnte aus dieser Gegend stammen, da wir hier die Kleidungsreste gefunden haben.«

»Das, oder er hat Angst, dass jemand die Kleidung finden könnte, möglicherweise weil er umzieht oder jemand bei ihm eingezogen ist, sodass er sie alle entsorgen musste. Er könnte auch mobil sein und sie loswerden mussten.«

Er konnte das Argument nachvollziehen. Es war möglich, dass etwas an diesem letzten Opfer ihn mit ihr in Verbindung bringen könnte – Blut oder andere Spuren – und aus Angst hatte er alle Kleidungsstücke verbrannt, nicht nur ihre. Aber es erklärte nicht den Unterschied, wann die Kleidung verbrannt wurde.

»Wenn das der Fall wäre, dann wäre alle Kleidung auf einmal verbrannt worden und nicht zu verschiedenen Zeiten.«

»Okay, gehen wir von deiner Theorie aus. Der Typ ist ein Einheimischer. Wer, glaubst du, könnte es sein?«

Das war die Millionen-Dollar-Frage. Er hatte seinen gerechten Anteil an Betrunkenen und Unruhestiftern, aber jemand, der zu einem so kaltblütigen Mord fähig war? Niemand kam ihm in den Sinn.

»Um ehrlich zu sein, bin ich mir nicht sicher. Niemand sticht für mich heraus. Ich habe einen Kerl, den ich näher betrachten möchte, aber ich bezweifle, dass er es ist.«

Ein neugieriges Stirnrunzeln senkte Jaces Braue. »Wie meinst du das?«

»Meine – Freundin, London Scott, hatte gestern Abend ein Geschenk vor ihrer Tür. Es war eine Schachtel mit Badebomben mit einer unsignierten Notiz. Sie gab mir einen Namen, von wem sie dachte, dass es sein könnte, aber sie war sich nicht sicher. Einer der örtlichen Ladenbesitzer könnte ein bisschen in sie verknallt sein, aber er ist viel älter als sie. Ich kann mir auch nicht vorstellen, dass er etwas so Abscheuliches tun würde. Er ist ein netter Kerl. Ein bisschen einsam, vielleicht, aber kein Mörder.« Sebs Mund wurde bei dem Gedanken an jemanden, der London nachstellt, fest. Unschuldig oder nicht, er mochte es nicht.

»Was bringt dich dazu zu denken, dass ihr Geschenk mit den Morden zusammenhängt?«

Seb nahm sein Handy heraus und rief ein Bild auf, das er kürzlich von London gemacht hatte. Sie war bis zu den Ellbogen in Mehl gewesen, beim Backen, und sah bezaubernd aus. Er hatte nicht widerstehen können, trotz ihrer Bitten, das Telefon wegzulegen.

Er zeigte Jace das Bild. »Das ist London.«

Seine Augen weiteten sich.

Seb schaltete das Telefon aus und steckte es zurück in seine Tasche. »Ich weiß. Sie könnte ein Ebenbild jedes unserer Opfer sein. Ich habe ihr gesagt, dass ich für die absehbare Zeit einziehe.«

Jace studierte ihn, und Seb konnte erkennen, dass er versuchte, ihn zu durchschauen.

»Was ist deine Beziehung zu dieser Frau? Du sagtest Freundin, aber du hast gezögert.«

Seb seufzte und nahm noch einen Schluck von seinem Bier. »Es ist kompliziert. Mein bester Freund war ihr Bruder und ich bin der Patenonkel seiner Tochter, Abigail. Eddie starb vor ungefähr fünf Jahren zusammen mit seiner Frau bei einem Autounfall. London übernahm die Erziehung ihrer Nichte. Sie will nichts anfangen, weil es meine Beziehung zu ihr gefährden könnte, aber Abigail ist jetzt sechzehn. Ich frage mich langsam, ob es wirklich meine Beziehung zu Abigail beeinträchtigen würde, wenn es zwischen uns schiefginge. Sie ist wie eine Tochter für mich. Ich kann mir nicht vorstellen, dass sich daran jemals etwas ändern würde.«

Jace nahm einen Schluck von seinem Bier. »Nimm es von jemandem, der es weiß – warte nicht. Wenn du Gefühle für diese Frau hast – echte, könnte-für-immer-sein-Gefühle – dann handle danach. Das Leben ist zu kurz.«

Er musterte den jüngeren Mann über seine Bierflasche hinweg, sagte aber nichts. Die Anspannung in Jaces Kiefer sagte alles.

»Nun, unabhängig vom Status unserer Nicht-Beziehung übernachte ich ab heute bei ihr.« Er schob seinen Stuhl zurück und stand auf. »Komm mit. Ich zeige dir das Gästezimmer und du kannst dich einrichten, während ich eine Tasche packe.«

Seb führte ihn den Flur hinunter zu einem ordentlichen Zimmer. Ein Bett in Queensize mit Ahornrahmen stand in der

Mitte einer Wand, bedeckt von einer hellblauen Steppdecke und flankiert von passenden Nachttischen. Eine Kommode schmiegte sich an eine andere Wand und vervollständigte die Schlafzimmereinrichtung. Weitere Fotografien wie die im Restaurant seiner Schwester zierten die Wände.

Jace ging zu dem Bild, das über der Kommode hing: ein alter Cowboy mit von Jahren im Sattel krummen Knien, der inmitten einer Rinderherde stand. Der Sonnenuntergang warf goldene Strahlen durch den Staub und legte tiefe Schatten in die Vertiefungen seines Gesichts.

»Wow.« Er blickte zurück zu Seb. »Weißt du, wer das aufgenommen hat?«

»Meine Schwester, Tara.«

Jace betrachtete das Foto noch einmal. »Ich glaube, ich würde sie gerne mal kennenlernen. Sehen, was sie sonst noch fotografiert hat.«

»Ich denke, das wirst du, während du hier bist. Sie besitzt das Restaurant, an dem wir auf dem Weg zum Familiengrundstück vorbeigekommen sind. Sie war Fotojournalistin, bevor sie nach Hause zurückkehrte und beschloss, ein Restaurant zu eröffnen.«

»Warum hat sie ihre Karriere aufgegeben?«

»Es ist kompliziert.« Es war nicht Sebs Geschichte zu erzählen, also beließ er es dabei.

Jace warf ihm einen fragenden Blick zu, stellte aber keine weiteren Fragen.

»Hast du gegessen?«, fragte Seb.

»Ich hatte vor ein paar Stunden einen Burger von einem Fast-Food-Laden. Ich dachte, ich würde einen Supermarkt finden und mir ein paar Snacks besorgen, um über die Runden zu kommen.«

»Ich nehme dich mit zum Heartwood, bevor ich zu London fahre. Aber jetzt holst du am besten deine Tasche, während ich packe, dann bringe ich dich zum Haupthaus, damit du meine Eltern kennenlernst. Ich habe ihnen gesagt, dass du kommst, aber ich möchte, dass sie dich treffen. Damit sie nicht überlegen, ob du der Detective bist, von dem ich gesprochen habe, oder irgendein Fremder.«

Jace nickte. »Klingt gut. Und danke, dass ich hier übernachten darf. Das ist viel schöner als jedes Hotelzimmer.«

Seb lächelte. »Du hast Londons B&B noch nicht gesehen. Wenn sie Platz hätte, hätte ich dir empfohlen, dort zu übernachten.«

»Trotzdem ist es schön, etwas Privatsphäre zu haben. Ich mag keine Menschenmengen.«

»Du wirst hier draußen definitiv Einsamkeit haben«, sagte er und drehte sich auf dem Absatz um, um den Raum zu verlassen. Jace folgte ihm, und sie gingen getrennte Wege.

In seinem Schlafzimmer holte Seb eine Reisetasche aus seinem Schrank und stopfte sie schnell mit Kleidung voll. Er war sich nicht sicher, wie lange er bleiben musste, aber er plante nicht zurückzukommen, bis er sicher wusste, dass London in Sicherheit war.

Während er packte, musste er an Jaces Worte denken. Vielleicht war es Zeit, London um ein Date zu bitten. Er war es leid zu leugnen, dass er keine Gefühle für sie hatte. Leid, so zu tun, als wolle er nicht seine Arme um sie schlingen und sie einfach halten. Er fühlte sich seit Jahren zu ihr hingezogen – sogar bevor er dauerhaft nach Silver Gap zurückgekehrt war. Die letzten zwei Jahre hatten diese Anziehung nur verstärkt.

Er konnte sich ein Leben ohne sie nicht vorstellen und wollte, dass sie ein größerer Teil davon wurde.

Frustriert und immer noch unsicher, was sein nächster Schritt sein sollte, zog er den Reißverschluss seiner Tasche mit etwas mehr Kraft als nötig zu. Er wünschte, er hätte Zeit für einen langen Lauf, aber er musste zum B&B. Es würde bald dunkel werden.

Zurück im Wohnzimmer stand Jace in der Nähe des Kamins und betrachtete die Bilder an der Wand.

»Du hast eine große Familie. Wie viele seid ihr?«

»Ich habe zwei Brüder und zwei Schwestern. Und du?«

»Einzelkind.«

Ein Mundwinkel von Seb hob sich. »Ärgerlich.«

Jace grinste. »Es war nicht alles schlecht. Ich musste mit niemandem darüber streiten, wer die Nintendo bekommt.«

Seb lachte. »Brady und Thomas waren da schrecklich. Es gab mehrere Male, wo sie sich beide wünschten, Einzelkinder zu sein.«

»Das kann ich mir vorstellen.« Er zeigte auf ein anderes Bild. »Ist das dein Freund Eddie?«

Seb trat näher. Er betrachtete das Bild und lächelte. Eddie, Camille und Abigail grinsten ihn an, alberne Partyhüte auf ihren Köpfen. »Ja. Das wurde etwa ein Jahr vor dem Unfall bei Abigails zehntem Geburtstag aufgenommen.« Er zeigte auf ein weiteres Bild von Abigail und London, das auf dem Kaminsims neben dem Fernseher stand. »Das habe ich letzten Weihnachten aufgenommen.«

»Sie sieht glücklich aus.«

»Das ist sie. London hatte viel damit zu tun. Ich war FBI-Agent, als Eddie und Camille starben, also kann ich mir nicht viel von der Heilung zuschreiben, die sie durchgemacht hat. Ich tat, was ich konnte, aber es war schwer, konsequent für sie da zu sein, wenn ich in Denver lebte und häufig für Einsätze unterwegs war. Vor zwei Jahren ging der Sheriff hier in Rente, also kehrte ich nach Hause zurück und kandidierte für die Wahl. Es ist schön, jetzt durchgehend in ihrem Leben zu sein.«

»Und du bist niemandem auf die Füße getreten, indem du einfach deinen Hut in den Ring geworfen hast, nachdem du so lange weg warst?«

Er schüttelte den Kopf. »Nicht wirklich. Meine Familie ist hier gut bekannt, und mein Hauptstellvertreter wollte den Job nicht. Er sagte, er wolle nicht seinen Kopf auf dem Hackblock bei den Stadtbürgermeistern und den Kreisräten haben. Ich habe jahrelang mit Bürokraten zu tun gehabt, also war ich an die Politik gewöhnt. Keiner der anderen Deputies im Dienst hatte die Qualifikationen für den Job, und keiner der anderen Kandidaten aus anderen lokalen Behörden hatte so viel Erfahrung wie ich.«

Jace nickte und ließ seinen Blick noch einmal über die Familienfotos schweifen, wobei seine Augen bei London verweilten. »Schätze sie, Mann. Man weiß nie, was das Leben für einen bereithält.«

Wieder hatte Seb das Gefühl, dass hinter diesem Kommentar eine Geschichte steckte, aber er fragte nicht nach. Es war nicht seine Sache. Stattdessen deutete er mit dem Daumen zur Tür. »Bist du bereit, meine Eltern zu treffen und etwas zu essen?«

Jace wandte sich von den Bildern ab und nickte. »Führe den Weg.«

»Wir nehmen die Autos. Normalerweise würde ich zu Mom und Dad rüberlaufen, aber ich muss in die Stadt.« Er führte Jace nach draußen, wo sie sich auf den Weg zum Haupthaus machten, das eine Viertelmeile entfernt war. Als sie das Haus erreichten, nahm Seb die Stufen zwei auf einmal und klopfte mit den Knöcheln an die Tür, hielt einen Moment inne, bevor er den Knauf drehte und sich einließ.

Wie er vermutet hatte, befanden sich seine Eltern im Wohnzimmer und sahen fern.

»Hallo, Schatz«, sagte seine Mutter mit einem Lächeln. Sie hatte ihr silbergestreiftes braunes Haar mit einem Haarband zurückgezogen, was ihr hübsches Gesicht zur Geltung brachte.

Sein Vater wiederholte ihre Begrüßung und schaltete den Fernseher stumm.

Seb lächelte zurück. »Mom, Dad, das ist der Detective, von dem ich euch vorhin erzählt habe, Jace Travers. Jace, das sind meine Eltern, Lee und Jenny.«

»Sir, Ma'am. Es freut mich, Sie kennenzulernen.« Jace neigte seinen Kopf und schenkte dem Paar ein warmes Lächeln.

Lee entfaltete seinen langen Körper von seinem Sitz, um herüberzukommen und Jaces Hand zu schütteln. Ein Lächeln erhellte sein normalerweise ernstes Gesicht, Lachfalten umrahmten seine dunklen Augen.

»Dich auch, junger Mann. Seb sagte, du bist gekommen, um ihm bei der Aufklärung dieses Mordes zu helfen.«

»Hoffentlich, ja.«

»Gut. Wenn du irgendetwas brauchst, zögere nicht, hier vorbeizuschauen.«

»Das werde ich. Vielen Dank, Sir.«

»Nenn mich Lee.«

Jace nickte.

»Habt ihr Jungs gegessen?«, fragte Jenny, die sich neben ihren Mann stellte.

»Ich wollte ihn mit zum Heartwood nehmen.«

»Oh, das ist viel besser als die Schinkensandwiches, die ich euch anbieten wollte«, sagte sie mit einem Kichern.

Seb grinste seine Mutter an. »Ich weiß nicht, ob besser, aber ich glaube, wir sind beide hungrig nach mehr als nur einem Sandwich.«

Jenny gab sich beleidigt, verdarb es aber mit einem Lächeln. »Schön. Geht. Lasst Tara euch füttern.«

Seb lachte und küsste seine Mutter auf die Wange. »Ich liebe dich trotzdem.«

Die Fliegengittertür am hinteren Teil des Hauses knallte und Seb richtete sich auf, drehte sich zum Flur. Stiefel stampften auf dem Holzboden und sein Bruder Brady erschien. Er hielt im Türrahmen inne, als seine Augen auf Jace fielen. Er warf Seb ein kleines Stirnrunzeln zu.

Da er es als Frage erkannte, stellte er sie einander vor.

»Ich bin froh, dass du Hilfe bekommen hast«, sagte Brady zu Seb, als er Jace die Hand schüttelte. »Bering ist ein guter Polizist, aber ich glaube, er ist hier überfordert.«

Seb stimmte zu. Caleb hatte sein ganzes Leben dort gelebt, wo die Kriminalitätsrate niedrig war und Morde selten waren. Es gab einen Grund, warum die Abteilung keinen Vollzeit-Detektiv hatte.

»Jace wird in meinem Haus übernachten. Ich bleibe bei London und Abigail, bis das alles vorbei ist.«

Brady grinste. »Es wurde verdammt nochmal Zeit, dass du etwas wegen dieser Frau unternimmst.«

Seb blickte zur Decke und unterdrückte ein Stöhnen. »Warum sagt das eigentlich jeder?«

Jenny kicherte. »Weil wir alle wissen, dass ihr füreinander bestimmt seid. Dein Vater und ich wissen das schon, seit London ein Teenager war.«

Er rieb sich die Stirn und seufzte, müde davon, jedem seine Beziehung zu London zu erklären. Er sah Jace an. »Ich beginne die Vorteile des Einzelkindseins zu sehen.«

Jace lachte.

Seb schüttelte nur den Kopf und blickte zu Brady. »Würdest du Thomas und Maggie über Jace informieren? Ich werde es Tara sagen, wenn wir sie sehen. Wir gehen zum Abendessen in ihr Restaurant.«

»Sie ist nicht da.«

Seb runzelte die Stirn. »Wo ist sie?«

»Es ist der erste Mittwoch im Monat.«

Seine Stirnfalten vertieften sich. »Und?«

»Buchclub? Mit deinem Mädchen, Rayna und Macy?«

»Scheiße, das habe ich vergessen.« Er beugte sich vor und gab seiner Mutter noch einen schnellen Kuss auf die Wange. »Wir müssen los. Ich will nicht, dass London allein im Dunkeln nach Hause fährt.«

»Warum zum Teufel nicht?«, fragte Brady. »Sie macht das schon seit Jahren.«

»Ich erkläre es später.« Er ging zur Tür. »Komm, Travers.«

Jace winkte den anderen kurz zum Abschied zu und folgte Seb zurück zu den Autos.

»Du kannst schon mal in die Stadt fahren. Ich finde den Weg zum Restaurant.«

Seb zögerte. Er wusste, dass er wahrscheinlich überreagierte. Es gab nichts, was darauf hindeutete, dass London in unmittelbarer Gefahr war. »Bist du sicher?«

»Verdammt, ja. Geh, find deine Frau und stell sicher, dass es ihr gut geht.«

Er stand nur noch einen Moment da, bevor er den Türgriff zog und in seinen Truck sprang. »Komm morgen früh zur Dienststelle. Ich finde einen Schreibtisch für dich, und du kannst mit dem Rest von uns anfangen.«

Jace streckte den Daumen hoch und ging zu seinem eigenen Auto. Seb wartete nicht darauf, dass er folgte.

DIE VIER FRAUEN VERLIEßEN KICHERND WIE SCHULMÄDCHEN DIE Rückseite des Cafés. Keine von ihnen hatte den ganzen Abend mehr als ein Glas Wein getrunken, aber die Zeit unter Mädels erlaubte es ihnen, sich zu entspannen. London ging immer mit einem leichteren Gefühl nach Hause.

Ein schwarzer Truck rumpelte auf den Parkplatz, als sie sich verabschiedeten. Sie erkannte Seb hinter dem Steuer. Er hielt neben ihrem Auto an, und etwas von ihrer Leichtigkeit verflog, als sie sich automatisch anspannte und gegen den Ansturm von Gefühlen wappnete, die er immer hervorrief.

»Seb, weißt du nicht, was 'Mädelsabend' bedeutet?«, sagte Tara in einem trockenen Tonfall.

Er schenkte seiner Schwester ein Grinsen. »Hey. Ich habe gewartet, bis er vorbei war. Ich bin nur hier, um sicherzustellen, dass London sicher nach Hause kommt.«

»Und was ist mit dem Rest von uns? Sind wir Hackfleisch?«, sagte Rayna.

London unterdrückte ein Lachen bei dem Anblick seines Gesichtsausdrucks. Er ruderte sofort zurück.

»Es ist nur so, dass London der Opfertypologie des Mörders entspricht und ich–«

Macys Lachen unterbrach ihn. London konnte ihr eigenes Kichern nicht zurückhalten. Er sah so verwirrt aus von Raynas Frage.

»Entspann dich, Kupferbulle«, sagte Macy. »Wir wissen, warum du hier für El bist und nicht für den Rest von uns.«

Er entspannte sich sichtlich, dann durchbohrte er London mit seinen dunklen Augen. »Ich nehme an, sie wissen von deinem Geschenk?«

»Ja. Und von meiner Ähnlichkeit mit eurem Opfer.«

»Gut. Dann können sie nach allem Seltsamen Ausschau halten. Bist du bereit, nach Hause zu fahren?«

Sie nickte und bemerkte die Müdigkeit in seiner Stimme und das leichte Hängen um seine Augen. Seb war müde.

»Ich sehe euch später«, sagte sie zu ihren Freundinnen. Sie murmelten erneut ihre Abschiede und stiegen in ihre Autos. London startete ihren Motor und folgte Sebastian aus dem Parkplatz und auf die Straße, die zum B&B führte. In wenigen Minuten bogen sie in die Einfahrt ein.

Sie fuhr in die Garage und schaltete das Auto aus. Abigails Auto stand still neben ihrem, aber sie wusste, dass das Mädchen noch nicht zu Hause war. Trent hatte sie abgeholt und würde sie erst zur Sperrstunde um Mitternacht zurückbringen.

Sie stieg aus ihrem Fahrzeug aus, ging um das Auto herum und nahm die Schachtel mit den übrig gebliebenen Macarons heraus. Sie schloss die Beifahrertür gerade, als Seb in die Garage kam. Er nahm ihr die Schlüssel ab und schloss die Innentür auf.

Sie legte ihre Sachen auf die Theke und blickte zu ihm hoch. »Ich muss das Frühstück für morgen vorbereiten, aber wenn du nach oben gehen und dich einrichten willst, kannst du das tun.«

»Eigentlich, hast du etwas dagegen, wenn ich mir ein Sandwich mache? Ich habe noch nicht zu Abend gegessen.«

»Was?« Sie zeigte auf den kleinen Tisch, der an der Wand stand. »Setz dich. Ich mache dir etwas. Was möchtest du?«

»Du musst dir keine Umstände machen. Ein Sandwich ist in Ordnung. Mom hat mir eins angeboten, aber ich wollte zurück in die Stadt, bevor du nach Hause fährst.«

Sie verschränkte die Arme und hob eine Augenbraue, weigerte sich nachzugeben.

Er schnaubte und sackte in einen Stuhl. »Gut. Mir ist egal, was es ist. Etwas Schnelles. Es ist lange her seit dem Mittagessen.«

Sie drehte sich sofort um, ging zum Kühlschrank und holte Zutaten für ein Gourmet-Grilled-Cheese-Sandwich heraus. Sie hatte geplant, später in der Woche einige Brie-und-Preiselbeeren-Törtchen zum Frühstück zu machen, aber sie dachte, sie könnte etwas davon erübrigen, um ihm ein Abendessen zu bereiten.

»Also, warum hast du das Abendessen ausgelassen? Hat sich

in deinem Fall etwas ergeben?«, fragte sie, während sie die Rinde vom Käse schnitt.

Er stieß einen langen Seufzer aus. »Gewissermaßen. Ich erhielt heute Morgen einen Anruf von einem Detective aus Nebraska. Sie hatten dort letztes Jahr einen Mord, der dem hier entspricht. Er ist heute hergefahren, und ich habe ihn heute Abend auf der Ranch getroffen. Ich wollte im Heartwood essen, aber dann erwähnte Brady euren Buchclub, und ich wollte hier sein, um sicherzustellen, dass du es sicher nach Hause schaffst.«

Der Gedanke, dass sie es vielleicht nicht geschafft hätte, ließ sie für einen Moment innehalten, während sie sein Essen zubereitete. »Mir wäre es gut gegangen. Du hättest dir Zeit zum Essen nehmen können.«

Er zuckte mit den Schultern. »Ich stelle lieber sicher, dass es dir gut geht. Es ist ja nicht so, als könnte ich nicht später essen.«

Sie warf ihm einen gespielten bösen Blick über die Schulter zu. »Wenn du willst, dass dein Gehirn richtig funktioniert, musst du essen.«

Er lachte. »Wenn das der Fall ist, muss ich ein Genie sein, denn ich lasse ständig Mahlzeiten aus und komme trotzdem prima klar.«

Sie verdrehte die Augen. Sie nahm die Stücke Brie, die sie vom Laib abgeschnitten hatte, schichtete sie auf ein Stück selbstgebackenes Brot vom Morgen und legte alles auf ein Backblech. Nachdem sie den Knopf für den Grill am Ofen gedrückt hatte, schob sie das Blech hinein, stellte den Timer und ging zurück zum Kühlschrank.

»Möchtest du etwas Nudelsalat dazu?«

»Gerne.«

Als sie den Behälter auf dem unteren Regalboden entdeckte, nahm sie ihn heraus und stellte ihn auf die Arbeitsplatte. Dann holte sie einen Teller aus dem Schrank und gab eine ordentliche Portion darauf.

»Was möchtest du trinken?«

Er gähnte und fuhr sich mit der Hand über das Gesicht. »Kaffee.«

Diesmal funkelte sie ihn wirklich böse an. »Es ist fast neun Uhr, Sebastian.«

»Na gut. Wasser.«

Mit effizienten Bewegungen goss London sein Wasser ein und legte dann zwei Scheiben gekochten Speck in die Mikrowelle zum Aufwärmen. Währenddessen schnitt sie einen Apfel. Als sie fertig war, piepte der Timer, und sie holte sein Sandwich aus dem Ofen. Sie schichtete den warmen Speck und die Apfelscheiben über den geschmolzenen Brie, träufelte Honig darüber und legte alles auf den Teller mit dem Nudelsalat. Dann schnitt sie es in zwei Hälften.

Sie riss ein paar Blätter Küchenpapier ab, nahm eine Gabel aus der Schublade und trug den Teller und das Wasserglas zum Tisch. Dann setzte sie sich ihm gegenüber.

»Also, erzähl mir von diesem Detektiv. Wie heißt er? Hat er irgendetwas Nützliches erzählt? Und warum hast du ihn in The Broken Bow getroffen?«

»Sein Name ist Jace Travers. Er hat bestätigt, dass wir es mit einem Serienmörder zu tun haben. Die Vorgehensweise bei dem Mord in Haskell entspricht der hier. Und ich lasse ihn in meinem Haus übernachten. Außer dir gibt es hier keine Unterkunft in der Nähe, abgesehen von diesem heruntergekommenen Ort an der Schnellstraße. Ich dachte, da ich bei dir übernachten würde, könnte er mein Haus haben.« Er nahm noch einen großen Bissen von seinem Sandwich. »Das ist lecker«, sagte er nach dem Schlucken.

Sie fixierte einen Punkt hinter seiner Schulter und versuchte, sich nicht vorzustellen, wie er im Schlaf aussehen würde, besonders weil dieses Bild ihn nackt in ihrem Bett zeigte. »Darüber... Bist du sicher, dass das eine gute Idee ist? Ich glaube, mit all den Gästen hier werde ich schon zurechtkommen.«

Er legte das Sandwich zurück auf seinen Teller, ein intensives Stirnrunzeln verunstaltete sein hübsches Gesicht. »Ich weiche in dieser Sache nicht zurück, London. Entweder ich bleibe hier, oder du wirfst alle raus, und du und Abigail kommt auf die Ranch.«

Ihre Augen verengten sich, und ihre Nackenhaare sträubten sich bei seinem Ultimatum. Sie hatte es nie gut vertragen, wenn man ihr sagte, was sie zu tun hatte. Eddie hatte immer gedacht, er wäre ihr Boss, als sie Kinder waren, weil er so viel älter war. Das hatte nie gut für ihn geendet, und für Seb würde es das auch nicht.

»Sebastian Archer, wenn ich will, dass du gehst, dann wirst du gehen, verstehst du? Ich habe dieser Vereinbarung nur zugestimmt, weil ich denke, dass es Abigail helfen wird, sich mit der Situation besser zu fühlen. Aber wenn du nicht aufhörst, dich wie mein großer Bruder zu benehmen, kannst du nach Hause gehen.«

Er lehnte sich nach vorne, sein Mund angespannt. »Lass uns eines klarstellen. Brüderliche Fürsorge hat nichts damit zu tun, warum ich hier bin.«

Bevor sie auf diese Aussage reagieren konnte, erhob er sich halb aus seinem Stuhl, um sich über den Tisch zu lehnen und seinen Mund auf ihren zu pressen.

Zu verblüfft, um mehr zu tun als überrascht aufzuschreien, genoss sie das Gefühl seiner Lippen auf ihren. Dieser üppige Mund, den sie jahrelang bewundert hatte, war unnachgiebig, aber weich. Als die Überraschung verflog, übernahm das Gefühl die Kontrolle, und sie erwiderte den Kuss.

Er umfasste mit einer Hand ihre Wange, um sie zu stabilisieren, und vertiefte dann den Kuss. London ließ ihn bereitwillig ein. Er schmeckte nach Honig. Die Küche verschwamm, bis nur noch sie existierten, in einer Ebene reiner Hitze. Als er ihren Lippenkontakt schließlich löste, war sie nichts als ein zitterndes Bündel von Nervenenden.

London saß wie betäubt auf ihrem Platz. Ihr Blick traf auf seinen. Das Feuer, obwohl leicht gedämpft, war immer noch in seinen Augen zu sehen.

»Warum hast du das getan?«, fragte sie mit einer Stimme, die kaum mehr als ein Flüstern war.

Er holte unsicher Luft und fuhr sich mit einer Hand durch die Haare. »Weil ich es leid bin, so zu tun, als hätte ich keine Gefühle für dich. Diese wahnsinnige Anziehung ständig zu umgehen. Ich mag dich. Schon seit langer Zeit.«

Ihre Augen weiteten sich vor Schock. »Was?«, quietschte sie.

Die Schiebetür zur Küche öffnete sich, und London wäre fast vom Stuhl gefallen. Sie drehte den Kopf und sah Doug Brown in der Tür stehen, der nichts als einen seidenen Bademantel und Pantoffeln trug.

Seb knurrte frustriert, stand auf und ging zur Spüle, um sich gegen die Arbeitsplatte zu lehnen und aus dem Fenster zu starren.

London räusperte sich und erhob sich. »Herr Brown, hallo. Es ist spät, und die Küche ist für Gäste geschlossen. Im

Esszimmer gibt es Snacks und Getränke, wenn Sie hungrig sind.«

»Das weiß ich, aber darum geht es nicht. Meine Dusche funktioniert nicht«, sagte er. »Ich bekomme nur kaltes Wasser.«

Das Verlangen wich nur, um von Verwirrung ersetzt zu werden. »Was?« Sie blickte zu Seb zurück. Er drehte den Warmwasserhahn am Waschbecken auf und hielt seine Hand darunter.

»Es wird nicht warm.«

London stöhnte. »Großartig.«

Er stieß sich von der Arbeitsfläche ab. »Bleib hier und mach mit der Frühstücksvorbereitung weiter. Ich werde nachsehen. Vielleicht ist die Zündflamme ausgegangen.«

»Ich hoffe, das ist alles.« Sie wandte sich wieder an Herrn Brown. »Es tut mir leid. Wir werden das so schnell wie möglich in Ordnung bringen. Danke, dass Sie mich informiert haben.«

Er nickte und verließ rückwärts die Küche.

»Wo ist deine Taschenlampe?«

Sie zeigte auf den Schrank unter der Spüle. »Da unten. Du brauchst auch meine Schlüssel. Aber ich kann mir den Heizkessel ansehen. Iss dein Essen auf.«

Er starrte sie nur einen Moment lang finster an, bevor er die Schranktür öffnete und die Taschenlampe herausholte. Auf dem Weg zur Tür schnappte er ihre Schlüssel aus ihrer Handtasche und blieb dann vor ihr stehen.

Diese inzwischen vertraute Hitze in Londons Bauch verstärkte sich wieder angesichts seiner Nähe.

»Das hält.«

Vom Feuer in seinen Augen konnte sie erkennen, dass er mehr meinte als nur das Essen.

Mit einem letzten, langen Blick ging er an ihr vorbei und verließ die Küche.

London bedeckte ihr Gesicht mit den Händen. Was zur Hölle war gerade passiert?

Seb drehte den Schlüssel im Schloss und riss die Tür zum Wirtschaftsraum mit etwas mehr Kraft als nötig auf. Die Welt schien sich gegen ihn zu verschwören in seinem Versuch, London davon zu überzeugen, dass sie mehr als nur Freunde sein sollten. Ihr Gast hatte ein schreckliches Timing.

Er tat sein Bestes, um den besten Kuss seines Lebens aus seinen Gedanken zu verdrängen, und tastete nach dem Lichtschalter. Millimeter davon entfernt, ihn einzuschalten, hielt er inne. War das Gas, was er roch?

Er schnüffelte noch einmal und senkte seine Hand. Das war es.

Er trat aus dem Raum zurück und rannte dann zurück in die Küche. London stand an der Arbeitsplatte und bereitete sich darauf vor, Obst für den nächsten Morgen zu schneiden.

»Im Wirtschaftsraum ist ein Gasleck. Ich weiß nicht wie schlimm, aber wir müssen das Gasthaus evakuieren und die Feuerwehr rufen.«

Sie blinzelte ihn einen Moment lang an, bevor ihre Augen sich weiteten. »Was?«

»Ich habe Gas gerochen, als ich reinging. Bring alle deine Gäste zum Sammelplatz. Ich rufe die Feuerwehr.«

Als sie aus dem Raum eilte, um zu tun, worum er sie gebeten hatte, nahm er sein Handy heraus, um den Notruf zu wählen. Nachdem er das Problem gemeldet hatte, rannte er nach draußen, um die Gäste zum Sammelplatz unter der großen Ahorn im Vorgarten zu bringen.

Er ging zu London. »Sind das alle?« Er ließ einen prüfenden Blick über die Gruppe schweifen. Drei Paare standen zusammengedrängt im Gespräch, während Doug Brown abseits stand, den Rücken gegen den Baum gelehnt, und genervt aussah. Seb verengte seine Augen und musterte den Mann. Die Hintergrundprüfung, die er bei dem Kerl durchgeführt hatte, war unauffällig, aber irgendetwas an ihm fühlte sich immer noch seltsam an. Vielleicht musste er etwas tiefer graben.

London nickte. »Die Strattmans sind noch nicht zurück und auch nicht eines der Paare, die heute früher eingecheckt haben. Alle anderen sind hier.«

Sirenen ertönten in der Ferne, und blinkende Lichter flackerten bald durch die zunehmende Dunkelheit.

Seb wandte sich an London. »Halte deine Gäste ruhig. Ich werde dem Leutnant erklären, was los ist.«

Sie nickte, und er joggte nach vorne, um das Feuerwehrauto zu treffen, als es die Auffahrt hochfuhr und vor der Garage zum Stehen kam.

Mehrere Männer kletterten aus dem Wagen, in ihrer Einsatzkleidung. Ein Mann entdeckte Seb und kam auf ihn zu.

Seb winkte, als er Feuerwehrleutnant Declan Briggs erkannte.

»Seb. Was ist die Lage? Wir haben einen Anruf bekommen, dass jemand Gas gerochen hat.«

»Ja. Von mir. London und ich waren in der Küche, als einer ihrer Gäste runterkam, um zu sagen, dass es kein heißes Wasser gab. Ich ging nachsehen und hatte nicht einmal das Licht im Wirtschaftsraum angemacht. Der Geruch von Gas traf mich, sobald ich den Raum betrat.«

Declan nickte. »Wir werden es überprüfen. Wo im Haus ist der Raum?«

»Hinten. Wenn du durch die Vordertür gehst, gibt es einen kurzen Flur rechts, der an der Treppe vorbeiführt. Er führt zu einem Spielzimmer. Der Raum ist dahinter, neben dem Badezimmer.«

»Weißt du, wo der Gaszähler ist?«

»Hinten am Haus.«

Declan drehte sich zu seinen Männern um und stieß einen scharfen Pfiff aus. »Stickley, geh das Gas hinten abdrehen.«

Ein Mann löste sich von der Gruppe. Er schnappte sich einen Schraubenschlüssel und eine Taschenlampe vom Wagen und machte sich auf den Weg zur Rückseite des Hauses.

»Der Rest von euch, holt die Ventilatoren raus.« Er wandte sich wieder an Seb. »Sobald das Gas abgestellt ist, werden wir den Heizkessel und die Rohre überprüfen. Sind alle Personen erfasst?« Er warf einen Blick auf die Gruppe, die am Baum stand.

Seb nickte.

»Gut.« Declans Funkgerät knackte, als der Feuerwehrmann, der das Gas abgestellt hatte, Entwarnung gab.

»Haltet durch. Wir werden das klären und hoffentlich alle bald wieder reinlassen können.« Ohne auf eine Antwort zu warten, drehte er sich um, um zurück zum Wagen zu joggen, und half seinen Männern, Ausrüstung ins Haus zu tragen.

Seb ging zurück zu London.

»Was hat er gesagt?« fragte sie.

»Sie haben das Gas am Zähler abgedreht und gehen jetzt rein, um den Heizkessel und die Rohre zu überprüfen.«

Während sie warteten, stand Seb da, die Arme verschränkt und die Beine in breiter Haltung, und tat sein Bestes, um nicht einen Arm um Londons Schultern zu legen und sie an seine Seite zu ziehen. Er war nicht sicher, ob sie für eine solche Geste empfänglich wäre.

Auf ihren Kuss war sie es allerdings gewesen. Allein bei dem Gedanken daran begann ein leises Summen in seinem Bauch. Dieser Kuss hatte ihn durcheinandergebracht und ihn erkennen lassen, dass alle seine anderen Beziehungen - selbst die, von denen er dachte, sie wären großartig gewesen - mittelmäßig waren im Vergleich zu dem, was London ihn fühlen ließ.

Er schielte aus dem Augenwinkel zu ihr hinüber. Sie starrte auf das Haus, die Arme über der Brust verschränkt und ihr Gesicht vor Sorge angespannt. Da er nicht dort stehen und sie so beobachten konnte, ohne sie zu trösten, legte er eine Hand auf ihre Schulter. Sie griff nach oben und bedeckte seine Hand mit ihrer und drückte sie leicht. Seb rückte etwas näher und bedeckte ihre andere Schulter.

»Es wird alles gut«, flüsterte er in ihr Ohr. Er wusste, wie viel ihr das Gasthaus bedeutete, und hasste es, sie so besorgt darüber zu sehen. Dieser Ort war lange Zeit ihr Traum gewesen; es würde sie verwüsten, wenn etwas damit passieren würde.

Minuten vergingen, nur unterbrochen von gelegentlichen Geräuschen oder Rufen von drinnen, während die Feuerwehrleute arbeiteten. Gerade als er dachte, London könnte selbst hineinlaufen, um zu helfen, kam Declan wieder heraus.

Er entdeckte sie und kam auf sie zu, nahm seinen Helm ab und klemmte ihn unter seinen Arm, während er ging.

»London, wer hat außer deinen Gästen noch Zugang zu deinem Haus?« fragte er, als er sie erreichte. Er strich sich durch eine Strähne seiner kastanienbraunen Haare, die ihm über die Stirn gefallen war, wodurch sie noch unordentlicher aussah als zuvor.

Sebs Mundwinkel zogen sich nach unten. Das war eine ziemlich beunruhigende Frage.

»Bis zu diesem Wochenende habe ich die Türen tagsüber unverschlossen gelassen, damit die Gäste kommen und gehen können. Nach dem Mord hat Seb mich gebeten, abzuschließen, also habe ich das in den letzten paar Tagen getan. Warum?«

Declans tiefblaue Augen wanderten zwischen ihnen hin und her, bevor sein Mund sich zu einer grimmigen Linie verzog. »Deine Zündflamme war aus. Nun, dein Heizkessel ist ziemlich neu, und sie alle haben ein Ventil, das automatisch schließt, wenn die Flamme ausgeht, um zu verhindern, dass Gas ins Haus strömt. Das Ventil an deinem hat sich nicht geschlossen.«

»Also gab es eine Art mechanischer Fehlfunktion?« fragte sie.

»Nicht wirklich. Jemand hat das Ventil absichtlich beschädigt.«

London keuchte und bedeckte ihren Mund.

»Bist du sicher?« fragte Seb.

Declan nickte. »Es gibt Sägespuren, wahrscheinlich von einer Feile, an einem Teil des Mechanismus. Als die Flamme ausging, schloss es sich, und die Ventilklappe brach ab und konnte den Gasfluss nicht mehr blockieren.« Declan sah Seb an. »Ich habe alles unberührt gelassen, damit du ein Spurensicherungsteam Fotos machen und nach Fingerabdrücken suchen lassen kannst.«

Seb murmelte einen Fluch unter seinem Atem. »Okay. Danke.«

»Warum sollte jemand das tun?« London sah zu ihm auf, ihre hübschen blauen Augen wässrig. »Das ergibt keinen Sinn.«

Er stimmte zu. Es schien unwahrscheinlich, dass dieselbe Person, die ihr die Badebomben geschickt hatte, auch versuchen würde, ihr Haus in die Luft zu jagen. Aber war es möglich, dass sie einen Stalker und einen Verehrer hatte? Er rieb sich mit den Händen übers Gesicht und seufzte. Warum konnte nichts einfach sein?

»Könnt ihr den Rest der Gasleitungen im Haus überprüfen, um sicherzustellen, dass es keine weiteren Probleme gibt?«

Declan nickte kurz. »Meine Männer sind schon dabei. Sobald ich grünes Licht bekomme, können alle wieder rein. Die Ventilatoren arbeiten schnell, um das Gas abzuleiten, und sollten bis dahin alles beseitigt haben.«

»Danke, Deck«, sagte London. »Ich weiß das zu schätzen.«

»Kein Problem. Ich würde jedoch nicht empfehlen, den Heizkessel wieder anzuzünden, bis du ihn reparieren lassen kannst. Wenn du morgen keinen Klempner herbekommen kannst, lass es mich wissen, und ich kann vorbeikommen und ihn reparieren.«

»Ich werde das im Hinterkopf behalten«, sagte London. »Danke.«

»Gern geschehen. Wir sehen uns später. Ruft an, wenn ihr etwas braucht.« Er ging weg, um seinen Männern zu helfen und ließ sie dort stehen, um das Gesagte zu verarbeiten.

»Was machen wir jetzt, Seb?«

Wut füllte Sebs Brust, als er auf sie hinabsah. Sie umarmte sich wieder selbst, und Tränen drohten, ihre Wangen hinunterzulaufen. Wer auch immer dahintersteckte, sollte besser hoffen, dass es Zeugen gab, wenn Seb ihn fand.

»Ich werde ein Spurensicherungsteam rufen, *diskret*, damit wir die Gäste nicht beunruhigen. Dann werden du und ich ein sehr ernstes Gespräch über die Installation von Überwachungskameras auf dem Grundstück führen.«

»Ich habe dafür kein Budget.«

»Wir werden schon etwas ausarbeiten, aber ich kann nicht rund um die Uhr hier sein und es gibt nicht genug Verbindung zwischen dir und meinem Mordfall, um die Stationierung eines Beamten auf dem Grundstück zu rechtfertigen. Ich kann wahrscheinlich einige Freiwillige bekommen, aber es könnte Lücken im Zeitplan geben. Ich habe dir gestern gesagt, dass ich keine Risiken mit deiner Sicherheit oder der von Abigail eingehen werde, und ich habe es ernst gemeint.«

Sie schluckte schwer und nickte. Seb spürte einen Anflug von Stolz, als sie tief und beruhigend einatmete und ihre Schultern straffte. »Richtig. Ich werde allen sagen, was los ist, ohne sie zu alarmieren, und ihnen eine kostenlose Übernachtung für die Unannehmlichkeiten anbieten. Wenn du die Person findest, die dafür verantwortlich ist, möchte ich, dass die Rückerstattung Teil ihrer Strafe ist.«

Sebs Mund verzog sich. »Zur Kenntnis genommen.«

Als sie wegging, nahm er sein Handy heraus und rief die Einsatzzentrale an, um ein Spurensicherungsteam anzufordern, wobei er sich damit abfand, dass der Schlaf noch ein wenig länger verschoben werden würde.

~

MIT MÜDEN AUGEN UND NUR TEILWEISE WACH STOLPERTE London am nächsten Morgen auf dem Weg ins Badezimmer ins Wohnzimmer. Als sie am Sofa vorbeiging, stieß ihr Fuß gegen Sebastians Knöchel und ließ sie gegen die Wand krachen. Die Kleidung in ihren Armen flog durch die Luft.

Sie prallte mit einem lauten Knall auf und Schmerz strahlte ihren Unterarm hinauf. Sie hielt den verletzten Arm und drehte sich um, um Seb im Dunkeln anzustarren. »Um Himmels willen. Warum liegst du *hinter* dem Sofa?«

Alles andere, was sie sagen wollte, blieb ihr im Hals stecken, als er sich aufsetzte und mit einem langen Arm über die Rückseite des Beistelltisches griff, um die Lampe anzuschalten. Ihr BH war auf seiner Brust gelandet. Seiner hundertprozentig nackten Brust.

Ein neckisches Glitzern trat in seine Augen, als er das Spitzenteil hochhielt. »Das ist nicht, wie ich mir das Aufwachen vorgestellt habe, aber ich beschwere mich nicht.«

Oh mein Gott! Sie wusste, dass ihr Gesicht so rot wie das Feuerwehrauto gestern Abend war, aber sie konnte nichts dagegen tun. Sie trat vor, riss es ihm aus den Händen und sammelte schnell den Rest ihrer Kleidung auf.

Ein gewaltiges Gähnen ließ seinen Kiefer knacken, und er streckte sich. Seine nackte Brust leuchtete bronzefarben im sanften Licht, mit einem Hauch von feinen, schwarzen Haaren, die seine Brustmuskeln bedeckten und sich seinen steinharten Bauch hinunter zogen, um unter der Decke zu verschwinden.

London umklammerte die Kleidung in ihren Händen und fixierte ihre Knie, während sie zusah, wie seine Muskeln sich mit der Bewegung anspannten.

»Ich habe versucht, mich auf der anderen Seite auszustrecken, aber wenn ich die Möbel nicht verschieben wollte, war nicht genug Platz für mich, ohne die Tür zu blockieren. Es war einfach leichter, mich hier hinzulegen.«

Sie schluckte schwer und sah auf einen Punkt über seiner Schulter. Wenn sie jetzt Blickkontakt mit ihm aufnahm, würde sie zu einem Haufen Matsch zu seinen Füßen schmelzen. »Vielleicht zur künftigen Beachtung, rutsch ein bisschen weiter nach oben.« Ohne auf eine Antwort zu warten, drehte sie sich auf dem Absatz um und flitzte den Flur zum Badezimmer hinunter, floh vor der Versuchung, die er darstellte. Egal, was er gestern Abend gesagt hatte, sie glaubte immer noch nicht, dass eine Beziehung zwischen ihnen eine gute Idee war.

Als sie die Schwelle des Badezimmers überschritt, hielt sie sich im letzten Moment davon ab, die Tür zuzuschlagen. Sie wollte Abigail nicht wecken, obwohl sie sie wahrscheinlich bereits mit ihrem Aufprall gegen die Wand geweckt hatte.

Sie atmete tief ein, um sich zu beruhigen, drehte den Duschkopf auf und zog ihren Pyjama aus. Sie steckte ihre Hand ins Wasser, um die Temperatur zu testen; es war noch eiskalt.

»Mist.« Die Ereignisse der letzten Nacht kamen zurück, und sie ließ den Kopf hängen. Eine kalte Dusche war nicht, wie sie sich den Start in ihren Tag vorgestellt hatte. Sie stieß einen Seufzer aus. Sie wappnete sich für das eisige Spritzen und stieg in die Wanne, unterdrückte einen Aufschrei, als das eiskalte Wasser ihre Haut traf. Es war, als würde man zu Beginn der Frühjahrsschmelze in den Fluss springen.

Sie beeilte sich, ihr Haar zu waschen, und übersprang den Conditioner. Ein schnelles Einseifen und Abspülen ihres Körpers, und sie drehte das Wasser ab, zitternd, sodass ihre Zähne klapperten. Genervt riss sie den Vorhang zurück, griff nach einem flauschigen Handtuch aus dem Wäscheschrank und wickelte sich in seine Wärme. Sie nahm ein kleineres Handtuch heraus und trocknete ihr Haar. Wenigstens war sie jetzt nicht mehr heiß und verlegen vom Anblick von Sebastians gemeißelter Muskeln.

Schnell angezogen, verließ sie das Badezimmer und betete, dass er ein Hemd angezogen hatte. Sie glaubte nicht, dass die kalte Dusche ihr bei einem zweiten Anblick helfen würde.

Er saß auf dem Sofa - immer noch ohne Hemd - und schaute die Morgennachrichten. Sie gab ihr Bestes, ihn nicht direkt anzusehen, als sie auf die Tür zuging.

»Ich gehe runter und mache Frühstück. Komm in die Küche, bevor du zur Arbeit gehst, und ich mache dir etwas zu essen.« Sie bückte sich, um ihre Schuhe anzuziehen, und warf ihm einen Blick von unter ihrem Arm zu.

Er stand auf, Kleidung in seinen Händen, und London zuckte zusammen.

Er trug keine Hose.

Verwirrt vom Anblick seiner eng anliegenden grauen Boxershorts, die an haarig-rauen, muskulösen Oberschenkeln klebten - ganz zu schweigen von dem sehr männlichen Teil von ihm, der durch den engen Stoff deutlich abgezeichnet war - krachte sie gegen die Tür.

»Bist du in Ordnung?« fragte er und trat auf sie zu.

Sie hielt eine Hand hoch und beeilte sich, wieder auf die Füße zu kommen. Wenn er sie berührte, wäre sie nicht dafür verantwortlich, ihre Beine um seine Taille zu schlingen und diesen köstlichen Mund von ihm zu küssen.

Mit jetzt völlig zerzausten Haaren pustete sie gegen die Strähnen, die ihr Gesicht bedeckten, und wischte sie weg, als das nicht funktionierte. »Mir geht's gut. Völlig in Ordnung. Geh duschen. Wir sehen uns unten.« In der Entscheidung, dass es am besten war, einfach einen schnellen Rückzug anzutreten, schnappte sie sich ihre Schuhe und riss die Tür auf, eilte hinaus und schloss sie hinter sich. Als sie ins Schloss fiel, weiteten sich ihre Augen vor Entsetzen. Sie hatte ihr Handy und ihre Schlüssel drinnen gelassen.

Sie biss sich auf die Lippe und starrte auf den Türknauf.

»Verdammt!« Ihr hartes Flüstern füllte den Flur.

Sie nahm einen tiefen, beruhigenden Atemzug und hob ihre Faust, zögerte einen Moment, bevor sie leicht an die Tür klopfte. Hoffentlich hatte er sich noch nicht ins Badezimmer zurückgezogen, sodass sie nicht lauter klopfen und Abigail wecken musste.

Die Tür öffnete sich und sie stand Sebs herrlicher Brust gegenüber. Ihre Augen wanderten nach oben, weg von der Versuchung, zu seinem Gesicht. Er starrte sie mit einem neugierigen Blick an.

»Ich habe mein Handy und meine Schlüssel vergessen.«

»Oh.« Er trat zurück und ließ sie ein. Sie eilte an ihm vorbei in ihr Schlafzimmer, wo sie beides von ihrer Kommode nahm. Als sie sich umdrehte, lehnte er am Türpfosten, die Arme verschränkt, Bizeps angespannt.

Das ganze Blut verließ ihren Kopf und strömte südwärts, um sich tief in ihrem Bauch zu sammeln. Sie hätte keinen zusammenhängenden Satz bilden können, selbst wenn ihr Leben davon abgehangen hätte.

»Alles in Ordnung?«, fragte er. »Du wirkst etwas durcheinander.«

Sie schüttelte den Kopf, um ihr Gehirn wieder zum Arbeiten zu bringen. »Mir geht's gut. Bin nur müde.«

Beweg dich! Warum blockierte er weiterhin die Tür? Wusste er nicht, wie er dort aussah?

London richtete sich auf und machte einen Schritt auf ihn zu, in der Hoffnung, dass er ihr aus dem Weg gehen würde.

Er blieb jedoch, wo er war, und London blieb vor ihm stehen, krampfhaft ihr Handy, die Schlüssel und Schuhe umklammernd, damit sie nicht diese perfekte Brust berührte.

»Ich dachte, du wolltest duschen«, sagte sie und gab sich größte Mühe, nicht nach unten zu schauen.

Seine Augen funkelten, als er sie anstarrte. »Muss ich auch. Schade, dass du schon geduscht hast.«

Feuer raste durch sie und ließ ihr Gesicht glühen. Ihr Atem kam in flachen Stößen.

Sie umklammerte ihre Sachen fester, bis ihre Knöchel weiß wurden.

Er schwankte näher. Sie konnte die Hitze spüren, die von ihm ausging. Ihre Finger kribbelten vor Verlangen, ihn zu berühren. Sie presste die Zähne zusammen und zwang sich, Abstand zu halten.

Er hatte jedoch kein solches Verlangen und rückte näher. Sie musste den Kopf heben, um zu ihm aufzuschauen. Seine dunklen Augen blickten auf sie herab, Verlangen loderte darin.

Sie erschlaffte ein wenig unter dieser Intensität und ließ ihre Hände – immer noch gefüllt – gegen seine Brust ruhen. Er brachte eine Hand hoch, um ihr Gesicht zu umfassen, und strich mit dem Daumen über ihren Wangenknochen.

»Seb.« Das Wort kam als Seufzer heraus. Ihre Augen flatterten bei seiner Berührung.

Er beugte sich hinunter und drückte den leichtesten aller Küsse auf ihren Mundwinkel, dann trat er zurück.

»Geh. Bevor ich beschließe, dass ich sehen will, wie dieser BH an dir aussieht.« Seine Stimme war rau, und seine Muskeln angespannt, als er zur Seite trat, um sie vorbeizulassen.

Zumindest war sie nicht die Einzige, die diesen Wahnsinn spürte.

Sie zwang ihre Füße, sich zu bewegen, und ging zur Tür, wobei sie mit den Dingen in ihren Händen hantierte, um den Knauf zu drehen. Sie riss die Tür auf und trat hindurch. Als sie die Tür zuzog, konnte sie nicht widerstehen, einen letzten Blick auf all diese Männlichkeit zu werfen. Er stand, wo sie ihn verlassen hatte, aber jetzt hatte er beide Hände in die Hüften gestemmt und seine Augen auf sie gerichtet.

Ihre Blicke trafen sich erneut. Sie biss sich auf die Lippe, als eine weitere Welle des Verlangens sie traf und schloss die Tür.

Ein leises Stöhnen entfuhr ihren Lippen, als sie sich gegen die Wand lehnte. Sie schloss die Augen und ließ den Kopf hängen, während sie versuchte, sich unter Kontrolle zu bekommen. Jede ihrer Nervenenden war nach dieser Begegnung in Alarmbereitschaft.

Sie holte tief Luft, beugte sich vor und zog ihre Schuhe an, dann machte sie sich auf den Weg zur Treppe. Sie wusste, dass Sebs Aufenthalt bei ihnen zu einer Katastrophe führen würde. Es war erst sechs Uhr morgens, und sie hatte sich nicht nur zweimal mit ihrer Unbeholfenheit vor ihm zum Narren gemacht, sondern er hatte sie auch in ein zitterndes Wrack verwandelt. Gott sei Dank musste er zur Arbeit. Sie konnte sich nur vorstellen, in welchem Zustand sie am Ende des Tages sein würde, wenn er in ihrer Nähe bliebe.

Sie lief die Haupttreppe im leichten Trab hinunter, bewegte sich durch das dämmrige Wohnzimmer und schob die Schiebetür zur Küche auf. Das heutige Frühstück bestand aus Crêpes mit frischem Obst und selbstgemachter Schlagsahne. Sie hatte auch Speck und einige fantastische Blaubeer-Schweinswürstchen, die sie neulich auf dem Bauernmarkt gekauft hatte, als sie ihre Besorgungen erledigte.

Sie öffnete den Kühlschrank und begann, Sachen herauszunehmen. Bald hatte sie sich in einen Rhythmus eingefunden, der ihr half, ihre Libido und ihre komplizierten Gefühle für Seb in den Hintergrund zu drängen. Als er nach unten kam, hatte sie sich wieder gefasst.

Er ging hinter ihr her, um über ihre Schulter zu schauen, was sie auf dem Herd kochte.

»Ist das Henry Dickinsons Blaubeer-Schweinswürstchen?«

Sie nickte.

»Du hast eine weitere Packung für alle anderen gekauft, oder?«, neckte er sie.

Sie lächelte zu ihm hoch. »Ich habe drei gekauft.«

Er stöhnte. »Braves Mädchen.«

Sie verdrehte die Augen und deutete auf die Kaffeemaschine. »Der Kaffee ist fertig. Und dort drüben sind einige Crêpes.« Sie zeigte mit der Zange auf den mit einem Küchentuch abgedeckten Teller.

Seb nahm einen Teller aus dem Schrank und begann ihn zu füllen. Sobald er seine Crêpes gefüllt hatte, legte London drei der Würstchen auf seinen Teller. Er schmollte und bat um mehr, aber sie schüttelte nur den Kopf. »Das Haus ist voll. Mehr gibt's nicht.«

Sein gespielter böser Blick war niedlich, aber sie würde nicht nachgeben. »Iss etwas Speck. Du wirst überleben.«

Er lachte kurz auf und schnappte sich mehrere Stücke von der Platte, bevor er zum Küchentisch zurückkehrte.

»Du rufst heute Morgen einen Klempner an, oder?«, fragte er, nachdem er seine Würstchen verschlungen hatte.

»Ja. Ich hoffe, ich kann einen finden, der so kurzfristig kommt. Ich hasse es, Declan an seinem freien Tag zu belästigen.«

Seb wedelte mit einem Stück Speck. »Es macht ihm nichts aus. Er mag es nicht, tagsüber nach einer Schicht zu schlafen, also wird er wach sein.«

Sie summte eine unverbindliche Antwort. Nur weil er wach war, bedeutete das nicht, dass er nicht beschäftigt sein würde. Macys Bruder war, wenn überhaupt, sehr aktiv. Er hasste es, einfach nur herumzusitzen. Sie wusste, dass er die meisten seiner freien Tage mit Wandern oder in den kälteren Monaten mit Skifahren verbrachte.

Das Kratzen des Stuhlbeins auf dem Boden lenkte ihre Aufmerksamkeit zurück zu Seb, der sein Frühstück beendet hatte. Er stellte seinen Teller in die Spüle und kam dann zu ihr an den Herd.

All das Verlangen von vorhin kam bei seiner Nähe und der Intensität in seinen dunklen Augen wieder zurück. Sie konzentrierte sich auf den Crêpe in ihrer Pfanne und versuchte, ihre Hormone nicht wieder die Oberhand gewinnen zu lassen.

Er legte einen Finger an ihren Kiefer und drehte ihren Kopf, sodass sie ihn ansehen musste. Alle Feuchtigkeit verließ ihren Mund, als sie seinem Blick begegnete.

»Denk daran, die Türen abzuschließen. Ich bin heute Abend irgendwann zurück.«

Sie nickte, ihre Kehle zu trocken zum Sprechen.

Er streifte mit seinem Daumen über ihre Unterlippe, während er ihr Kinn mit den Fingern hielt. Seine Augen folgten der

Bewegung. London schluckte schwer, ihr eigener Blick wanderte zu seinem Mund. Sie wollte ihn wieder gegen ihren spüren. Letzte Nacht war bei weitem nicht genug gewesen, um das Feuer zu löschen, das er in ihr entfacht hatte.

Ihre Augenlider flatterten zu, als er sich vorbeugte und seine Lippen in einer federleichten Berührung gegen ihre presste. Verlangen wallte auf, und sie schwankte näher. Der Druck nahm nur leicht zu, bevor er sich viel zu früh zurückzog.

Er räusperte sich. »Bitte sei vorsichtig.« Seine Stimme war tief und strömte über sie. »Bis später.« Er ließ sie los und ging um sie herum zur Tür.

»Du auch«, brachte sie durch ihre enge Kehle hervor.

Er hielt an der Türschwelle inne. Mit einem letzten, intensiven Blick nickte er und dann war er weg.

Sie lehnte sich gegen die Arbeitsplatte, und als sie wieder in die Realität zurückkehrte, roch sie etwas Verbranntes.

»Verdammt!« Der Crêpe war verbrannt. Sie kippte ihn aus der Pfanne auf Sebs Teller in der Spüle.

Ja, seine Anwesenheit war eine totale Katastrophe.

SEB RÜMPFTE ANGEWIDERT DIE NASE UND VERDREHTE DIE AUGEN, froh, dass der Bürgermeister ihn am Telefon nicht sehen konnte. Der Mann rief mindestens einmal am Tag an, um ein Update zu bekommen, und das zerrte an seinen Nerven. Die Gespräche begannen immer harmlos genug, aber am Ende würde der Mann unweigerlich andeuten, dass sie den Staat bitten sollten, die Ermittlungen zu übernehmen. Seb hatte schon bei Fällen wie diesem – und viel schlimmeren – als FBI-Agent die Führung übernommen. Wenn er dächte, er bräuchte Hilfe, würde er darum bitten.

Caleb steckte seinen Kopf durch die Tür, mit einem breiten Lächeln im Gesicht, während er mit einigen Papieren winkte.

Seb setzte sich etwas gerader hin und runzelte neugierig die Stirn. Er hob einen Finger.

»Bryan, ich muss Sie zurückrufen. Es ist etwas aufgetaucht, um das ich mich kümmern muss.« Ohne auf eine Antwort zu warten, legte er über die Proteste des Bürgermeisters hinweg auf.

Caleb betrat das Büro. »Der Bürgermeister schon wieder?«

Seb nickte und seufzte. »Ja. Wie ein Uhrwerk. Was hast du da?« Er deutete auf die Papiere, die Caleb trug.

Der Deputy reichte sie ihm. »Ich glaube, ich habe unser Mordopfer gefunden. Warte noch auf die DNA-Bestätigung, aber sie passt zur Gesichtserkennung sowie zu Statur und Alter.«

Seb nahm die Papiere – einen Vermisstenanzeige – und überflog sie. »Amy Beckett, 27 Jahre. Eine Zeitarbeiterin in einem Skiresort in Aspen.«

Caleb setzte sich auf der anderen Seite des Schreibtisches.

»Ihr Bruder in Dodge City meldete sie vermisst im – pass auf – Januar.«

Überrascht schoss Sebs Kopf nach oben. »Was?«

»Ja. Es hat mich auch umgehauen. Deshalb hatte ich solche Schwierigkeiten, sie zu finden. Ich habe nur ein paar Monate zurück gesucht, weil Dr. Randall keine Anzeichen fand, dass sie lange festgehalten wurde.«

»Wo auch immer er sie festhielt, sie muss nicht gefesselt gewesen sein.«

»Oder es war mit etwas, das keine Verletzungen verursacht. Wie eine gepolsterte Fessel oder so.«

»Unser Typ hält seine Opfer also eine Weile fest, bevor er sie tötet.«

»Genau.«

Seb hasste es, sich vorzustellen, was diesen Frauen in der Zeit ihrer Gefangenschaft passiert war. Er wusste bereits, dass sie vergewaltigt wurden, aber er konnte sich nur vorstellen, was dieser Psycho ihnen sonst noch antat oder sie tun ließ.

»Hast du schon mit ihrem Bruder gesprochen?«

»Nein. Ich denke, wir sollten die Benachrichtigung persönlich machen. Das einzige Problem ist, dass ich heute Nachmittag wegen eines anderen Falls vor Gericht muss. Kannst du fahren?«

»Nach Kansas?« Er war nicht sehr erpicht darauf, die Gegend zu verlassen, bei den Problemen im Gasthaus. »Was ist mit Wilder? Sie hat schon Todesbenachrichtigungen gemacht.«

Caleb schüttelte den Kopf. »Es ist ihr freier Tag und sie ist nach Denver gefahren. Komm schon, Sheriff. Es erspart dir das Nachmittagstelefonat mit dem Bürgermeister.« Ein breites Grinsen teilte sein Gesicht.

Seb lachte. »Stimmt. Wenn ich aber fahre, musst du ein Auge auf London und Abigail haben, bis ich heute Abend zurück bin. Da geht etwas vor sich, und ich habe das Gefühl, dass es mit diesem Fall zusammenhängt. Ich hoffe, ich liege falsch, und es ist nur jemand mit einer übereifrigen Schwärmerei.«

»Was ist passiert?«

Seb informierte ihn schnell über das Drama der letzten Nacht.

»Ich wünschte nur, wir hätten genug, um einen Beamten abzustellen.«

»Heißt nicht, dass sich nicht einige von uns freiwillig melden, in unserer Freizeit. Tatsächlich werde ich, während du weg bist, eine Liste erstellen und einen Zeitplan machen.«

»Das wäre großartig. Ich weiß das zu schätzen.«

Caleb stand auf. »Kein Problem. Wir alle mögen London und würden es hassen, wenn ihr etwas zustoßen würde. Du solltest dich beeilen, wenn du nicht erst um Mitternacht wieder in die Stadt kommen willst.«

Er winkte ihn hinaus. »Ja, ja. Ich muss erst noch ein paar Dinge erledigen, aber es dauert nicht lange. Ist Travers noch im Konferenzraum und geht unsere Beweisdateien durch?«

Er nickte.

»Frag ihn, ob er mit mir kommen will. Ich hasse es, diese Dinge allein zu machen, und er könnte einige relevante Fragen haben.«

Caleb gab ihm einen schnellen Salut und ging.

Seb fuhr sich mit den Händen übers Gesicht und stöhnte. Nach Kansas zu fahren, um eine Todesbenachrichtigung zu überbringen, war nicht das, was er heute tun wollte, aber es war notwendig. Er nahm sein Handy und rief London an.

Das Telefon klingelte mehrmals, und Sebs Besorgnis wuchs. Kurz bevor es zur Mailbox umgeleitet wurde, nahm sie ab, atemlos.

»Hallo?«

»Hey. Ich bin's. Alles in Ordnung?«

»Bestens. Ich war nur mitten in den Hausarbeiten. Was gibt's?«

»Ich muss für den Tag aus der Stadt raus. Wir haben unser

Opfer identifiziert, und ich muss nach Kansas fahren, um mit ihrem Bruder zu sprechen.«

»Kansas? Wirst du heute Abend zurück sein?«

»Ja, aber es wird spät werden. Caleb wird heute Abend im Gasthaus bleiben, bis ich zurück bin. Vielleicht ist heute Nachmittag noch ein anderer Deputy dort. Er stellt eine Rotation zusammen, bis wir diesen Killer gefangen haben.«

Ihr Seufzen kam laut und deutlich über die Leitung. »Ich glaube wirklich nicht, dass das notwendig ist. Den ganzen Tag kommen hier Leute rein und raus.«

»Und trotzdem hat es jemand geschafft, sich einzuschleichen und deinen Warmwasserbereiter zu sabotieren.«

Sie seufzte wieder. »Na gut.«

Er widerstand dem Drang zu sagen, braves Mädchen. »Gut. Ich rufe dich im Laufe des Tages mehrmals an, also hab dein Handy bei dir. Das solltest du sowieso.«

»Du weißt, dass ich das tue.«

»Achte einfach darauf, dass du es hast.«

»Ja, Papa.«

Er lachte kurz. »Sei vorsichtig.«

»Werde ich.« Er konnte das Lächeln in ihrer Stimme hören.

Er legte auf, gerade als Jace zur Tür hereinkam.

»Bering sagte, du willst, dass ich mit dir nach Kansas fahre, um mit Amy Becketts Bruder zu sprechen.«

»Ja.« Er griff nach einer Akte aus dem Stapel auf seinem Schreibtisch und schlug sie auf. »Ich muss diese Berichte noch durchsehen und unterschreiben, dann können wir los. Klingt eine Stunde gut?«

»Sicher. Denkst du, wir werden etwas Nützliches von ihm erfahren?«

Er zuckte mit den Schultern. »Ich hoffe es. Ein Arbeitsplatz und eine Heimatadresse wären ein guter Anfang.«

»Einverstanden. Gut. Ich bin im Konferenzraum. Hol mich, wenn du bereit bist.«

»Mach ich.«

Als Jaces Stiefelschritte verklangen, blätterte Seb durch die Papiere und unterschrieb den ersten Bericht und ging zum nächsten über, bereit, auf die Straße zu kommen und hoffentlich einige Antworten zu bekommen.

»Danke, dass du gekommen bist«, sagte London, als sie die Tür für Declan Briggs öffnete. »Ich habe jeden Klempner in der Gegend versucht, und der früheste Termin, den ich bekommen konnte, war Montag.«

Declan trat ein, mit einem Werkzeugkasten, einer Tüte aus dem Baumarkt und Arbeitshandschuhen. »Kein Problem.«

Sie führte ihn durch das Haus in den Hauswirtschaftsraum und schloss die Tür auf. Er trat ein und stellte seine Sachen in der Nähe der Heizung ab. »Das sollte nicht zu lange dauern. Ich muss nur das Ventil ersetzen.«

»Großartig. Kann ich irgendwie helfen?«

»Du könntest mir einen Teller mit diesen Macarons zusammenstellen, von denen Macy so geschwärmt hat. Mir ist das Wasser im Mund zusammengelaufen, während sie davon erzählt hat.«

London lachte. »Du und deine Schwester habt fast einen genauso großen Süßhunger wie Seb. Ich werde dir einige in eine Tüte packen, damit du sie mit nach Hause nehmen kannst.«

»Sag das bloß nicht Macy, sonst verprügelt sie mich und nimmt sie mir weg.« Die Falten in seinem Gesicht vertieften sich mit seinem strahlenden Lächeln und seine tiefblauen Augen funkelten vor Fröhlichkeit.

Da hatte er nicht Unrecht. Sie imitierte, wie sie ihre Lippen versiegelte. »Welche Macarons?« Sie lächelte und verließ den Raum, um seine Leckerbissen zusammenzupacken.

Schritte auf der Treppe ließen sie aufschauen, als sie das Wohnzimmer durchquerte. Abigail stieg von der letzten Stufe, sah zerzaust und mürrisch aus.

»Alles in Ordnung, Schätzchen?«

Abigail nickte. »Ich habe vergessen, dass es kein heißes Wasser gibt, und bin in eine kalte Dusche gestiegen. Jetzt bin ich definitiv wach.«

London kicherte. »Komm mit in die Küche, ich mache dir Frühstück.«

»Hast du Omas Zimtschnecken gemacht?«

»Nein, die gibt's diese Woche erst morgen zum Frühstück. Ich habe Crêpes gemacht. Möchtest du welche?«

»Gibt's auch Speck?«

Sie verdrehte die Augen. »Ist der Himmel blau?«

Abigail schnaubte. »Okay, ja. Das war eine dumme Frage.«

Sie gingen in die Küche und Abigail setzte sich an den Tisch, während London den Crêpe-Teig aus dem Kühlschrank holte und die Pfanne auf dem Herd erhitzte.

»Was war das für ein Lärm, den ich heute Morgen gehört habe? Das Klopfen an den Wänden.«

London kämpfte gegen die Röte an, die sich über ihre Haut ausbreiten wollte. »Ich, äh, bin gestolpert und gegen die Wand gestoßen.«

»Oh. Worüber bist du gestolpert?«

»Sebs Füße.«

Sie lachte. »Wie bist du über seine Füße gestolpert?«

London gab eine Kelle des Crêpe-Teigs in die Pfanne. »Er hat beschlossen, hinter der Couch zu schlafen, weil er die Tür nicht blockieren wollte. Als ich aus meinem Schlafzimmer kam, wusste ich nicht, dass er dort lag, und bin auf dem Weg ins Bad gegen seinen Knöchel gestoßen.« Sie kippte die Pfanne und schwenkte den Teig.

»Autsch. Weißt du, das alles hätte vermieden werden können, wenn du ihn in deinem Bett hättest schlafen lassen.«

Die Crêpepfanne klapperte auf dem Herd. »Abigail!«

Das Mädchen gab ihr ein freches Grinsen. »Ich sage nur, ihr beide solltet endlich aufhören, gegen diese Anziehungskraft anzukämpfen. Das Leben ist kurz. Sei kein Dummkopf.«

»Ausdrucksweise.«

Sie verdrehte die Augen. »Hör auf, dem Thema auszuweichen, Tante London. Gib einfach zu, dass du ihn anspringst, und komm darüber hinweg.«

London stöhnte und schwenkte den Crêpe erneut. Das war kein angemessenes Gesprächsthema mit ihrer Nichte. »Mein Liebesleben – oder dessen Fehlen – geht dich nichts an.«

»Ooh, wir werden empfindlich.« Sie stützte einen Ellbogen auf den Tisch und legte ihr Kinn in die Hand. »Ist etwas passiert?«

Diesmal konnte London die Röte nicht aufhalten. Sie wendete den Crêpe. »Nochmal, das geht dich nichts an.«

»Etwas ist passiert. Du wirst rot. Habt ihr euch geküsst? Seid ihr über die erste Base hinausgekommen? Muss ich mir Ohrstöpsel besorgen?«

Die letzte Frage erwischte London unvorbereitet, und sie lachte laut auf, bevor sie es unterdrücken konnte. Sie unterdrückte ihr Lächeln und warf ihrer Nichte einen strafenden Blick zu, während sie den Crêpe aus der Pfanne auf einen Teller gleiten ließ und dann eine weitere Kelle einfüllte. »Ich führe diese Unterhaltung nicht. Hol das Obst und die Schlagsahne raus und fülle diesen Crêpe.«

Abigail seufzte und stand auf, um zu tun, worum sie gebeten wurde. »Na gut. Aber wenn ich eines Abends hereinkomme und es klingt wie in einem Bordell, übernachte ich bei Macy.«

»Oh mein Gott! Hör bitte auf damit. Es wird keine Bordellgeräusche oder andere... *Geräusche* geben.« Sie wusste, dass ihr Gesicht jetzt so rot war wie die Erdbeeren, die Abigail in ihren Crêpe legte, aber sie konnte nichts dagegen tun.

Sie lachte. »Schon gut. Ich gebe dir eine Pause. Aber im Ernst, ich weiß, dass *etwas* passiert ist – wirf es nicht weg, weil du dir Sorgen um mich machst. Ihr beide werdet meine Beziehung zu ihm nie verändern. Keiner von uns wird das zulassen.«

London warf ihr einen Blick zu, sagte aber nichts. Sie wollte wirklich nicht über Seb oder ihre Beziehung zu ihm sprechen. Sie war immer noch erschüttert vom Anblick seiner fast nackten Pracht heute Morgen. Alles, was sie wirklich wollte, war, alle Gedanken an ihn aus ihrem Kopf zu verbannen, damit sie wie eine erwachsene Frau funktionieren konnte.

Sie beendete Abigails zweiten Crêpe und legte ihn auf ihren Teller. Nachdem sie die Pfanne ausgewischt hatte, stellte sie

sie zurück auf den Herd, bevor sie die Schachtel mit den Macarons aus dem Kühlschrank holte.

»Isst du um neun Uhr morgens Macarons? Meine Güte, er hat dich wirklich durcheinandergebracht.«

London verdrehte die Augen. »Die sind nicht für mich. Declan ist im Hauswirtschaftsraum und repariert den Wassererhitzer. Ich habe ihm gesagt, ich würde ihm einige davon mitgeben.«

»Oh. Stell sicher, dass Macy das nicht erfährt. Sie wird sie stehlen.«

London lachte. »Das hat er auch gesagt.«

»Wann wirst du welche für sie machen, damit sie sie im Café verkaufen kann?«

»Bald. Ich denke, ich könnte nach diesem Wochenende Zeit haben, eine Ladung zu machen. Meine ganze Zeit morgen und Samstag wird damit verbracht, Lee und Jennys Jubiläumstorte für ihre Party am Samstagabend zu backen.«

»Um wie viel Uhr muss ich auf der Ranch sein, um beim Aufbau zu helfen?«

»Tara sagte um zwei.«

Abigail nickte und stopfte sich den letzten Rest ihres ersten Crêpes in den Mund.

Declan kam herein, gerade als London den letzten Macaron in die Tüte legte.

»Hi, Declan«, sagte Abigail.

Er winkte ihr zu.

»Schon fertig?«, fragte London.

»Es war eine schnelle Reparatur.«

»Die eine Menge Ärger verursacht hat.«

»Es hätte schlimmer sein können. Ich bin mir nicht sicher, ob derjenige, der es getan hat, beabsichtigte, dem Gasthaus zu schaden.«

London runzelte die Stirn. »Was meinst du damit?«

Declan lehnte sich an die Arbeitsplatte. »Dieser Ort ist viel besucht. Ihr habt fast immer Gäste, besonders zu dieser Jahreszeit. Das bedeutet, dass Wasser häufig benutzt wird. Es würde keine Zeit geben, in der sich das Gas so stark ansammeln könnte, dass es eine katastrophale Explosion verursachen würde, weil jemand den Mangel an heißem Wasser bemerken würde.«

»Wie Herr Brown es getan hat.«

»Genau.«

»Was war dann der Zweck?«

Er zuckte mit den Schultern. »Nicht sicher. Aber ich bezweifle, dass es darum ging, dich zu töten oder das Gasthaus zu zerstören. Um Aufmerksamkeit zu erregen, vielleicht? Unsere Reaktionszeit zu testen? Auf jeden Fall hoffe ich, dass das Labor einige Fingerabdrücke von den Teilen bekommen kann, die sie gestern Nacht entfernt haben, damit nichts anderes passiert.«

»Ich auch.«

»Onkel Seb bleibt auch heute Nacht wieder, oder?«, richtete Abigail die Frage an ihre Tante.

London nickte. »Er wird jede Nacht hier sein, bis sie diesen Kerl fangen. Obwohl er heute Abend spät kommen könnte. Er hat vor einer Weile angerufen, um mir zu sagen, dass er nach Kansas fahren muss für ein Interview. Sie haben die Frau identifiziert, die du und Trent gefunden habt.«

»Wirklich? Das ist großartig. Ich hoffe, sie können jetzt einige Antworten bekommen. Wie hieß sie?«

»Ich weiß es nicht. Er hat es mir nicht gesagt und ich habe nicht daran gedacht zu fragen.« Sie sah zu Declan. »Hast du schon gefrühstückt? Ich habe noch Crêpe-Teig übrig.«

»Und frische Schlagsahne.« Abigail stubste die Schüssel vor sich an.

»Verdammt, ja.« Er setzte sich neben Abigail an den Tisch.

London lächelte und drehte sich zurück zum Herd. Das war es, was ihre Seele erfüllte: Kochen für die Menschen, die sie liebte.

»Wirst du also bei Herrn und Frau Archers Jubiläumsparty dabei sein?«, fragte Abigail.

»Vielleicht. Ich muss am Samstag arbeiten. Die Jungs und ich versuchen vielleicht vorbeizuschauen, wenn es ruhig ist.«

»Ich hoffe, du kannst kommen. Brady hat Trents Band engagiert. Jaxon hat gerade einen neuen Song geschrieben. Es ist ein langsamer. Wenn du kommst, solltest du mit Tante London tanzen. Mach Onkel Seb eifersüchtig.«

»Abigail. Fang nicht wieder damit an«, warnte London.

Das Mädchen gab ihr ein verschmitztes Grinsen, sagte aber nichts weiter.

Declan hob eine Augenbraue und schaute London an. »Hab ich etwas verpasst?«

»Onkel Seb und Tante London haben sich geküsst.«

»Das habe ich dir nie gesagt«, sagte London.

»Oh, doch, das hast du. Dein Gesicht hat es mir verraten.«

»Wurde aber auch verdammt Zeit«, sagte Declan. »Ich schwöre, ihr beiden tanzt seit Jahren umeinander herum.«

London widerstand dem Drang zu knurren. Warum war ihr Liebesleben in letzter Zeit das Gesprächsthema mit *allen*? Sie drehte den Crêpe in ihrer Pfanne und ignorierte ihn.

»Sie redet nicht gerne darüber«, sagte Abigail im Bühnenflüsterton. »Sie denkt, die ganze Sache ist eine schlechte Idee.«

»Selbst nachdem sie ihn geküsst hat?«

»Oh, um Himmels willen«, sagte London. »Ja, wir haben uns geküsst. Ja, es war unglaublich. Nein, ich weiß nicht, wohin das führt oder wohin ich will, dass es führt. Können wir jetzt bitte ein anderes Thema wählen? Und ich schwöre bei allem, was heilig ist, Declan Briggs, wenn du ein Wort davon zu Macy sagst, werde ich dir nie wieder in meinem Leben einen Macaron machen. Verstanden?«

Mit weit aufgerissenen Augen nickte er.

London drückte ihm die Tüte mit Keksen in die Hand und starrte ihn an, ihre Augen vermittelten, dass sie es todernst meinte. Als er die Tüte nahm, wandte sie sich wieder dem Herd zu, um sein Frühstück fertigzustellen, ihr Ärger kochte so heiß wie der Crêpe in der Pfanne. Warum konnten sich nicht alle einfach raushalten? Wenn sie mit Sebastian Archer ausgehen wollte, würde sie das tun. Wenn sie diese verrückte Anziehung ignorieren und so tun wollte, als wäre sie nichts weiter als die kleine Schwester seines besten Freundes, würde sie auch das tun. Verdammt, wenn sie mit ihrem zurückgezogenen und seltsamen Gast Doug Brown durchbrennen wollte, hätte niemand etwas dazu zu sagen. Alles, was sie wollte, war Raum, um zu ihrer eigenen Entscheidung zu kommen, aber jeder steckte seine Nase hinein. Anstatt zu helfen, verursachten sie nur Reibung.

Sie kippte Declans zweiten Crêpe aus der Pfanne auf einen Teller und reichte ihn ihm.

»Abigail, wirst du eine Weile hier sein?«

Das Mädchen nickte, den Mund voll mit dem letzten Rest ihres Essens.

»Gut. Ich fahre in die Stadt, um den Rest zu besorgen, was ich für Lee und Jennys Jubiläumstorte brauche. Pass auf die Stellung auf.« Sie blickte zu Declan. »Denk an das, was ich gesagt habe.«

Er hob die Hände. »Kein Wort.«

»Gut. Genießt euer Frühstück. Ich bin später zurück.« Sie floh hastig aus der Küche, um ihre Handtasche zu holen. Hoffentlich konnte sie im Baumarkt und im Lebensmittelgeschäft ein und aus gehen, ohne mit jemand anderem über ihr Liebesleben sprechen zu müssen.

Es war halb sechs, als Seb seinen Truck hinter dem Streifenwagen der Dodge City Polizei vor Jack Becketts Haus parkte. Das zweistöckige Haus im Handwerkerstil war gut gepflegt und einladend mit seiner salbeigrünen Verkleidung und den leuchtend roten Blumen, die die Beete vor dem Haus füllten. Er stieg aus und traf Jace und den örtlichen Polizeibeamten an der Vorderseite.

»Ich bin wirklich froh, dass ihr beiden diese Nachricht überbringen müsst. Ich hasse Todesmitteilungen«, sagte der Beamte.

»Das tun wir alle«, erwiderte Jace.

Der Beamte nickte feierlich und ging durch das Gras zur Haustür. Seb und Jace folgten ihm und hielten sich zurück, während er an die Tür klopfte. Schritte – sowohl große als auch kleine – waren im Inneren zu hören. Seb hörte das leise Murmeln einer Frau und die höhere Stimme eines kleinen Kindes. Die Tür schwang nach innen und offenbarte eine schlanke Frau in ihren frühen Dreißigern. Ihr langes, mausbraunes Haar war zu einem unordentlichen Dutt auf ihrem Kopf zusammengebunden. Sie hatte ein Baby auf der Hüfte, das sie mit großen blauen Augen anschaute, und ein kleiner Junge, der ungefähr zwei Jahre alt war, mit ebenso großen Augen, spähte hinter ihrem Bein hervor.

Sie runzelte die Stirn, als sie die drei sah. »Kann ich Ihnen helfen?«

»Ist Jack Beckett zu Hause?«, fragte der Beamte.

Die Frau wurde etwas blass und nickte. Sie drehte den Kopf ins Innere. »Jack!« Sie blickte wieder zu ihnen. »Es geht um Amy, nicht wahr?«

»Lassen Sie uns auf Ihren Mann warten«, sagte Seb. Er wollte es nur einmal sagen müssen. Es war schon schwer genug, ohne es wiederholen zu müssen.

Ein großer, schlanker Mann kam um die Ecke des Wohnzimmers und bewegte sich auf die Tür zu. Sein erdbeerblondes Haar fiel Seb auf. Es passte zu dem seiner Schwester sowie zu ihren anderen Opfern.

Er trat neben seine Frau in den Türrahmen. »Ich bin Jack Beckett. Geht es um meine Schwester?«

»Ja, Sir. Ich bin Officer Seacourt von der Dodge City Polizei. Das ist Sheriff Sebastian Archer aus Boone County, Colorado, und Detective Jace Travers vom Polizeirevier in Haskell, Nebraska. Sie möchten mit Ihnen sprechen.«

Mit ernsten blauen Augen winkte Jack sie herein.

»Ich werde mit den Kindern in der Küche sein«, murmelte seine Frau. Sie drückte seine Hand, nahm dann die Hand des kleinen Jungen und führte ihn einen Flur rechts von der Treppe entlang.

Seb nickte dem Beamten dankend zu, der sich bereits zu seinem Polizeiauto zurückzog, und folgte Jack hinein. Sie gingen links von der Treppe in ein großes Wohnzimmer. Jack wies ihnen ein beiges Sofa zu und setzte sich selbst in den passenden Sessel.

»Kann ich einem von Ihnen etwas zu trinken anbieten?«

»Nein, danke, Herr Beckett«, sagte Seb. »Wie Sie schon vermutet haben, sind wir wegen Ihrer Schwester hier.«

»Sie ist tot, nicht wahr?«

Seb nickte. »Ich fürchte ja. Zwei Teenager in meinem Zuständigkeitsbereich haben ihre Leiche letzten Samstag in einer verlassenen Hofstelle gefunden.«

Jack stand auf und ging zum Fenster, das auf die ruhige Straße hinausging. »Ich wusste, als sie nicht zu unserem wöchentlichen Check-in anrief, dass etwas Schlimmes passiert sein musste.« Er drehte sich zu ihnen um. »Wie ist sie gestorben?«

»Sie wurde ermordet. Erwürgt.«

Jacks Gesicht verzog sich, und er blinzelte Tränen weg. Er drückte die Finger einer Hand gegen seine Augen und atmete tief ein, um sich zu sammeln. »Wissen Sie, wer es getan hat?«

»Noch nicht«, sagte Jace. »Da hoffen wir, dass Sie uns helfen können.«

Jack kam zurück und setzte sich. »Alles, was ich kann.«

Seb und Jace tauschten einen Blick aus, dann legte Seb direkt los. »Herr Beckett, wir glauben, dass Ihre Schwester das Opfer eines Serienmörders ist, der im Westen der Vereinigten Staaten aktiv ist. Als sie gefunden wurde, hat der Tatort bei mir Alarm geschlagen, und ich habe nachgeforscht. Bisher haben wir vier Opfer, einschließlich Amy, die die gleiche äußere Beschreibung und die gleiche Todesart teilen.«

»Oh mein Gott«, hauchte Jack. »Deshalb sind Sie hier.« Er zeigte auf Jace.

Jace nickte. »Das Opfer in meinem Zuständigkeitsbereich wurde letzten November gefunden.«

Jacks Adamsapfel hüpfte, als er schluckte, die Augen weit aufgerissen. »Was kann ich tun, um zu helfen?«

»Auf dem Vermisstenanzeige stand, dass sie als Saisonarbeiterin in Aspen, Colorado, war. Können Sie uns sagen, wo sie gearbeitet und gewohnt hat?«

»Äh, ja. Sie arbeitete für eines der Skiresorts – Aspen Trails – und sie lebte in einem Wohnmobil mit einer anderen Angestellten der Lodge.«

Die Erwähnung einer Mitbewohnerin ließ Sebs Magen sinken. Jack Beckett hätte nicht der Einzige sein sollen, der eine Vermisstenanzeige aufgab. Es sei denn, sie rief Jack an, um ihm zu sagen, dass seine Schwester vermisst wurde, und er gab die Anzeige für beide auf. »Wie heißt die Mitbewohnerin?«

»Rebecca Carson. Sie kommt aus Idaho, sagte Amy.«

»Haben Sie von ihr gehört, seit Amy verschwunden ist?«

Jack schüttelte den Kopf. »Ich habe versucht, Amy anzurufen, als sie unseren wöchentlichen Anruf verpasst hat, aber nie eine Antwort bekommen, und ich habe Rebeccas Nummer nicht.«

»Hat die Polizei in Aspen nach Ihrer Schwester gesucht?«, fragte Jace.

Jack nickte. »Ja. Sie gingen zu ihrem Wohnmobil, aber niemand war zu Hause und es standen keine Autos herum. Als sie in der Lodge nachfragten, wo sie arbeitete, sagte der Manager, er hätte sie nicht gesehen.«

»Haben sie nach Rebecca gefragt?«

»Ich weiß es nicht. Sie schienen ehrlich gesagt nicht sehr besorgt um beide zu sein. Sie sagten, die Saisonarbeiter seien launisch und würden oft ohne Vorankündigung weiterziehen. Ich denke, sie glaubten einfach, dass Amy – und wahrscheinlich auch Rebecca – einfach abgehauen ist, ohne jemandem Bescheid zu sagen. Aber Amy würde mir das nicht antun. Wir stehen uns nahe. Unsere Eltern sind nicht die besten und wir mussten uns als Kinder oft aufeinander verlassen. Ja, Amy war – ist – mehr ein Freigeist als ich, aber sie war trotzdem ein guter Mensch. Verantwortungsvoll. Sie genoss es, in den winzigen Wohnmobilen und Wohnungen zu leben. Sie sagte, es sei befreiend, an niemanden und nichts gebunden zu sein.«

»Wie hieß der Wohnmobilpark?«

»Er hatte keinen Namen. Er liegt auf dem Resortgelände zur Mitarbeiternutzung.«

»Hat Amy jemals jemanden erwähnt? Einen Freund? Einen Gast, der übermäßig freundlich war? Einen Einheimischen?«

Jack schnaubte. »Amy war wunderschön. Männer lagen ihr zu Füßen. Als Barista und Barkeeperin während der Hauptsaison hatte sie alle möglichen Leute, die ihr Aufmerksamkeit schenkten. Jede Woche gab es mindestens eine Person, von der sie mir erzählte. Oft waren es nur Verbindungsstudenten auf der Suche nach einer guten Zeit, die mit ihr flirteten. Manchmal waren es Männer, die ein Wochenende ohne ihre Frauen verbrachten. Aber sie erwähnte nie jemanden, der ihr unheimlich vorkam.«

»Wissen Sie, ob sie jemals Beziehungen zu einem dieser Männer hatte?«, fragte Jace.

Jack schüttelte den Kopf. »Wir haben nicht wirklich viel über ihr Liebesleben gesprochen, aber ich weiß, dass sie ausgegangen ist. Nie ernsthaft jedoch. Wie gesagt, sie mochte es, niemandem verpflichtet zu sein.«

»Können Sie sich jemanden vorstellen, der Ihrer Schwester schaden wollte?«

»Nein. So sehr ich auch gehofft habe, dass sie einfach entschieden hat, völlig frei von allen sein zu wollen, habe ich auch das Schlimmste befürchtet. Ich habe mir den Kopf zerbrochen, um auf irgendjemanden zu kommen, der einen Grund gehabt haben könnte, ihr zu schaden. Niemand fällt mir ein.«

Seb sah Jace an und fragte ihn stumm, ob er noch weitere Fragen hatte. Der Detektiv schüttelte leicht den Kopf. Seb klappte sein Notizbuch zu und steckte es zurück in seine Brusttasche, bevor er aufstand.

Er streckte eine Hand aus. »Danke für Ihre Zeit, Herr Beckett. Es tut mir leid wegen Ihrer Schwester, aber wir werden alles tun, was wir können, um denjenigen zu finden, der das getan hat.«

Jack nahm seine Hand und schüttelte sie. »Ich weiß das zu schätzen. Amy war eine nette Frau. Sie hat es nicht verdient, dass ihr das passiert.«

»Das verdient niemand«, sagte Seb.

Jack nickte und schüttelte dann Jaces Hand.

Seb gab ihm eine Visitenkarte. »Wenn Ihnen noch etwas einfällt, das für die Ermittlungen wichtig sein könnte, rufen Sie mich an. Meine Handynummer steht auf der Rückseite.«

Jack drehte die Karte um, warf einen Blick darauf und nickte. »Das werde ich. Danke.«

»Wir finden selbst hinaus. Gute Nacht.« Seb drehte sich um und führte den Weg aus dem Wohnzimmer. Die Holztür schloss sich schwer hinter ihnen.

»Er schien ziemlich aufgebracht«, sagte Jace, als sie in Sebs Truck stiegen. Der Beamte aus Dodge City war längst weg.

»Ja. Wir müssen immer noch seinen Aufenthaltsort überprüfen, als die anderen Frauen verschwanden, aber ich glaube nicht, dass er in irgendeiner Weise darin verwickelt war. Seine Trauer wirkte echt.«

»Ich denke, wir sollten morgen nach Aspen fahren.«

»Jap.« Seb seufzte und rieb sich erschöpft den Nacken. »Weißt du, ich habe das FBI teilweise verlassen, um von solchen Fällen wegzukommen.« Er rieb sich frustriert mit den Händen übers Gesicht und knurrte.

»Du könntest immer das FBI einschalten. Der Mörder hat Staatsgrenzen überschritten, also könnte es technisch gesehen ein Bundesfall sein.«

»Nein.« Er drehte den Schlüssel in der Zündung. »Ich würde nie das Ende davon hören, wenn ich meine Kumpels vom Denver-Büro anrufen würde. Ich kann diesen Fall bewältigen, auch wenn ich es nicht will.« Er legte einen Gang ein. »Komm schon. Lass uns etwas essen und nach Hause gehen.« Londons Gesicht ging ihm durch den Kopf.

Ja. Nach Hause.

Neun

London schaute sich in ihrer Küche um und betrachtete das Chaos, das sie und Tara beim Backen der Jubiläumstorte für die Archers angerichtet hatten. Pfannen bedeckten die Arbeitsflächen; Mehl und Puderzucker staubten alles ein, auch sie beide. Mit dem Handrücken wischte sie einen Schweißtropfen von ihrer Schläfe.

»Wie wäre es, wenn wir eine Pause machen und etwas Limonade auf der Terrasse trinken, während der Kuchen fertig backt?«

»Gute Idee.« Tara drehte sich um, um zwei Gläser aus dem Schrank zu nehmen.

London holte den Krug mit Limonade aus dem Kühlschrank und goss sie in die Gläser. Die beiden Frauen nahmen je ein Glas und traten durch die Hintertür nach draußen.

»Danke, dass du zum Backen vorbeigekommen bist«, sagte London, während sie es sich in einem der Terrassenstühle bequem machte.

Tara nahm einen Schluck von ihrer Limonade. »Jederzeit. So

sehr ich mein Restaurant auch liebe, ab und zu brauche ich eine Pause. Mit dir abzuhängen ist einfach ein Bonus.«

Sie stimmte zu. Mädchenzeit war ein kostbares Gut in Londons Leben. Sie waren alle so beschäftigt, dass sie jede Gelegenheit nutzten, um etwas gemeinsam zu unternehmen. Sie blickte über den Garten und spürte, wie sie sich zu entspannen begann. Backen half ihr immer, den Kopf freizubekommen. Genauso wie Zeit mit guten Freunden zu verbringen.

Als sie heute Morgen aufgestanden war, hatte sie sich auf den Tag gefreut, obwohl sie erschöpft war. Sie war gestern Abend gegen zehn ins Bett gegangen, aber erst eingeschlafen, als sie hörte, wie Seb sich gegen Mitternacht in die Wohnung ließ. Danach war ihr Schlaf unruhig gewesen. Sie stellte sich immer wieder vor, wie er dort draußen nur in Unterwäsche und mit dieser Decke auf dem Boden lag. Das hatte zu einigen ziemlich lebhaften Träumen und einer unangenehmen Erregung geführt, die fast die ganze Nacht anhielt.

Abigail hatte recht – sie sollte den Mann einfach in ihr Bett einladen. Mittlerweile hatte London das Gefühl, dass es ohnehin unvermeidlich war, und wusste nicht, warum sie sich noch dagegen wehrte.

»Also, mein Bruder ist heute nach Aspen gefahren, oder? Mit diesem Detektiv aus Nebraska?«

London sah zu ihr hinüber und nickte. »Sie sind heute früh losgefahren, damit sie hoffentlich zum Abendessen zurück sein können.«

Tara rutschte auf ihrem Stuhl herum und runzelte die Stirn.

»Was ist?«

»Nichts.«

Jetzt runzelte London die Stirn. Tara zappelte schlimmer als ein Hund mit Flöhen. »Nicht nichts. Was ist los?«

Sie seufzte schwer. »Ich habe diesen Mann neulich Abend kennengelernt. Jace. Er war vor Sebs Haus, als ich nach Hause ging.«

»Okay.« London dehnte das Wort. »War es schlimm?«

Tara wirbelte die Limonade in ihrem Glas herum und starrte auf die blasse Flüssigkeit. »Nein. Ja.« Sie seufzte und schaute auf. »Ich weiß nicht. Hast du ihn schon kennengelernt?«

London schüttelte den Kopf.

»Warte, bis du es tust. Er ist heiß. So richtig schön und durchtrainiert und – heiß.« Sie seufzte noch einmal. »Ich habe mich seit meinem Mann nicht mehr so zu einem Mann hingezogen gefühlt.«

Sie runzelte wieder die Stirn und verstand nicht, warum das ein Problem sein sollte. »Warum ist das schlecht?«

»Weil wir ins Gespräch kamen, und er hat meine Fotos gelobt und gesagt, wie er letztes Jahr auf seiner Motorradtour an der Küste von Oregon einige atemberaubende Aussichten gesehen hat und sich wünschte, er hätte das Talent, die Schönheit der Landschaft einzufangen.«

Londons Stirnrunzeln vertiefte sich. »Wie ist das schlecht? Das klingt eigentlich ziemlich süß.«

»War es auch, aber er *fährt ein Motorrad.* Ich bin nicht an einem weiteren Adrenalinjunkie interessiert.«

Jetzt verstand sie. Taras Mann hatte alles Gefährliche geliebt. Suchte es sogar regelrecht. Tara hatte das auch, zu einer Zeit.

»Vielleicht mag er einfach nur Motorräder.«

»Nein. Er hat diesen Alpha-Blick, genau wie Sean. Und er fährt einen Truck, der so rot ist, dass er fast neon leuchtet, so grell ist er. Niemand, der keinen intensiven Nervenkitzel genießt, fährt einen solchen Truck.« Sie lehnte sich in ihrem Stuhl zurück und starrte in den Garten. »Wahrscheinlich macht er an seinen freien Tagen Fallschirmsprünge und klettert ohne Sicherungsseil auf Berge.«

»Er lebt in Nebraska. Wo würde er da einen Berg finden?«

Tara richtete ihren wütenden Blick auf sie. »Du verstehst, was ich meine. Gefahr ist wahrscheinlich sein zweiter Vorname.«

London seufzte und beschloss, nicht mit ihr zu streiten. Tara war fest davon überzeugt, dass sie Recht hatte, und es würde einen Güterzug brauchen, um sie vom Gegenteil zu überzeugen.

»Schön. Aber ich will nichts davon hören, wie sexuell frustriert du bist.«

Tara kicherte. »Wie wäre es, wenn wir stattdessen über deine Frustrationen sprechen?«

London stöhnte und ließ ihren Kopf gegen die Stuhllehne fallen.

»Wann erlöst du meinen Bruder endlich von seinem Elend?«

»*Seinem* Elend? Ich bin diejenige, die morgens mit Scheuklappen durch mein Wohnzimmer gehen muss, weil er nur in Unterwäsche schläft.«

»Oh, Schätzchen, du solltest einfach hinschauen.«

»Das kann ich nicht, weil ich dann nicht mehr klar denken kann. Seine Boxershorts überlassen der Fantasie sehr wenig.«

»Igitt! Nein. Dieses Bild will ich nicht in meinem Kopf haben.« Sie wedelte mit einer Hand, ihr Gesicht verzog sich angewidert.

»Tut mir leid, aber es ist wahr.«

»Okay. Lass uns über etwas anderes reden.«

»Hey, wenn es schon reicht, über Sebastians Männlichkeit zu sprechen, damit die Leute aufhören, mich nach unserer Beziehung zu fragen, werde ich ins volle Detail gehen.«

Tara stellte ihr Getränk ab und wedelte mit beiden Armen, lachend. »Nein. Nein. Ich hab's verstanden. Ich höre auf. Keine weiteren Fragen mehr zu dir und Seb.«

Der Küchenwecker piepte vom Inneren des Hauses. London kniff die Augen zusammen und sah ihre Freundin an. »Gerettet durch die Glocke.« Sie zeigte mit dem Finger auf sie. »Ich nehme dich beim Wort«, sagte sie und stand von ihrem Stuhl auf.

Tara stellte sich neben sie. »Keine Sorge. Ich benehme mich.« Sie schauderte. »An einen meiner Brüder nackt zu denken ist einfach – igitt!«

London lachte. Sie wünschte, sie würde dasselbe empfinden. Vielleicht würde sie dann etwas Frieden finden.

»Wow. Hier ist ja richtig was los«, sagte Jace, als er und Seb auf den Parkplatz des Aspen Trails Resort und Lodge fuhren. Autos füllten die Parkplätze und Menschen die Außenterrassen.

»Ja. Dieses Wochenende ist ein Musikfestival. Ich glaube, die Leute beginnen schon anzureisen. Außerdem hatten wir einen ziemlich warmen Juni-Anfang, also sind wahrscheinlich auch viele Wanderer und Camper hier.«

»Ich war noch nie zum Wandern in dieser Gegend.«

»Du solltest mal herkommen. Es gibt einige schöne Aussichten, besonders wenn es schneit«, sagte Seb und stieg aus dem Truck. »Wir haben eigentlich Glück, dass wir in den letzten paar Wochen keinen Schnee in den niedrigeren Höhenlagen hatten. Hast du schon mal irgendwo in Colorado gewandert?«

»Ja. Mehr in der Gegend um Pikes Peak. Ich bin auch etwas Mountainbike gefahren. Und zum Campen, obwohl ich dafür Montana bevorzuge. Weniger Menschen.«

»Also, bist du gebürtiger Nebrasker?«

Er nickte. »Ich bin ein Husker, geboren und aufgewachsen. Ich habe nach der High School einen Abstecher zur Armee gemacht, kam aber direkt zurück, nachdem ich vier Jahre im Sandkasten verbracht hatte. Ich weiß nicht, ob ich es empfehlen würde, aber es hat mein Studium bezahlt.«

»Ist es das, wie du zur Polizeiarbeit gekommen bist?« Sie schlängelten sich durch die geparkten Autos und erreichten die massive Holzveranda vor der Lodge.

Jace nickte. »Ich war Militärpolizist. Mir gefiel die Arbeit, aber ich wollte mehr auf der Ermittlungsseite machen, also schrieb ich mich für ein Strafjustiz-Programm an der University of Nebraska ein. Ich wusste, dass ich den Abschluss brauchen würde, wenn ich jemals Detektiv werden wollte. Wie hast du dich für das FBI entschieden?«

»Ich war eines dieser Kinder, die schon immer wussten, was sie werden wollten. Ich fand die Bundespolizei das Coolste überhaupt, und ich habe nie an meinem Wunsch gezweifelt, dazuzugehören. Und ich wollte der Beste sein, also habe ich tatsächlich Jura studiert und einen Abschluss in Rechtswissenschaften gemacht.«

Jaces Augenbrauen schossen nach oben. »Ernsthaft?«

Seb nickte.

»Aber du hast trotzdem alles aufgegeben.«

»So sehe ich das nicht wirklich. Mein Abschluss, meine Zeit als Bundesagent – all das hat mir die Erfahrung gegeben, die ich brauchte, um diesen Job zu bekommen und in der Nähe meiner Familie zu sein. Ich liebe, was ich tue. Jetzt mehr als früher, weil ich zu Hause bin. Mir war die Bedeutung davon nicht bewusst, bis ich nicht da sein konnte, als London und Abigail mich brauchten.«

»Sie bedeutet dir wirklich etwas, oder? London.«

Seb nickte. »Immer mehr.« Er öffnete die Glastüren des Gebäudes und trat ein, wobei er einen Moment innehielt, um seine Augen an das schummrige Licht zu gewöhnen. Im Blockhüttenstil gebaut, leuchteten die natürlichen Holzbalken an den Wänden golden in der Morgensonne, die durch die vom Boden bis zur Decke reichenden Fenster an der Rückseite der Lodge fiel. Riesige Kiefernstützen trugen das Dach über dem großen Raum, und der Schieferboden glänzte von jahrelanger Abnutzung.

Sie wandten sich nach rechts und gingen auf der Suche nach Amy Becketts Chef zum Restaurant. Eine lächelnde Hostess begrüßte sie.

»Guten Morgen. Setzen Sie sich, wo immer Sie möchten, und ich bringe Ihnen gleich frischen Kaffee.«

Seb zeigte seine Marke. »Eigentlich sind wir hier, um mit Ihrem Chef, Tyler Petrosky, zu sprechen.«

»Oh.« Sie blickte sich im Raum um und zeigte dann auf einen Mann hinter der Bar. »Das ist er.«

»Danke.« Mit einem Nicken bahnten er und Jace sich ihren Weg durch die Gäste zur Bar, wo ein kleiner Mann mit kahlem Kopf stand und Limetten schnitt.

»Tyler Petrosky?«

Der Mann nickte. »Sie müssen Sheriff Archer sein.«

»Ja, der bin ich. Danke, dass Sie sich Zeit für uns nehmen.«

»Klar. Am Telefon sagten Sie, es ginge um Amy Beckett. Bin nicht sicher, was ich Ihnen sagen kann. Sie war nicht lange hier. Ein paar Monate.«

»Ist Ihnen bekannt, dass sie vermisst wird?«

Tyler nickte. »Wird?«

»Ihre Leiche wurde letztes Wochenende ein paar Stunden südöstlich von hier gefunden. Sie wurde ermordet.« Er beobachtete den anderen Mann, während er diese Neuigkeit teilte. Tylers Augen weiteten sich, und er schien aufrichtig schockiert.

»Oh mein Gott. Ich dachte, sie wäre einfach abgehauen. Das passiert mir oft. Sie bekommen einen Vorgeschmack darauf, wie viel hier los ist, können es nicht aushalten, und dann beschließen sie eines Tages, weiterzuziehen, ohne mir Bescheid zu geben. Ich dachte, das hätte sie getan, bis die Aspen-Polizei auftauchte und fragte, wann ich sie zuletzt gesehen hätte.«

»Und das war?«

»Silvester. Die Lodge hatte eine große Party, und sie betreute an diesem Abend die Bar.«

»Und Sie sind sicher, dass Sie sie danach nicht mehr gesehen haben?«

Er nickte. »Ihre nächste Schicht war am zweiten, und sie tauchte nie auf.«

»Haben Sie an diesem Abend jemanden bemerkt, der ihr mehr Aufmerksamkeit schenkte als üblich? Jemand, der mehr flirtete oder wollte, dass nur sie seine Getränke zubereitet?«

Tyler zuckte mit den Schultern. »Ehrlich gesagt, kann ich Ihnen das nicht sagen. Wir waren völlig überlastet, und ich habe mit dem Personal Tische bedient, wenn ich nicht gerade Ärger zwischen Gästen schlichten musste, die zu viel getrunken hatten. Wenn jemand hier war, der ihr schaden wollte, habe ich ihn nicht bemerkt.«

»Was können Sie uns über ihre Mitbewohnerin, Rebecca Carson, sagen?« fragte Jace.

»Rebecca?« Er runzelte die Stirn und hob eine Augenbraue. »Wird sie auch vermisst?«

Jace nickte. »Die Polizei hier versuchte, sie zu kontaktieren, als sie nach Amy suchten. Sie kamen zu dem Schluss, dass die Frauen gemeinsam verschwunden sind.«

»Nein, das stimmt nicht.«

Seb und Jace tauschten einen Blick.

»Warum sagen Sie das?« fragte Seb.

»Diese Mädchen verstanden sich großartig, aber Rebecca war keine Wanderin. Bei Amy könnte ich mir das vorstellen. Sie war ein echter Freigeist. Aber Rebecca sparte für eine Wohnung in der Stadt. Sie wollte hier eine Vollzeitstelle bekommen und sich hocharbeiten. Sie hatte auch Potenzial. Kluges Mädchen.«

»Okay, Mr. Petrosky. Vielen Dank für Ihre Zeit.« Seb schob eine Visitenkarte über die Bar. »Bitte rufen Sie an, wenn Ihnen etwas einfällt, das nützlich sein könnte.«

Der Mann nickte. »Ich hoffe wirklich, Sie finden ihren Mörder und dass Sie Rebecca finden. Sie waren gute Mädchen.«

Seb und Jace gingen zurück in Richtung der Hauptlodge.

»Wie zum Teufel konnte die Aspen PD das so falsch verstehen? Alles, was sie tun mussten, war mit diesem Typen zu sprechen, um zu wissen, dass etwas nicht stimmte«, sagte Jace.

»In dieser Jahreszeit hatten sie wahrscheinlich alle Hände voll zu tun. Und Petrosky hat nicht unrecht – viele der Saisonarbeiter verlassen tatsächlich die Stadt ohne Vorankündigung. Sie werden der langen Stunden oder der Kälte müde, und sie gehen einfach. Amy und Rebecca waren wahrscheinlich nicht die einzigen Frauen, die letzten Winter plötzlich verschwanden. Dass sie zusammen verschwanden, unterstützt die Theorie, dass sie freiwillig gingen. Es braucht Geschick – und Kraft –, zwei Frauen gleichzeitig zu entführen.«

»Aber das bedeutet nicht, dass es nicht passiert ist.«

»Nein, da stimme ich zu. Aber dieser Ort, zu dieser Zeit, ist die perfekte Gelegenheit, jemanden zu entführen, ohne dass es eine Weile auffällt.« Seb kniff die Augen zusammen, als sie wieder ins Sonnenlicht traten. Anstatt jedoch zurück in den Truck zu steigen, folgten sie den Schildern zum Mitarbeiterquartier und schlängelten sich einen Schmutzweg durch den Wald. Bald öffnete sich der Weg zu einer Lichtung, auf der eine kleine Holzhütte mit einem »Office«-Schild über der Tür am Rand eines großen Steinparkplatzes stand. Eine Auffahrt durchschnitt den Wald links vom Gebäude und verschwand im Wald. Verstreut zwischen den Bäumen konnte Seb Wohnmobile und sogar einige Zelte sehen, in denen die Saisonarbeiter untergebracht waren.

Mit knirschen Stiefeln auf dem Kies überquerten sie den Platz bis zu der Hütte und klopften an die Tür. Sie öffnete sich schnell und enthüllte eine Frau mittleren Alters in einem Tanktop und Shorts, ihr dunkles Haar zu einem Pferdeschwanz zurückgebunden. Sie ließ ihren prüfenden Blick über beide gleiten, ihre Augen leuchteten auf, als sie ihr

Aussehen wahrnahm. Seb wappnete sich für die Flirterei, die er am Glanz in ihren Augen erkennen konnte.

»Hallo, Beamte. Sind Sie diejenigen, die angerufen haben?«

Seb nickte. »Ja, Ma'am. Sie sind Emily Young?«

Die Frau nickte und starrte weiter.

»Wir sind hier wegen Amy Beckett und Rebecca Carson«, fuhr er fort.

Sie musterte ihn ein letztes Mal von oben bis unten und bedeutete ihnen dann, einzutreten. Das Innere war eine Miniaturversion der Hauptlodge, nur nicht so elegant. Es hatte die gleichen natürlichen Wände und den Schieferboden, aber die Möbel waren wohnlicher und abgenutzt. Es war auch sehr warm, selbst mit geöffneten Fenstern.

Seb fuhr mit einem Finger um seinen Kragen, während Schweiß seine Schläfe hinunterlief. »Ihre Klimaanlage kaputt?«

Sie nickte. »Die Wartung soll heute kommen und sie reparieren. Es ist gerade super warm, weil ich heute Morgen den Ofen benutzt habe. Ich habe Muffins gebacken. Möchten Sie einen?« Sie musterte ihn von oben bis unten, als würde sie ihn lieber essen als einen Muffin.

Er räusperte sich. »Nein, danke.«

Sie richtete ihren Blick auf Jace. »Und Sie, Hübscher?«

Jace bot ihr ein angespanntes Lächeln und schüttelte den Kopf.

»Was können Sie uns über Amy und Rebecca sagen?«

»Sie waren ruhig. Gesellig, aber ruhig. Keine wilden Partys wie bei einigen dieser Tölpel.« Sie starrte Seb wieder an. »Ich könnte einen Mann wie Sie gebrauchen, der mir hilft, diesen Haufen zu bändigen. Groß und muskulös mit einer Marke.«

»Ich bin sicher, wenn Sie Ihre lokale Polizei rufen, schicken sie jemanden vorbei.«

Sie verdrehte die Augen. »Ja, und geben mir die Schuld für die Party. Ich bin nur froh, dass das Management die Qualität der Arbeiter versteht, die sie einstellen, sodass ich nicht gefeuert werde, wenn sie ihre betrunkenen Orgien da hinten haben.«

Jace hustete und bedeckte seinen Mund mit der Hand. Seb sah ihn an und konnte das lächelnde Funkeln in seinen Augen sehen. Er unterdrückte sein eigenes Lächeln. Kokett oder nicht, sie war ein Original.

»Hätten Sie zufällig noch einige ihrer Sachen aus dem Wohnmobil, das sie sich teilten?«

Emily schüttelte den Kopf. »Es wurde ausgeräumt.«

Seb runzelte die Stirn. Das hörte er zum ersten Mal. »Von wem?«

Sie zuckte mit den Schultern. »Es war schon so, als die Polizei es durchsuchte, nachdem Amys Bruder sie als vermisst gemeldet hatte.«

»Gar nichts? Nicht einmal eine Kleinigkeit?« fragte Jace.

»Nein. Ich habe nicht einmal Ersatzkulis gefunden. Wer auch immer es war, hat alles mitgenommen.«

»Und niemand hat etwas gesehen?«

Sie stützte ihre Hände auf den langen Tresen, der als Empfang diente, und lehnte sich zurück. »Nicht dass ich wüsste. Aber das Wohnmobil, das sie sich teilten, war weiter hinten, und sie hatten keine nahen Nachbarn.«

»Könnten Sie es uns zeigen, bitte?«

Sie stieß sich vom Tresen ab. »Klar. Ich kann Sie nicht hineinlassen, weil es belegt ist, aber ich kann Ihnen den Platz zeigen.«

Sie folgten ihr nach draußen und in den Wald. Seb war beeindruckt von der Anlage, die sie hier hatten. Es mussten hundert oder mehr Wohnmobile zwischen den Bäumen stehen und eine Handvoll Zelte. In der Mitte befand sich eine Grasfläche mit Picknicktischen und ein langes Gebäude aus Betonblöcken, in dem sich Duschen und Toiletten für die Zeltbewohner befanden.

Der Campingplatz war größtenteils verlassen, aber einige Leute liefen herum. Alle betrachteten Seb und Jace mit Interesse. Obwohl sie Zivilkleidung trugen, waren ihre Waffen und Marken sichtbar.

»Hier ist es«, sagte Emily und blieb vor einem neueren weißen Wohnmobil mit grauen und schwarzen Akzenten stehen. Eine Klimaanlage surrte auf dem Dach, und zwei Plastikstühle standen auf der Terrasse an der Seite. Ein Windspiel, das am Markisenrahmen hing, klimperte in der leichten Brise.

Seb ging um das Heck herum und stand vor nichts als Wildnis.

»Hey, Jace.«

Der andere Mann wanderte zum Heck des Wohnmobils.

Seb zeigte. »Hinter dem Campingplatz ist nichts. Es wäre nicht so schwierig, ein ATV mit einem Schlitten hierher zu bringen und all ihre Sachen darauf zu laden.«

»Aber warum?« Jace runzelte die Stirn. »Ich meine, das ergibt keinen Sinn. Warum auch all ihre Sachen mitnehmen? Amy war das, was er wollte. Und wo ist Rebecca?«

»Meine Vermutung? Irgendwo da draußen.« Er nickte in Richtung der Bäume.

»Wir müssen die Aspen PD anrufen und herausfinden, wer für diesen Fall zuständig war.«

Seb nickte und drehte sich um, um zurückzugehen. »Ja. Hoffentlich haben sie daran gedacht, nach Fingerabdrücken zu suchen.«

Er hielt inne, als er die Campingplatz-Managerin erreichte. »Haben Sie jemanden in der Nähe des Campingplatzes bemerkt, der nicht hätte hier sein sollen, bevor Amy und Rebecca verschwanden?«

»Dieser Bereich ist für Gäste tabu, und normalerweise respektieren sie das auch. Ich kann mich nicht erinnern, jemanden gesehen zu haben.«

»War jemand Ungewöhnliches hier?« fragte Jace. »Ein Vertragsarbeiter, ein Wanderer, ein Einheimischer?«

Sie begann den Kopf zu schütteln, hielt aber inne. »Warten Sie. Wir hatten kurz nach Weihnachten einige Klempnerarbeiten. Eines der Rohre zum Badehaus war eingefroren und geplatzt. Es gab einen Gast hier, der Klempner war und anbot, es zu reparieren.«

»Erinnern Sie sich, wie er aussah?«

»Oh, etwa vierzig. Fit. Blond.«

»Haben Sie einen Namen aufgeschnappt?« fragte Seb.

Sie schüttelte den Kopf. »Nein. Er sagte nur, er sei da, um das Rohr zu reparieren. Ich habe ihm gezeigt, wo es war, und ihn dann alleine gelassen.«

»Glauben Sie, Sie könnten ihn einem Phantombildzeichner beschreiben?«

Sie schüttelte den Kopf. »Nein, tut mir leid. Ich war an diesem Tag wirklich beschäftigt, weil wir eine Menge Aushilfen hatten, die für Silvester aushelfen sollten. Ich bereitete Unterkünfte vor und checkte den ganzen Tag Leute ein. Als er auftauchte, war ich mitten in der Klärung einer Verwechslung bei der Unterbringung eines männlichen und eines weiblichen Arbeiters – wir versuchen, Männer mit Männern und Frauen mit Frauen zusammenzulegen, und irgendwie wurden sie vermischt. Ich ging nur lange genug raus, um ihm das kaputte Rohr zu zeigen, und ging dann gleich zurück, um dieses Durcheinander zu klären.«

»Okay. Danke für Ihre Hilfe, Ms. Young. Wir wissen das zu schätzen.« Er reichte ihr eine Visitenkarte. »Rufen Sie mich an, wenn Ihnen etwas einfällt, das nützlich sein könnte.«

Sie gab ihm ein bedauerndes Lächeln. »Ein gutaussehender Mann gibt mir seine Nummer, aber aus den falschen Gründen.«

Seb lächelte zurück. »Ich denke, Sie haben genug interessierte Männer.«

»Aber nicht Sie. Oder Ihren Freund.« Sie blickte hinter ihn zu Jace.

»Ich bin vergeben. Er ist–«

»Nicht auf dem Markt«, unterbrach Jace.

Ihr Grinsen wurde verschmitzt. »Schade. Sie sind hübsch.«

Seb lachte. »Ms. Young, ich habe keinen Zweifel, dass Sie einen jungen Mann finden werden, der Sie sehr glücklich machen wird. Einen schönen Tag noch.« Er deutete Jace an, zu folgen.

»Finden Sie diesen Bastard!« rief sie ihnen nach.

Er gab ihr einen Daumen hoch und verfiel in einen leichten Laufschritt.

»Erinnert dich das an jemanden auf deinem Radar?« fragte Jace.

»Vielleicht. Dieser Gast in Londons Pension ist etwa vierzig und blond. Ich kann ihn mir allerdings nicht als Klempner vorstellen. Er ist ziemlich schick.«

Sie erreichten den Truck und Seb drückte den Knopf auf seinem Schlüsselanhänger, um ihn zu entsperren. »Er hat sich auch nicht angeboten, den Warmwasserbereiter zu reparieren, als er kaputt ging.«

»Vielleicht ist er derjenige, der ihn kaputt gemacht hat.«

»Möglich. Aber die Hintergrundprüfung, die ich bei ihm durchgeführt habe, sagte, er sei der CEO einer Entwicklungsfirma. Ich glaube, er ist in der Gegend, um Eigentumswohnungen oder so etwas zu bauen.«

»So weit draußen?«

Seb zuckte mit den Schultern, während er den Truck vom Parkplatz lenkte und in Richtung Stadt fuhr. »Es ist eine hübsche Gegend und es gibt einen See nicht weit weg. Er wäre nicht der Erste, der die Region ausbauen möchte. Wir haben allerdings viel Nationalforstland, und es ist schwer, die Leute dazu zu bringen, Land zu verkaufen, das seit Generationen in ihrer Familie ist. Wir hatten vor etwa zwanzig Jahren einen Typen, der versuchte, The Broken Bow von meinen Eltern zu kaufen. Er ging sogar so weit zu behaupten, es gäbe ein Problem mit der Urkunde und dass ein Teil des Landes noch öffentlich sei, nachdem mein Vater nein gesagt hatte. Diese Ranch ist seit den 1860er Jahren in meiner Familie und wurde mit jeder nachfolgenden Generation erweitert. Legal. Der Typ hatte jedoch seinen Tag vor Gericht. Es dauerte zwei Minuten, bis der Richter den Fall abwies. Wir waren nicht die Einzigen, die er belästigte. Unsere Nachbarn, die Nyderts, hatten auch Ärger mit ihm.«

»Mit diesem Typen hattest du aber keine Probleme, oder?«

Seb schüttelte den Kopf. »Nein. Wenn er Land kaufen will, hat sich noch niemand über ihn beschwert.«

»Und es gibt niemand anderen?«

»Vielleicht der Besitzer des Baumarkts. Er ist blond und fit und hat ein bisschen was für London übrig, aber er ist in seinen Fünfzigern und scheint nicht der Typ zu sein. Ich habe die Schachtel und den Zettel, den London erhalten hat, untersuchen lassen, und sie waren frei von Fingerabdrücken. Es waren auch keine Abdrücke auf den Teilen des Warmwasserbereiters.«

»Glaubst du, sie hängen zusammen?«

»Vielleicht. Es scheint jedoch ein wenig seltsam. Warum sollte er einen Tag ein Geschenk schicken und am nächsten eine potenziell tödliche Explosion vorbereiten?«

»Vielleicht wollte er derjenige sein, der es repariert. Wer hat es repariert?«

»Der Feuerleutnant, Declan Briggs. Sie konnte nicht schnell genug einen Klempner auftreiben, und er hat sich freiwillig gemeldet.«

»Vielleicht war er es.«

»Nicht, wenn es derselbe Mann war, den Emily Young gesehen hat. Sein Haar ist dunkel-rotbraun, und er ist nur ein paar Jahre älter als London. Es ist auch möglich, dass es zwei verschiedene Personen sind.«

»Aber das glaubst du nicht, oder?«

Seb schüttelte den Kopf und hielt an einer Ampel. »Nein. Es ist zu viel Zufall. Ich muss nur die Verbindung herausfinden.«

Nach mehreren Abbiegungen parkte er auf dem Besucherparkplatz vor der Polizeistation. Entschlossen, einige Antworten zu bekommen, marschierten er und Jace durch die Vordertür. Seb zeigte seine Marke am Empfang.

»Wir müssen mit dem Detektiv sprechen, der für das Verschwinden von Amy Beckett zuständig ist.«

Der Sergeant am Empfang zog seine Tastatur nach vorne und tippte den Namen in das System ein. »Das wäre Detective Ian Farley.« Er schob ein Protokollbuch zu ihnen. »Bitte tragen Sie sich ein. Ich werde ihn anrufen und ihm sagen, dass Sie hier sind. Namen?«

»Sebastian Archer, Sheriff von Boone County, und Detective Jace Travers, Haskell PD.« Seb nahm den Stift und kritzelte seinen Namen in das Protokoll, dann reichte er ihn an Jace weiter, der dasselbe tat.

Der Sergeant legte den Hörer auf, und die Tür zu Sebs Linken summte.

»Den Gang runter. Er ist gegen Ende auf der linken Seite.«

Sie dankten dem Mann und gingen durch die Tür. Mit hallenden Stiefeln gingen sie den Flur entlang. Ein Mann trat aus einem Büro einige Türen weiter heraus.

»Sheriff Archer?«

Seb blieb vor dem Detective stehen und musterte ihn. Dunkle Augen starrten zurück und taten dasselbe. »Detective Farley.« Er deutete hinter sich. »Das ist Detective Travers. Wir hätten gerne eine Minute, um über Amy Beckett und Rebecca Carson zu sprechen.«

»Ich weiß nicht, was ich Ihnen sagen kann, aber kommen Sie rein.« Er drehte sich um und ging zurück zu seinem Schreibtisch, setzte sich in den Stuhl dahinter. Seb ließ sich auf einem der Besucherstühle nieder und schaute sich im kleinen, unordentlichen Büro um. Überall lagen Papiere. Sie waren auf dem Schreibtisch, dem Bücherregal, sogar auf dem Boden gestapelt. Er hatte nun den starken Verdacht, warum Amys und Rebeccas Verschwinden unter freiwillig abgelegt worden war. Nach den Stapeln und den müden Linien in seinem Gesicht zu urteilen, war der Detektiv hoffnungslos überarbeitet.

»Wir kommen gerade aus Aspen Trails. Die Campingplatz-Managerin hat uns gesagt, dass jemand Amys und Rebeccas Wohnmobil von all ihren Sachen geleert hat.«

»Das stimmt. Das ist ein Grund, warum wir dachten, sie seien einfach abgehauen.«

»Aber Amys Bruder glaubte nicht, dass sie so etwas tun würde, ohne es ihm zu sagen, und sicherlich nicht so lange, ohne ihn anzurufen. Und warum erwähnte er nicht, dass all ihre Sachen verschwunden waren?«

Farley zuckte mit den Schultern. »Ehrlich gesagt? Ich weiß nicht, ob wir ihm das jemals gesagt haben, und er hat nie nach ihren Sachen gefragt. Wahrscheinlich nahm er an, wir hätten sie als Beweismittel eingelagert. Und wir sehen es oft, dass Familien sich selbst täuschen und glauben, ein geliebter Mensch sei anders, als er wirklich ist. Wir hatten keine Beweise dafür, dass Amy und Rebecca nicht weggelaufen sind.«

Seb unterdrückte seine Frustration. »Haben Sie das Wohnmobil wenigstens auf Fingerabdrücke untersucht?«

Farley sah ihn an, als hätte er einen zweiten Kopf gewachsen. »An einem Ort wie dem? Nein. Wir würden so viele Treffer bekommen, das würde unseren Verdächtigenkreis erweitern, nicht einengen.«

»Wie wäre es mit einer Suche im Wald hinter dem Campingplatz?« fragte Jace. »Wir glauben, Rebeccas Leiche könnte irgendwo dort sein.«

Der Detektiv runzelte die Stirn, sein Gesichtsausdruck wurde schärfer, als er sich nach vorne lehnte. »Warum?«

»Amy ist das Opfer eines Serienmörders. Wir glauben, Rebecca war Kollateralschaden. Der Killer wollte oder brauchte sie nicht, also hat er sie wahrscheinlich so schnell wie möglich beseitigt. Sie ist vermutlich seit Januar dort draußen im Wald.«

Farley fluchte. »Sind Sie sicher mit der Serienmörder-Sache?«

Jace nickte. »Amy wurde unten in Boone County gefunden. Ich bin aus Nebraska, wo das dritte Opfer gefunden wurde. Ich kam hierher, um Sheriff Archer zu helfen, als er die Ähnlichkeiten zwischen den Morden entdeckte.«

Farley fluchte erneut und griff zum Telefon. »Ich werde ein paar Spürhunde da rausschicken, um nach einer Leiche zu suchen. Wenn er sie nicht vergraben hat, weiß ich nicht, ob wir viel finden werden. Die Wölfe hätten sie bekommen, zusammen mit den anderen kleinen Aasfressern, die nicht Winterschlaf halten. Verdammt.« Er drückte eine Reihe von Tasten und bellte dann einige Befehle in die Leitung, als jemand am anderen Ende abnahm. Er legte den Hörer auf und sah zu ihnen auf.

»Ich hoffe, Sie irren sich, aber ich hoffe auch, dass Sie mit dem hier Recht haben. Ich hasse den Gedanken, dass wir sie vielleicht nie finden werden.«

»Ich auch.«

Farley seufzte und lehnte sich in seinem Stuhl zurück. »Ich weiß, Sie Jungs denken, ich sei ein unfähiger Idiot, aber das bin ich nicht.« Er deutete auf den Zustand seines Büros. »Ich mache die Arbeit von drei Detektiven, also wenn es wie eine Ente aussieht und wie eine Ente quakt, erkläre ich es für eine Ente. Ich habe keine Zeit, Geister zu jagen.«

Seb stimmte zu. Wenn die Ressourcen knapp waren, tat man, was man konnte, aber letztendlich hatten andere Fälle Vorrang.

»Können Sie die Suchmaßnahmen koordinieren und uns Bescheid geben, wenn Sie etwas finden? Wir müssen zurück nach Silver Gap.«

»Ja. Ich bleibe hier an der Sache dran. Lassen Sie mich wissen, wenn es noch etwas gibt, was ich tun kann.«

»Da ist noch eine Sache. Schauen Sie nach, wie weit zurück Aspen Trails Überwachungsaufnahmen aufbewahrt. Die Campingplatz-Managerin sagte, ein Gast habe kurz nach Weihnachten die Sanitäranlagen repariert. Versuchen Sie, ihn zu finden und zu identifizieren.«

»Das kann ich tun.« Er nahm wieder den Hörer ab. »Habt eine sichere Rückfahrt. Ich lasse euch wissen, was ich herausfinde.«

Da sie nicht noch mehr von seiner Zeit in Anspruch nehmen wollten, nickten Seb und Jace zum Dank und gingen.

»Ich hoffe, er findet etwas auf diesen Aufnahmen«, sagte Seb, als sie nach draußen gingen. »Wir könnten einen Durchbruch gebrauchen.«

»Dem stimme ich zu.«

Mit einem Stöhnen ließ sich Seb auf die kleine Couch in Londons Wohnzimmer sinken. Er war müde, aber noch zu wach, um wieder auf dem harten Boden einzuschlafen.

Er nahm einen Schluck von dem Bier, das er mit nach oben gebracht hatte, um sich zu entspannen. Das Haus war ruhig. Alle Gäste hatten sich in ihre Zimmer zurückgezogen, und sowohl London als auch Abigail waren im Bett. Er nahm die Fernbedienung und schaltete den Fernseher ein, in der Hoffnung, einen Film zu finden, den er schon einmal gesehen hatte, damit sein Gehirn abschalten konnte. Nachdem er und Jace aus Aspen zurückgekehrt waren, hatte er sich in seinem Büro eingeschlossen, um an all den Dingen zu arbeiten, die er in den letzten zwei Tagen während der Ermittlungen vernachlässigt hatte. Es war ein langer Abend geworden, aber er hatte alles aufgeholt.

Als er sich für einen Actionfilm aus den Neunzigern entschieden hatte, öffnete sich eine der Schlafzimmertüren. Er sah hinüber und bemerkte, wie Abigail aus ihrem Zimmer kam. Er setzte sich auf und schaltete den Fernseher stumm.

»Hey, Mäuschen. Hab ich dich geweckt?«

Sie schüttelte den Kopf und schlurfte ins Zimmer, um sich neben ihn auf die Couch zu setzen. »Nein. Ich war noch wach.«

Er nahm einen Schluck von seinem Bier und beobachtete sie über die Flasche hinweg. Sie zog ihre Beine unter sich und machte es sich auf der Couch bequem, den Blick auf den Fernseher gerichtet. Aber sie sah nicht wirklich zu. Ihre Augen waren glasig, als sie ins Leere starrte.

»Was ist los, Schätzchen?«

Sie seufzte und sah zu ihm herüber. »Wird Tante London in Ordnung sein?«

Er runzelte die Stirn und drehte sich zu ihr. »Was meinst du?«

»Ich meine, sie bekommt seltsame Pakete und jemand manipuliert das Haus – bin ich paranoid, wenn ich glaube, dass sie in Gefahr ist?«

Er legte seine Hände über ihre. »Nein, du bist nicht paranoid. Ich denke auch, dass hier etwas Seltsames vor sich geht, aber ich werde nicht zulassen, dass ihr etwas passiert. Hast du den Deputy nicht vorhin unten gesehen?«

Sie nickte. »Ja. Er saß den ganzen Abend im Wohnzimmer. Tante London ist nicht sehr glücklich darüber, weil die Gäste anfangen, Fragen zu stellen. Sie hat ihnen nur gesagt, dass es eine Vorsichtsmaßnahme sei, weil sie einige Drohungen erhalten habe und dass sie alle sicher seien. Sind sie sicher? Sind *wir* es?«

Er drückte ihre Hände. »Ja, Schätzchen. Deshalb ist der Deputy da. Deshalb bin ich hier. Nicht nur für deine Tante, sondern um alle zu schützen.«

Sie biss sich auf die Lippe und blickte auf ihre Hände hinab, bevor sie wieder zu ihm aufsah. »Ist es der Mörder, der hinter ihr her ist? Wird sie enden wie Amy Beckett?« Ihre Stimme brach beim letzten Wort und ihre Lippe zitterte, während sich Tränen in ihren Augen sammelten.

Sebs Magen zog sich zusammen. Er war noch nie besonders gut mit weinenden Frauen umgegangen. Wenn seine Schwestern weinten, schickte er sie normalerweise zu ihrer Mutter und ergriff hastig die Flucht, aber er konnte nicht vor diesem Problem davonlaufen.

»Schätzchen, ich werde dich nicht anlügen und dir sagen, dass es nicht der Mörder ist. Die Wahrheit ist, ich weiß es nicht. Aber ich *werde* alles tun, was ich kann, um sie zu beschützen. Deine Tante bedeutet mir sehr viel.«

»Ich weiß.« Sie schniefte und wischte eine Träne weg, die ihr entwischt war. »Aber ich kann nicht aufhören, mich zu fragen, was passiert, wenn er sie wirklich ins Visier genommen hat und es schafft, an sie heranzukommen. Du kannst nicht die ganze Zeit bei ihr sein, und niemand wird auf sie aufpassen wie du. Ich kann sie nicht auch noch verlieren.«

Sebs Herz blieb stehen und begann dann doppelt so schnell wieder zu schlagen. Wie lange hatte sie sich schon so gefühlt? Sie hatte keine Anzeichen gezeigt, dass sie sich um ihre Tante sorgte, und er fragte sich unweigerlich, was sich geändert hatte.

Sie schniefte wieder. »Ich sehe immer wieder Amys Gesicht vor mir. Seit ich ihren Namen kenne, kann ich nicht aufhören, an sie zu denken. Wie sie aussah, als wir sie fanden, im Vergleich zu ihrem Aussehen, als sie noch am Leben war. Sie war wunderschön. Und jetzt kann ich nicht anders, als mich zu fragen, ob – ob –« sie erstickte an einem Schluchzen und die Tränen flossen nun ungehindert, »ob das London sein wird.«

Seb rutschte näher und nahm das Mädchen in seine Arme. Sie legte ihren Kopf an seine Brust und umschlang ihn mit den Armen. Er drückte sie fest, während sie sich wie das kleine, verängstigte Kind fühlte, das sie gewesen war, als ihre Eltern starben. Er küsste sie auf den Kopf und strich ihr übers Haar, während sie still an seiner Brust weinte. Er hatte die gleiche Angst, weigerte sich aber, ihr eine Stimme zu geben. Wenn er sich solche Gedanken erlaubte, würde er wahnsinnig werden.

»Wie kann jemand so skrupellos und kaltblütig sein?«, murmelte sie schnüffelnd.

Er wischte die Tränen von einer ihrer Wangen, während er auf sie hinabblickte. »Ich weiß es nicht, Kleines. Manche Menschen sind einfach seltsam verdrahtet und tun schreckliche, schreckliche Dinge. Es tut mir leid, dass du diese Frau so sehen musstest. Ich wünschte, ich könnte diese Erinnerungen auslöschen. Ich weiß, dass du Angst hast, dass London etwas zustoßen könnte, aber ich werde Berge versetzen, bevor ich zulasse, dass jemand sie dir wegnimmt. Das weißt du doch, oder?«

Sie nickte und wischte sich übers Gesicht, ihre blauen Augen noch immer wässrig. »Wir haben so ein Glück, dass wir dich haben. Ich wünschte, London könnte sehen, wie sehr du sie liebst und wie du alles für sie tun würdest.«

Seb spürte, wie seine Augen sich bei ihrer Erwähnung von Liebe weiteten, aber bevor er eine Antwort formulieren konnte, sprach sie bereits weiter.

»Ich verstehe nicht, warum sie immer noch so gegen eine Beziehung mit dir ist. Sie liebt dich auch. Ich weiß es, auch wenn sie es nie zugegeben hat. Sie kommt einfach nicht über die Vorstellung hinweg, dass du sie nur wegen meines Vaters und mir erträgst.« Sie presste die Lippen zusammen und blickte nachdenklich weg. »Ich wünschte nur, es gäbe einen Weg, wie du sie überzeugen könntest, dass es mehr ist als das.«

Seb räusperte sich. »Es ist kompliziert.«

Sie sah zu ihm auf und runzelte so stark die Stirn, dass ihre Augenbrauen sich berührten. »Nein, ist es nicht. Sie liebt dich, du liebst sie. Küss sie einfach endlich.«

»Das habe ich. Zweimal.«

Abigail schenkte ihm ein schnelles Grinsen. »Ich weiß. Sie hat es mir erzählt, aber nur weil ich sie genervt habe. Das ist so aufregend.« Ihre Tränen waren verschwunden, wofür Seb dankbar war, aber jetzt hatte er ein anderes Problem.

»Schätzchen, nichts hat sich geändert. Ja, wir haben uns geküsst, aber wir sind immer noch nur Freunde.«

Ihre Stirnrunzeln kehrte mit aller Macht zurück. »Im Ernst? Ugh! Was ist bloß mit euch beiden los?«

Er konnte nicht anders, als über ihren unzufriedenen Gesichtsausdruck zu grinsen. »Vielleicht solltest du mit ihr darüber reden. Ich bin ganz für eine Beziehung, aber sie wehrt sich immer noch dagegen.«

Abigail verdrehte die Augen. »Natürlich tut sie das. Okay, hier ist, was wir machen werden. Morgen auf der Party wirst du sie zum Tanzen auffordern. Währenddessen werde ich eine Flasche Wein und eine Decke an der Seite des Hauses verstecken, dann wirst du sie von allen wegbringen und sie überzeugen, dass erstens, du mehr für sie empfindest als nur die Schwester deines besten Freundes und meine Tante zu sein, und zweitens, dass eine Beziehung mit dir das Beste ist, was ihr je passieren wird.«

Er konnte nicht anders, als über ihren Enthusiasmus zu lächeln. Sie ließ es so einfach klingen. »Ich wünschte, es wäre so leicht.«

»Ist es. Ihr braucht nur Zeit *allein* miteinander – wo niemand euch unterbrechen kann. Du solltest wahrscheinlich dein Handy bei mir lassen.«

Er lachte und küsste sie auf die Stirn. »Du wärst ein großartiger strategischer Kommandeur.«

Sie schubste ihn lachend zurück. »Oder eine Anwältin wie Maggie«, sagte sie und erwähnte seine jüngste Schwester. Sie zwang ihre Gesichtszüge in eine ernste Maske. »Ich meine es aber ernst. Du musst sie morgen allein erwischen.«

»Wie wäre es, wenn ich verspreche, es zu *versuchen*?«

Sie seufzte. »Ich schätze, das ist gut genug.« Sie funkelte ihn an. »Aber du solltest dich echt anstrengen.«

Er zerzauste ihr Haar und stand auf, streckte eine Hand aus. »Das werde ich. Komm. Ich bringe dich zurück ins Bett.«

Sie verdrehte erneut die Augen, als sie seine Hand nahm und sich hochziehen ließ. »Ich muss nicht ins Bett gebracht werden. Ich bin kein kleines Kind mehr.«

Er lächelte. »Tu mir den Gefallen.«

»Na gut«, sagte sie mit einem weiteren Augenrollen und einem übertriebenen Seufzen, diesmal aber mit einem Lächeln.

Mit sanfter Berührung lenkte er sie zu ihrem Zimmer. Sie ging zum Bett und schlüpfte unter die Decke. Er strich die Bettdecke glatt und küsste sie auf die Stirn.

»Versuch, dir nicht zu viele Sorgen um deine Tante zu machen, okay? Überlass das mir?«

Sie nickte.

»Gut. Schlaf jetzt etwas. Ich liebe dich, Mäuschen.«

»Ich dich auch.«

Er klopfte ihr auf die Schulter und verließ ihr Zimmer, wobei er die Tür hinter sich schloss. Er setzte sich wieder auf die Couch und starrte auf den stummen Fernseher. Seine Augen wanderten zu Londons geschlossener Tür, seine eigene Sorge und Angst um ihre Sicherheit traten in den Vordergrund. Abigail hatte recht. Er konnte nicht immer da sein, um sie zu beschützen, und es machte ihm Angst, dass ihr etwas zustoßen könnte, wenn er nicht in der Nähe war – selbst wenn er jemanden hier hätte, der aufpasste, oder sie die Sicherheitskameras installierten. Aber die würden niemanden aufhalten, sie würden ihm nur helfen, nach der Tat nach der Person zu suchen. Und seine Deputies machten ihren Job gut, aber er vertraute trotzdem niemandem außer sich selbst, wenn es darum ging, sie zu beschützen. Sie bedeutete ihm zu viel.

Wut, schnell und dunkel, flammte in ihm auf, dass jemand es wagen würde, seiner süßen, wunderschönen London zu drohen. Es war unvorstellbar zu denken, dass ihr das gleiche Schicksal widerfahren könnte wie den anderen Frauen. Es störte ihn auch ungemein, dass Abigail sich darüber Sorgen machte. Sie hatte in ihrem kurzen Leben schon genug Tod, Angst und Sorgen erlebt.

Er ließ seinen Kopf gegen die Kissen zurückfallen und schloss die Augen vor dem Aufruhr der Emotionen. Er wollte sie beide in eine Blase packen und nichts Schlimmes in ihre Nähe kommen lassen. Zumindest wusste er, dass sie morgen sicher sein würden. Sie würden den ganzen Tag von seiner Familie umgeben sein. Die einzige Person, die London allein erwischen würde, wäre er. Und wie er Abigail versprochen hatte, würde er sein Bestes tun, um sie zu überzeugen, dass sie es wert waren.

»THOMAS, WENN DU DIESEN KUCHEN FALLEN LÄSST, WIRD London dich der Single-Frauen-Brigade zum Fraß vorwerfen«, rief Tara ihrem Zwillingsbruder zu, als er über eine Unebenheit im Rasen stolperte, weil er sich umdrehte, um ihnen etwas zu sagen. Die drei trugen Kuchenboxen zu dem im Garten von Lee und Jenny aufgestellten Tisch.

»Ist Rayna immer noch dabei?«, rief er zurück. »Denn wenn ja, lass ich den Kuchen sofort fallen und überlasse mich ihrer Gnade.«

London schenkte ihm ein teuflisches Lächeln. »Sie war nie dabei. Aber Adelaide Martin ist es.«

Er fletschte die Zähne und kniff die Augen zusammen. »Vergiss es. Ich laufe, als wäre ich hundert Meter über dem Boden auf einem Drahtseil.«

Sie lachte. »Braver Junge.«

»Diese Frau ist giftig. Warum konnte sie nicht in Denver bleiben?«

»Weil ihr reicher Ehemann entdeckt hat, dass er nicht der Einzige war, der ihr Bett wärmte, und sie rausgeworfen hat«, sagte Tara. »Ich sage immer noch, dass ihre Eltern sie hätten sich selbst überlassen sollen. Zumindest haben sie sie gezwungen, einen Job anzunehmen.«

»Ja, weil ihr komm-her-Blick genau das ist, was ich sehen will, jedes Mal wenn ich einkaufen gehe«, konterte Thomas.

»Ist das der Grund, warum du mich jetzt immer bittest, für dich einzukaufen?«, fragte Tara.

»Verdammt, ja. Sie hat mich einmal im Cerealien-Gang abgepasst. Hatte mich gegen die Lucky Charms gedrängt und mir gesagt, sie würde gerne meinen Blarney Stone lecken.«

London kämpfte damit, ihre eigenen Kuchenboxen nicht fallen zu lassen, als sie lachte. »Das hat sie nicht.«

»Doch, hat sie. Ich hätte Mrs. Chisolm fast geküsst, als sie um die Ecke kam und nach Haferflocken suchte. Wenn sie hier sein wird, gehe ich nirgendwo allein hin. Warum mussten wir sie überhaupt einladen?«

»Weil ihre Eltern Freunde von Mom und Dad sind. Wir konnten sie nicht einladen und Adelaide nicht.«

Thomas knurrte, sagte aber nichts mehr, als sie den für die Party hergerichteten Bereich des Gartens erreichten. Ein großes Zeltdach überspannte zwei Dutzend acht Fuß lange Tische. Tara führte sie zur hinteren Terrasse, wo das Essen aufgebaut wurde.

»Dieser Tisch ist nur für den Kuchen, also stell ihn auf, wie du möchtest«, sagte Tara zu London. Sie und Thomas stellten ihre Boxen an einem Ende ab, und London stellte ihre daneben.

»Klingt gut.«

»Ich gehe Brady helfen, das Heulabyrinth für die Kinder aufzubauen«, sagte Thomas.

»Okay. Danke, dass du mir geholfen hast, den Kuchen zu tragen.«

»Klar. Das gewährt mir eine Rettung vor Adelaide, richtig?«

London und Tara lachten.

»Ja«, sagte London. »Ich verspreche, dich zu retten, wenn sie dich in die Ecke drängt.«

Er grinste und lief davon, um seinen Bruder zu finden.

»Also, was soll ich tun?«, fragte Tara und wandte sich wieder dem Kuchen zu.

»Lass uns sie auspacken und dann können wir zusammenbauen-«

»Tara!« Ein Ruf von der offenen Hintertür unterbrach Londons Worte. Einen Moment später steckte Taras Schwester Maggie ihren Kopf nach draußen. »Komm und sag Mom, dass sie das Fleisch in Ruhe lassen soll. Sie will ein Glas Relish auf dein gezogenes Schweinefleisch tun.«

»Was?« Entsetzen erfüllte Taras Stimme. »Es ist kein Hotdog!« Sie machte zwei Schritte zur Tür, bevor sie sich wieder zu London umdrehte. »Ich muss sie aufhalten, bevor sie das Essen ruiniert.«

London lachte. »Bitte tu das. Ich will kein Relish auf meinem Schweinefleisch.«

Tara eilte davon und London konnte hören, wie sie Jenny anschrie, sie solle das Glas hinlegen.

Allein gelassen, klappte sie den Deckel der untersten Schicht des dreistöckigen Kuchens auf, den sie und Tara in den letzten zwei Tagen hergestellt hatten. Mit ihrer Spezialität – und Jennys Lieblingsgeschmack – Schokolade-Zimt, war er mit Vanille-Buttercreme und hellblauem Fondant überzogen. Schokoladen-Buttercreme hielt die Schichten in jeder Etage zusammen und sorgte für zusätzlichen Geschmack. Wenn sie ihn komplett zusammengebaut hatte, würden wunderschöne burgunderrote und rosa Rosen an der Seite hinunterkaskadieren.

Sie öffnete die anderen Boxen und stapelte die Etagen in der Mitte des Tisches. Sie zog die letzte Box näher heran und nahm eine der größeren Rosen heraus. Da sie wusste, dass es heute heiß werden würde, hatte sie alle aus Gummipaste hergestellt.

»Das sieht toll aus.«

London schaute von den Blumen auf, die sie gerade arrangierte, und sah Seb am Ende des Tisches stehen.

»Danke. Es ist ziemlich gut geworden.«

Er schlenderte näher. »Kann ich helfen?«

Ihr Herzschlag beschleunigte sich, als er näherkam, und ihre Gedanken wanderten zu dem Gespräch, das sie gestern Abend mitgehört hatte. Sie schluckte schwer. »Du kannst mir Blumen reichen, wenn du willst.«

Er nahm eine Rose aus der Box und hielt sie ihr hin. »Zahnstocher?«, fragte er und deutete auf den Stiel, auf dem die Blume saß.

Sie nickte und steckte die Blume auf den Kuchen. »Sie halten besser als Buttercreme in dieser Hitze.«

»Wo hast du gelernt, so etwas zu machen?«

Sie zuckte leicht mit den Schultern. »Das Backen habe ich von meiner Mutter gelernt. Das Dekorieren von YouTube.«

Er lachte. »Im Ernst?«

Sie lächelte zu ihm hoch und nickte. »Einiges habe ich aus einem Buch über Tortendekoration gelernt, aber das meiste kam tatsächlich von YouTube.«

Seb fuhr mit einem Finger entlang des Randes einer zarten Blume. »Trotzdem, das ist unglaublich. Sie sehen so echt aus. Du hast ein Talent.«

Sie errötete. »Es ist nur Kuchen.«

»Wunderschöner Kuchen.« Er hielt die Blume hin. Ihre Finger streiften seine, als sie die Rose nahm. Ihre Augen trafen seine, und sie erstarrte für einen Moment, bevor sie sich wieder dem Kuchen zuwandte. Sie drückte den Stiel in die Schicht.

»Und wie war deine Reise? Hast du irgendwelche Hinweise bekommen?« Sie hatte gestern nicht mit ihm gesprochen, nachdem er für den Tag gegangen war, abgesehen von ein paar kurzen Telefonaten, um sich zu erkundigen.

»Vielleicht. Viele der Saisonarbeiter leben in Wohnmobilen auf dem Resortgelände. Die Leiterin dieses Campingplatzes sagte, sie erinnere sich an einen Gast, der die Sanitäranlagen repariert hat, als zur Zeit von Amy Becketts Verschwinden ein Rohr geplatzt ist. Sie hat sonst niemanden gesehen, der nicht dorthin gehörte. Wir suchen jetzt auch nach ihrer Mitbewohnerin. Sie ist zur gleichen Zeit verschwunden.«

»Oh, das ist schrecklich«, sagte sie, während sie eine weitere Blume platzierte.

»Ja, nun, alles an diesem Fall ist schrecklich. Ich hoffe, das Resort hat die Überwachungsaufnahmen von damals noch und wir können den Kerl finden, der die Reparaturen durchgeführt hat.«

»Warum sollten sie sie nicht haben? Ist das alles nicht mittlerweile digital?«

Er reichte ihr eine weitere Blume. »Meistens, aber genau wie bei einer DVD oder einem VHS-Band ist der Speicherplatz begrenzt. Sie haben sie vielleicht gelöscht, um Platz für neue Aufnahmen zu schaffen.«

»Wann wirst du es wissen?«

»Bald, hoffe ich. Der Detektiv, der Amy Becketts Verschwinden bearbeitet, wollte dieses Wochenende daran arbeiten, sie zu bekommen.«

London platzierte die letzten Blumen und trat zurück, um ihre Arbeit zu überprüfen. Sie nahm ein paar Anpassungen vor, um einige Lücken zu füllen, dann nickte sie.

»Fertig. Ich hoffe nur, dass er der Hitze standhält. Zumindest steht er im Schatten.« Sie zeigte auf das Haus, das einen Schatten über die Tische mit dem Essen warf.

Sie trat vor, um die Kisten zusammenzusammeln, und er kam, um ihr zu helfen.

»Was machen wir mit denen?«, fragte er mit vollen Armen.

»Ich wollte sie zurück in mein Auto bringen. Tara hat die Küche übernommen und es ist kein Platz mehr für irgendetwas anderes.«

Sie nahm die kleineren Kisten und führte den Weg durch den Hof zu ihrem SUV.

»Ich dachte, deine Eltern wollten zur Party einfliegen«, sagte Seb, während sie sich ihren Weg durchs Gras bahnten.

»Das wollten sie, aber Papa hat sich eine schlimme Erkältung eingefangen. Mama sagte, sie würden versuchen, später im Jahr zu kommen.« Sie seufzte. Ihre Eltern waren ein wunder Punkt. Sie liebte sie, aber sie hatten ihr viel allein zu bewältigen überlassen, als Eddie starb. London verstand, dass es für sie schmerzhaft war, wegen der Erinnerungen an ihn hier zu sein, aber sie trauerte auch um ihren Bruder.

Sie erreichten ihr Auto, und sie benutzte den Fußsensor, um die Heckklappe zu öffnen und stellte die Kisten in den Laderaum. Seb stellte seine neben ihre, und sie schloss die Tür.

Als sie sich umdrehte, um zum Haus zurückzugehen, streckte er die Hand aus und nahm ihre, was sie aufhielt.

»Warte.«

Sie schaute auf ihre verschränkten Hände und dann zu ihm hoch, verwirrt.

»Komm mit mir.« Er begann sie von all den Autos wegzuziehen.

»Was? Wohin gehen wir?«

»Einfach – komm schon.« Er zog an ihrer Hand und bewegte sich weiter von der Party weg.

Sie stemmte ihre Füße in den Boden. »Seb, ich muss zurück zum Haus und sehen, womit Tara noch Hilfe braucht.«

»Tara hat ein Dutzend andere Leute, die ihr helfen können. Komm schon.«

Sie biss sich auf die Lippe und warf einen Blick zurück zum Haus. Das Gespräch, das sie zwischen Seb und Abigail mitgehört hatte, lief ihr durch den Kopf. Wollte er sie allein haben, wie er gesagt hatte? War sie wirklich dagegen?

Die Erinnerung an seine Küsse huschte durch ihren Kopf. Sie wollte mehr davon, auch wenn es nicht klug war.

»Okay.« Sie gab dem Drang nach und erkannte, dass sie einen aussichtslosen Kampf führte.

Sein Lächeln blendete sie und entlockte ihr ein eigenes. Er korrigierte seinen Griff an ihrer Hand und joggte über den Hof zu einer der Scheunen. Während sie ihm folgte, fragte sie sich, ob Abigail den Wein und die Decke schon versteckt hatte.

Sie erreichten die Scheune der Jährlinge, und er zog sie durch die Tür hinein. Die großen Ventilatoren über ihnen surrten, während sie Luft durch das große Innere bewegten. Das sanfte Wiehern eines der jungen Pferde erklang über den Ventilatoren, und ein grauer Hengst steckte seinen Kopf über die Tür seines Stalls. Bevor sie hinübergehen konnte, um ihn zu streicheln, schleppte Seb sie den Gang hinunter zum Lagerraum.

Ihr Herz begann vor Vorfreude zu rasen.

Einmal drinnen, trat er die Tür zu und lehnte sie dagegen, klemmte ihren Körper zwischen der Tür und seinem muskulösen Körper ein. Ein Schauer lief ihr über den Rücken. Sie packte seine Bizepse, um sich zu stabilisieren, ihre Finger zeichneten die Vertiefungen und Linien seiner Arme nach. Er fühlte sich so gut an.

Sie zog ihre Hände hoch zu seinem Nacken und zog sich näher. Seine Hände glitten um ihre Taille, um sie in seinen langen, kräftigen Körper zu ziehen.

Gerade als sie ihr Gesicht für seinen Kuss heben wollte, kehrte sein Gespräch mit Abigail von gestern Abend zurück, ebenso wie der Zweifel.

Sie schob eine Hand zwischen sie und bedeckte seine Lippen.

Er gab ihr einen neugierigen Blick. »Äh, London?«

Sie ließ ihre Hand sinken und stieß ein bisschen verärgert die Luft aus. »Bevor wir – irgendetwas tun, solltest du wissen, dass ich dich und Abigail gestern Abend belauscht habe.«

Er richtete sich auf, seine Verwirrung wandelte sich in Neugier. »Hast du?«

Sie nickte.

»Okay. Warum sagst du mir das jetzt?«

»Nun, ich kann nicht anders, als mich zu fragen, ob der Grund, warum du das tust, der ist, dass du ihr gesagt hast, du würdest es tun.«

»Ich habe ihr gesagt, ich würde es versuchen. Ich habe nie etwas versprochen. Außerdem würde ich das überhaupt nicht tun, wenn ich es nicht wollte.« Er ließ sie los und trat zurück. »Mensch, London. Was braucht es, damit du begreifst, dass ich es ernst meine mit uns? Ich meine, denkst du wirklich, ich sehe in dir nur Eddies kleine Schwester? Oder verstehst du, dass ich viel, viel mehr in dir sehe und hast einfach zu viel Angst, etwas dagegen zu unternehmen?«

Londons Nackenhaare sträubten sich bei seinem anklagenden Ton. »Entschuldige bitte? Ich habe nie etwas davon gesagt, dass ich Angst vor einer Beziehung mit dir hätte. Es ging immer um Abigail. Ich habe dich gestern Abend mit ihr gehört. Ich weiß, wie sehr du sie liebst. Willst du wirklich das, was ihr habt, für eine Affäre mit mir gefährden?«

»Es wäre keine Affäre!« Seine Stimme donnerte von den Dachbalken.

Bevor sie reagieren konnte, drängte er sie wieder gegen die Tür und küsste sie. Londons Wut verwandelte sich in Verlangen. Rotglühendes Verlangen, das sie wie ein Schürhaken in den Bauch traf. Sie verflocht eine Hand in sein Haar und die andere um seine Schultern und küsste ihn zurück.

Seine Hände wanderten über ihre Hüften und kneteten ihr Fleisch durch ihren fließenden Rock. Sie drängte sich näher, während das Feuer zwischen ihnen ausbrach, und suchte einen Weg, die Flammen anzufachen, die sich so gut anfühlten. Seb zu küssen war anders als jeder andere Kuss, den sie je hatte. Er war roh und echt und ließ sie bereit sein, wie ein Champagnerkorken zu platzen.

Als er sich zurückzog, atmeten beide schwer. Londons Herz galoppierte in ihrer Brust schneller, als eines der jungen Pferde in der Scheune jemals laufen würde.

Er lehnte seine Stirn gegen ihre. Sein warmer Atem strich über ihr Gesicht und ließ sie sich nach einem weiteren Kuss sehnen. »Nicht nur eine Affäre. Niemals eine Affäre.«

Sie nickte zustimmend und lehnte sich vor, um ihn wieder zu küssen.

»Seb? Bist du hier drin?«

Bradys Stimme hallte durch die Scheune. Seb fluchte leise und London stieß einen genervten Seufzer aus. So viel zum Alleinsein.

Seb küsste sie noch einmal, seine Lippen verbrannten ihre für einen kurzen Moment. »Ich schwöre, ich werde einen Weg finden, uns vollkommen allein zu sein.« Er lehnte sich um sie herum und öffnete die Tür.

»Hier hinten«, rief er. Er nahm ihre Hand und trat durch die Türöffnung.

Brady kam um die Ecke und kam abrupt zum Stillstand, als er sie sah. Seine Augen huschten hinunter zu ihren verschränkten Händen, und ein breites Lächeln breitete sich auf seinem Gesicht aus.

»Tut mir leid, wenn ich störe. Thomas sagte, er hätte dich in diese Richtung gehen sehen. Wir brauchen ein weiteres Paar Hände beim Labyrinth. Meine Pläne waren etwas aufwendiger als gedacht. Wir brauchen jemanden, der den Lift fährt, und zwei Leute zum Entladen, wenn wir es rechtzeitig schaffen wollen.«

»Okay. Gib mir eine Minute, und ich komme rüber.«

Bradys Grinsen wurde breiter, aber er nickte nur und wich zurück, bevor er sich umdrehte und aus der Scheune joggte. Sobald er die Tür passiert hatte, nahm Seb sie hoch und küsste sie erneut.

Ihre Füße verließen den Boden, als er sie hochhob, um sie fest zu halten. Die glühende Hitze kam mit einem Rausch zurück, und sie kämpfte nicht dagegen an. Dachte nicht einmal darüber nach, was es bedeutete. Sie ließ all den Zweifel und die Sorge los und ließ sich einfach fühlen. Als seine Zunge die Naht ihrer Lippen berührte, ließ sie ihn ein, unfähig sich zu erinnern, warum sie dies jemals für eine schlechte Idee gehalten hatte.

Er senkte sie wieder auf den Boden, ließ sie aber nicht los. Stattdessen begannen seine Hände zu wandern. London stöhnte in seinen Mund, als seine Finger über ihre Rippenbögen glitten und federleicht über ihre Brüste durch ihr Kleid strichen. Sie bog sich ihm entgegen und wünschte, er würde ihre nackte Haut berühren.

Sie fuhr mit ihren Händen seine Brust hinunter, sein dünnes blaues T-Shirt verbarg kaum die festen Muskeln darunter. Ihre Finger tauchten in das Tal zwischen seinen Brustmuskeln und hinunter über die Hügel seiner Bauchmuskeln. Er zog scharf die Luft ein, als sie mit der Hand über den Bund seiner Jeans strich. Sie konnte ihn durch seinen Reißverschluss gegen ihren Bauch drücken fühlen. Hitze sammelte sich in ihrem Innersten.

Er zog sich zurück und brach den Kuss ab. Er lehnte seine Stirn gegen ihre und schaute auf sie herab, während seine Brust sich hob und senkte, als er Luft einsog.

»Später. Wir werden das später zu Ende bringen.«

Sie schaute durch ihre Wimpern zu ihm auf und nickte.

Er richtete sich auf und ließ sie los, trat zurück. »Ich sollte Brady und Thomas finden, bevor sie wieder nach mir suchen kommen. Wir sehen uns gleich.«

London umarmte sich selbst, versuchte ihren Körper davon abzuhalten, in Stücke zu vibrieren, und nickte.

Der Blick in seinen Augen, kurz bevor er sich umdrehte, reichte aus, um sie in eine Pfütze aus Schleim auf dem Scheunenboden zu verwandeln. Er versprach, sie heute Abend in Flammen zu setzen.

Ein Schauer lief ihr über den Rücken, als sie ihm nachsah, wie er aus der Scheune joggte, um seine Brüder zu finden, mit geradem Rücken, langen Beinen in enger Jeans.

Das Summen, das bereits durch sie lief, wurde lauter.

Sie stöhnte und blickte zur Decke. Es würde ein langer Tag werden.

LONDON STOPFTE SICH DEN LETZTEN REST IHRES KUCHENS IN DEN Mund und schaute über die Menge, die sich im Hof mischte. Lee und Jenny saßen vorne in der Menge und lachten mit den Martins.

Seitlich der Tische versammelten sich Abigails Freund Trent und seine Bandkollegen, bereit zu spielen. Brady hatte eine erhöhte Tanzfläche und Bühne für die Partygäste gebaut. Er hatte sogar Pfosten rundherum hinzugefügt, mit Lichtern, die über die Oberseite gespannt waren.

Sie suchte die Menge noch einmal ab, auf der Suche nach Seb. Er war nach dem Abendessen mit Thomas weggegangen, um Cornhole zu spielen. Da sie weder ihn noch einen der Archer-Brüder sah, bewegte sie sich von ihrem Platz nahe dem Haus weg. Sie warf ihren Teller in den Müll und trat von der Terrasse, schlängelte sich durch die Menge dorthin, wo die Spiele aufgebaut waren.

Die ersten Saiten eines Country-Songs erwachten zum Leben, als sie am Rand des Baldachins vorbeitrat. Frei von der Menge sah sie Seb und Thomas mit dem Rücken zu ihr stehen, während sie Hufeisen mit Brady und einem anderen Mann warfen, den sie nicht erkannte, aber basierend auf seinem Aussehen sah er aus wie der Mann, den Tara als den Detektiv aus Nebraska beschrieben hatte.

»London.«

Sie drehte sich beim Klang ihres Namens um und sah Ryan Marsters hinter ihr stehen. In dunkler Jeans und einem Polohemd verbarg seine muskulöse Erscheinung kaum einen Mann in seinen Fünfzigern.

»Herr Marsters. Hallo.«

Er bot ihr ein zögerliches Lächeln. »Möchten Sie tanzen?«

Sie blickte zurück zu Seb, der über etwas lachte, das Thomas sagte, ohne ihre Anwesenheit zu bemerken.

»Äh, sicher«, sagte sie und drehte sich mit einem sanften Lächeln zu ihm zurück.

Er hielt eine Hand hin. »Nennen Sie mich bitte Ryan.«

Sie nickte und nahm seine Hand. »Ryan.«

Er führte sie auf die Tanzfläche und zog sie in seine Arme, als Trent und seine Band zu einem langsamen Lied übergingen.

»Genießt du die Party?«, fragte sie.

»Ja. Die Archers werfen immer tolle Partys.«

London lächelte. »Das tun sie. Sie sind sogar noch besser, seit Tara wieder hier wohnt. Sie hebt das Essen auf ein neues Niveau.«

Er grinste. »Ich hatte die Barbacoa. Die war unglaublich.«

Sie nickte. »Stimmt. Ich hatte ein bisschen davon und vom Pulled Pork.«

»Ich habe gehört, ihr hattet Probleme im B&B. Declan kam vorbei, um Ersatzteile für euren Warmwasserbereiter zu besorgen. Sagte, jemand hätte daran herumgepfuscht. Ist dort draußen alles in Ordnung?«

Sie seufzte. »Ja. Wir hatten ein paar Probleme, aber nichts Schlimmes ist passiert. Seb behält die Dinge im Auge.«

»Oh? Hat er die Streifengänge dort verstärkt?«

»Er übernachtet bei uns und einige seiner Deputies verbringen ihre freie Zeit tagsüber dort.«

Er runzelte die Stirn, sein Gesichtsausdruck wurde ernst. »Ist es so schlimm?«

»Nein. Ehrlich, ich glaube, er ist einfach ein bisschen überfürsorglich, und wegen seiner Beziehung zu mir und Abigail nehmen seine Deputies es ernster. Uns geht es gut.«

»Wenn du irgendetwas brauchst, kannst du auch mich anrufen. Ich wohne auf dieser Seite der Stadt, also kann ich in wenigen Minuten da sein.«

»Das ist sehr nett von dir. Aber ich bin sicher, wir kommen klar.«

»Das hoffe ich. Ich würde nicht wollen, dass dir etwas zustößt. Du bist eine wundervolle Frau, London.«

Bei seinen Worten zog sie die Lippen nach innen, mit dem Gefühl, dass er dabei war, den Mut aufzubringen, sie um ein Date zu bitten.

»Eigentlich finde ich dich wirklich toll.«

Dieses mulmige Gefühl würde schlimmer. Sie wollte dieses Gespräch nicht führen, konnte sich aber keinen Weg ausdenken, sich zurückzuziehen, ohne seine Gefühle zu verletzen.

»Ich bewundere dich sehr – besonders wie du eingesprungen bist, um deine Nichte großzuziehen, als dein Bruder und deine Schwägerin starben – und wollte fragen, ob du mit mir essen gehen möchtest. Vielleicht ins The Heartwood, da du Taras Essen so magst?«

Dankbar für ihre Nähe, sodass er den Ausdruck der Bestürzung in ihrem Gesicht nicht sehen konnte, dachte sie schnell nach. Sie musste einen Weg finden, ihn nett abzuweisen.

Sie holte tief Luft und schuf etwas Abstand. »Das ist ein sehr nettes Angebot, Ryan, aber ich kann nicht annehmen. Du bist ein netter Mann, aber ich glaube, unser Altersunterschied ist etwas extrem.«

Sein Gesicht sank, die süße Hoffnung verschwand aus seinen Augen. Er war so nett, und sie hasste es, ihn zu enttäuschen.

»Ich weiß, ich bin ein bisschen älter als du, aber Alter ist nur eine Zahl.«

»Nicht wirklich. Wann wir aufwachsen, prägt, wie wir die Welt sehen. Du bist was, zwanzig Jahre älter als ich? Das ist ein ganzes Leben voller unterschiedlicher Erfahrungen. Es tut mir wirklich leid, aber ich denke, wir sind als Freunde besser dran.«

»Bist du sicher? Wir sind beide in Kleinstädten aufgewachsen. Du könntest feststellen, dass wir mehr gemeinsam haben, als du denkst.«

»Nein, ich bin sicher. Tut mir leid.«

Er nickte. »Mir auch.«

Das Lied endete, und er trat zurück. »Danke für den Tanz. Wir sehen uns später.«

Sie runzelte die Stirn, als sie ihm nachsah, aufgebracht, weil sie ihn so offensichtlich enttäuscht hatte. Aber sie konnte sich nicht in einer Beziehung mit einem Mann vorstellen, der alt genug war, um ihr Vater zu sein, selbst wenn er gutaussehend war und jünger wirkte.

Starke Arme schlangen sich um ihre Taille und sie zuckte zusammen, entspannte sich aber, als sie das mittlerweile vertraute Surren erkannte, das Sebastians Berührung auslöste.

»Hi«, sagte sie und drehte ihr Gesicht nach oben, um ihn anzusehen.

Er gab ihr einen schnellen Kuss auf die Lippen und lächelte. »Willst du tanzen?«

Sie drehte sich in seinen Armen und legte ihre Arme um seinen Nacken. »Ja.«

»Gute Antwort.« Er nahm ihre Hand und trat in die Reihe der Leute, die sich im Two-Step um die Tanzfläche bewegten. Mit einem schnellen Ruck an ihrer Hand wirbelte er sie an seine Seite.

Sie lachte vor Freude und folgte seiner Führung, während die Band das beschwingte Lied spielte. London liebte das Tanzen, hatte aber selten die Gelegenheit dazu.

Sie drehten mehrere Runden auf der Fläche, bevor das Lied mit einem Flourish endete. Sie fiel an Sebs Seite, außer Atem, aber lachend. Das Tempo der Musik änderte sich wieder, und er zog sie an sich. Sie sank in seine Umarmung und legte ihren Kopf an seine Brust, ihre verschränkten Hände ruhten auf seiner Schulter, jeder hielt den anderen mit einem Arm.

Sein warmer Atem kräuselte die Haare an ihrer Schläfe und sie seufzte zufrieden.

»Ich habe gesehen, wie du mit Marsters getanzt hast. Habe ich Konkurrenz?«

Sie kicherte und drehte ihr Gesicht, um zu ihm aufzublicken. »Nein. Er hat mich um ein Date gebeten, aber ich habe abgelehnt. Er ist zu alt für mich.«

Er beugte sich näher. »Ist das der einzige Grund?« Seine Stimme war tief und rollte über sie hinweg. Ein Schauer durchlief sie bei diesem reichen Klang.

Sie schüttelte den Kopf. »Nein.« Das Wort kam als sanfter Hauch heraus und sie neigte ihr Gesicht nach oben. Seine Lippen trafen ihre in einer sanften Berührung. Flüssige Hitze breitete sich aus und versetzte jede Zelle in ihrem Körper in Alarmbereitschaft.

Pfiffe und Klatschen durchbrachen den Nebel in ihrem Gehirn, als Seb sich zurückzog. Sie blickte an ihm vorbei und sah seine Brüder und Schwestern sowie Declan, Macy, Rayna und Sebs Detektivfreund, die am Rand der Tanzfläche standen und sie breit angrinsten. Eine andere Art von Hitze breitete sich über ihr Gesicht aus, als sie errötete.

Seb führte sie von der Tanzfläche zu ihren Freunden.

Macy fächelte sich Luft zu. »Mädchen. Ich weiß nicht, wie du ihm so lange widerstehen konntest. Das war *heiß*. Soll ich Abigail fragen, ob sie heute Nacht zu mir kommen möchte?«

»Igitt«, sagte Maggie und schaute ihren ältesten Bruder an, ihre Nase in Abscheu gekräuselt. »Daran wollte ich nicht denken.«

London errötete, selbst als sie hustete, um ein Lachen zu verbergen. »Ich glaube, sie hat erwähnt, dass sie zu ihrer Freundin Alexis zurückgeht, aber danke.«

Macy wackelte mit den Augenbrauen. »So oder so, ihr zwei werdet allein sein.«

Sie presste ihre Lippen zusammen und warf einen schnellen Blick auf Seb, der bei der Aufmerksamkeit genauso unbehaglich aussah wie sie sich fühlte. Sie räusperte sich und wechselte das Thema. »Also, gibt es einen Grund, warum ihr alle hier zusammen steht?«

Thomas nickte. »Wir trommeln Leute für ein Softballspiel zusammen. Wir haben nur darauf gewartet, dass ihr zwei aufhört, euch verliebt anzustarren, damit wir fragen können, ob ihr mitmachen wollt.«

London verengte ihre Augen zu Schlitzen. »Weißt du, dieses Versprechen, das ich dir vorhin gegeben habe? Ich ziehe das Angebot zurück.« Sie blickte über den Hof und ein verschmitztes Grinsen überzog ihr Gesicht, als sie ihre Beute entdeckte. »Tatsächlich sehe ich Adelaide jetzt. Ich werde hingehen und sie fragen, ob sie mitmachen will.«

Sie drehte sich um, um genau das zu tun, aber Seb griff nach ihrer Hand und zog sie zurück.

»Es ist nicht nötig, uns alle für Thomas' lose Zunge zu bestrafen.«

Ihr Lächeln wurde verschlagen. »Wer sagt denn, dass sie in unserem Team sein muss?« Sie warf Thomas einen wissenden Blick zu, der erbleichte.

Sebs Gesicht verzog sich zu einem neckischen Lächeln und er drehte sich zu seinem Bruder um. »Oh, die Idee gefällt mir. Wir brauchen sowieso zwei Teams mit mindestens acht Leuten. Uns fehlen noch sechs Personen.«

»Ihr seid furchtbar«, sagte Rayna. »Hört auf, die arme Frau zu ärgern. Sie ist einfach nur einsam.«

»Ja? Dann kann sie jemand anderen finden, um ihre Einsamkeit zu lindern«, erwiderte Thomas.

Rayna verdrehte die Augen über ihn.

»Wenn nicht sie, wen fragen wir dann sonst?«, sagte Tara.

»Jeden. Buchstäblich jeden«, sagte Thomas.

London warf wieder einen Blick auf Adelaide, die sich jetzt in ihre Richtung bewegte. »Uh-oh. Ich glaube, wir haben ihre Aufmerksamkeit erregt.«

Thomas spähte um sie herum und stöhnte. »Scheiße.« Er schob den Detektiv nach vorne. »Hier. Du bist frisches Fleisch. Lass sie ihr Dekolleté in dein Gesicht schieben.«

Jace drehte seinen Kopf, um Thomas anzusehen, Verwirrung über sein hübsches Gesicht geschrieben. »Was? Ist sie wirklich so schlimm? Sie ist eine erwachsene Frau, kein Teenager, der in der Hormonschwemme feststeckt.«

Bevor jemand antworten konnte, war Adelaide bei ihnen.

»Hallo. Ihr Leute seht aus, als würdet ihr etwas planen. Was ist los?«

»Nichts«, sagte Thomas.

»Wir stellen ein Softballspiel zusammen«, sagte Rayna und warf Thomas einen missbilligenden Blick zu. »Möchtest du mitmachen?«

Adelaide lächelte und schlenderte nach vorne. »Nun, ich denke, das hängt davon ab. In wessen Team bin ich?« Sie ging auf Thomas zu, der hinter Jace und Brady Schutz suchte. Sie runzelte die Stirn über ihn, dann schaute sie Jace an.

»Nun, hallo. Ich bin Adelaide Martin. Du bist neu.« Sie hielt eine Hand hin, Finger mit roten Nägeln, die aussahen, als hätten sie noch nie einen Staubsauger gesehen, geschweige denn einen Softballschläger.

Jace nahm ihre Hand und schüttelte sie, während er der Frau ein Lächeln schenkte. »Jace Travers. Ich bin ein Kollege von Seb.«

»Du bist ein Polizist?«

Er nickte.

Sie zwinkerte mit den Augen und warf ihr langes blondes Haar über die Schulter, wobei sie ihre Brust nach vorne schob. London hörte, wie Thomas ein angewiderten Stöhnen unterdrückte, während Jace die Stirn runzelte.

»Ich liebe Männer in Uniform.« Sie trat näher an ihn heran. »Kann ich in deinem Team sein?« Sie schaute zu Seb zurück. »Und in deinem?«

London überraschte sich selbst und knurrte. Sie hakte ihren Arm durch Sebs und starrte die Frau an.

Adelaides süßliches Lächeln schwankte angesichts des Blicks auf Londons Gesicht. »Du könntest auch im Team sein, London.«

»Oh, danke. Ich bin froh, dass ich deine Erlaubnis habe.« Sie verdrehte die Augen. »Willst du mitspielen oder nicht?«

Ihre Augen schweiften über die Archer-Männer und all ihre Freunde, und sie nickte.

London lächelte Thomas an. »Jetzt brauchen wir nur noch fünf.«

Er stöhnte und rieb sich mit den Händen über das Gesicht.

»Komm schon, Mags! Wir können sie nicht gewinnen lassen!«, rief Tara von der zweiten Base. Adelaide, die sich als gar nicht so schlecht im Spiel erwiesen hatte, stand bereit auf der dritten Base, um nach Hause zu laufen, sobald Maggie Kontakt herstellte.

»Maggie kann nicht die breite Seite einer Scheune treffen«, rief Thomas vom Outfield.

»Halt die Klappe! Kann ich wohl.«

London lächelte von ihrem Platz auf der ersten Base und feuerte Maggie an. Sie hatten die Teams in Männer und Frauen aufgeteilt. Die Mädchen brauchten nur noch einen Punkt zum Sieg.

»Er hat recht, weißt du«, sagte Seb. Er spielte die erste Base. »Maggie ist eine schreckliche Schlagfrau.«

Sie hatte heute leider keine Beweise für das Gegenteil gesehen. Trotzdem weigerte sie sich, das zu akzeptieren. »Wir werden sehen.«

Brady holte aus und warf den Ball in Richtung Platte. Maggie schwang und verfehlte. London ließ einen scharfen Pfiff ertönen. »Schon gut, Maggie. Du kriegst den nächsten.«

»Wird sie nicht.«

London steckte ihre Zunge in die Wange und schaute zu ihm hoch. »Willst du wetten?«

Er richtete sich auf und lächelte. »Jederzeit. Das ist leicht verdientes Geld.«

»Ich dachte an etwas Interessanteres.«

Seine Augenbrauen schossen in die Höhe. Er musterte sie über den Rand seiner Sonnenbrille. »Zum Beispiel?«

Sie lächelte, ihr Ausdruck kokett. »Wie wäre es damit, wer als Erster oben liegt?«

Das Klirren des Schlägers, der den Ball traf, ertönte. London drehte sich um und sah, wie der Ball auf dem Boden in ihre Richtung rollte, und rannte zur zweiten Base. Seb, der von ihren Worten benommen war, reagierte langsamer, und der Ball flog direkt an ihm vorbei ins Outfield.

London und der Rest ihres Teams jubelten, als Adelaide die Heimatplatte überquerte. Sie kehrte um und lief, um Maggie zu ihrem spielentscheidenden Schlag zu gratulieren.

»Unfair«, sagte Thomas und unterbrach ihre Feier. »Ihr habt betrogen.«

»Haben wir nicht«, sagte Maggie. »Ich habe den Ball korrekt und fair getroffen.«

»Nicht du. Sie.« Er zeigte auf London. »Sie hat den First Baseman abgelenkt.«

London hob ihre Hände. »Ich habe nur eine Unterhaltung geführt.«

Seb packte sie um die Taille und vergrub sein Gesicht in ihrem Nacken. »Ablenkende Unterhaltung.«

London erschauderte, als er hinter ihrem Ohr schnüffelte. »Die wir nie beendet haben.«

Sie spürte, wie er gegen ihre Haut lächelte. »Ich denke, es wird Zeit, dass wir das tun«, flüsterte er in ihr Ohr.

Ihre Knie wurden weich, und sie spannte sie an, um aufrecht zu bleiben.

Er zog sich zurück und schenkte ihr ein sündiges Lächeln.

»Nehmt euch ein Zimmer«, sagte Maggie, als sie vorbeiging, den Schläger, mit dem sie den Siegestreffer erzielt hatte, auf ihrer Schulter.

Abigail kicherte. »Ich schätze, es ist gut, dass ich heute Nacht mit Alexis nach Hause gehe.«

London gab ihr Bestes, um ihre Nichte böse anzustarren. »Das ist kein angemessenes Thema, junge Dame.«

Declan kam herüber und legte einen Arm um Maggies und Abigails Schultern. »Ignoriert die beiden. Ihr verdient etwas Zeit allein. Kommt mit, Ladies. Ihr könnt mich zu meinem Auto begleiten. Ich muss zurück zur Feuerwache.« Er führte die beiden Frauen weg.

Seb und London folgten in langsamerem Tempo. Als sie zur Hauptparty zurückkehrten, bemerkte sie, dass viele Leute bereits gegangen waren. Die Sonne stand tief am Himmel und eine Kühle begann die Luft zu durchdringen, die sie daran erinnerte, dass es noch Anfang Juni war.

Sie bemerkte, wie Jenny Platten mit Essen in Richtung Küche trug. Tara und Maggie kamen beide auf sie zu.

»Ich gehe mal deiner Mutter und deinen Schwestern beim Aufräumen helfen.«

Er nickte. »Ich sollte Brady und Thomas mit den Spielen helfen. Geh nicht ohne mich weg.«

»Werde ich nicht.«

Er fuhr mit seinen Knöcheln an ihrer Wange entlang und strich mit seinem Daumen über ihre Unterlippe, während er auf sie herabblickte. Ihr Herz setzte einen Schlag aus bei dem zärtlichen Blick in seinen Augen. Er ließ seine Hand sinken und trat zurück.

»Merk dir den Gedanken.«

Zum zweiten Mal an diesem Tag ging er weg und ließ sie mehr wollen.

Mit zitternden Fingern steckte London den Schlüssel in die Tür von der Garage, Seb hinter ihr. Ihr hoher Pferdeschwanz bedeutete, dass sie seinen Atem in ihrem Nacken spüren konnte, selbst aus der Entfernung.

Sie unterdrückte ein Schaudern und drehte den Knauf, um sie hineinzulassen.

»Ich schaue nur kurz bei der Snackstation im Esszimmer nach.« Sie blickte ihn an, während ihre Nervosität wegen heute Abend sie zappelig machte.

Er nickte. »Ich werde kurz mit meinem Deputy sprechen und dich dann oben treffen.« Er verließ den Raum durch die Schiebetür zum Wohnzimmer, während London durch die Tür zum Esszimmer ging.

Sie atmete tief durch, als sie das Licht einschaltete und zum langen Buffet und Mini-Kühlschrank an der Wand ging, wo sie eine Auswahl an Snacks und Getränken für die Gäste bereithielt, und sah den Inhalt durch. Abigail hatte ihn heute Morgen aufgefüllt, also musste er wahrscheinlich nicht nachgefüllt werden, aber London brauchte einen Moment für sich.

Als sie ihren Wagen ausgeschaltet hatte und sah, wie Seb in die Garage lief, wie seine langen Beine den Boden verschlangen, während er zielstrebig auf sie zuschritt, hatten die Schmetterlinge einen Angriff in ihrem Bauch gestartet. Mit ihm ins Bett zu gehen würde alles für immer verändern. Es würde kein Zurück zu ihrer sicheren, einfachen Freundschaft nach diesem Schritt geben, und das machte ihr Angst.

Zufrieden, dass die Snackstation gut bestückt war, verließ sie das Esszimmer und schaltete beim Gehen das Licht aus. Das Wohnzimmer lag still da, und sie runzelte die Stirn. Wo war Sebs Deputy, der das Haus bewachen sollte?

Anstatt zur Treppe zu gehen, ging sie zur Haustür und schaltete das Verandalicht ein, um durch das Fenster neben der Tür zu spähen. Als sie niemanden sah, schaltete sie das Licht wieder aus. Vielleicht war er schon gegangen und Seb war oben. Es schien schnell gegangen zu sein, aber wenn es eine ruhige Nacht gewesen war, würde es für den Deputy nicht lange dauern, das zu berichten.

Sie ging die Treppe zur Familienwohnung hinauf, holte ihre Schlüssel heraus, um die Flurtür aufzuschließen, und ließ sich hinein.

»Seb?«

Stille empfing sie, und das Wohnzimmer lag im Dunkeln. Sie betätigte den Lichtschalter und keuchte auf. Der Raum war völlig verwüstet. Alle Bücher waren aus den Regalen, der Fernseher umgekippt, und die Sofakissen aufgeschlitzt, ihre Füllung lag in Büscheln im ganzen Raum verteilt.

»Oh mein Gott.« Ihre Handtasche fiel aus ihren tauben Fingern und sie ging weiter in den Raum hinein. Durch die offenen Türen konnte sie sehen, dass ihr Schlafzimmer und das von Abigail ähnlich aussahen wie das Wohnzimmer. Sie ging näher an Abigails Zimmer heran und sah hinein. Es war durchwühlt, aber nicht zerstört worden. Ihre Bettwäsche lag auf dem Boden und Dinge waren von ihrer Kommode gefegt worden.

Sie ging zu ihrem eigenen Zimmer und konnte das Schluchzen nicht zurückhalten, als sie über die Schwelle trat. Es hatte den größten Teil der Wut des Eindringlings abbekommen. Ihre Bettdecke und Laken waren zerfetzt, und die Federn waren aus der Matratze gerissen worden, sodass sie wie Stacheln hervorstachen. Der Inhalt ihrer Kommode und Schränke lag auf dem Boden verstreut, einiges davon zerrissen, und die Bilder waren von den Wänden gerissen, das Glas zerschmettert.

»Sebastian!« Sie wich aus dem Zimmer zurück, rannte aus der Wohnung und die Treppe hinunter, Tränen liefen ihr frei über die Wangen.

Sie rannte durch das Wohnzimmer, zurück in die Küche, aber es gab keine Spur von ihm.

Ihr Kopf drehte sich. *Wo zum Teufel war er hingegangen?*

Mit zitternden Händen zog sie ihr Handy aus der Tasche ihres Kleides und rief ihn an. Es klingelte mehrmals, bevor er endlich ranging.

»Bleib drinnen. Ich kann meinen Deputy nicht finden und er geht nicht ans Telefon.«

»Seb, die Wohnung wurde verwüstet. Es ist ein Chaos.«

»Was? Verdammt. Natürlich ist sie das. Ist der Rest des Hauses in Ordnung?«

»Von dem, was ich gesehen habe, ja.«

»Okay. Versammle alle Gäste im Wohnzimmer. Ich muss wissen, was sie gesehen und gehört haben.«

London strich sich den Pony aus dem Gesicht und schluckte einen Schluckauf hinunter. Das war ein Albtraum. Sie würde keine Gäste mehr haben, wenn das so weiterging. »Okay. Beeil dich.«

»Das werde ich. Ruf 911 an und lass sie eine Spurensicherungseinheit schicken.«

Er legte auf und London wählte 911, forderte die CSI-Einheit an, die Seb wollte, und steckte dann ihr Telefon weg. Sie holte tief Luft und ging wieder nach oben, um den Abend ihrer Gäste erneut zu stören.

SEB SCHLICH UM DIE SEITE DES HAUSES HERUM. ALS ER INS Wohnzimmer gegangen war und es leer vorgefunden hatte, hatte er den Deputy angerufen, der sich freiwillig gemeldet hatte, das Haus zu bewachen - Aaron Gentry -, aber der hatte nicht geantwortet. Besorgt hatte er begonnen, die untere Etage des Hauses zu durchsuchen und war schließlich nach draußen gegangen. Bisher waren die Veranda und auch der Vorgarten frei.

Als er um die hintere Ecke kam, richtete Seb die Waffe und die Taschenlampe, die er aus seinem Handschuhfach geholt hatte, vor sich, das Licht schnitt durch die zunehmende Dämmerung. Er ging zum Schuppen und überprüfte die Tür. Das Vorhängeschloss war fest verschlossen, aber Geräusche von innen zogen seine Aufmerksamkeit auf sich.

Er senkte seine Waffe und lehnte sein Ohr an die Tür. »Aaron? Bist du da drin?«

Eine gedämpfte Stimme rief, diesmal lauter.

»Warte kurz. Ich muss den Rest des Grundstücks überprüfen und den Schlüssel holen.« Seb eilte davon und überprüfte den

Rest des Hofes hinter dem Haus, aber er war leer. Er ging die hintere Grenze entlang, wo sie an den Wald grenzte, sah aber nichts Verdächtiges. Wer auch immer drinnen gewesen war, war längst verschwunden.

Er steckte seine Waffe ins Holster und rannte zurück zum Haus, benutzte den Schlüssel, den London ihm neulich gegeben hatte, um durch die Hintertür hineinzukommen. Sofort hörte er erhobene Stimmen aus dem Wohnzimmer. In vier großen Schritten war er über die Küche und durch die Schiebetür.

Seine Sicht färbte sich rot beim Anblick von Doug Brown, der über London stand und sie anschrie. Sebs lange Beine verschlangen den Boden zwischen ihnen, und er hatte Brown sofort am Kragen. Er zog den Mann weg und hob ihn von den Füßen, als er ihn zur Seite drehte.

»Hey! Lass mich los!«

»Kumpel, du kannst froh sein, dass ich dich nicht schlage. Was zum Teufel glaubst du, was du da tust?« Er sah zu London, ihr tränenverschmiertes Gesicht war blass im Deckenlicht. Ihre volle Unterlippe zitterte, als sie versuchte, ihre Emotionen im Zaum zu halten.

Sebs Blut kochte heißer, und er schüttelte Brown kräftig. »Warum schreist du sie an?«

»Das ist jetzt das zweite Mal, dass etwas Schlimmes passiert ist. Sie braucht bessere Sicherheit. Dieser ganze Ort sollte geschlossen werden.«

»Hast du den dienstfreien Deputy nicht den ganzen Tag im Wohnzimmer gesehen? Jetzt setz dich hin und halt den Mund. Wenn du auch nur ein Wort sagst, ohne gefragt zu werden, wirst du es ziemlich sicher bereuen.« Er ließ ihn mit einem kleinen Stoß los.

Brown grinste und richtete seinen Kragen. »Ja, klar. Du bist ein Cop. Du kannst mir nichts tun, wenn du deinen Job behalten willst.«

Seb löschte die Distanz zwischen ihnen mit einer schnellen Bewegung. Er vergrub seine Hände erneut vorne in das Hemd des Mannes und zog ihn hoch, sodass er auf den Zehenspitzen stand. »Scheiß auf meinen Job. Wenn du London etwas antust, ist mein Abzeichen nichts weiter als ein glänzendes Stück Metall. Verstanden?«

Brown wurde blass und hatte den guten Sinn zu nicken und nichts zu sagen. Seb ließ ihn wieder los und zeigte auf einen leeren Stuhl. Nachdem der Mann sich gesetzt hatte, wandte er sich an London.

»Ich habe Aaron gefunden. Er ist im Schuppen, aber er ist verschlossen. Wo ist der Schlüssel?«

»Er ist oben an meinem Schlüsselbund. Ich habe meine Handtasche hinter der Wohnungstür fallen lassen. Wie wurde die Schuppentür aufgeschlossen?«

»Ich vermute, wer auch immer das getan hat, hat das Schloss geknackt. Halte alle hier und ich bin in ein paar Minuten zurück.« Er gab London seine Dienstwaffe.

Sie runzelte die Stirn, selbst als sie sie nahm. »Wofür ist die?«

»Nur für den Fall, dass dir der Idiot da drüben noch mehr Ärger macht.«

»Seb, ich werde ihn nicht erschießen, weil er sein Maul aufreißt.«

Ein Mundwinkel zuckte nach oben. »Ich bezweifle, dass du es müssen wirst, aber ich fühle mich besser, wenn ich weiß, dass du es könntest.« Er lehnte sich vor und küsste sie hart. »Ich bin gleich zurück.«

Sie nickte, und er rannte die Treppe hinauf, um ihre Schlüssel zu holen. Mit seinem Hausschlüssel schloss er die Wohnungstür auf und trat ein.

»Wow.« Sie hatte nicht übertrieben. Es war wirklich ein Chaos hier drin.

Er bückte sich und nahm den Schlüsselbund aus Londons Handtasche, schloss dann die Tür und rannte zurück nach unten, vorbei an der Gruppe, die sich im Wohnzimmer versammelt hatte, und in die Küche, um durch die Hintertür nach draußen zu gehen.

Am Schuppen steckte er seine Taschenlampe zwischen die Zähne und fand den Vorhängeschlossschlüssel. Er kippte das Schloss hoch, bemerkte die Kratzer daran, bevor er den Schlüssel einführte und es öffnete. Er stieß die Tür auf und nahm die Taschenlampe aus dem Mund, um hineinzuleuchten. Aaron saß mitten auf dem Boden, gefesselt wie ein Truthahn, seine Hände und Füße waren mit Klebeband gebunden und ein Stück über seinen Mund geklebt.

Seb kniete sich vor den Deputy und zog vorsichtig das Klebeband von seinem Gesicht.

»Autsch. Das Zeug tut weh.«

»Bist du in Ordnung? Was ist passiert?« Seb nahm ein Messer aus seiner Tasche und schnitt das Band durch, das die Handgelenke des Deputies fesselte, dann ging er zu seinen Fußknöcheln über.

»Ja, ich bin okay.« Er hob eine Hand, um die Rückseite seines Kopfes zu berühren. »Ich hörte ein Geräusch draußen, also ging ich raus, um nachzusehen. Ich schaffte es bis zur Ecke bei der Garage, als mich jemand überfiel.« Er zog seine Hand weg, und sie leuchtete rot in Sebs Taschenlampe. »Ich wachte hier auf. Ist alles in Ordnung mit allen?«

Seb nickte und half Aaron auf die Füße. »Sie sind in Ordnung, aber die Familienwohnung wurde auseinandergerissen. Komm. Lass uns dich reinbringen, damit wir die Wunde reinigen können. Du solltest wahrscheinlich zur Untersuchung ins Krankenhaus gehen, da du bewusstlos warst.«

Aaron stand auf, zuckte zusammen. »Mir geht's gut. Lass mich arbeiten.«

»Lass uns dich erst einmal saubermachen. Dein Kopf hat ziemlich geblutet.« Er führte den Mann aus dem Schuppen und zur Hintertür.

»Tut auch verdammt weh.«

Seb ließ sie hinein und ging in Richtung Wohnzimmer. Er war zufrieden zu sehen, dass Brown immer noch auf seinem Stuhl saß. Während er sich mit einem selbstgefälligen Blick zurücklehnte, war er wenigstens still.

London erhob sich von ihrem Sitz, als sie Aaron sah. Die anderen keuchten beim Anblick seines blutgetränkten Hemdes auf.

»Oh mein Gott. Geht es dir gut?«

»Mir geht's gut, Frau Scott. Nur eine Beule.«

Sie drehte ihn herum, um seinen Kopf zu untersuchen. »Das ist mehr als eine Beule. Ich werde den Erste-Hilfe-Koffer holen. Du könntest allerdings Stiche brauchen.«

Eine der weiblichen Gäste stand auf. »Ich bin Krankenschwester. Kann ich helfen?«

London nickte. »Lass mich den Koffer holen. Warum nimmst du ihn nicht mit ins Badezimmer am Spielzimmer und ich treffe euch dort?«

Während die andere Frau Aaron wegführte, ging London auf

Seb zu und gab ihm seine Waffe zurück, dann ging sie in die Küche, um den Erste-Hilfe-Koffer zu holen.

Seb wandte sich an die übrigen Gäste. Er zeigte auf Brown. »Ich nehme an, aus seinem Verhalten, dass London euch alle informiert hat?«

Die Gäste nickten.

»Gut. Wie viele von euch haben bei ihrer Ankunft Deputy Gentry nicht drinnen gesehen?«

Ein Paar hob die Hände.

»Er war hier, als der Rest von euch zurückkam?«

Sie nickten alle, selbst Brown.

»Was habt ihr gehört? Oder gesehen?«

»Nur ein paar Geräusche«, sagte Frau Strattman. »Byron und ich dachten, London sei zurückgekehrt und würde Dinge umräumen.«

»Mir auch«, sagte eine der jüngeren Frauen. »Es war eigentlich nichts, was man nicht in einem Hotel erwarten würde.«

Sebs Mund verzog sich zu einer dünnen Linie. Er hatte das befürchtet. »Hat jemand aus dem Fenster geschaut und jemanden gesehen? Oder vielleicht ein Fahrzeug, das ihr nicht erkannt habt?«

Brown setzte sich nach vorne, sein arroganter Gesichtsausdruck wich einem nachdenklicheren. »Da stand ein Auto am Straßenrand, als ich zurückkam. Ich konnte es nicht gut erkennen, aber es sah aus wie ein Pickup oder SUV. Es war hinter einigen Büschen versteckt.«

Seb verengte die Augen, während er die Worte des Mannes abwog und versuchte zu entscheiden, ob er aufrichtig war. Er traute Brown nicht, und nach der Art, wie er London behandelt hatte, würde Seb es dem Mann zutrauen, Ärger zu machen.

»Welche Farbe hatte es?«

»Dunkel. Vielleicht dunkelblau oder anthrazit. Ich glaube nicht, dass es schwarz war.«

»Okay. Du wirst mir zeigen, wo. Lass uns gehen. Der Rest von euch bleibt vorerst hier. Wir müssen den Rest des Gasthofes durchsuchen. Ich habe ein Team für den Tatort unterwegs.«

Brown stand auf, und Seb führte ihn nach draußen. »Wie weit von der Einfahrt war es entfernt?«

»Vielleicht ein paar hundert Meter.« Er zeigte nach rechts.

Seb begann, die Einfahrt hinunterzujoggen, ohne sich darum zu kümmern, dass sein Begleiter Slipper und Anzughosen trug. Er erreichte die Straße und hielt nicht an, als er rechts abbog. Er blickte über seine Schulter und sah, dass der andere Mann mithalten konnte.

»Da drüben.« Brown zeigte auf eine Gruppe von Büschen auf der gegenüberliegenden Straßenseite, die im schwachen Licht gerade noch zu erkennen waren.

Seb überquerte die Straße und ging auf den Randstreifen. Er leuchtete mit seiner Taschenlampe auf den Boden. Das Gras war niedergedrückt, wo ein Fahrzeug durchgefahren war.

»Wie hast du das gesehen? Kamst du von dieser Richtung?«

»Nein. Ich kam etwa bei Sonnenuntergang zurück. Das Licht fiel genau so, dass es von der Windschutzscheibe reflektiert wurde. Ich konnte einen Teil der vorderen Stoßstange und den Spiegel sehen.«

Er nickte und suchte den Boden nach Beweisen ab, aber alles, was er sah, war plattgedrücktes Gras. Er drehte sich um und richtete sein Licht in Browns Gesicht.

»Willst du mir vielleicht sagen, was du wirklich hier machst?«

Ein leichtes Weiten seiner Augen war sein einziges Anzeichen. »Was meinen Sie? Ich bin geschäftlich hier.«

Seb ging bedrohlich auf ihn zu. »Landentwicklung, richtig?«

Er nickte und stand aufrechter, als Seb näher kam.

»Welches Land hast du im Auge?«

»Das sind vertrauliche Informationen.« Er verschränkte die Arme und sträubte sich.

Seb schnaubte. »Ich werde dir deinen Verkauf nicht stehlen. Es ist Londons Grundstück, oder? Deshalb bist du so verschlossen.«

»Das ist es nicht.«

»Ich glaube dir nicht.«

»Es ist nicht ihres, ich schwöre.«

»Dann sag mir, wo.«

»Das kann ich nicht.« Eine Spur von Panik lag in seiner Stimme.

Seb grinste, da er wusste, dass er den Mann in Bedrängnis gebracht hatte. Er trat näher. »Gut. Bewahre dein Geheimnis, aber ich werde es herausfinden. Ich traue dir nicht. Und wenn du es wagst, noch ein Wort zu London zu sagen, das nicht in Ordnung ist, verspreche ich dir, dass meine Dienstmarke keinen Unterschied machen wird.«

Brown nickte, und Seb bedeutete ihm, zum Gasthaus zurückzukehren. Sie joggten zurück und erreichten die Veranda, gerade als die CSI-Einheit in die Einfahrt einbog. Er ließ Brown hineingehen, während er auf das Team wartete.

»Das wird langsam zur Gewohnheit, Sheriff«, sagte die leitende Ermittlerin, Katie Mitchum, und zog einen Koffer aus dem Van.

Er ging zu ihr, um ihr beim Tragen ihrer Ausrüstung zu helfen. »Erzähl mir was. Das kann enden, wann immer es will.« Er nahm ihr den Koffer ab sowie den nächsten, den sie herauszog. Sie hängte sich den Riemen einer Reisetasche über die Schulter und schloss die Tür. Ihr Assistent kam nach vorne und trug einen Kamerakoffer und zwei Tyvek-Anzüge.

Er führte sie hinein und nach oben in die Wohnung. Katie pfiff leise und rückte ihre Brille zurecht, als sie die Zerstörung zum ersten Mal sah.

»Jemand war wütend.«

Seb stimmte zu. Wer auch immer das getan hatte, war trotz seiner Wut clever vorgegangen. Obwohl der Ort verwüstet war, waren die Möbel nicht umgeworfen worden, abgesehen vom Fernseher, was die Gäste auf den Einbruch aufmerksam gemacht hätte. Er konnte nicht anders, als sich zu fragen, was den Kerl so aufgebracht hatte.

»Find etwas für mich, Katie.«

Sie klopfte ihm auf die Schulter. »Ich werde mein Bestes tun.« Sie ging um ihn herum und winkte ihrem Assistenten zu. »Komm schon, Devin. Lass uns anfangen.«

Drei Stunden später stand London in der Mitte ihres kleinen Wohnzimmers und starrte auf die Zerstörung um sie herum. Es sah nicht besser aus als beim ersten Mal, als sie es gesehen hatte.

Seb trat hinter sie und legte seine Hände auf ihre Schultern.

»Wo fange ich an?«, fragte sie. Ihre Stimme klang rau. Sie war so überwältigt und ein wenig taub.

»Wie wäre es, wenn wir heute Abend nur das Schlafzimmer machen? Wir können etwas schlafen und den Rest morgen angehen.«

Sie nickte und ging in einer Art Benommenheit zu ihrem Zimmer. Die Verwüstung hier war so schrecklich; jedes Stück Stoff war zerrissen, sogar ihre Unterwäsche.

Ihr Blick fiel auf ein Hemd in der Nähe des Schranks. Sie ging hinüber, um es aufzuheben. Die Tränen, die sie die ganze Nacht zurückgehalten hatte, brachen endlich hervor und ein Schluchzen entfuhr ihr.

Sebs Arme umschlossen sie sofort.

»Liebes, es ist okay. Wir können dir neue Kleidung besorgen.«

Sie hielt das Kleidungsstück in ihren Händen hoch. »Das-das war Eddies.« Sie hatte den Hoodie gefunden, als sie nach seinem Tod seine Sachen durchsah. Er hatte noch nach ihm gerochen, und sie hatte sich nicht davon trennen können. Jetzt war er ruiniert.

Sie drehte sich um und vergrub ihr Gesicht an Sebs Brust und ließ den Tränen freien Lauf.

Er hielt sie fest, seine Hände strichen in langen Zügen über ihren Rücken.

»Wa-warum würde jemand so etwas tun?« Sie presste Eddies Hemd an ihr Gesicht, spürte die Weichheit auf ihrer Haut und trauerte erneut um das, was sie verloren hatte.

Seine Arme wurden fester, und er drückte einen Kuss auf ihren Kopf. »Ich weiß es nicht, Baby. Ich werde ihn aber finden.«

Sie schniefte und wischte sich die Tränen aus dem Gesicht, atmete Sebs Duft ein und ließ ihn ihre angegriffenen Nerven beruhigen. Sie war jetzt sicher, und Selbstmitleid würde ihr oder der Situation nicht helfen.

Sie schloss die Augen, nahm einen letzten, tiefen Atemzug und schob sich weg, wischte die letzten Tränenspuren von ihrem Gesicht. »Lass uns hier aufräumen. Es ist spät.«

Er betrachtete sie einen Moment lang und strich mit einem Finger über ihr Jochbein. »Bist du sicher, dass du das schaffen kannst? Ich kann einen meiner Brüder anrufen und sie können mir helfen. Du musst nicht hier sein.«

Erneut stiegen ihr Tränen in die Augen bei dieser Geste, aber sie blinzelte sie weg. »Nein. Ich muss hier sein. Ich kann nicht zulassen, dass dieser Kerl mich aus meinem Zuhause vertreibt oder mich ängstigt, mein Leben zu leben. Abgesehen von Eddies Sweatshirt-« sie brach ab, als sich ihre Kehle vor Emotionen verengte. Sie schluckte hart, um den Kloß loszuwerden, und fuhr fort. »Abgesehen von seinem Hemd kann ich alles andere ersetzen. Ich werde in Ordnung sein.«

Er starrte noch einen Moment auf sie herab und nickte dann. »Okay. Dann lass uns anfangen. Warum holst du nicht ein paar Reinigungsmittel – Müllsäcke, den Staubsauger – und ich fange an, all das hier zu sortieren, um zu sehen, ob etwas davon noch zu retten ist.«

Sie ging zurück in den Hauptwohnbereich, um seinem Vorschlag zu folgen, und fühlte sich entschlossen. Niemand würde ihr Zuhause beschmutzen und mit seiner Wut verseuchen. Das würde sie nicht zulassen. Dieser Ort war ihr Zufluchtsort. Er hatte ihr geholfen, mit Eddies Tod zurechtzukommen. Also würde sie ihre Reinigungsmittel herausholen und alles wieder in Ordnung bringen. Sie hoffte, dass der Bastard erfahren würde, dass es ihr gut ging. Dass der

Einbruch sie kaum aus der Fassung gebracht hatte. Soll er sich daran verschlucken und daran würgen.

Sie sammelte die Dinge, die sie brauchen würden, um das Schlafzimmer bewohnbar zu machen, schleppte ihre Beute zurück zu Seb und reichte ihm einen Müllsack.

Er zeigte auf einen Stapel. »Diese Sachen sahen nicht so schlimm aus. Warum schaust du nicht zuerst durch, und dann gehst du auf diese Seite des Raums?« Er deutete in Richtung des Schranks. »Ich werde die Dinge hier weiter durchgehen.«

Sie nickte und beugte sich, um das anzusehen, was er bereits sortiert hatte.

Es dauerte zwei Stunden und zehn Müllsäcke, aber schließlich räumten sie den Boden frei. London ließ sich auf die nackte Matratze fallen, die sie umgedreht hatten, um die freiliegenden Federn zu verbergen, und wischte sich einen Schweißtropfen von der Schläfe.

»Ich denke, das reicht. Ich bin bereit, zu duschen und ins Bett zu gehen.«

»Ich auch. Während du das tust, werde ich einen Platz hinter der Couch freimachen.«

Sie runzelte die Stirn. Warum würde er-? Ihr Gesicht entspannte sich, als sie erkannte, dass er wieder auf dem Boden schlafen wollte.

»Seb, das musst du nicht tun.« Sie stand auf, um sich vor ihn zu stellen.

Ein Muskel in seinem Kiefer zuckte. »El, ich weiß, wir haben darüber gesprochen, unsere Beziehung auf die nächste Stufe zu heben, aber mit allem, was heute Abend passiert ist, müssen wir nicht-«

Sie legte einen Finger auf seine Lippen, um ihn zum Schweigen zu bringen.

»Ich will das. Ich bin es leid, gegen uns anzukämpfen. Veränderungen machen Angst, aber ein Leben ohne dich macht noch mehr Angst. Ich mag, was in den letzten Tagen zwischen uns passiert ist.« Sie trat näher und legte ihre Arme um seinen Hals. Seine Hände gingen zu ihrer Taille, seine Finger umfassten ihre Hüften.

»Bist du sicher? Ist das nicht nur eine Reaktion auf ein Trauma?«

»Ich bin sicher.« Sie trat zurück und ließ ihre Hände an seinen Armen hinabgleiten, um ihre Finger mit seinen zu verschränken. »Weißt du, was wir zuerst tun müssen?«

Er schüttelte den Kopf, Verlangen ließ seine Augen wie schwarze Diamanten glänzen.

»Neue Bettwäsche finden.«

Er blinzelte, dann lachte er. »Das wäre komfortabler, ja.« Er ließ ihre Hände los, um sie näher zu ziehen. »Obwohl ein Bett nicht unbedingt erforderlich ist.«

Sie schluckte, ihre Knie wurden weich bei dem Blick in seinen Augen. Ihr ganzer Körper kribbelte, als ein Summen der Erregung durch sie hindurchströmte und sich in ihrem Kern sammelte. Wenn er sie schon mit einem Blick so aufheizen konnte, würde Sex sie in Flammen setzen.

Bevor er sie küssen und genau das tun konnte, schob sie sich aus seinen Armen und ging in Richtung Wohnzimmer. »Wenn du die Extradecken finden kannst, die im Badezimmerschrank waren, gehe ich nach unten und hole ein paar Ersatzdecken und Kissen.«

Er stieß einen Atemzug aus und stellte sich um. »Ja. Okay.«

Sie floh. Nicht weil sie Angst hatte, sondern weil sie wusste, dass sie beim nächsten Mal, wenn er sie küsste, die Wohnung für sehr lange Zeit nicht verlassen würde.

Unten eilte sie in den Hauswirtschaftsraum, wo sie die Ersatzbettwäsche aufbewahrte, und holte ein Bettdecke in Queensize heraus. Mit vollen Armen rannte sie zurück nach oben und fand Seb, der bereits das Spannbettlaken auf das Bett gezogen hatte und Kissen in Kissenbezüge stopfte. Sie legte die Decke auf den Boden neben dem Bett und nahm das flache Laken, ließ es über die Matratze wehen.

»Ich kann nicht glauben, dass er diese Laken in Ruhe gelassen hat.«

Seb schüttelte das Kissen in seinen Händen, um es im Bezug zurechtzurücken, dann warf er es an das Kopfende des Bettes. Er stemmte seine Hände in die Hüften und hob eine Augenbraue. »Wenn sie hier drin gewesen wären, hätte er es wahrscheinlich nicht getan.«

London steckte das Laken unter die Matratze und breitete dann die Bettdecke darüber aus. »Was er zerstört hat, war schlimm genug. Ich muss morgen Kleidung und Möbel einkaufen gehen. Ich weiß nicht, wo wir sitzen sollen, bis eine neue Couch da ist. Immerhin hat er ein paar meiner Klamotten übersehen, sodass ich nicht das anbehalten muss, was ich gerade trage.«

Er zog an einer Ecke der Decke, um ihr beim Glätten zu helfen. »Ich fahre morgen nach der Kirche zur Ranch und lasse einen meiner Brüder mir helfen, meine Couch herzubringen. Du kannst sie benutzen, bis du eine neue hast.« Als das Bett fertig war, ging er zu ihrer Seite, um sich vor sie zu stellen.

Sie runzelte die Stirn, als sie zu ihm aufsah. »Worauf wirst du dann sitzen? Oder dein Gast, wenn wir schon dabei sind?«

Seb zuckte mit den Schultern und schlang seine Arme um sie. »Ich habe immer noch meinen Sessel. Den kann Jace benutzen. Und es ist ja nicht so, als würde ich nicht sowieso die meiste Zeit hier verbringen, selbst wenn kein Psycho unterwegs wäre.« Er senkte den Kopf und knabberte an der Haut hinter ihrem Ohr.

Ein Schauer lief ihr über den Rücken, und sie sog scharf die Luft ein.

»Wie wär's jetzt mit dieser Dusche?«

Sie vergrub ihre Finger in seinem Haar und umklammerte die Strähnen, um durch die Berührung in der Realität verankert zu bleiben.

»Okay«, sagte sie atemlos.

Seine Arme schlossen sich um sie, und er hob sie vom Boden, dann ging er ins Badezimmer. Dort angekommen, setzte er sie ab und zog sich dann sein T-Shirt über den Kopf.

Londons Mund wurde trocken. Seb mochte zwar der oberste Polizist des Bezirks sein, aber er war auch ein Rancher, und das sah man. Harte, sehnige Muskeln wölbten sich unter seiner gebräunten Haut. Sie streckte die Hand aus, um die Linie schwarzer Haare nachzuzeichnen, die seine Bauchmuskeln teilte und unter dem Bund seiner Jeans verschwand. Die Muskeln zuckten und spannten sich bei ihrer Berührung an, und er knurrte, während er einen Schritt zurücktrat.

»Noch nicht.« Er beugte sich in die Duschkabine, um das Wasser aufzudrehen und den Strahl zu prüfen, während sie einfach dastand und das Spiel der sich bewegenden Muskeln in seinem Rücken und seinen Armen beobachtete. Er war nicht der erste Mann, den sie ohne Hemd gesehen hatte, aber definitiv der sexieste.

Er richtete sich auf und bemerkte, dass sie ihn beobachtete. Ein freches Lächeln huschte über sein Gesicht, und er streckte die Hand aus, um die Knöpfe an der Vorderseite ihres Sommerkleides zu öffnen. Mini-Erdbeben breiteten sich von überall aus, wo seine Knöchel ihre Haut streiften, bis ihr ganzer Körper vor Verlangen vibrierte.

Seine Pupillen weiteten sich mit jedem Knopf, den er öffnete und immer mehr von ihrem Körper seinem Blick preisgab. Als er ihre Taille erreichte, schob er den leichten Stoff von ihren Schultern, und das Kleid glitt an ihren Beinen hinunter, bis es sich um ihre Füße sammelte.

London fühlte sich, als würde sie vor einem Ofen stehen, obwohl sie nur in BH und Slip dastand. Hitze durchflutete sie von Kopf bis Fuß, bis sie sicher war, dass sie in Flammen aufgehen würde. Sie zog das Haarband aus ihrem Haar und schüttelte es frei.

Sebs Hände wanderten zu ihrer Taille und umfassten ihre Seiten. Seine Daumen streiften die Unterseite ihrer Brüste, und ihre Brustwarzen spitzten sich, als sie vor Wonne erschauderte.

»Du bist so wunderschön«, sagte er mit tiefer Stimme. Er beugte sich hinunter und nahm ihren Mund mit seinem in Besitz. Die Hitze loderte stärker auf, und sie erwiderte seinen Kuss. Seine Hände fanden den Verschluss ihres BHs und öffneten ihn, dann füllte er seine Hände mit ihrem Fleisch. London stöhnte bei der Berührung. Seine großen Hände hatten die perfekte Größe.

Sie fumelte an seinem Gürtel und stieß gegen die harte Wölbung hinter seinem Reißverschluss. Er zuckte zusammen und stöhnte, was ihn weiter antrieb. Er vertiefte ihren Kuss, schaltete ihr Gehirn kurz und verwandelte ihre Finger in ungeschickte Stäbchen, die kaum mehr tun konnten, als an seiner Kleidung zu ziehen. Sie wimmerte vor Verlangen und zog sich zurück.

»Zieh deine Hose aus.«

Er ließ sie los, um schnell seine Jeans auszuziehen, und schob sie zusammen mit seinen Boxershorts seine Beine hinunter. Er stieg aus ihnen heraus und hakte dann seine Finger in den Bund ihres Slips und zog daran. Der Slip fiel zu Boden.

Er legte seine Hände wieder um sie, umfasste ihren Po mit seinen großen Handflächen und hob sie an sich, dann stieg er über den Rand der Badewanne in den stechenden Wasserstrahl. London stöhnte auf, als seine Erektion ihren Bauch berührte. Nachdem er sie in der Wanne abgesetzt hatte, griff sie nach unten und fuhr mit ihrer Hand über die gesamte Länge. Seb machte ein ersticktes Geräusch in seiner Kehle und drückte sie gegen die Wand. Die kalten Fliesen trafen auf ihren Rücken, und sie schrie auf.

Es war wie ein kalter Wassereimer über seinem Kopf. Er zog sich zurück, um auf sie hinunterzusehen, seine Augen verhangen, aber klarer als einen Moment zuvor.

»Zu schnell.« Er nahm ihre Flasche Shampoo und drehte sie unter den Wasserstrahl. »Wir werden das auskosten.«

Wasser rann über ihren Kopf und ihre Brüste. London schloss die Augen und überließ sich den Flammen, die in ihrem Inneren loderten, während Seb ihr Haar einseifte und seine starken Finger sie in einen erregten, aber zufriedenen Zustand wiegten. Es war ein langer Tag voller Höhen und Tiefen gewesen, und seine Fürsorge half, etwas von der Anspannung zu lösen. Als seine seifigen Hände über ihren Hals und ihre Brust wanderten, stöhnte sie auf, und die Zufriedenheit verflog. Begierde flammte auf, und ihre Haut glühte vor Hitze.

Seine Erektion streifte ihren Hintern, und unbewusst lehnte sie sich gegen ihn. Seine Hände glitten tiefer – über ihren Bauch, um in den Locken am Scheitel ihrer Schenkel zu kreisen.

Ein hohes, atemloses Stöhnen entfuhr ihr bei seiner ersten Berührung an ihrem Zentrum. Er schob seine Finger tiefer, fuhr durch ihre Locken, und ihre Knie gaben nach. Er schlang einen Arm fester um ihre Taille, während der andere sie in den Wahnsinn trieb. Wasser und Seife rannen in Rinnsalen an ihrem Körper hinunter und verstärkten die Wirkung seiner Finger, bis sie ein zitterndes, kribbelndes Häufchen Elend war, das sich in seinen Armen wand, als der intensivste Orgasmus, den sie je erlebt hatte, durch sie hindurch raste.

Kraftlos und wie gekochte Spaghetti sackte sie gegen seinen Arm und ließ ihren Kopf auf seine Schulter zurückrollen. Sie sah zu ihm auf und versuchte zu lächeln.

Seine dunklen Augen starrten auf sie herab, die Erregung in ihnen ließ sie wie Pools aus dunkler Schokolade aussehen.

»Fühlt sich gut an?«

Sie nickte und hob einen schweren Arm, um seinen Nacken zu halten, als er sich hinunterbeugte, um ihr Schlüsselbein zu küssen. Sie holte tief Luft und versuchte, etwas Kraft in ihre Beine zurückzubringen. Sie stieß sich ab und drehte sich um, schlang ihre Arme um seine Schultern und presste ihre Vorderseite an seine. Ihre Beine drohten wieder nachzugeben, aber sie fand irgendwo eine verborgene Kraftreserve und blieb aus eigener Kraft stehen.

»Jetzt bin ich dran.« Sie stieß ihre Hände in sein Haar und verschmolz ihren Mund mit seinem. Sie drehte sie herum, sodass er im Wasser stand, und griff nach dem Shampoo. Sie unterbrach den Kuss, goss etwas auf ihre Handfläche und schäumte sein Haar ein.

»Du wirst nach mir riechen.«

Er leckte einen Wassertropfen von der Wölbung ihrer Brust. Londons Herz machte einen Sprung, und sie schluckte hart.

»Das ist okay. Ich habe vor, bis wir fertig sind, alle deine Düfte an mir zu haben.«

Heilige Hölle! Wenn sie nicht schon wie eine Wunderkerze leuchtete, würde sie es jetzt tun. Das Bild, das er heraufbeschwor, reichte aus, um sie tagelang zum Summen zu bringen.

Sie fuhr mit ihren Nägeln über seine Kopfhaut, und seine Augen rollten nach oben. Sie schöpfte Schaum von seinem Haar, um ihn über seine Schultern zu verteilen, dann fuhr sie mit ihren Händen über seine Brustmuskeln und hielt nur inne, um sie leicht über seine Brustwarzen kreisen zu lassen. Weiter ging sie seinen Oberkörper hinunter, um ihre Hände um seine Männlichkeit zu schließen. Er stöhnte, und sein Kopf fiel zurück. Seife glitt an seinem großen Körper hinab, während das Wasser sie wegspülte, und London stand wie gebannt da und beobachtete, wie die Tropfen über seine sehnigen Muskeln glitten. Sie drückte ihre Hände als Reaktion auf ihr eigenes Verlangen zusammen, und er stöhnte lauter.

»Okay, das reicht.« Er zog ihre Hände weg und drehte den Wasserhahn zu. Er stieg aus der Wanne, drehte sich um und packte sie um die Taille, hob sie über den Rand und auf seine Schulter. Sie kreischte und hielt sich an seinen Schultern fest. Er klemmte eine Hand über ihre Hüfte und öffnete die Tür, dann stapfte er den Flur hinunter zu ihrem Schlafzimmer.

Der Raum drehte sich, als er sie herunterschwang und mitten auf die Matratze legte. Sie hüpfte einmal, ihre Glieder flatterten, als sie landete. Noch bevor sie sich beruhigt hatte, kroch er über sie.

Gerade als er im Begriff war, die Distanz zu schließen und sie wieder zu küssen, zuckte er zurück.

»Scheiße. Warte kurz.«

»Was?« Das Wort war noch nicht einmal aus ihrem Mund, da war er schon vom Bett und aus der Tür. London starrte ihm verwirrt nach. Sie hörte, wie die Badezimmertür gegen die Wand schlug, dann das Geräusch seiner nackten Füße, die über das Hartholz klatschten, als er zum Schlafzimmer zurückkam.

Er kehrte zum Bett zurück und hielt ein Folienpaket hoch. »Eines Tages, wenn du bereit bist, werden wir ein Baby machen, aber nicht heute Abend.«

Verblüfft über diesen Gedanken klappte ihr Mund auf und ihre Augen weiteten sich. Sie schluckte und sah in seine dunklen Augen. Sie funkelten vor Glück und Verlangen.

»Du hast an Kinder gedacht? Mit mir?«

»Natürlich. Hast du nicht?«

Sie nickte. »In einem vagen Sinne, ja. Ich dachte nur nie, dass es tatsächlich passieren würde.«

Er riss das Kondom auf und rollte es über, dann bewegte er sich, um wieder über sie zu kriechen. Er ließ sich zwischen ihren Beinen nieder und strich eine nasse Haarsträhne von ihrer Wange. Sein Daumen strich über ihren Wangenknochen, während er auf sie hinabblickte.

»Das wird es. Wenn wir das tun, lasse ich dich nie wieder los. Du gehörst mir, verstehst du? Schluss mit diesem 'wir sind nur Freunde'-Zeug. Ich will alles, London.«

Gedanken schossen durch ihren Kopf, während sie weiterhin in seine unergründlichen Augen starrte und kaum glauben konnte, was da passierte. Sie hatte davon geträumt, Sebs

Freundin zu sein, seit sie in ihren Teenagerjahren war und Jungs entdeckt hatte. Aber es war immer nur das gewesen – ein Traum. Jetzt bot er ihr alles an, aber wagte sie es, es anzunehmen? Was würde passieren, wenn es nicht funktionierte? Sie meinte, was sie früher gesagt hatte – sie wollte ihr Leben nicht ohne ihn leben. Wenn sie kopfüber in eine Beziehung stürzten und diese später zerbrechen würde, wäre er nicht mehr da. Könnte sie wirklich damit leben?

Obwohl, wenn man bedenkt, dass sie nackt unter ihm lag, gab es ein Zurück? Wenn sie nicht vorwärts gingen und sie diesem Ganzen jetzt einen Riegel vorschöbe, würde ihre Freundschaft unbeholfen sein und es würde immer noch diese schwelende, unerfüllte sexuelle Spannung zwischen ihnen summen.

Wollte sie so leben?

Als sie in sein gutaussehendes Gesicht blickte – dasselbe, in das sie schon seit ihrer Kindheit schaute – wusste sie, dass sie das hier nicht stoppen konnte. Nicht, weil es unangenehm wäre, sondern weil sie bis über beide Ohren in diesen Mann verliebt war und wusste, dass sie diesen Schritt bereuen und sich für den Rest ihres Lebens fragen würde, was hätte sein können, wenn sie ihn nicht täte.

Sie schlang ihre Arme um seinen Nacken und küsste ihn, legte jede Emotion, die durch ihren Kopf und ihr Herz strömte, in diese Berührung.

Er grunzte überrascht und sank nach unten, drückte sie tiefer in die Matratze und übernahm den Kuss. London ließ ihn gewähren. Er schien einen Plan zu haben, und sie konnte es kaum erwarten, herauszufinden, was es war.

Seine Hände glitten an ihrer Seite hinunter, um ihre Hüften zu halten. Sie konnte ihn an ihrem Zentrum spüren, und es war herrlich. Er stützte sich auf eine Hand und wiegte sich gegen sie, während er mit der freien Hand mit ihrer Brust spielte, an der Brustwarze zupfte und sie dann in seiner Handfläche rollte. Sie bog ihren Rücken durch und wollte seiner Berührung näher kommen. Er beugte sich hinunter und leckte an ihrer anderen Brust, saugte dann die Knospe in seinen Mund und biss in die Spitze.

Sie stöhnte, schlang ihre Beine um seine Taille und umklammerte seine Hüften. »Bitte.«

Sebs Kehle arbeitete, und er kniff die Augen zu. Sein Kiefer spannte sich an, als er um Kontrolle kämpfte. Sie war jedoch über den Punkt des Wartens hinaus und rollte mit den Hüften, um die Reibung zu verstärken.

Schweiß trat auf seiner Stirn aus. »Langsam, Baby.«

Sie warf ihren Kopf auf dem Kissen hin und her und bewegte ihre Hüften erneut. »Nein. Ich will dich. Jetzt.«

Er öffnete seine Augen und blickte auf sie hinab, die Pupillen so riesig, dass sie seine dunklen Iriden verschlangen. Den Blickkontakt haltend, glitt er langsam in ihren Kanal, dehnte ihre Wände und entlockte ihr ein Stöhnen. Er fühlte sich so gut an. So *richtig* in ihr versenkt.

Als er herausglitt und wieder hineinstieß, konnte sie den Schrei der Lust nicht zurückhalten. Sie spürte den Stoß bis in ihre Haarspitzen.

Das schien ihn zu überwältigen. Danach gab er das langsame, gleichmäßige Tempo auf. London griff über ihren Kopf, um das Kopfteil des Bettes festzuhalten, während sich ihr Rücken bog und sie jeden seiner Stöße erwiderte. Gerade als sie dachte, sie könne nicht mehr ertragen, durchbohrte ein gleißend weißes Licht sie hinter ihren Augen und sie zersplitterte in Millionen von Teilen. Sie war sicher, dass ihre Gäste sie hören und genau wissen konnten, was sie taten, aber das war ihr egal. Empfindungen, die sie noch nie zuvor gespürt hatte, überfluteten sie, während sie auf den Wellen der Ekstase ritt, die durch ihren Körper jagten. Sie blieb knochenlos und schlaff zurück, als sie langsam wieder auf die Erde zurückschwebte.

Seb rollte zur Seite und ließ sich neben ihr fallen. »Wow.«

Sie brachte ein leises Kichern zustande. »Ja.«

Er stöhnte, seine Brust hob und senkte sich noch immer heftig, während er versuchte, seinen Atem zu fangen, dann drehte er sich auf die Seite, zog die Decken über sie und zog sie eng an sich.

London schloss ihre Augen, als der Schlaf an den Rändern ihres Bewusstseins zog. Sie ließ ihn kommen und fühlte sich befriedigt und geborgen in Sebs Armen.

»**B**rauchen wir wirklich *all* das?« London verschränkte die Arme und betrachtete den überladenen Truck, der in ihrer Einfahrt stand.

Seb schenkte ihr ein verlegenes Lächeln und ging zur Heckklappe. »Ich wollte eigentlich nur die Couch bringen, aber dann fiel mir ein, wie dein Bett aussah – es ist irgendwie eskaliert.«

Sie beäugte die Möbel erneut. »Dein Schreibtisch musste mitkommen?«

»Ich brauche einen Platz zum Arbeiten, damit ich nicht so spät im Büro festsitze. Dein Arbeitszimmer hat auch für mich genug Platz.«

»Du ziehst ein, oder? Nicht nur, bis du diesen Typen geschnappt hast, sondern richtig, für immer.«

Er stellte seinen Schreibtischstuhl auf dem Boden ab und kam dann zu ihr herüber.

Ein Schauer lief ihr bei seiner Nähe über den Rücken. Sie konnte die Hitze spüren, die in der Nachmittagssonne von ihm ausstrahlte, und den berauschenden Duft eines verschwitzten Mannes riechen.

»Und was, wenn es so wäre?«, fragte er mit tiefer, verführerischer Stimme.

Alle ihre Nervenenden gingen in Alarmbereitschaft, und sie schwankte näher zu ihm.

»Ich denke, das wäre in Ordnung.«

Sein Kopf neigte sich zu ihrem, und ein Lächeln zupfte an einem Mundwinkel. »Gut.«

Nur Zentimeter trennten sie jetzt, während er immer näher rückte.

»Könnt ihr zwei euch später abknutschen?« Bretter klapperten, als Thomas einen Stapel Latten für das Bettgestell über die Seite des Trucks warf. »Ich würde gerne aus der Hitze rauskommen.«

Seb richtete sich auf und warf einen genervten Blick über seine Schulter. »Hör auf, so ein Weichei zu sein. Du wirst nicht schmelzen.« Er strich mit einer Hand über Londons Arm und drehte sich dann um, um Thomas zu helfen.

»Hey, zwischen Farmbesuchen und Arbeit auf der Ranch bin ich ständig in der Hitze. Das heißt nicht, dass ich darin stehen will, wenn fünfzig Fuß entfernt Klimaanlage ist.«

Seb verdrehte die Augen, bevor er seinem Bruder half, den Truck zu entladen, und ihn dabei weiter aufzog. London grinste über ihr anhaltendes Geplänkel und hob einige der Latten auf.

Sie brachten schnell alles nach oben, und bald hatte London eine Wohnung voller Möbel, die die Gegenstände ersetzten, die Seb und seine Brüder ein paar Stunden zuvor zur Seite des Hauses getragen hatten.

Sie steckte das Laken auf das Bett und glättete die Bettdecke, genau als Sebs Handy klingelte. Er schaute auf das Display und wischte über den Bildschirm, um den Anruf anzunehmen.

»Sheriff Archer.«

London beobachtete, wie sein Gesicht beim Zuhören von Konzentration zu Besorgnis und dann zu Sorge wechselte.

»Okay. Ist ein CSU-Team auf dem Weg dorthin?« Er hielt inne. »Gut. Schicke zwei Beamte in die Stadt, um Freiwillige zu sammeln, und lass alle am Trailhead treffen. Ich bin unterwegs.«

»Was ist los?«, fragte sie.

Thomas gesellte sich zu ihnen, nachdem er auch Sebs Gesprächsende gehört hatte.

»Adelaide Martin wird vermisst.«

Ihre Augen weiteten sich, und sie bedeckte ihren Mund. Sie machte mehrere Schritte zum Fenster und blickte ungläubig über den Rasen.

»Ist das dein Ernst?«, fragte Thomas.

»Ja. Ihr Auto war weg, als ihre Eltern heute Morgen zur Kirche gingen, also dachten sie, sie wäre letzte Nacht mit Freunden irgendwohin gegangen. Als sie heute Nachmittag zurückkamen und sie immer noch nicht zu Hause war, wurden sie besorgt, weil sie nicht einmal angerufen hatte. Also versuchten sie es bei einigen ihrer Freunde, aber niemand wusste, wo sie war. Ihre Mutter konnte schließlich ihr Handy über ihren gemeinsamen Handyvertrag orten, und sie fanden es in ihrem Auto, das in der Nähe des Parkplatzes verlassen wurde, wo wir Amy Beckett gefunden haben.«

London drehte sich um, um ihn anzustarren, angesichts der Implikationen. Er erwiderte ihren Blick, seine Augen signalisierten seine Besorgnis.

»Wir mobilisieren ein Suchteam. Ich muss gehen und bei der Koordination helfen.«

»Ich werde die Familie anrufen und wir treffen euch dort oben«, sagte Thomas.

»Ich komme auch mit. Und ich werde sehen, ob einige der Gäste helfen wollen.« London steuerte auf die Tür zu.

Seb schnappte nach ihrem Arm. »Du kannst nicht suchen.«

Sie runzelte die Stirn. »Warum nicht?«

Er deutete auf das jetzt saubere Zimmer. »Da draußen ist irgendein Psycho, der es auf dich abgesehen hat. Für alles, was ich weiß, wird Adelaide als Köder vermisst, um dich anzulocken. Das Letzte, was ich brauche, ist, dass du allein im Wald bist.«

Sie versteifte sich bei dem Gedanken, dass dies mit ihr zu tun hatte. Arme Adelaide. Sie mochte die Frau nicht, aber sie würde ihr niemals etwas Böses wünschen. Seb hatte jedoch recht. Sie konnte sich nicht wissentlich in eine Position bringen, wo derjenige, der es auf sie abgesehen hatte, leicht an sie herankommen könnte.

»Wie wäre es, wenn ich am Hauptquartier bleibe, das ihr einrichtet, und helfe, die Dinge zu organisieren? Das würde mindestens einen deiner Deputies freimachen, um bei der Suche zu helfen.«

Er musterte sie einen Moment lang, bevor er nickte. »Aber du bleibst im Zelt. Kein Herumwandern alleine.«

Sie nickte.

»Okay, lass uns gehen.«

SEB STARRTE HINAUS AUF DEN WALD VOR IHM UND MURMELTE einen Fluch. Adelaide könnte überall in dieser riesigen Wildnis sein. Oder nirgendwo. Wenn sie tatsächlich entführt worden war, könnte ihr Entführer das Auto hier geparkt haben, sowohl als Botschaft als auch als Ablenkung. Die Szene fühlte sich inszeniert an, und er hatte das Gefühl, dass sie ihre Zeit verschwendeten. Er hoffte wirklich, dass er falsch lag und dass sie nur verloren gegangen war oder mit einem Freund weggegangen war und nicht gefunden werden wollte, aber das könnte Wunschdenken seinerseits sein. Arbeiten stand heute eigentlich nicht auf seinem Plan. Er hatte vorgehabt, seine Möbel in Londons Haus zu bringen und dann den Tag damit zu verbringen, sie dazu zu bringen, seine Matratze zu testen.

Er warf einen Blick zurück auf das Zelt, das seine Deputies gerade aufgebaut hatten. London stand in der Mitte und schrieb Namen und Suchquadranten auf ein Whiteboard, ihre anmutigen Linien durch ihr eng anliegendes T-Shirt und ihre Wandershorts betont.

Letzte Nacht war unglaublich gewesen. Es war alles, was er sich je vorgestellt hatte. Explosiv und geistbetäubend. Es war auch schwer zu glauben. Sie waren so lange in der Schwebe gewesen, dass der abrupte Wechsel ihn ein wenig aus dem Gleichgewicht brachte. Aber es war gut. Das Leben fühlte sich bereits erfüllter an.

Schritte holten ihn aus seinen Gedanken, und er drehte sich um, als Jace sich näherte.

Seb streckte eine Hand aus. »Danke, dass du gekommen bist.«

Jace schüttelte sie. »Natürlich. Ich bin hier, um zu helfen, wie ich kann.« Er sah sich in ihrer Umgebung um. »Also, glaubst du, wir haben es mit unserem Mörder zu tun? Ich meine, sie sieht Amy Beckett sehr ähnlich. Gleiche Färbung, Statur.«

Seb nickte. »Ist mir aufgefallen. Der Standort ihres Autos ist mir auch nicht entgangen. Abigail und Trent haben Amys Leiche etwa eine Meile von hier gefunden. Ich glaube nicht, dass Adelaide von selbst verschwunden ist.«

»Sheriff!«

Seb blickte auf, als er Calebs Ruf hörte. Der Deputy winkte ihn zu der Stelle, wo sich alle am Zelt versammelt hatten.

»Wir sind bereit für das Briefing.«

»Showtime.« Er und Jace joggten zu den wartenden Freiwilligen hinüber. London zog das Board näher und stellte sich dann zu den anderen.

Seb nickte dankend, dann drehte er das Board um, um die Karte des Waldes und ein an der anderen Seite befestigtes Foto von Adelaide zu zeigen. »Unsere vermisste Person ist Adelaide Martin, 35 Jahre alt. Sie ist einen Meter siebzig groß, wiegt ungefähr 57 Kilo und hat blonde Haare und blaue Augen.« Er zeigte auf die Karte. »Dies ist unser Suchgitter. Wir sind hier.« Er zeigte auf den roten Punkt in der Mitte. »Ich weiß, es ist viel Land, aber lasst euch nicht entmutigen. Konzentriert euch einfach auf euren Abschnitt und nehmt ihn Gitter für Gitter durch.« Er drehte das Board wieder um. »Wenn ihr es noch nicht getan habt, findet eure Startquadranten und Gitternetz, und holt euch dann eine Karte von London. Es wird ein Funkgerät für jeweils vier Personen geben. Handys funktionieren hier oben, aber die Abdeckung kann lückenhaft sein, also denkt daran und stellt sicher, dass ihr euch nicht aus Rufweite von der Person neben euch entfernt. Wir müssen nicht nach unseren Suchern suchen.«

Ein nervöses Lachen ging durch die Gruppe.

»In Ordnung. Lasst uns loslegen.« Seb trat zurück, als die Freiwilligen an ihm vorbeigingen, um ihre Karten zu holen und ihre Suchzonen zu überprüfen. Als alle aus dem Zelt waren, lehnte er sich gegen den Tisch zurück und stützte sich auf seinen Händen ab.

London kam hinüber, um vor ihm zu stehen. »Geht es dir gut?«

Er fuhr sich mit einer Hand über den Kiefer und hielt sich dann den Nacken. »Ja. Ich wünschte nur, wir könnten einen Durchbruch erzielen. Dieser Typ hat den County in seinen persönlichen Spielplatz verwandelt, und ich habe keine verdammte Ahnung, wer er ist.«

Sie legte eine Hand auf seine Brust. »Du wirst ihn kriegen. Wir werden Adelaide finden, und du wirst ihn kriegen.«

Er bedeckte ihre Hand mit seiner und zog sie näher. »Bevor sie tot ist? Bevor er an dich rankommt?«

Ihr Atem kam in einem harten Stoß heraus, und er konnte die Angst in ihren Augen sehen.

Seb ließ einen rauen Seufzer heraus, verärgert über sich selbst, dass er sie erschreckt hatte. »Es tut mir leid. Ich will dich nicht erschrecken. Ich bin nur frustriert. Vor allem, weil ich sicherstellen will, dass du in Sicherheit bist, aber ich kann das nicht tun, wenn ich nicht weiß, aus welcher Richtung die Bedrohung kommt. Es könnte jeder sein, und ich weiß nicht, wem ich vertrauen kann.« Er nahm ihre andere Hand und hielt sie nahe an seinen Schultern, dann platzierte er einen langen Kuss auf ihre Stirn.

Sie lehnte sich in seine Berührung und schloss die Augen, wobei etwas von der Anspannung aus ihren Schultern wich. Er neigte seinen Kopf, um seine Stirn gegen ihre zu legen.

»Also, bist du sicher, dass derjenige, der diese Frau getötet und Adelaide entführt hat, derselbe ist, der mein Haus verwüstet hat?«

Er richtete sich auf und blickte über ihre Schulter, um die Bäume zu scannen, während er über all die Ereignisse nachdachte, die in der letzten Woche passiert waren. »Nicht hundertprozentig, aber es wäre ein verdammter Zufall, wenn nicht.«

Ein Schauder überlief ihre Haut, und sie rutschte näher zu ihm, schlang ihre Arme um seine Taille. Er hob ihr Gesicht an, um in ihre hübschen blauen Augen zu blicken. Sie schimmerten im gedämpften Licht des Zeltes und sahen eher wie silberne Pools aus. Er wollte sich in ihren Tiefen verlieren und diesen Fall vergessen.

Aber er konnte nicht. Nicht, wenn er den Bastard finden wollte, bevor er Adelaide tötete und an London herankam.

»Ich werde nicht zulassen, dass dir etwas passiert«, schwor er, sowohl ihr als auch sich selbst. Er konnte es nicht zulassen. Nicht jetzt, da er sie endlich hatte.

Sie ließ ihre Hände seinen Oberkörper hinaufgleiten, um sie hinter seinem Nacken zu verschränken, und presste ihren Körper so nah an seinen, wie sie nur konnte. »Ich weiß.«

Er beugte sich hinunter und drückte einen sanften, langen Kuss auf ihre Lippen. Verlangen entfachte ein langsames Brennen in seinem Bauch, und er wünschte sich erneut, sie wären zurück im Gasthof und würden sein Bett testen.

Aber das waren sie nicht, und er hatte Arbeit zu erledigen. Er zog sich zurück und drückte einen weiteren Kuss auf ihre Stirn, bevor er sie losließ. Schritte auf dem Kies ließen ihn aufblicken und er sah, wie weitere Einheimische ankamen, um bei der Suche zu helfen, darunter Ryan Marsters und mehrere andere Geschäftsinhaber. Zu seiner Überraschung sah er auch Doug Brown, der das Schlusslicht bildete.

Seb ging um London herum, um sie zu begrüßen. »Danke, dass ihr gekommen seid, alle miteinander. Wenn ihr euch eintragt, wird London euch mit einer Karte und einem Quadranten ausstatten.«

Ryan trat vor und streckte eine Hand aus. Seb nahm sie.

»Sheriff. Das ist eine schlimme Angelegenheit. Gibt es schon Neuigkeiten über Adelaides Aufenthaltsort?«

»Nein. Aber wir haben gerade erst mit der Suche begonnen.«

»Nun, wir sind alle froh, helfen zu können.« Er blickte zurück zu den anderen bei ihm, die alle nickten.

»Gut. London wird euch alles Nötige geben.«

Ryan nickte, und er und seine Gruppe gingen weiter. Seb blieb, wo er war, und sah Brown an, der gemächlich vorwärtskam, die Hände in den Taschen vergraben.

»Mr. Brown. Ich bin überrascht, Sie hier zu sehen.«

»Ich möchte mich für vorhin entschuldigen. Ich benehme mich vielleicht von Zeit zu Zeit wie ein Idiot, aber ich bin wirklich kein schlechter Kerl, Sheriff. Und ich würde gerne bei der Suche helfen, wenn das in Ordnung ist?«

Seb musterte den anderen Mann. Sein blondes Haar war perfekt gekämmt, seine Haut gebräunt und glatt, aber er war für die Wildnis gekleidet – irgendwie – in Jeans, einem Polo-hemd und Turnschuhen.

»Es ist raues Gelände hier draußen. Können Sie damit umgehen?«

Brown nickte. »Ich bin vielleicht ein Geschäftsmann, aber ich jogge jeden Tag. Ich kann die Wanderung bewältigen.«

»Okay.« Seb deutete auf London. »Sie wird Ihnen alles geben, was Sie brauchen.«

»Danke.« Er ging an Seb vorbei, um bei den anderen zu stehen.

Seb nahm sein Funkgerät vom Tisch. »London, ich werde die Medien anrufen und Adelaides Beschreibung veröffentlichen lassen. Wenn du das Zelt verlassen musst, stelle sicher, dass du nicht allein gehst, und wenn du das Gebiet verlässt, lass es mich wissen, ja?«

Sie nickte, während sie Brown eine Karte reichte. »Geh. Sei der Sheriff. Mir wird es gut gehen.«

Er wusste das, aber es machte es nicht einfacher, wegzugehen. Er konnte das Gefühl nicht abschütteln, dass etwas nicht stimmte.

»Mädchen, meine Füße tun weh«, sagte Tara, als sie in einen der Klappstühle sank. London ließ sich mit einem Stöhnen neben ihr nieder.

»Meine auch.«

Sie hatten gerade die letzte Gruppe von Freiwilligen versorgt und waren erschöpft, nachdem sie den ganzen Tag auf den Beinen gewesen waren.

»Ich weiß nicht, wie es dir geht, aber ich werde nach Hause gehen, eine heiße Dusche nehmen und mich ins Bett fallen lassen. Nackt.« Tara zog ihr verschwitztes T-Shirt von ihren Brüsten weg und fächelte sich Luft zu.

London drehte ihren Pferdeschwanz zu einem Knoten hoch und befestigte ihn auf ihrem Kopf. Obwohl es dunkel war, waren sie heiß vom Stehen über den Grills.

»Wir müssen das alles noch wieder einpacken.« Sie deutete auf die beiden Holzkohlegrills, die Brady zur Stelle gebracht hatte, und drei Tische voller Lebensmittel und Vorräte, die Einheimische für die Suchaktion gespendet hatten.

Tara stöhnte. »Die Grills können bleiben, da wir sie wahrscheinlich morgen noch brauchen werden. Hoffentlich finden sie sie, und wir werden sie nicht länger brauchen. Aber wir müssen das Essen einpacken, oder dieser Ort wird von Bären überrannt. Weißt du, ich mag Adelaide nicht, aber das ist schrecklich. Sie mag eine Zicke sein, aber sie verdient das nicht.«

»Ich weiß. Und es ist furchtbar zu sagen, aber ich glaube nicht, dass sie sie finden werden. Ich denke, Seb hat recht – er wird sie entweder finden, wenn er den Mörder findet, oder sie wird irgendwo tot auftauchen.«

»Ich denke, du hast recht, aber ich hoffe, du irrst dich.«

Scheinwerfer beleuchteten das Zelt, als zwei Fahrzeuge auf den Parkplatz fuhren.

»Das ist wahrscheinlich Seb.« London erhob sich von ihrem Platz und ging zu den Lebensmitteltischen hinüber, deckte Schüsseln ab und schloss Tüten.

Tara schnappte sich die Kühlboxen, zog sie zu den Tischen und begann, Geschirr hineinzustapeln. London stapelte Papierprodukte und Becher in Kartons.

»Was können wir tun?«, fragte Seb, als er das Essenszelt betrat.

London blickte auf und sah Jace hinter ihm eintreten. »Fangt an, Sachen zu den Autos zu tragen. Ich weiß nicht, wie es euch geht, aber ich bin bereit, nach Hause zu gehen.«

Jace hob die Kühlbox auf, die Tara gerade gefüllt hatte. »Bett klingt fantastisch.«

Seb stapelte zwei der Kartons und hängte mehrere Einkaufstüten über seine Finger. »Einverstanden.«

Die vier erledigten die Aufräumarbeiten im Zelt schnell. Fünfzehn Minuten nach der Ankunft der Männer schlossen sie die Klappen des Zeltes und machten sich auf den Weg zu den Fahrzeugen.

Tara begann, in Richtung von Sebs Truck zu gehen, als er sie stoppte.

»Jace wird dich nach Hause bringen, Tara. Ich fahre mit London zurück zum Gasthof.«

Ihre Augen weiteten sich und flackerten zu Jaces rotem Truck, bevor sie zu ihrem Bruder zurückkehrten. »Oh. Okay.«

London konnte kaum an sich halten, um nicht über Taras Reh-im-Scheinwerferlicht-Ausdruck zu lachen, als sie sich umdrehte, um Gute Nacht zu sagen.

London umarmte sie. »Es ist nur eine Autofahrt nach Hause. Du heiratest den Kerl nicht«, flüsterte sie, dann zog sie sich zurück, um sie anzulächeln.

Tara verdrehte die Augen und grinste. Sie drehte sich zu Jace um. »Alles klar, Hübscher. Lass uns gehen.« Sie steuerte auf seinen Truck zu.

Jace hob eine Augenbraue und ein Mundwinkel zuckte, als er ihr nachsah. »Ich schätze, wir fahren los. Ich sehe dich morgen auf der Wache«, sagte er zu Seb und nickte London zu, bevor er weglief.

»Es ist schade, dass er nicht länger bleiben wird. Er wäre gut für deine Schwester.«

Seb runzelte die Stirn, als er neben ihr herging. »Jace? Und Tara? Denkst du, sie mag ihn?«

Sie nickte. »Ich habe sie nicht so lebhaft über einen Mann gesehen, seit sie nach Hause gekommen ist. Er nervt sie, aber vor allem, weil sie ihn so attraktiv findet.«

Sie stiegen in Sebs Truck, und er startete den Motor. »Ich will nicht über das Liebesleben meiner Schwester nachdenken.« Er warf ihr einen heißen Blick im schwachen Licht des Armaturenbretts zu. »Ich würde viel lieber über unseres nachdenken.«

London errötete und kicherte. »Dann leg einen Gang ein.«

»Ja, Ma'am.« Er legte den Rückwärtsgang ein und drehte sie um.

Vorfreude leckte an ihrem Blut, während er fuhr, und sie versuchte, nicht auf ihrem Sitz zu zappeln. Erinnerungen an die Nacht zuvor spielten sich wie ein Film in ihrem Kopf ab. Sie konnte eine Wiederholung kaum erwarten.

Als er auf die Straße einbog, auf der sich der Gasthof befand, war sie bereits so erregt, dass er sie nicht einmal berühren musste, um sie zum Explodieren zu bringen.

»Was zum Teufel?«

Sebs leiser Ausruf verlagerte ihren Fokus, und sie sah ihn an.

»Was?«

»Da ist etwas auf der Straße.«

Sie spähte durch die Windschutzscheibe in die Dunkelheit. Da war ein Schatten vor ihnen, aber sie konnte nicht erkennen, was es war. Als er näher fuhr, keuchte sie, und ihr Herz stolperte in ihrer Brust.

»Ist das-?«

»Meine Fliederbüsche!« Alle Büsche entlang der Straße waren aus dem Boden gerissen worden.

Seb hielt den Truck vor dem Hindernis an, und London kletterte heraus und rannte auf die Zerstörung zu.

Der Anblick, der sich ihr bot, war fast unfassbar. Ihre wunderschönen Fliederbüsche lagen über dem Graben und auf der Straße, ihre duftenden Blüten überall auf dem Asphalt verstreut und ihre Wurzeln tropften Erde, der Nacht ausgesetzt.

Tränen stiegen in ihre Augen, liefen über, und sie schlug die Hände über den Mund, um das Wehklagen zurückzuhalten. Sebs Hände legten sich auf ihre Schultern.

»Warum?«, würgte sie hervor. »Warum würde jemand so etwas tun?«

»Ich weiß es nicht, Liebling.«

Sie schüttelte seine Hände ab und trat auf einen der Büsche zu. Sie beugte sich hinunter, streichelte eines der weichen Blütenblätter und atmete seinen himmlischen Duft ein. Schock ließ ihr Gehirn neblig zurück.

Er hockte sich neben sie. »Es tut mir leid, Schatz. Gibt es eine Chance, sie zu retten? Ich bezweifle, dass sie lange aus der Erde draußen sind. Jemand hätte das gesehen und gemeldet.«

London schniefte und wandte ihm tränengefüllte Augen zu. »Ich weiß es nicht. Ich bin mir nicht einmal sicher, wie wir sie wieder aufrichten sollen, um sie zurück in die Erde zu bekommen.«

Er stand auf. »Das überlass mir. Mache einige Fotos von dem Schaden. Ich werde ein paar Anrufe tätigen und uns Hilfe holen.«

Hoffnung erhellte ihre Brust bei dem Optimismus in seiner Stimme. Sie erhob sich, zog ihr Handy aus der Tasche und begann, Fotos von den umgestürzten Pflanzen zu machen, während Seb wegtrat.

Sie wusste, es war albern, wegen einiger Blumen so aufgebracht zu sein, aber die Fliederbüsche waren genauso ein Teil des Gasthofs wie das Haus selbst. Sie waren es, die sie zuerst zu dem Grundstück hingezogen hatten. Was ihm seinen Namen gab. Sie freute sich jedes Frühjahr auf ihre Blüten. Es ließ das Haus und das Grundstück frisch und neu wirken. Eine ihrer Lieblingsbeschäftigungen im Frühling war es, alle Fenster zu öffnen und ihren leichten Duft die Räume füllen zu lassen. Er war besser als jeder Lufterfrischer es je sein könnte.

Sebs Schuhe knirschten auf der Straße, als er sich wieder näherte. Sie blickte zurück, als er auf sie zuschritt, eine entschlossene Miene in seinem Gesicht.

»Mein Vater, meine Brüder und Jace sind auf dem Weg. Brady bringt Gurte und Ketten mit. Wir sollten in der Lage sein, sie mit denen und den Trucks aufzurichten.

London schniefte und wischte sich über das Gesicht. »Das hoffe ich. Es wird Jahre dauern, sie zu ersetzen, wenn wir es nicht können.«

Er nahm ihre Hand und führte sie zurück zum Truck. »Komm. Lass uns sehen, ob die Gäste etwas Verdächtiges gehört haben.«

»Ich bin nur froh, dass Abigail beschlossen hat, noch eine Nacht bei Alexis zu bleiben. Ich will sie jetzt nirgendwo in der Nähe des Gasthofs haben.« Sie kletterte in das Fahrzeug und lehnte sich gegen die Tür.

Seb startete den Motor. »Es wäre vielleicht keine schlechte Idee, wenn sie eine Weile bei meinen Eltern bleibt.«

Ein Lächeln erhellte Londons Gesicht. »Das würde ihr gefallen. Lee und Jenny verwöhnen sie.«

»Es würde uns auch etwas Zeit allein geben.« Er wackelte mit den Augenbrauen und ein sexy Grinsen breitete sich auf seinem Gesicht aus.

Sie lachte. »Wirst du jetzt die ganze Zeit so sein?«

Er lächelte zurück und zuckte mit den Schultern, als er den Truck vorne parkte. »Ich werde mich nicht dafür entschuldigen, dich zu wollen. Niemals. Besonders nachdem es mich so lange gedauert hat, dich zu bekommen.«

Sie öffnete ihre Tür und stieg aus. »Aus Neugier, wie lange hast du schon Gefühle für mich?«

Er kam um den Wagen herum, um vor ihr zu stehen und zeichnete mit einem Finger die Linie ihres Haares an ihrer Schläfe nach. »Ich fand dich hübsch, seit du ein Teenager warst, aber ich wollte mehr, seit Eddie gestorben ist. Es hat mich erkennen lassen, was du mir bedeutest. Das Timing fühlte sich damals einfach nicht richtig an.«

Sie nickte. »Ich weiß, was du meinst. Ich hoffe immer noch, dass wir keinen Fehler machen, indem wir nicht warten, bis Abigail erwachsen ist, aber ich bin es leid, zu verbergen, was du mich fühlen lässt.«

Er hob ihr Kinn an und senkte seinen Kopf. »Liebling, Abigail ist erwachsener als die meisten Erwachsenen. Egal, was zwischen uns passiert, es wird ihr gut gehen, und meine Beziehung zu ihr wird in Ordnung sein.« Er presste seinen Mund in einem sengenden Kuss auf ihren. Londons Knie wurden weich, und sie packte Büschel seines Hemdes, um sich aufrecht zu halten, als sie seinen Kuss erwiderte. Sie würde nie genug davon bekommen. Selbst wenn sie neunzig wäre, würde sie sich nach seinem Mund auf ihrem sehnen.

Seb brach den Kuss ab und knurrte. »So sehr ich das auch fortsetzen möchte, wir müssen herausfinden, ob jemand etwas gehört hat.«

London seufzte und ließ sein Hemd los. Sie glättete die Falten und trat zurück. »Mir werden nach diesem Vorfall keine Gäste mehr bleiben. Ich habe bereits die beiden Paare verloren, die Mitte der Woche eingecheckt haben, und die Strattmans haben beschlossen, früher weiterzuziehen. Sie sollten eigentlich bis Dienstag bleiben.«

»Ich weiß, dass das hart ist, aber es wird nicht lange anhalten. Ich hoffe, dass ich morgen einige Ergebnisse zu den Spurenbeweisen bekomme, die wir von Amys Körper geborgen haben, und dass der Detektiv aus Aspen Überwachungsaufnahmen von ihrem mysteriösen Klempner bekommen kann.«

Sie schloss die Vordertür auf und stieß sie auf. »Siehst du, du bist nicht völlig ohne Spuren.«

Er schloss die Tür hinter ihnen und verriegelte sie. »Ich weiß. Ich hasse nur das Wartespiel. Besonders dieses Mal.«

Tränen drohten erneut bei der Zärtlichkeit in seinem Gesicht, aber sie blinzelte und wandte sich zur Treppe. Sie hatte genug vom Weinen. »Also, wie wollen wir das machen? Sollen wir sie wieder ins Wohnzimmer bringen? Nur zwei Paare sind hier. Ich habe Mr. Browns Auto nicht auf dem Parkplatz gesehen, als du vorgefahren bist.«

Seb runzelte die Stirn, und London fragte sich, was das zu bedeuten hatte, aber er gab ihr keine Chance zu fragen.

»Lass uns einfach an ihre Türen klopfen. Kein Grund, ihre Abende völlig zu stören.«

Sie führte ihn die Stufen hinauf zum ersten belegten Zimmer – einem Paar auf zweiter Hochzeitsreise. Der Mann öffnete die Tür und erzählte ihnen, dass er etwas gehört hatte, was wie ein lauter Motor klang, aber dann nichts mehr.

Das zweite Zimmer gehörte einem jungen Paar, das eine Pause von der Stadt nahm. Sie hatten früher bei der Suche geholfen und waren noch nicht lange zurück. Die Frau sagte, die Straße sei frei gewesen, als sie etwa dreißig Minuten vor Seb und London zurückgekommen waren, und sie hätten nichts gehört. London fand das nicht seltsam. Ihr Zimmer lag auf der Rückseite des Hauses und in der Mitte. Es bekam durchgängig die meisten Komplimente, weil es so ruhig war.

Als sie wieder nach unten gingen, bog das erste Paar Scheinwerfer in die Einfahrt ein und erleuchtete das Wohnzimmer. Seb öffnete die Tür wieder, und London sah Jace neben Sebs Truck anhalten. Tara sprang aus dem Beifahrersitz.

»Dieser Scheiß wird lächerlich«, sagte sie. »Wir haben es nicht einmal zurück zur Ranch geschafft, als du angerufen hast.« Sie stieg die Verandastufen hinauf und ins Haus, um London in eine Umarmung zu ziehen.

London klammerte sich an sie, dankbar für die Unterstützung. »Danke, dass du gekommen bist.«

Tara ließ sie los. »Natürlich. Wir werden diese hübschen Büsche reparieren, und morgen werden Seb und Jace und jedes andere Mitglied der Sheriff-Abteilung den Idioten finden, der denkt, dass das Spaß macht.« Sie warf ihrem Bruder und Jace einen bösen Blick zu, der ihnen Höllenqualen versprach, wenn sie nicht taten, was sie sagte.

Seb hob seine Hände in Kapitulation. »Vertrau mir, ich tue alles, was ich kann.«

London griff nach Taras Hand und zog sie in Richtung Küche. »Wir wissen das«, sagte sie und unterbrach Tara, bevor sie sich aufregen konnte. London liebte die Frau, aber sie konnte ein bisschen temperamentvoll sein und war äußerst beschützend.

»Lass uns gehen und Kaffee kochen. Ich denke, wir werden ihn brauchen.« Sie wusste, dass sie ihn brauchte. Nach dem langen Tag, den sie bereits damit verbracht hatte, die Logistik für die Suche zu organisieren und alle zu versorgen, war sie erschöpft. Jetzt musste sie ihre Büsche im Dunkeln wieder einpflanzen. Sie wollte einfach nur die Augen schließen und den ganzen Tag verschwinden lassen.

Ich frage mich, ob noch Whiskey im Schrank ist?

Dreizehn

Regentropfen fielen vom Rand des Zeltes, ihr sanftes Plätschern auf dem Boden ein beruhigendes Geräusch zu der Anspannung, die durch Sebs Gedanken wirbelte. Ein kalter, feuchter Wind wehte und brachte eine frostige Trostlosigkeit in den Tag, die zu seiner Stimmung passte. Die Suchteams waren bei Tagesanbruch wieder aufgebrochen, und jetzt, kurz nach drei Uhr nachmittags, gab es immer noch keine Neuigkeiten über Adelaides Verbleib. Der Mangel an Hinweisen zehrte an allen.

Seb schlug den Kragen seiner Jacke hoch und ließ sich für einen Moment in einen Stuhl sinken. Seine Füße schmerzten, weil er den ganzen Tag auf den Beinen gewesen war, ganz zu schweigen von der Nacht. Sie hatten ein paar Stunden gebraucht, um die Fliederbüsche wieder aufzurichten und in die Erde zu setzen. Er hoffte, dass sie überleben würden. London wäre am Boden zerstört, wenn nicht. Sie hatte so viel Arbeit in die Pflege dieser Pflanzen gesteckt und sie zu den üppigen, vollen Büschen gemacht, die sie waren.

Das Klingeln seines Handys durchbrach das sanfte Geräusch des Regens. Er nahm es aus seiner Tasche und sah Alex

Randalls Nummer auf dem Bildschirm. Vorfreude schoss durch seine Adern und belebte ihn wieder. Er wischte mit dem Daumen über den Bildschirm.

»Sheriff Archer.«

»Seb, hier ist Alex. Ich habe endlich die Analyse der Sedimente vom Rücken von Amy Beckett zurück. Es war eine Mischung aus Erde und Gestein, aber es war auch etwas Pollen dabei. Ich habe das Labor das untersuchen lassen, und wir haben vielleicht etwas. Es stammt von einer äußerst seltenen Pflanze namens Weber's Draba. Sie kommt nur an wenigen Stellen im Landkreis entlang felsiger Ufer in großen Höhen vor.«

Sebs Herzschlag beschleunigte sich. Das war ein handfester Hinweis. »Wirklich? Ich nehme nicht an, dass du mir sagen kannst, wo?«

»Nein, aber Rayna Nydert könnte das wissen. Falls sie es nicht weiß, kann ich dir die Nummer eines Botanikers an der University of Colorado geben. Aber versuche es zuerst bei Rayna. Wenn jemand hier weiß, wo dieses Zeug wachsen könnte, dann sie.«

»Okay. Sie ist hier draußen bei der Suche, also werde ich sie herrufen und fragen. Danke, Alex.«

»Gern geschehen. Lass mich wissen, wenn du die Nummer des Botanikers brauchst.«

»Mache ich. Danke.« Seb beendete den Anruf und nahm sein Funkgerät auf, um Rayna zum Zelt zurückzurufen. Er versuchte, seine Aufregung zu zügeln. Der Hinweis könnte sehr wenig bringen. Aber es war immerhin etwas.

Während er auf Rayna wartete, rief er Detective Farley in Aspen an. Seb hörte zu, wie das Telefon mehrmals klingelte, und gerade als er sich damit abfand, eine weitere Nachricht zu hinterlassen, nahm der Mann ab.

»Detective, hier ist Sheriff Archer. Sind Sie bei der Beschaffung der Sicherheitsaufnahmen weitergekommen?«

»Tatsächlich ja. Ich wollte Sie in Kürze anrufen. Die Aufnahmen befinden sich auf einem Server in einem Rechenzentrum. Der Resortmanager arbeitet daran, sie für mich zu bekommen, also sollte ich sie morgen haben.«

»Gut. Wir haben hier eine neue Entwicklung. Eine weitere Frau wurde entführt. Je früher Sie diese Aufnahmen bekommen und sichten können, desto besser. Ich brauche einen Anhaltspunkt.«

Farleys Bestürzung kam laut und deutlich durch die Leitung, begleitet von einem harten Seufzen. »Ja. Okay. Ich werde den Manager zurückrufen und sehen, ob er bei den Leuten vom Rechenzentrum Druck machen kann. Sobald ich etwas weiß, lasse ich es Sie wissen.«

»Danke. Ich weiß das zu schätzen. Was ist mit Ihrer Suche nach Rebecca Carson?«

»Nichts. Wir haben den Wald rund um den Campingplatz durchkämmt. Wir haben nur einen Haufen Vögel aufgeschreckt und einen Bären verärgert.«

Verdammt.

»Okay, wenn Sie etwas herausfinden, lassen Sie es mich bitte wissen.«

»Jep. Halten Sie mich über Ihre vermisste Person auf dem Laufenden, und wenn es noch etwas gibt, was ich hier oben tun kann, geben Sie mir Bescheid.«

»Das werde ich.« Seb beendete den Anruf mit etwas mehr

Kraft als nötig, während Frustration an seinem Inneren nagte. Dieser Fall wollte ihm einfach nichts preisgeben.

Eine Bewegung aus dem Wald ließ ihn aufblicken, um zu sehen, wie Rayna zwischen den Bäumen hervortrat. Sie hatte ihr pechschwarzes Haar zurückgebunden und unter ihrer Kapuze versteckt, wodurch ihre hohen Wangenknochen und violetten Augen zur Geltung kamen. Selbst in einen klobigen, formlosen Regenmantel gehüllt, war ihre kurvige Figur offensichtlich. Sie war eine atemberaubend wunderschöne Frau – ganz zu schweigen von einer der nettesten Personen, die er je getroffen hatte – und sein Bruder war ein Idiot, weil er die Sache mit ihr vermasselt hatte.

Sie betrat das Zelt, legte ihren leichten Rucksack auf einen Stuhl und schob dann ihre Kapuze zurück. »Was gibt's?«

»Ich habe einige neue Informationen zu Amy Becketts Mord, bei denen ich deine Hilfe brauche.«

Sie runzelte neugierig die Stirn. »Meine?«

»Ja. Die Spurenanalyse ergab Pollen in den Wunden an ihrem Rücken von einer seltenen Pflanze namens Weber's Draba. Dr. Randall sagte, sie wächst nur an felsigen Ufern in alpinen Höhenlagen. Weißt du, wo wir sie hier in der Gegend finden könnten? Ich glaube, das könnte uns zum Tatort führen.«

»Oh, wow. Das ist ein glücklicher Zufall. Sie wächst nur an wenigen Orten und nur in diesem Teil des Bundesstaates. Ich kenne nicht alle Standorte aus dem Stegreif, aber es gibt eine Datenbank, auf die ich zugreifen kann, die uns sagen wird, wo sie gesichtet wurde.« Ihre Stirn senkte sich, als ein nachdenkliches Stirnrunzeln über ihr Gesicht huschte. »Wir müssen vielleicht gar nicht nachschauen. Es gibt einen hochgelegenen See in der Nähe, und ich habe Weber's dort schon einmal gesehen.«

Die Aufregung, die er zu unterdrücken versucht hatte, wurde etwas lauter. »Was ist der schnellste Weg dorthin?«

»Wir können von hier aus mit einem ATV fahren. Es gibt keine Straßen, aber das Gelände ist nicht zu rau für ein Geländefahrzeug.«

Seb hob sein Telefon und tippte die Nummer der Einsatzzentrale ein.

»Sheriff's depart-«

Er ließ den Disponenten nicht ausreden. »Hier ist Archer. Ich brauche Katie Mitchum an der Suchstelle. Ich habe eine Spur zu Amy Beckett.«

»Sofort, Sheriff.«

Seb beendete den Anruf und blickte zu Rayna hinunter. »Kannst du von hier aus auf diese Datenbank zugreifen?«

Sie nickte.

»Tu das. Schreib die Standorte auf. Ich habe das Gefühl, dass der in der Nähe unser Tatort sein wird, aber für den Fall, dass er es nicht ist, möchte ich sofort zu den anderen übergehen können.«

Wortlos ging sie zum Tisch und zog einen Notizblock und einen Stift zu sich heran. Seb drehte sich um und blickte den Berg hinauf. Zum ersten Mal seit all dem begann Hoffnung in seiner Brust zu leuchten, dass sie vielleicht endlich auf dem richtigen Weg waren.

Das Dröhnen der ATVs durchbrach die Einsamkeit auf dem Berg, während Seb und sein Team höher kletterten. Auf dieser Seite des Berges hatte es nicht geregnet, und sie wirbelten Staub auf, als sie sich bewegten. Er blickte zur

Sonne. Obwohl sie hell schien, begann sie zu sinken, während der Nachmittag sich dem Ende zuneigte. Er hoffte, dass sie sich dem See näherten, an den Rayna sich erinnerte. Sie würden bereits Lichter aufstellen, wenn sie den Tatort hier oben fänden, aber er wollte nicht bis in die Nacht hinein arbeiten.

Sie erreichten einen Grat, und Rayna verlangsamte. Seb fuhr neben sie und betrachtete das Panorama vor ihm.

»Wow.«

Sie sah ihn an und grinste. »Nicht wahr?«

»Wie konnte ich nicht wissen, dass das hier ist?« Von schneebedeckten Bergen umgeben, schimmerte die Seeoberfläche in der Sonne. Unberührt spiegelte sie die umgebende Landschaft wie ein Spiegel wider.

»Es ist ziemlich abgelegen, also bekommt es nicht viele Besucher.«

»Außer unserer ansässigen Kräuterkundlerin, die auf der Suche nach seltenen Pflanzen ist.« Ein breites Lächeln breitete sich auf seinem Gesicht aus.

Sie strahlte zu ihm auf. »Ja. Außer ihr.«

»Also, wo ist dieses Zeug?«

Sie deutete auf den See. »Es wird entlang der Uferlinie sein. Es wächst in den Spalten zwischen den Felsen. Und es wird praktisch im Wasser sein. Es mag es feucht.«

Er bedeutete ihr, den Weg zu zeigen. »Wir folgen dir.«

Viel langsamer als das Tempo, das sie den Berg hinauf gehalten hatten, führte Rayna sie um den Umfang des Sees. Bevor sie aufbrachen, hatte sie ihnen gesagt, wonach sie suchen sollten, also suchten Seb und seine Männer das Ufer nach den winzigen gelben Blumen ab.

Ein scharfer Pfiff lenkte seine Aufmerksamkeit vom Wasser ab. Er drehte sich um und sah, wie Gentry zum Himmel zeigte. Im Westen kreisten Geier.

Furcht legte sich schwer in Sebs Magen. Es könnte nur ein totes Tier sein, aber das glaubte er nicht. Er fuhr neben seinen Deputy.

»Nimm Reeves mit und überprüfe das Gebiet. Ich werde mit Rayna und Katie weiter das Ufer absuchen. Wenn ihr etwas findet, gebt per Funk Bescheid.«

Gentry nickte, dann winkte er Reeves zu. Die beiden Männer trennten sich von der Gruppe. Seb warf den kreisenden Vögeln einen letzten Blick zu, bevor er Rayna folgte, die etwa hundert Meter entfernt angehalten hatte.

»Was hast du gefunden?«

Sie zeigte aufs Wasser. »Weber's. Katie will sich das genauer ansehen.« Sie deutete auf die Kriminologin, die bereits von ihrem ATV abgestiegen war und eifrig Gegenstände aus ihren Taschen holte.

»Können wir helfen?«, fragte er.

»Nicht wirklich. Bleibt einfach in der Nähe, falls ich Hilfe brauche.«

Seb schaltete den Motor seines Quads ab und schwang sein Bein herüber. Katie reichte ihm mehrere Gegenstände zum Halten, dann bahnte sie sich ihren Weg über die Felsen zum Ufer und machte dabei Fotos. Er folgte ihr und achtete darauf, dort zu treten, wo sie gewesen war, um keine potenziellen Beweise zu stören.

»Irgendetwas?«

Sie kauerte sich hin und machte mehrere Fotos in schneller Folge, dann sah sie zu ihm auf und schüttelte den Kopf.

»Nein. Ich sehe keine Quetschspuren und es gibt keine Blutflecken. Wir hatten nicht genug Regen – oder Schnee hier oben –, um es wegzuwaschen.« Sie richtete sich auf und bewegte sich um ihn herum. »Das ist nicht dein Tatort.«

»Lass uns weitermachen. Es gibt mehr als einen Ort um diesen See herum, wo Weber's wächst«, sagte Rayna.

Seb nickte, gab Katie ihre Röhrchen und Beutel zurück. Sie verstaute sie schnell, und sie machten sich wieder auf den Weg. Das musste der Ort sein. Es fühlte sich richtig an. Besonders mit den Geiern.

Er blickte wieder zum Himmel. Die riesigen schwarzen Vögel schwebten auf den Luftströmungen und verliehen der idyllischen Umgebung ein Gefühl der Vorahnung.

Ein Viertel des Weges um den See herum blieb Rayna erneut stehen. Diesmal machte sich Katie mit nur ihrer Kamera auf den Weg über die Felsen und ließ all ihre Vorräte in den Taschen auf ihrem ATV. Als sie sich zum Ufer vorkämpfte, hielt sie inne und runzelte die Stirn, dann kauerte sie sich hin und richtete die Kamera zwischen einige Felsen.

»Sheriff, holen Sie die Beweistüten.«

Sein Herz setzte einen Schlag aus. Er eilte zu ihrem ATV und holte die gewünschten Gegenstände, dann kämpfte er sich über die Felsen, um das Ufer zu erreichen.

Sie zeigte nach unten, und Seb sah zerquetschte Blumen sowie einige dunkle Flecken auf den Felsen. Sie ließ ihre Kamera um ihren Hals hängen ende nahm den Beweissammelkoffer von ihm. Sie nahm einen Tupfer aus dem Kit, tupfte damit auf die Streifen auf den Felsen, dann nahm sie eine Pinzette, zupfte einige der winzigen Blumen ab und steckte sie in einen Beutel.

Sebs Funkgerät knackte lebendig.

»Sheriff.«

Er nahm es von seinem Gürtel und drückte das Mikrofon. »Sprechen Sie.« Er blickte auf und sah Reeves auf seinem ATV stehen und mit den Armen winken.

»Sie müssen Katie zu uns schicken«, sagte Gentry. »Wir haben eine Leiche gefunden. Aber es ist nicht Adelaide.«

Seb tauschte Blicke mit den Frauen aus. Rayna sah schockiert aus, während Katie einfach nur resigniert wirkte. Sie legte die gesammelten Beweise in ihren Koffer und schnappte ihn zu, dann trat sie vom Seeufer weg und verstaute den Koffer auf ihrem Quad.

»Wir müssen diesen Ort markieren. Ich werde mehr von meinem Team hier hochschicken, und wir werden ihn besser durchkämmen. Wir werden sie sowieso brauchen, um mit der Leiche umzugehen.«

Er hob sein Funkgerät. »Reeves.«

»Ja, Chef?«

»Fahren Sie den Berg hinunter, bis Sie ein Handysignal bekommen, und rufen Sie Verstärkung. Volles CSU und Dr. Randall.«

»Mache ich.« Das Heulen eines ATVs in der Ferne hallte von den Bergen wider, als Reeves sein Quad in Gang setzte und davonfuhr.

Seb blickte zurück zu den Frauen und sah, wie Rayna aus nahe gelegenen Steinen einen Haufen baute, um den Ort zu markieren.

»Geht«, sagte sie. »Ich hole euch ein.«

Er nickte, dann schaute er zu der Kriminaltechnikerin. »Bist du bereit, Katie?«

Sie kletterte auf ihr ATV und ließ den Motor aufheulen als Antwort. Er sprang auf sein eigenes und führte sie über das Plateau zu der Stelle, wo Gentry wartete.

Er blickte wieder nach oben, als sie anhielten. Die Geier waren jetzt direkt über ihnen.

Seb parkte sein Quad und stellte sich neben seinen Deputy. Eine gelbe Plane lag zehn Fuß entfernt auf dem Boden, an den Ecken mit Steinen beschwert.

»Wir haben sie abgedeckt, weil es windig wird«, sagte Gentry zu Katie.

Sie nickte und entnahm einige lange, dünne Metallstücke aus ihrer Tasche und ein Bündel Seil.

»Das war gutes Denken, Deputy. Helfen Sie mir, einen Windschutz zu errichten, ja?«

Als sie die Plane anhob, um den Schutz zu errichten, bekam Seb seinen ersten Blick auf die Leiche. Aasfresser hatten sie bereits verwüstet. Löcher durchlöcherten ihr Fleisch und ihr Oberkörper war aufgerissen, gezackte Fleischränder hingen herab und verbargen das klaffende Loch, wo ihre Organe einst waren.

Er warf einen Blick auf ihr Gesicht und versuchte, den Schrecken, der ihm begegnete, nicht anzustarren. Leere Augenhöhlen starrten durch die dunklen Strähnen ihres Haares nach oben. Ihre Zähne schimmerten weiß durch ihre Wange, und Flüssigkeit sickerte aus den Löchern an den Seiten ihres Kopfes, wo einst ihre Ohren saßen. Er konnte es wegen der Zerstörung durch Aasfresser nicht mit Sicherheit sagen, aber sie entsprach Rebecca Carsons allgemeiner Beschreibung.

Seb sah weg, sein Magen protestierte gegen den grausigen Anblick, und starrte mit leeren Augen auf den Berg. Warum sollte der Mörder sie behalten? Warum tötete er sie nicht kurz nach ihrem Verschwinden? Welchen Wert hatte Rebecca für ihn?

Eines war jedoch sicher. Was auch immer sein Grund dafür war, Rebecca Carson am Leben zu erhalten – wenn es tatsächlich sie war – er hatte nicht die gleiche Achtung für sie wie für seine anderen Opfer. Diese Frau war wie Müll in die Wildnis geworfen worden, nicht geschätzt wie Amy Beckett.

Er seufzte und trat vor, um Katie beim Sammeln von Beweisen zu helfen.

KAPITEL

Vierzehn

London spülte den letzten Teller vom Frühstück ab und starrte aus dem Fenster in den Garten. Sonnenlicht strömte durch die Bäume, vertrieb die Schatten und wärmte die Luft. Es war ein krasser Gegensatz zum kalten, nassen, elenden Wetter des Vortages und zu der Schwere, die auf ihrem Herzen lastete. Es gab eine weitere Leiche in Dr. Randalls Leichenschauhaus, und Adelaide Martin war immer noch irgendwo da draußen.

Sie stellte die Schüssel zum Trocknen auf ein Handtuch und hängte ihren Spüllappen über den Spülbeckenteiler, dann trocknete sie ihre Hände ab. Mit nur noch einem Pärchen und Doug Brown als verbliebene Gäste war das Frühstück heute Morgen einfach gewesen. Der einzige Segen dabei war, dass sie genug Zeit hatte, in die Stadt zu fahren, um Materialien zum Abstützen ihrer Fliederbüsche zu besorgen. Sie wuchsen überraschend gut, aber einige von ihnen hatten begonnen, sich zu neigen.

Sie verließ die Küche und ging nach oben, um ihre Handtasche und Autoschlüssel zu holen. Auf dem Rückweg erregte

Mr. Browns Stimme ihre Aufmerksamkeit, als sie an seinem Zimmer vorbeiging. Er klang wütend.

Sebs Abneigung gegen den Mann ließ sie innehalten, neugierig, warum er wirklich in der Stadt war. Normalerweise spionierte sie ihren Gästen nicht nach, aber Browns Einstellung sowie seine Zurückhaltung, über seine Geschäfte zu sprechen, ließen sie gleichgültig bleiben. Sie hatte überlegt, ihn zu bitten zu gehen, aber nachdem alle ihre anderen Gäste abgereist waren, brauchte sie das Einkommen.

Sie bewegte sich zur Tür, bis sie neben dem Türpfosten stand.

»Ich versuche, mehr herauszufinden, aber es ist nicht so, als könnte ich einfach reinspazieren und fragen. Sie haben wegen dieser Morde die Reihen geschlossen, also ist immer jemand in der Nähe.«

Was? Sie lehnte sich näher, um mehr zu hören. Worüber sprach er? Und mit wem?

»Ich verstehe, dass Sie Informationen wollen, aber ich kann Ihnen im Moment keine geben.« Er hielt inne, und London hielt den Atem an. »Hören Sie, wenn Sie es wirklich so verdammt dringend wollen und glauben, es schneller als ich zu bekommen, können Sie gerne herkommen. Ich bin sicher, sie würde sich freuen, Sie zu sehen.« Es folgte eine weitere kurze Pause. »Ich drohe Ihnen nicht, ich stelle nur Tatsachen fest. Es gibt einen Grund, warum Sie mich angeheuert haben.«

Tatsächlich? *Was zum Teufel ging hier vor*? Sie dachte, er sei ein Grundstücksentwickler, aber das klang nicht nach einem Grundstücksgeschäft.

»Ja, sobald ich etwas weiß, werde ich anrufen.«

Sie hörte, wie Brown knurrte und etwas auf eine flache Oberfläche warf. Als sie bemerkte, dass er das Telefonat beendet hatte, eilte sie weg, falls er aus seinem Zimmer kam. Ihr Kopf drehte sich, während sie die Treppe hinunter und in die Garage zu ihrem Auto ging. Wonach suchte er und wer war die »sie«, die er erwähnte? Sie hatte bereits das Gefühl gehabt, dass er zwielichtig war, aber das bestätigte es.

Als sie auf der Straße zur Stadt unterwegs war, drückte sie den Knopf an ihrem Lenkrad, um die Freisprechanlage ihres Telefons zu aktivieren.

»Anruf Seb.«

Sie trommelte mit den Fingern auf das Lenkrad, während sie darauf wartete, dass die Verbindung hergestellt wurde.

»Hey, Schatz. Was gibt's? Alles in Ordnung?« Sebs tiefe Stimme dröhnte durch das Innere ihres Autos.

»Mir geht's gut. Ich bin eigentlich auf dem Weg in die Stadt.«

»Allein?«

Sie konnte die tiefe Falte auf seiner Stirn praktisch sehen.

»Ja. Es sind nur drei Kilometer, und es war nicht geplant. Mir wird nichts passieren. Ich habe aber nicht angerufen, um über meinen Tag zu sprechen. Ich denke, du solltest Doug Brown genauer unter die Lupe nehmen. Ich ging auf dem Weg aus dem Haus an seinem Zimmer vorbei und hörte ihn telefonieren. Er sagte etwas darüber, dass er nicht nach etwas suchen kann, weil immer Leute in der Nähe sind. Es klingt nicht, als wäre er dein Mörder, aber er führt definitiv etwas im Schilde.«

»Ja, ich habe seit dem Einbruch am Samstag leise in seiner Vergangenheit herumgestöbert. Als ich das tat, hielt seine Identität nicht stand. Ich weiß nicht, wer er wirklich ist, aber er ist nicht Doug Brown.«

London runzelte die Stirn. »Warum hast du mir das nicht gesagt? Er könnte gefährlich sein und er wohnt in meinem Haus!«

»Ich habe es dir nicht gesagt, weil ich nicht wollte, dass du ihn rauswirfst oder dass er mitbekommt, dass wir wussten, dass er nicht ehrlich war, und dann in unbekannte Gefilde verschwindet. Ich brauchte ihn hier, weil er ein Verdächtiger in meinem Fall war.«

Wut brodelte in ihr auf. »Du hast mir also im Grunde nicht zugetraut, es geheim zu halten. Gib mir etwas Kredit, Sebastian. Ich bin kein Idiot.«

Er seufzte. »Ich weiß, dass du das nicht bist, und ich habe das nie behauptet. Ich bin es nur nicht gewohnt, Informationen über einen laufenden Fall preiszugeben. Es kann die Ermittlungen gefährden.«

»Du hast mich also benutzt.«

»Würdest du aufhören, mir Worte in den Mund zu legen? Warum fährst du mich so an?«

»Weil du mir nicht vertraust. Du behandelst mich wieder wie die kleine Schwester.«

Er knurrte. »Ich will dieses Gespräch nicht am Telefon führen. Wohin fährst du?«

»Zum Baumarkt. Ich brauche Sachen, um diese Büsche abzustützen.«

»Ich treffe dich dort.« Er legte auf und ließ London auf den Lautsprecher starren, kochend vor Wut.

Sie war so wütend. Er sagte ihr immer wieder, dass er sie nicht wie ein Kind sah, und dann drehte er sich um und hielt sie absichtlich im Dunkeln.

Sie nahm die Abzweigung in die Stadt und zog keine Minute später in einen Parkplatz vor dem Baumarkt. Als sie den Motor ausschaltete, kam Sebs Streifenwagen neben ihr zum Stehen. Er war aus dem SUV und öffnete ihre Tür, bevor sie überhaupt ihre Handtasche greifen konnte.

Mit stahlharten Augen starrte er sie an. »Woher kommt das plötzlich? Ich habe gesagt, dass es mir leid tut, und ich meinte, was ich gesagt habe. Ich bin es nicht gewohnt, dass Leute, die mir nahe stehen, in meine Ermittlungen involviert sind.«

Sie drückte gegen seine Brust, damit sie aus ihrem Auto aussteigen konnte. Er wich gerade genug zurück, sodass sie Zeh an Zeh standen.

»Die ganze Zeit hast du gesagt, du siehst mich nicht als Eddies kleine Schwester, aber wenn es wirklich darauf ankommt, was machst du? Du behandelst mich wie die kleine Schwester. Was ist es nun, Seb? Bin ich die Frau, mit der du ausgehst, oder die nervige Anhängerin?«

Seine Schultern sackten nach unten, und er stieß einen scharfen Atemzug aus, sein Kopf hing, während er seine Gedanken sammelte. Als er aufblickte, war sein Ausdruck ernst, aber nicht wütend.

»Ich wollte nie, dass du dich wie eine Anhängerin fühlst. Ich habe dich schon lange nicht mehr so gesehen. Es war ehrlich gesagt nur so, dass ich meine Ermittlungen führte, wie ich es immer tun würde. Ich habe die Risiken abgewogen, Brown nicht zu enttarnen, und entschieden, dass er keine Bedrohung für dich darstellt.«

Ihre Augen weiteten sich, als sie sich an ihren Austausch in der Nacht erinnerte, als jemand ihre Wohnung durchwühlt hatte.

Er hob eine Hand. »Ich wusste nicht, dass er nicht der war, für den er sich ausgab, bis nach dem Einbruch. Danach habe ich etwas tiefer gegraben. Und er und ich hatten ein nettes kleines Gespräch darüber, dass er sich in deiner Gegenwart zurückhalten soll, als wir nachschauten, wo das Fahrzeug stand. Vertrau mir, wenn ich dir sage, dass er wie der kleine Feigling, der er ist, zurückgewichen ist und kein Problem mehr sein wird.«

London rollte ihre Lippen ein, ihre Augen suchten in seinen. Sie wollte ihm glauben, aber es war so schwer, nachdem sie Jahre als kleine Schwester verbracht hatte. Er und Eddie hatten diesen Mist ständig gemacht, sie über Dinge im Dunkeln gelassen, von denen sie entschieden, dass sie sie nicht wissen musste.

Seb nahm ihre Hände und machte einen Schritt nach vorne, sodass seine Front leicht die ihre streifte. Hitze durchströmte ihre Haut, und sie kämpfte gegen den Drang an, sich an ihn zu lehnen. Sie neigte den Kopf zurück, um sein Gesicht zu sehen.

Er schaute auf sie herab. »Ich werde mich mehr bemühen, dich auf dem Laufenden zu halten, okay? Diese Beziehung ist eine Umstellung für uns beide. Ich habe nicht nachgedacht, bevor ich gehandelt habe, und es tut mir leid.« Er streckte die Hand aus und fuhr durch ihr loses Haar, umfasste die Seite ihres Kopfes. »Können wir jetzt bitte vereinbaren, die ganze Sache mit der kleinen Schwester ruhen zu lassen?« Seine Augen verdunkelten sich, und er lehnte sich näher. »Ich denke sicherlich nicht über meine Schwestern so nach, wie ich über dich nachdenke.«

Ihre Knie wurden weich, und sie fiel gegen ihn, schlang ihre Arme um seine Taille. »Das ist gut. Denn ich bin wirklich froh, dass du nicht mein Bruder bist.«

Ein leises Lachen rumpelte durch seine Brust, und er beugte sich hinunter, drückte seinen Mund auf ihren. London schwelgte in dem Gefühl seines Kusses. Sie verweilten einen Moment, genossen den Kontakt, bevor sie sich trennten.

»Ich muss zurück zur Arbeit. Wer hängt im Haus ab?«

»Alaina Wilder, eigentlich«, antwortete sie, wissend, dass er meinte, welcher seiner Deputies freiwillig Wache hielt. »Sie hat mir heute Morgen beim Frühstück machen geholfen.«

Er lächelte. »Ja? Gut. Sie ist großartig. Sie wird ein gutes Auge auf das Haus haben. Und auf dich.«

London verdrehte die Augen. »Ich hasse es, dass ich einen Babysitter habe.«

Seb hob eine Augenbraue. »Den du abgeschüttelt hast, um allein in die Stadt zu fahren.«

Ihr Grinsen war verschmitzt, als sie zu ihm aufblinzelte und versuchte, unschuldig auszusehen.

Ein leises Lachen entfuhr ihm, und er schüttelte den Kopf. »Hol deine Sachen und fahr dann direkt nach Hause. Und schreib mir eine Nachricht, wenn du da bist.«

Ihr Lächeln wurde aufrichtig, und sie nickte.

Er beugte sich hinunter und küsste ihre Stirn, seine Finger streiften die Seite ihres Gesichts. »Ich sehe dich heute Abend.«

London zog tief Luft ein, sein Duft umhüllte sie. Sie bewahrte die Erinnerung daran tief auf, damit sie sie später hervorholen konnte, wenn sie gestresst war.

Sie löste sich aus dem Kreis seiner Arme und schloss die Autotür. »Wirst du rechtzeitig zum Abendessen zu Hause sein?«

»Ich bin mir noch nicht sicher. Es wird davon abhängen, was ich von Dr. Randall und Katie Mitchum bekomme.«

»Okay. Nun, ich habe heute Morgen einen Braten in den Slow Cooker geworfen, also bleibt er warm.«

»Klingt gut.« Er gab ihr einen schnellen Kuss auf die Lippen und ging dann um die Vorderseite ihres Autos zu seinem Streifenwagen. »Vergiss nicht, mir zu schreiben.«

»Werde ich nicht.« Sie scheuchte ihn in sein Auto. »Geh und mach Polizeikram.«

Er grinste und stieg in das Fahrzeug. London ging in Richtung Laden und winkte, als er wegfuhr. Als sie sich umdrehte, um in den Laden zu gehen, konnte sie nicht anders, als zu lächeln, froh, dass sie dieses Gespräch geführt hatten. Sie hoffte nur, dass er meinte, was er sagte, und sie auf dem Laufenden hielt.

SEB BETRAT DAS LEICHENSCHAUHAUS UND MACHTE EINEN direkten Weg zum Schrank mit dem Pfefferminzöl. Diese Leiche roch schlimmer als die letzte. Der Geruch durchdrang den gesamten Raum mit seinem fauligen Gestank der Verwesung. Seb kämpfte gegen den Würgereiz, der sich aus seiner Kehle zu befreien versuchte. Er träufelte mehrere Tropfen des Öls in seine Maske und klatschte sie über sein Gesicht.

Als er sich umdrehte, stand Alex über dem Untersuchungstisch, ein Grinsen über seiner Maske. Jace stand ihm gegenüber, ebenfalls mit einer Maske über dem Gesicht und einem amüsierten Funkeln, das die Ecken seiner blauen Augen kräuselte.

»Was?« Er runzelte die Stirn, dann hellte sich sein Gesicht auf, als ihm klar wurde, dass sie ihn wegen des Geruchs neckten.

»Oh, komm schon. Es ist nicht so, als hättet ihr beide nicht genau dasselbe getan.«

Jace lachte und hob eine Hand. »Schuldig.«

Alex schüttelte den Kopf. »Weicheier.«

Er wandte sich der Leiche zu und zog das Laken zurück. Fliegen stiegen auf, um um sie herum zu schwirren, und Maden krochen über das verwesende Fleisch des Leichnams. Seb spürte, wie sein Frühstück sich in seinem Magen umdrehte.

»Sie ist in ziemlich schrecklichem Zustand«, sagte Alex und griff nach dem Deckenlicht, um es besser zu positionieren. »Raubtiere und Insekten haben ihr wirklich zugesetzt. Ich habe bereits Proben der Larven und der Fliegen entnommen und sie an die Spurenanalyse geschickt. Katie sollte mehr Informationen darüber für dich haben.«

»Todesursache?«

»Stumpfe Gewalteinwirkung.« Er drehte den Kopf und bewegte das Licht näher heran. »Siehst du die Frakturen dort?« Er zeigte auf die Bereiche des Schädels, die durch das verklebte und verkrustete Haar hindurchschimmerten. »Er hat ihr mit etwas auf den Kopf geschlagen. Wahrscheinlich mit einem Stein, nach der Unregelmäßigkeit der Wunde zu urteilen.«

»Wisst ihr, was ich nicht verstehe?« sagte Jace. »Warum hat er sie behalten? Wir wissen, dass Amy Beckett die Frau war, die er wollte, also warum hat er Rebecca Carson so lange am Leben gehalten?«

»Kooperation, vielleicht?« sagte Alex.

»Vielleicht«, überlegte Seb. Er hatte darüber bereits lange und intensiv nachgedacht. »Oder es war einfach leichter, sie am

Leben zu halten und beide gleichzeitig zu entsorgen. Weniger Chancen, dass er erwischt wird.«

»Nun, was auch immer der Grund war, er hat beide sehr unterschiedlich getötet«, bemerkte Alex. »Amy Becketts Tod war fast ehrfürchtig, während der dieser Frau gewaltsam und abrupt war.«

»Gibt es noch etwas, das wir wissen sollten?«

»Ich habe noch andere Spuren an ihrer Kleidung gefunden. Sägemehl. Ein paar einzelne Haare, die wie Tierhaare aussehen. Aber da wir sie in den Bergen gefunden haben, stammen die wahrscheinlich von einem Aasfresser, der an ihr gefressen hat. Ich habe alles zu Katie geschickt.«

Seb trat vom Tisch zurück und bedeutete Jace, ihm zu folgen. »Dann gehen wir mal zu ihr und reden.«

Alex grinste hinter seiner Maske. »Du willst einfach nur dem Gestank entkommen.«

»Volltreffer, Doc.« Seb lachte und steuerte auf die Tür zu. »Ruf mich an, wenn es noch was gibt.« Er warf seine Maske auf dem Weg nach draußen in den Mülleimer.

»Hey, vielleicht können wir später Mittag essen«, sagte Alex.

Seb sah zurück und bemerkte, wie er die Reste der Därme hochhielt.

Der Arzt grinste. »Vielleicht Hot Dogs.«

Jace lachte laut auf, während Seb nur den Kopf schüttelte. »Du hast echt einen kranken Humor, Alex. Wir sehen uns später.«

Alex winkte lachend zum Abschied.

»Und, wohin jetzt?«, fragte Jace.

»Ins kriminaltechnische Labor. Es ist nebenan, direkt an der Polizeistation.« Seb führte ihn durch die Flure im Keller des Krankenhauses und eine Treppe hinauf. Sie traten in den Innenhof, gingen dann um das Gebäude herum und den Bürgersteig entlang.

»Ihr habt hier eine schöne Einrichtung. Die Polizeiwache und das Kriminallabor direkt neben dem Krankenhaus. So was hab ich noch nie gesehen.«

»Vor ein paar Jahren hatten wir eine Abstimmung für den Bau eines neuen Komplexes für die Notfalldienste. Das alte Polizeigebäude fiel fast auseinander, das Kriminallabor darin war winzig, und die Feuerwehr brauchte dringend ein größeres Gebäude. Der Grund neben dem Krankenhaus war frei und gehörte bereits der Stadt, also haben sie es hier gebaut. Als ich zurück in die Stadt kam, war es bereits in Betrieb, aber ich erinnere mich, dass ich die alten Gebäude in der High School besichtigt habe. Sie waren schon damals Schrott. Ich war froh zu hören, dass die Leute im Bezirk ein Upgrade wollten.«

»Ich wünschte, sie würden das zu Hause auch machen. Ich habe einen Eimer mitten in meinem Büro stehen, um die Tropfen aufzufangen, wenn es regnet.«

Seb rümpfte die Nase. »Kein Wunder, dass du noch nicht zurück willst.«

Jace grinste. »Diese Stadt hat definitiv ihre Vorteile. Übrigens danke, dass du mich heute in die Ermittlungen einbezogen hast.«

»Kein Problem. Ich bin froh, dass du geblieben bist. Mit der laufenden Suche nach Adelaide kann ich die zusätzlichen Hände gut gebrauchen.«

Sie erreichten das zweistöckige Backsteingebäude neben dem

Krankenhaus. Seb hielt seinen Ausweis über das Lesegerät und ließ sie hinein.

»Hallo, Sheriff.«

Seb lächelte die Büromanagerin Melody Carlisle an. »Hallo Melody. Wir sind hier, um Katie zu sehen.«

Sie nickte und griff bereits zum Telefon. »Das dachte ich mir. Sie kam heute früh morgens, um mit den Beweisen vom letzten Opfer anzufangen. Ich habe sie im Pausenraum getroffen, als ich reinkam, und sie hatte schon ihre dritte Tasse Kaffee intus und murmelte etwas darüber, dass Mörder ihren Schlaf stören würden.«

»Das klingt typisch für sie«, sagte er mit einem Lachen.

Melody wandte sich dem Telefon zu, teilte der Person am anderen Ende mit, dass sie da seien, und legte dann auf. Sie reichte Jace einen Besucherausweis und schob das Anmeldebuch zu ihnen. Seb kritzelte seinen Namen hinein. Er reichte den Stift an Jace weiter, der das Gleiche tat und dann seinen Ausweis an sein Hemd steckte. Seb ging zur Tür links vom Empfangstresen und zog seinen Ausweis erneut durch. Die Tür summte, und sie waren drin.

Sie passierten mehrere Büros, bevor sie das Hauptlabor erreichten. Seb schaute durch den Raum und entdeckte Katies unordentlichen Dutt im hinteren Bereich. Sie schlängelten sich zwischen den Tischen hindurch und gingen zu ihr.

Über ein Mikroskop gebeugt, die durchsichtigen rosa Brillengestelle auf dem Kopf, spähte sie durch das Okular auf den Objektträger darunter. Seb und Jace blieben einige Meter entfernt in ihrem Sichtfeld stehen, aber sie starrte weiter durch das Mikroskop.

Seb räusperte sich. »Katie?«

Sie schaute auf, runzelte die Stirn über die Unterbrechung und schob ihre Brille wieder über ihre Nase. »Oh, ihr seid es. Wenn ihr für ein Update gekommen seid, ich teste noch. Die vorläufigen Ergebnisse zu den Larven und Fliegen stimmen mit der von Dr. Randall vermuteten Todeszeit überein. Die DNA-Ergebnisse von den Gewebeproben, die er mir geschickt hat, habe ich noch nicht. Ich denke, er hat Rebecca Carsons Zahnunterlagen angefordert, die wahrscheinlich ein eindeutigerer Nachweis sein werden als ihre DNA, da sie keine nahen Verwandten hatte.« Sie stieß sich vom Tisch ab, ihr Rollstuhl klapperte über den Fliesenboden, als sie zum gegenüberliegenden Tisch glitt, wo sie einen Stapel Papiere vom Drucker nahm.

»Das Haar stammt von einem Bären. Ich habe auch das Sägemehl untersucht, das der Doc in der Falte ihrer Hosenbündchen gefunden hat.« Sie hielt die Papiere hin. Seb nahm sie und schaute kurz darauf, ließ sie aber erklären. »Es ist vorbehandeltes Kiefernholz. Ich habe auch etwas Farbe in ihrem Haar gefunden und es durch das Massenspektrometer laufen lassen. Sherwin-Williams Knitting Needles. Findest du mir die Farbdose, kann ich sie abgleichen.«

Die Aussicht auf eine brauchbare Spur ließ Sebs Blut schneller pulsieren. »Das ist gut. Es gibt mir einen Anhaltspunkt.«

Sie schüttelte mit dem Finger. »Sei nicht so sicher. Ich habe gesucht. Es gibt über zwanzig Sherwin-Williams-Standorte im Umkreis von fünfzig Meilen, und das schließt die lokalen Baumärkte wie unseren oder die großen Ketten, die Farbe führen, nicht ein.«

Seb winkte mit den Papieren. »Es ist trotzdem ein Anfang. Hoffentlich hat unser Typ einen Fehler gemacht und die Farbe und das Holz hier in der Gegend gekauft und Mr. Marsters hat einen Beleg dafür. Danke, Katie. Ruf mich an, wenn du noch was findest.«

Sie rollte zurück zu ihrem Mikroskop. »Ja. Jetzt verschwindet. Ich bin beschäftigt mit der Untersuchung der Bodenprobe unter den Fingernägeln des Opfers.« Sie scheuchte sie mit einer Hand weg, während sie ihre Brille wieder auf den Kopf setzte und durch das Mikroskop spähte, aber ein Lächeln zupfte an einem Mundwinkel.

Er konnte nicht anders, als zurückzugrinsen. »Ja, Ma'am.« Rückwärtsgehend verließen er und Jace das Labor.

»Ist jeder in dieser Stadt ein bisschen seltsam?«

Seb lachte. »So ziemlich. Komm, wir haben noch einen Halt zu machen.«

»Baumarkt?«, fragte Jace, während sie sich im Anmeldebuch austrugen.

»Genau.«

»Wird er dir ohne Durchsuchungsbefehl etwas geben?«

Seb wiegte den Kopf hin und her. »Vielleicht. Ich hoffe es. Wir haben nicht genug für einen Durchsuchungsbefehl. Wie Katie sagte, diese Farbe könnte an jeder Menge Orten gekauft worden sein.«

Die beiden Männer joggten zurück zum Parkplatz der Polizeiwache. Sie stiegen in Sebs Streifenwagen und fuhren zum Einkaufsviertel, das ein paar Straßen weiter lag. Binnen Minuten parkte Seb auf einem Platz vor dem Baumarkt – zum zweiten Mal an diesem Tag. Als er aus dem SUV stieg, nahm er sein Handy heraus und überprüfte seine Nachrichten, stirnrunzelnd, als er keine Nachricht von London sah. Sie müsste inzwischen zu Hause sein.

Jace umrundete die Vorderseite des Autos und Seb hob einen Finger, während er sie anrief. Sie nahm beim dritten Klingeln ab, außer Atem.

»Ich bin gerade nach Hause gekommen. Ich bin auf dem Rückweg im Café vorbei, um einen Latte zu holen, und habe mich mit Macy unterhalten. Mir geht's gut.«

»Hatten wir nicht gerade ein Gespräch darüber, dass wir uns gegenseitig informieren?«

»Nur zur Information, ich habe Deputy Wilder angerufen. Ich wollte dich nicht mit einem Haufen Textnachrichten stören, weil ich wusste, dass du beschäftigt sein würdest.«

Seb wippte auf seinen Fersen, es fiel ihm schwer, wütend zu bleiben, wenn sie einfach nur rücksichtsvoll war. »Du störst nie und ich würde lieber wissen, dass du sicher bist.«

Er hörte ein Grunzen und dann das Zuschlagen einer Autotür. »Tut mir leid. Ich schreibe nächstes Mal.« Das Klappern von Brettern, die auf den Boden fielen, unterstrich ihre Worte.

»Danke. Hast du alles bekommen, was du brauchtest?«

»Jep. Ich habe gerade alles im Vorgarten abgeladen. Ich hole gleich meine Werkzeuge und bringe sie an. Meine armen Büsche sehen schrecklich aus.«

»Die Stützpfähle sollten helfen. Behalte dein Handy bei dir, und wenn sich irgendetwas komisch anfühlt, gehst du rein.«

»Werde ich.«

Er konnte förmlich hören, wie sie mit den Augen rollte, und das brachte ihn zum Grinsen.

»Alaina wird rauskommen und mir helfen, also kannst du dich beruhigen.«

»Gut. Ich muss los. Sei vorsichtig.«

»Ja. Bis heute Abend.« Sie legte auf, bevor er sich verabschieden konnte. Er starrte auf sein Telefon und schüttelte den Kopf. Dickköpfige Frau.

»Alles in Ordnung?«

Er sah auf und steckte sein Telefon wieder in die Tasche. »Ja. Ich habe nur bei London nachgefragt.«

Jace ging Richtung Tür und Seb folgte ihm.

»Ich nehme an, ihr beiden habt endlich aufgehört, um den heißen Brei herumzuschleichen?«

Seb schenkte ihm ein halbes Lächeln und öffnete die Tür. »Ja.«

»Gut. Jetzt muss ich nicht mehr deiner Schwester zuhören, wie sie jammert, dass ihr beiden den Kopf aus dem Arsch ziehen müsst.« Jace trat ein.

Ein kurzes Lachen brach aus Seb hervor. »Das klingt nach Tara. Oder Maggie. Aber wir reden von Tara, oder?«

Jace nickte. »Sie hat einen Großteil der Party am Samstag damit verbracht, euch beide zu beobachten und mir zu sagen, dass sie euch in einen Raum einsperren würde, bis ihr 'es tut'.« Er machte Anführungszeichen in der Luft.

Seb verdrehte die Augen, während er zur Theke ging. »Natürlich hat sie das.« Er wandte seine Aufmerksamkeit Ryan Marsters zu, der hinter dem Tresen stand und sie beobachtete.

»Hallo, Herr Marsters. Wir haben ein paar Fragen an Sie. Es geht um die kürzlichen Morde.«

Er richtete sich auf und fuhr sich mit der Hand durch sein hellblondes Haar, während sein Gesichtsausdruck ernst wurde. »Oh? Womit kann ich Ihnen helfen?«

»Hat jemand im letzten Monat vorbehandeltes Kiefernholz und Sherwin-Williams Knitting Needles Farbe gekauft?«

»Junge, das hier ist ein Baumarkt. Weißt du, wie viel Farbe ich verkaufe, selbst in dieser kleinen Stadt?«

Seb seufzte. Das hatte er befürchtet. »Ich weiß, es ist wahrscheinlich eine Menge, aber alles, woran Sie sich erinnern können, wäre hilfreich.«

Marsters beäugte ihn skeptisch, drehte sich aber zum Computer und rief einen anderen Bildschirm auf. »Ich kann nach Farbe suchen, aber nicht nach Farbtönen. Und es wird mir nicht sagen, wer was gekauft hat.«

»Das ist in Ordnung. Ich hoffe nur, es frischt Ihre Erinnerung etwas auf.«

Er nickte und bewegte seine Finger über die Tastatur, dann drückte er Enter. Eine Liste erschien.

»Das ist eine Menge Farbe«, sagte Jace.

Marsters nickte. »Man würde es nicht denken, aber Leute ändern ständig die Farbe ihrer Räume. Oder sie streichen eine Veranda oder einen Zaun – ihr versteht schon.«

»Okay. Können Sie das ausdrucken und dann den Holzverkauf nachsehen und dasselbe tun?«

Er drückte ein paar Tasten und ein Drucker unter dem Tresen sprang an. »Nur zur Info, die Holzliste wird noch länger sein. Wir sind hier eine Viehzuchtgemeinde.«

»Es ist alles, was wir haben, Ryan, und wir brauchen eine Spur.«

Sein Gesichtsausdruck war ernst, als er nickte. Er drückte erneut auf Drucken, und der Drucker spuckte mehr Papier aus. Ryan nahm den Stapel und hielt ihn hin.

Seb teilte den Stapel nach Artikeln und gab die Farbliste an Jace. Sie legten die Papiere nebeneinander und begannen, die Einkäufe durchzugehen und Daten zu nennen.

»Am Fünfzehnten?« Seb sah zu Ryan auf. »Da wurden gleichzeitig Holz und Farbe verkauft. Erinnern Sie sich, wer das war?«

Der Ladenbesitzer runzelte die Stirn und sah auf die Seiten herab, versuchte, sie kopfüber zu lesen. »Im Mai?« Er legte den Kopf zurück und blickte zur Decke, während er nachdachte. »Millie Perdue. Sie hat mich eine Menge Eins-mal-acht-Bretter und Zwei-mal-vier-Bretter schneiden lassen, damit sie ihren Katzen einen neuen Turm bauen konnte. Es hat fünfundvierzig Minuten gedauert, weil sie es aufzeichnen und erklären wollte, damit ich genau wusste, wie ich die Bretter schneiden sollte.«

Seb grinste. Das klang nach Millie. Sie war eine nette ältere Frau, aber sehr pingelig. Ihr Hof war makellos, und sie hatte immer die besten Rosenbüsche im ganzen Bezirk. »Das ist nicht unser Killer.« Er schaute wieder auf seinen Ausdruck.

Jace zeigte auf ein neueres Datum. »Was ist mit diesem?« Er sah zu Ryan auf. »Letzten Donnerstag.«

»Donnerstag? Holz und Farbe...« Ryans Stimme verlor sich, während er nachdachte. »Warte.« Sein Gesicht hellte sich auf. »Declan Briggs hat beides gekauft. Er hat die Teile besorgt, um Londons Warmwasserboiler zu reparieren, aber er kaufte auch Holz und einen Gallone Farbe. Und es war Stricknadeln. Er sagte, es sei für Macy.«

Seb kämpfte darum, seine Miene beherrscht zu halten. Er wollte seinen Freund nicht verdächtigen, aber es gab zu viele Zufälle, die sich häuften, um sie zu ignorieren. Er raffte die Papiere zusammen. »Können wir die behalten?«

Ryan nickte. Er sah aus, als wollte er Fragen stellen, aber Seb würde nicht spekulieren. Er würde lieber direkt zur Quelle gehen. »Danke für die Infos. Falls dir noch jemand einfällt, der in den letzten Monaten beides gekauft hat, lass es mich wissen.«

»Das werde ich, Sheriff. Gibt es irgendwelche Neuigkeiten von Adelaide?«

Seb schüttelte den Kopf. »Noch nicht, leider.«

»Ich hoffe wirklich, dass Sie sie bald finden. Ich werde wieder auf dem Berg sein, sobald der Laden heute Abend schließt.«

»Wir schätzen das und ich bin sicher, Adelaide wird es auch. Danke für deine Hilfe.« Seb hob eine Hand zum Abschied und ging rückwärts zur Tür, während er sprach.

»Jederzeit.« Ryan winkte zurück.

Auf dem Bürgersteig hielt Seb vor seinem SUV an, um seine Gedanken zu sammeln. Er wollte nicht, dass es Declan war. Sie waren in den letzten paar Jahren, seit Sebs Rückkehr in die Stadt, gute Freunde geworden. Er wollte nicht glauben, dass der Mann, den er kannte, zu solch abscheulichen Taten fähig sein könnte.

»Alles in Ordnung?«

Seb stieß sich vom Streifenwagen ab. »Ja. Lass uns mit Declan reden.«

Wegen Adelaides Verschwinden war Declan auf dem Berg und leitete die Suche. Seb fuhr mit seinem Streifenwagen aus der Stadt und die Landstraße hinauf zum Wanderweg, sein Bauch rumorte während der ganzen Fahrt. Als er auf den Parkplatz einbog, brannte sein Magen vor Säure.

Er schluckte schwer und stieg aus dem Fahrzeug, seine Füße fühlten sich wie Blei an, als er auf das Suchzelt zuging.

Declan sah sie kommen und lächelte. »Hey Leute. Was führt euch her? Ich dachte nicht, dass ihr schon vor später suchen würdet.«

»Tun wir auch nicht.« Seb sog die Luft ein und blieb ein paar Meter entfernt stehen. Er stützte seine Hände auf die

Hüften, sein Gesichtsausdruck ernst. »Deck, wir müssen reden.«

Declan richtete sich auf. »Worüber? Gab es weitere Probleme im Gasthaus?«

Seb schüttelte den Kopf. »Nein. Es geht um Adelaide.«

Eine Falte bildete sich zwischen seinen Augenbrauen. »Adelaide? Was ist mit ihr? Ich weiß, ihr habt sie nicht gefunden, es sei denn, sie ist in der Stadt aufgetaucht.« Seine Augen weiteten sich. »Oh Gott. Habt ihr sie gefunden? Geht es ihr gut?«

»Nein, wir haben sie nicht gefunden. Ich hatte gehofft, du könntest uns einen Einblick geben.«

Declan runzelte die Stirn. »Was? Wie sollte ich wissen, wo sie ist?«

Seb seufzte und rieb sich die Stirn. »Dr. Randall und das Kriminallabor haben Sägemehl und Farbe an Rebecca Carson gefunden. Die gleiche Farbe, die du letzte Woche gekauft hast.«

Seine Augen wurden weit. »Warte.« Er zeigte auf seine Brust. »Du denkst, ich hätte etwas mit Adelaides Verschwinden zu tun? Mit den Morden? Das ist krank. Du kennst mich, Sebastian. Ich würde niemals jemandem wehtun, besonders nicht auf diese Weise.«

Seb streckte beschwichtigend die Hand aus. »Ich folge nur den Beweisen. Sie haben mich hierher geführt. Ich muss fragen.«

Declan verschränkte die Arme. »Gut. Frag.«

»Wo warst du an Silvester?«

»Silvester? Ich war Skifahren. Es war mein freies Wochenende, und ich musste Dampf ablassen.«

»Wohin bist du gefahren?«

»Aspen.«

Die Beklemmung in Sebs Magen wurde stärker. »Welches Resort?«

»Aspen Trails.«

Seb murmelte einen Fluch unter seinem Atem. »Es tut mir leid, Declan, aber du musst mit uns aufs Revier kommen.«

»Was? Das kann nicht dein Ernst sein.«

»Doch. Wenn du freiwillig mitkommst, muss ich dich nicht in Handschellen legen.«

»In Handschellen legen? Ist das dein Ernst? Ich habe niemanden getötet.«

Seb blickte zu Jace. Schock und Unglaube zeichneten sein Gesicht und spiegelten Sebs Gefühle wider.

»Ob du es getan hast oder nicht, ich muss dich trotzdem bitten, mit aufs Revier zu kommen und einige Fragen zu beantworten. Ich hoffe bei Gott, dass das, was du sagst, wahr ist, aber im Moment deuten die Beweise auf dich. Ich muss dich zum Verhör mitnehmen. Es tut mir leid.«

»Ich kann das nicht glauben«, murmelte Declan, sein Kiefer fest und seine blauen Augen dunkel vor Wut.

»Ich auch nicht. Wirst du freiwillig mitkommen oder willst du es uns schwer machen? Bitte mach es nicht schwer, Deck.«

Mit Feuer in den Augen nahm Declan das Funkgerät von seiner Schulter und forderte einen von Sebs Deputies an, um das Zelt zu übernehmen. Er legte es zurück und schaute Seb und Jace an, das Blau seiner Augen kalt und hart. »Ich komme mit, aber nur, weil ich nicht will, dass ihr mich in

Handschellen hier rausführt, wo jeder es sehen kann. Das ist wahnsinnig.«

»Stimmt, aber ich muss meinen Job machen. Ich kann nicht ignorieren, was die Beweise sagen, nur weil du mein Freund bist, egal wie sehr ich denke, dass alles Schwachsinn ist.«

Seine Schultern sackten leicht ein und etwas von der Wut verschwand aus seinen Augen. »Ja. Okay. Gehen wir und bringen wir es hinter uns.«

Seb nickte kurz. »Und dann spendiere ich dir ein Bier – oder zehn – sobald wir das alles geklärt haben.«

Declan ging an ihm und Jace vorbei zum Streifenwagen. »Wie wär's mit der ganzen verdammten Bar?«

»Ja«, murmelte Seb. Er fuhr sich mit der Hand übers Gesicht und folgte seinem Freund nach vorne. Er würde ihm das wahrscheinlich schulden, wenn alles gesagt und getan war. Selbst wenn er Declans Namen reinwaschen könnte, würde sein Ruf trotzdem einen Knick bekommen. Er hoffte nur, dass der Stadtrat Verständnis haben würde und er seinen Job nicht verlieren würde.

Die drei stiegen in Sebs SUV, und er richtete den Streifenwagen in Richtung Stadt. Die Fahrt zurück zur Wache war erfüllt von steinerner Stille. Er blickte in den Rückspiegel und sah Declan wütend auf dem Rücksitz. Er konnte es ihm nicht verübeln, dass er wütend war. Das wäre er auch, aber Seb wäre nachlässig, wenn er ihn nicht befragen würde.

Er bog auf den Parkplatz der Polizeistation ein und parkte auf seinem Platz. Die drei stiegen aus und Seb ließ sie durch die Hintertür ins Gebäude. Drinnen umgingen sie die Büros und die Räume, in denen Abigail und Trent letzte Woche Zeit verbracht hatten, und blieben vor einem Raum mit der Aufschrift »Verhör« stehen.

»Wirklich?«, sagte Declan und schaute auf das Schild.

Seb drehte den Knauf und öffnete die Tür. »Die Konferenzräume haben keine Aufnahmegeräte. Setz dich. Ich muss ein paar Sachen holen, dann komme ich rein.«

Declan ging an ihm vorbei. »Wenn ich stundenlang hier sein werde, kann ich wenigstens ein Wasser bekommen?«

»Ich werde nicht sehr lange brauchen, aber ich bringe dir eins mit, wenn ich zurückkomme.«

Er bekam ein grimmiges Nicken. Die Stuhlbeine kratzten mit einem lauten Quietschen über den Boden, und Declan sank auf den Stuhl, verschränkte seine muskulösen Arme über der Brust und starrte die verspiegelte Wand an.

Seb schloss die Tür und sackte dagegen. Er schaute zur Decke und stöhnte. »Das ist lächerlich.«

»Ich kenne ihn nicht so gut wie du, aber ich bin geneigt zuzustimmen. Er wirkt nicht wie der Typ dafür. Er passt auch nicht zu der Beschreibung des Mannes, der die Sanitäranlagen des Campingplatzes repariert hat. Aber bist du sicher, dass er es nicht getan hat?«

Seb blickte wieder zu Jace hinunter. »Ja. Ich werde meine Marke fressen, wenn er unser Killer ist.« Er stieß sich von der Tür ab und ging in Richtung seines Büros. »Gott, das ist verrückt. Der Staatsanwalt wird es lieben, dass wir einen Verdächtigen haben, und wird drängen, Anklage zu erheben, damit er gut in der Öffentlichkeit dasteht – egal, dass er den Falschen hat – und sobald die Presse hört, dass wir eine verdächtige Person haben, und erfährt, dass es ein dekorierter Feuerwehrmann ist, wird das überall in den Nachrichten sein. Die ganze Sache wird explodieren, und ich werde Reporter an den Vordertüren haben, die das Neueste wollen.« Er stöhnte erneut. »Macy wird mich umbringen. Nachdem ihr Bruder es getan hat, weil ich sein Leben ruiniert habe.«

Jace klopfte ihm auf die Schulter. »Hören wir uns erst seine Geschichte an. Vielleicht können wir ihn schnell entlasten, und niemand wird es erfahren. Du musst den Staatsanwalt noch nicht einmal anrufen.«

»Ich kann ihn nicht lange hinhalten. Er ruft jeden Tag an, um ein Update zum Fall zu bekommen. Genau wie der verdammte Bürgermeister.«

Sebs Telefon klingelte. »Siehst du?« Er zog es aus seiner Tasche, erwartete, die Nummer eines der beiden Männer zu sehen, sah aber stattdessen Londons lächelndes Gesicht.

Er wischte mit dem Daumen über den Bildschirm. »Hey, Schatz. Ist alles in Ordnung? Ich kann gerade nicht wirklich reden.«

»Sebastian Lee Archer, sag mir, dass du Declan nicht verhaftet hast.«

Seb nahm das Telefon kurz vom Ohr, um es anzustarren, bevor er antwortete. »Habe ich nicht. Ich habe ihn zum Verhör mitgenommen. Wie zum Teufel weißt du das? Wir sind buchstäblich gerade erst auf der Wache angekommen.«

»Ernsthaft? Es ist eine Kleinstadt und Macys Café ist die Straße runter. Jemand hat gesehen, wie er wütend aussehend mit dir reingegangen ist, und hat es ihr erzählt. Sie hat mich angerufen, um zu fragen, was ich weiß. Warum hast du ihn zum Verhör mitgenommen?«

Er seufzte. »Ich kann es nicht wirklich besprechen. Es ist eine laufende Ermittlung.« Ein Kopfschmerz blühte hinter seinen Augen auf, und er rieb sich die Stirn.

»Sebastian.« Ihr Tonfall war tief und drohte, sein Leben zur Hölle zu machen, wenn er ihr nicht etwas gab.

»Alles, was ich dir sagen kann, ist, dass es Beweise gibt, die mich zu ihm geführt haben. Ich glaube es auch nicht, und ich kann ihn nicht als den Mörder sehen, aber ich muss meinen Job machen und ihn überprüfen.«

»Nun, wenigstens denkst du nicht, dass er dazu fähig ist, aber ich wünschte, du müsstest ihn nicht mitnehmen. Aargh! Warum musst du nur so ein guter Polizist sein?« Sie legte auf und ließ ihn wieder auf das Telefon starren.

Er schaute Jace an, der einen amüsierten Gesichtsausdruck hatte. »London ist sauer?«

»Ja. Aber sie versteht es.« Er steckte sein Telefon weg. »Lass uns diese Show auf die Straße bringen.« Er trat in sein Büro und nahm die Akte für Amys und Rebeccas Morde von seinem Schreibtisch sowie einen Notizblock und einen Stift.

»Kannst du Declans Führerscheinfoto besorgen und es an Detective Farley schicken? Lass ihn mit Emily Young reden und sehen, ob sie sich an ihn erinnert.«

Jace grinste. »Oh, das wird er lieben.«

Seb lachte. »Gib ihm keinen Hinweis. Lass ihn die Freude an Ms. Young selbst entdecken. Und ruf Caleb an. Lass ihn einen Durchsuchungsbefehl für Declans Haus und Auto besorgen.«

»Verstanden.« Er drehte sich auf dem Absatz um und ging zu dem leeren Schreibtisch im Großraumbüro, den Seb ihm zugewiesen hatte, während er hier war.

Seb holte tief Luft und ging zurück den Flur entlang, nahm eine Flasche Wasser aus dem Pausenraum auf dem Weg zum Verhörraum mit. Er öffnete die Tür und fand Declan in derselben Position vor, in der er ihn verlassen hatte.

Er hielt die Flasche hin. Declan nahm sie und knackte den Deckel ab, trank die Hälfte in wenigen Schlucken. Seb setzte sich ihm gegenüber und drückte einen Knopf am Tisch, um das Interview aufzunehmen, dann klickte er seinen Stift, bevor er Declan seine Rechte vorlas.

»Erzähl mir von Aspen.«

Declan hob eine Augenbraue. »Was ist damit?«

»Wann bist du dort angekommen?«

»Am einunddreißigsten.«

»Du bist allein gefahren?«

Er nickte. »Ja.«

Seb seufzte und lehnte sich zurück, warf seinen Stift hin. »Komm schon, Mann. Ich versuche, dich zu entlasten. Hilf mir hier.«

Declan legte seine Arme auf den Tisch, und die Sturheit verschwand aus seinem Gesicht. »Gut. Was willst du wissen?«

»Erzähl mir von deiner Reise.«

Er hielt einen Moment inne, sammelte seine Gedanken. »Es war kurzfristig. Wir hatten diesen wirklich schlimmen Brand am Westende der Stadt. Der, bei dem diese Familie umge-kommen ist?«

Seb nickte, erinnerte sich. Das war eine schreckliche Nacht. Eine fünfköpfige Familie kam um, als ihr Weihnachtsbaum Feuer fing. Sie hatten keine funktionierenden Rauchmelder.

»Ich musste raus. Zurücksetzen und versuchen, es hinter mir zu lassen. Ich hatte Silvester und Neujahr frei, also rief ich herum, um zu sehen, ob eines der Resorts ein freies Zimmer hatte. Aspen Trails hatte eine kurzfristige Absage, und ich nutzte die Gelegenheit. Ich kam gegen Mittag an und ging direkt auf die Pisten. Ich checkte erst spät ein – wahrschein-lich gegen sieben oder so. Nachdem ich meine Tasche in mein Zimmer gebracht hatte, ging ich runter ins Restaurant, um etwas zu essen.«

»Was hast du gegessen?«

Er dachte einen Moment nach. »Verdammt, Mann. Ich weiß es nicht. Das war vor sechs Monaten.«

»Hatten Sie etwas zu trinken?«

»Ich hatte wahrscheinlich ein Bier, vielleicht zwei.«

»Einen Nachtisch?«

Declan schüttelte den Kopf. »Ich glaube nicht, nein.«

Seb öffnete den Ordner und nahm ein Foto von Amy Beckett heraus. »Haben Sie diese Frau dort gesehen?«

Er schaute auf das Bild. »Vielleicht.« Er starrte einen Moment länger darauf. »Ja. Tatsächlich, ich glaube schon. Sie stand hinter der Bar. Ich habe aber nicht mit ihr gesprochen. Ist das Amy Beckett?«

Seb nickte und legte das Foto weg. »Sie hatten keine weitere Interaktion mit ihr? Sie haben sie nicht in einem anderen Teil des Hotels gesehen?«

Er schüttelte den Kopf. »Nein. Nachdem ich gegessen hatte, bin ich zurück zu den Skipisten und blieb draußen, bis sie um elf Uhr geschlossen wurden. Dann ging ich auf mein Zimmer und bestellte Zimmerservice. Ich bin nicht mehr rausgegangen bis zum Morgen. Mein Liftpass galt den ganzen ersten Tag, also checkte ich aus, verstaute meine Sachen im Auto und fuhr Ski bis zum späten Nachmittag, bevor ich nach Hause fuhr.«

»Wann sind Sie zu Hause angekommen?«

»Gegen neun.«

»Haben Sie mit jemandem gesprochen? Einem Nachbarn vielleicht?«

»Nein. Ich habe allerdings Macy angerufen, um zu hören, wie ihr Silvester war. Wir haben etwa fünfzehn Minuten geredet, dann habe ich meine Arbeitsmails gecheckt, um zu sehen, ob es etwas Dringendes gab, um das ich mich am nächsten Morgen kümmern müsste. Als ich damit fertig war, habe ich geduscht, die Nachrichten gesehen und bin ins Bett gegangen.«

»Haben Sie auf dem Heimweg irgendwo angehalten?«

»Nein. Ich hatte mein Auto vollgetankt, bevor ich nach Aspen fuhr, also bin ich direkt nach Hause gefahren.«

Seb öffnete den Ordner und nahm Rebeccas Bild heraus. »Und wie sieht es mit dieser Frau aus? Haben Sie sie gesehen, während Sie dort waren?«

Declan betrachtete das Foto einen Moment und schüttelte den Kopf. »Nein. Ich habe sie noch nie gesehen.«

Es klopfte an der Tür, und Seb drehte sich um, als Jace den Kopf hereinsteckte. »Sein Anwalt ist hier.«

Sebs Stirn legte sich in Falten. Er blickte zu Declan, der genauso verwirrt aussah.

»Wer?«

Jace öffnete die Tür weiter und gab den Blick frei auf Sebs Schwester Maggie, die ihn von einem Ohr bis zum anderen anstrahlte. Sie wackelte mit den Fingern. »Hi.«

Declan lachte und stützte seinen Ellbogen auf den Tisch, das Kinn in seine Handfläche gelegt.

»Du bist sein Anwalt? Wer zum Teufel hat dich überhaupt angerufen?«, fragte Seb, seine Stimme verriet seine Ungläubigkeit und Verärgerung.

Sie schritt in den Raum, ihre Absätze klackerten in einem

gleichmäßigen Stakkato auf dem Boden, und blieb neben Declan stehen. »Macy.«

»Meine Schwester hat dich engagiert?«

Maggie nickte.

»Um mich zu verteidigen?«

Wieder nickte sie.

»Hast du überhaupt schon das Examen bestanden?«

Ihr offener, neckischer Gesichtsausdruck verwandelte sich schlagartig in ein Stirnrunzeln. »Ja. Letztes Jahr.«

Er hob die Hände. »Sei nicht so empfindlich. Ich will nur sichergehen, dass du die Dinge nicht verschlimmerst.«

Sie schlug ihm auf die Schulter und funkelte ihn an. »Nun, ich bin vorerst alles, was du hast, und wenn du nicht die Nacht hier verbringen willst, solltest du wahrscheinlich den Mund halten.« Sie wandte ihre Aufmerksamkeit Seb zu. »Du. Du solltest es besser wissen, als jemanden ohne seinen Anwalt zu befragen.«

Er breitete die Hände aus. »Er wollte reden. Er will seinen Namen reinwaschen, genau wie ich.«

Sie kniff die Augen zusammen, als wolle sie die Aufrichtigkeit ihres Bruders abschätzen, dann zog sie den Stuhl neben Declan heraus und setzte sich. »Also gut. Was hat er bisher gesagt?«

Seb fasste kurz zusammen, was sie besprochen hatten.

»Was brauchen wir also noch, um ihn zu entlasten?«

»Ich warte auf die Sicherheitsaufnahmen von der Lodge. Alles ist bisher nur Indizienbeweise, aber ich habe genug für einen Durchsuchungsbefehl.«

Declans Gesicht verfinsterte sich wieder.

»Ich weiß, und es tut mir wieder leid. Es wäre anders, wenn du ein solides Alibi hättest. Ich könnte es überprüfen und dich gehen lassen, aber du warst allein dort.«

»Gab es jemanden, mit dem du viel Zeit verbracht hast, während du dort warst?«, fragte Maggie.

Declan verschränkte die Arme wieder. »Da waren ein paar andere Typen an einem Männerwochenende, mit denen bin ich manchmal Ski gefahren.«

»Hast du ihre Namen?«, fragte Seb.

»Es waren drei. Jim, Austin und Dan. Sie sagten, sie kämen aus Denver.«

»Hast du Nachnamen?«

Er schüttelte den Kopf. »Nein.«

»Kannst du die herausfinden?«, fragte Maggie Seb.

»Vielleicht. Kommt darauf an, was wir von der Lodge bekommen können. Ich muss möglicherweise noch einmal dorthin fahren.« Er beugte sich vor und legte seine Hände über die Ordner. »Hör zu, ich glaube dir. Ich muss es nur beweisen.«

Declan streckte die Arme aus. »Sag mir, was du brauchst. Du kannst überall suchen, wo du willst. Ich habe nichts zu verbergen.«

»Declan, das ist nicht klug«, sagte Maggie.

»Warum? Ich habe keine dieser Frauen angerührt. Sie werden nichts finden, was sie nicht schon gefunden haben, weil Amy und Rebecca nie in der Nähe meines Autos oder Hauses waren.«

»Ich brauche auch nicht seine Erlaubnis, Mags.«

»Nein, aber du kannst ihn auch nicht festhalten. Hast du noch weitere Fragen?«

»Ja.« Er öffnete den zweiten Ordner und nahm die Fotos der anderen drei Frauen heraus, die er diesem Killer zugeordnet hatte. »Kennst du eine dieser Frauen?«

Declan beugte sich vor und betrachtete die Fotografien. »Nein«, sagte er mit einem langsamen Kopfschütteln. »Keine von ihnen kommt mir bekannt vor. Wer sind sie?«

»Weitere potenzielle Opfer.«

Declans Augen weiteten sich. »Nein. Nein. Das sind *fünf* Frauen, Seb.«

»Ich weiß, deshalb ist das alles so beschissen.« Er knurrte. »Wo warst du im November?«

»Was hat das mit Amy und Rebecca zu tun?«, fragte Maggie.

»Nichts. Jaces Opfer wurde um Thanksgiving herum gefunden.«

»Nun, das sollte mich entlasten. Ich war hier«, sagte Declan. »Ich habe den Tag mit Macy in einer Obdachlosenunterkunft verbracht, dann hat sie uns Abendessen gekocht. Sie hat mich am nächsten Morgen sogar zum Black Friday Shopping mitgeschleppt.«

»Und das Wochenende?«

»Samstag habe ich gearbeitet, und Sonntag habe ich Besorgungen gemacht.«

»Okay. Lass uns zu deiner Reise nach Aspen zurückkehren. Ist dir aufgefallen, ob jemand Amy besondere Aufmerksamkeit geschenkt hat, während du im Restaurant warst? Oder jemand, der seltsam wirkte?«

Declan holte tief Luft und stützte beide Ellbogen auf den Tisch, während er nachdachte und sich mit den Händen übers Gesicht rieb. »Nicht wirklich. Ich habe nicht viel Zeit in der Lodge verbracht. Ich war dort, um Ski zu fahren und meinen Kopf wieder in Ordnung zu bringen. Der einzige Grund, warum ich mich überhaupt an Frau Beckett erinnere, ist, weil sie diesen lächerlichen goldenen Zylinder mit Luftschlangen am Rand und mehrere Lichterketten um den Hals trug.«

»Und du hast Rebecca nie gesehen, richtig?«

»Richtig. Also, kann ich jetzt zurück zur Suche gehen?«

»Du solltest dich wahrscheinlich von der Suche fernhalten, bis wir dich entlastet haben, aber du kannst gehen«, sagte Seb und schob die Bilder zurück in ihre Ordner.

»Kann ich wenigstens den SUV der Feuerwache holen und zur Feuerwache zurückbringen?«

Seb nickte.

Maggie stand auf. »Du weißt, wo du uns findest, falls dir noch etwas einfällt. Komm, Deck. Ich fahre dich zu deinem Auto zurück.«

Er erhob sich, ebenso Seb, der den Code eingab, um den Raum zu verlassen. Maggie fegte durch die Tür, Declan dicht auf den Fersen.

Seb hielt ihn am Arm fest, als er hinausgehen wollte. Declan sah ihn stirnrunzelnd an.

»Es tut mir leid wegen all dem, Deck.«

Declans Gesicht wurde weicher, und er nickte. »Ich weiß. Du machst nur deinen Job. Ich wünschte nur, du müsstest deine Zeit nicht mit mir verschwenden. Ich habe diese Frauen nicht angerührt. Keine von ihnen.«

»Was es wert ist, ich glaube dir. Wenn du deinem Fall wirklich helfen willst, dann lass Maggie dich für die nächsten Stunden zur Ranch fahren und geh mit ihr reiten. Ich habe einen Durchsuchungsbefehl für dein Haus und Fahrzeug in Arbeit, und es würde beim Staatsanwalt viel bringen, wenn er, nachdem wir nichts gefunden haben, nicht argumentieren kann, dass du Zeit hattest, etwas zu beseitigen.«

Declan nickte. »Das werde ich tun. Verwüstet nur bitte nicht mein Haus.«

Sebs Mundwinkel zuckte. »Wir werden unser Bestes tun, es nicht zu tun.«

»Danke.« Er schlenderte Maggie nach, die am Ende des Flurs stand, eine Hand in die Hüfte gestemmt, und sie mit ihrem Anwaltsgesicht anstarrte.

Seb grinste sie an und winkte. Sie sah süß aus, wenn sie versuchte, erwachsen zu wirken. Sie würde jedoch immer seine kleine Schwester bleiben, egal wie professionell sie handelte oder aussah.

Sie funkelte ihn noch härter an, da sie zweifellos erriet, was er dachte, dann wirbelte sie auf dem Absatz herum und marschierte zur Tür hinaus, als Declan sie erreichte.

Er seufzte müde und ging in sein Büro, ließ sich schwer in seinen Stuhl sinken. Die Ordner knallten mit einem Platschen auf den Schreibtisch. Er lehnte sich nach vorne, stützte sich auf die Ellbogen und fuhr sich mit den Händen durch die Haare.

Das war echt Scheiße.

»Hey, Sheriff?«

Seb blickte von seiner Durchsuchung von Declans Bücherregal auf, als sein Funkgerät zum Leben erwachte. Er drückte den Knopf an der Seite. »Ja, Bering.«

»Du musst zur Feuerwache kommen und dir ansehen, was ich gefunden habe.« Seine Stimme klang grimmig, selbst durch das Funkrauschen. Seb spürte, wie sich sein Magen zusammenzog.

»Was? Was hast du gefunden?«

»Komm einfach her und sieh es dir an.«

Er seufzte und ging zu seinem Streifenwagen hinaus. »Bin unterwegs.«

Die Fahrt war kurz, und bald parkte er bei der Feuerwache neben Declans SUV. Er bemerkte, dass das Fahrzeug, mit dem Declan zum Suchort gefahren war, auf dem Parkplatz stand. Er hoffte, dass der Mann seinem Rat gefolgt war und sich eine Weile in Maggies Nähe aufhielt.

Er ging zu Caleb, der die Hecktür seines Streifenwagens öffnete.

»Ich habe das in seinem SUV gefunden. Es steckte zwischen dem Laderaum und den Rücksitzen fest.« Er hielt einen durchsichtigen Beweisbeutel hoch. Darin befand sich eine goldene Kette mit einem kleinen Diamantanhänger.

Seb nahm den Beutel und betrachtete ihn etwas genauer. Er kam ihm bekannt vor. »Ich habe das schon irgendwo gesehen.«

Caleb zuckte mit den Schultern. »Das ist nicht ungewöhnlich. Viele Frauen tragen Diamantanhänger.«

Er runzelte die Stirn und drehte den Beutel um, auf der Suche nach identifizierenden Merkmalen. Seb stimmte zu, dass viele Frauen solchen Schmuck trugen, aber er hatte kürzlich einen gesehen. Er konnte sich nur nicht erinnern, wo.

»Hast du Macy gefragt, ob er ihr gehört?«

»Hatte noch keine Gelegenheit. Ich habe ihn gerade erst gefunden.«

Seb ließ die Schlüssel in seiner Tasche klimpern. »Lass mich sie fragen.«

Caleb hob eine Augenbraue. »Bist du sicher, dass du nicht lieber mich gehen lassen willst? Du bist im Moment nicht gerade ihr Lieblingsmensch.«

Er stieß einen Seufzer aus und schüttelte den Kopf. »Nein. Ich gehe. Besser, dass sie nur auf mich sauer ist und nicht auf die ganze Abteilung.«

Caleb hob die Hände. »Dann gehört sie ganz dir.«

Er schenkte seinem Deputy ein grimmiges Lächeln. »Danke.« Er drehte sich um, ging zu seinem Streifenwagen und stieg ein, wobei er das Fahrzeug in Richtung Peppy Brewster lenkte. Er hoffte, dass er zur Tür hereinkommen konnte, ohne dass Macy ihm eine heiße Tasse Kaffee ins Gesicht schüttete.

Er fand einen Platz in der Nähe des Cafés, stieg aus seinem SUV und schlenderte den Gehweg entlang. Er öffnete die Tür und versuchte, lässig und nicht bedrohlich zu wirken.

»Sebastian Archer! Du hast ganz schön Nerven, jetzt hierher zu kommen.«

Er hob beide Hände in Kapitulation, als er der Frau hinter der Theke gegenüberstand. Sie stand kerzengerade da. Zwei Farbflecken blühten auf ihren Wangen und ihre blauen Augen sprühten Feuer.

»Ich weiß. Ich bin aber nicht wegen Kaffee gekommen. Ich muss dich etwas fragen.«

»Also frag.«

Er blickte zu den beiden besetzten Tischen hinüber. Beide Kunden hatten bei Macys Ausruf von ihren Bildschirmen aufgeblickt.

»Können wir in deinem Büro reden?«

Sie schnaubte und verriegelte die Kasse. »Von mir aus.« Sie wirbelte auf dem Absatz herum und ließ ihn ihr durch die Tür zur Küche folgen.

Seb unterdrückte ein Stöhnen und ging ihr nach. Das würde kein angenehmes Gespräch werden.

Er durchquerte die kompakte Küche, in der sie ihre Backwaren herstellte, zum hinteren Teil des Restaurants und dem kleinen Büro. Macy stand neben dem Schreibtisch und vibrierte vor Wut.

Da er nicht zu nahe kommen wollte, blieb er im Türrahmen stehen. »Es tut mir leid wegen all dem. Ich mache nur meinen Job.«

»Ich weiß, aber es ändert nichts daran, dass ich sauer auf dich bin, weil du überhaupt denkst, dass Declan zu so etwas fähig sein könnte.«

»Falls es etwas wert ist, ich glaube, er ist unschuldig. Aber ich muss ihn trotzdem untersuchen. Meine Beweise deuten direkt auf ihn hin.«

»Jemand stellt ihm eine Falle. Declan würde niemals jemandem wehtun. Er rettet Menschen beruflich, um Gottes willen!«

»Ich weiß.« Seb griff in die Cargo-Tasche seiner Hose und holte die Kette heraus, die Caleb aus Declans SUV genommen hatte. »Erkennst du diese Kette?«

Macy nahm den Beutel und betrachtete den Anhänger, drehte ihn um, bevor sie ihn zurückgab und den Kopf schüttelte. »Nein. Die gehört nicht mir. Ich besitze nichts Derartiges.«

»Kennst du jemanden, der so etwas trägt?«

»London und Maggie sind die einzigen meiner Freundinnen, die ich mir mit so etwas vorstellen kann. Es ist zu auffällig für Tara, und Rayna mag nur das naturverbundene Zeug. Warum? Was hat das mit Declan zu tun?« Ihre Augen weiteten sich, und sie starrte auf den Beutel. »Warte. Das ist in einem Beweisbeutel. Stammt das von einem der Opfer?«

»Ich weiß nicht, wem es gehört. Wir haben es im Auto deines Bruders gefunden. Ich hatte gehofft, es gehört dir.«

Sie schüttelte den Kopf und massierte ihre Schläfen. »Gott. Das ist ein Albtraum.«

»Hat Declan in letzter Zeit jemanden gedatet? Gibt es eine Freundin, der es gehören könnte?«

Wieder schüttelte sie den Kopf. »Nein. Er ist Single, seit er und diese Frau aus Colorado Springs, mit der er letzten Herbst zusammen war, Schluss gemacht haben.«

Seb erinnerte sich an sie. Sie war nett genug gewesen, aber nicht bereit, in die Pampa zu ziehen und das Nachtleben in der Stadt aufzugeben. Declan hatte nicht in der urbaneren und touristischeren Gegend leben wollen, also hatten sie Schluss gemacht, als die Fernbeziehung zu anstrengend wurde.

»Hätte sie so etwas getragen?«

»Vielleicht. Sie war ein bisschen anspruchsvoll, also könnte ich mir vorstellen, dass sie es trägt. Ich habe ihre Nummer nicht.«

»Das ist okay. Ich werde Declan fragen. Danke, Macy. Ich werde dich jetzt in Ruhe lassen.«

Er drehte sich zum Gehen, aber ihre leise Stimme hielt ihn auf.

»Das ist schlimm, oder?«

Seb hielt inne und blickte zurück. »Wenn ich nicht bald einen anderen Verdächtigen finde, ja. Es könnte sehr schlecht für ihn ausgehen. Er ist die einzige Person, die ich mit den Morden in Verbindung bringen kann, auch wenn es ein weiter Weg ist.«

Tränen stiegen in ihren Augen auf und Seb betrat das Büro und nahm sie in den Arm.

»Es tut mir so leid, Macy.«

Sie nahm einen zittrigen Atemzug und schniefte, lehnte sich zurück, damit sie sein Gesicht sehen konnte. »Ich weiß. Und ich bin nicht wirklich sauer auf dich.«

Er lächelte sie an. »Das weiß ich auch.«

Sie nickte und schob sich weg, wischte sich übers Gesicht. »Geh. Finde die Person, die das wirklich getan hat, und reinige den Namen meines Bruders.«

Er zögerte. »Bist du sicher, dass es dir gut geht? Ich kann London anrufen und bleiben, bis sie hier ist.«

»Mir geht's gut.« Sie scheuchte ihn mit einer Handbewegung hinaus. »Verschwinde.«

»Okay. Ruf mich an, wenn du etwas brauchst. Tag oder Nacht.«

»Werde ich. Danke, Seb.«

Er nickte und ließ sie allein in ihrem Büro, um sich zu sammeln. Draußen lehnte er sich gegen die Tür seines Autos und schickte Maggie ein Foto der Kette per SMS, dann rief er sie an und hoffte, dass sie auf der Ranch Empfang hatten, wo auch immer sie waren.

Es klingelte viermal, aber schließlich ging sie ran.

»Wir sind ausreiten, genau wie du vorgeschlagen hast. Bist du mit seinem Haus fertig, damit er nach Hause gehen kann?«

»Noch nicht. Ich habe dir gerade ein Bild geschickt. Kannst du es Declan zeigen und ihn fragen, ob er es schon einmal gesehen hat?«

»Warum sollte ich das jetzt tun wollen?«

»Tu es einfach, Maggie. Oder ich muss ihn zurückbringen lassen. Bitte«, fügte er hinzu. Seine Schwester war notorisch stur, und sie hatte Recht. Als seine Anwältin musste sie ihm das Foto nicht zeigen, aber er hoffte, dass sie es tun würde, damit sie eine zweite Runde im Verhörraum vermeiden konnten.

Sie schnaubte, und er konnte sich vorstellen, wie sie die

Augen verdrehte. Er hörte das Knarren von Leder, als sie Declan das Telefon reichte.

»Ich habe diese Kette noch nie gesehen«, sagte Declan. »Wo hast du sie gefunden?«

»In deinem Auto.«

»Was?« Declans Ton war scharf. »Seb, ich weiß nicht, wie das da hingekommen ist. Ich hatte keine andere Frau als Macy in meinem Auto, seit ich mit Lilah Schluss gemacht habe.«

»Bist du sicher, dass es nicht ihre war?«

»Falls ja, habe ich sie nie damit gesehen. Sie hatte eine andere, die sie oft trug. Es waren drei übereinander gestapelte Steine, nicht ein einzelner wie dieser. Hast du Macy gefragt?«

»Ja. Sie sagte, sie habe sie auch noch nie gesehen.«

Declans Seufzer war laut und lang. »Das wird unheimlich. Ich glaube, jemand versucht, mir etwas anzuhängen.«

»Da stimme ich zu.« Er weigerte sich zu glauben, dass Declan jemanden ermorden könnte, geschweige denn fünf Frauen. »Bleib bei Maggie. Unter keinen Umständen darfst du jetzt allein sein. Selbst wenn du bei Macy einziehen musst, du bleibst bei jemandem.«

»Ja. Okay.«

»Gut. Gib mir Mags zurück.«

Er hörte noch mehr Knarren, als sie das Telefon zurückreichten.

»Ja, Seb.«

»Behalt ihn im Auge. Stell sicher, dass er nirgendwo allein hingeht. Wenn jemand versucht, ihm etwas anzuhängen, wollen wir dem Mörder keine Gelegenheit geben, ihn in eine Falle zu locken.«

»Okay. Ich werde wie Klebstoff sein. Lass mich wissen, wenn du noch etwas herausfindest.«

»Das werde ich. Und Maggie, du weißt, dass ich ihn verhaften muss, wenn ich herausfinde, dass diese Kette von einem unserer Opfer stammt.«

Ihre Stimme klang feierlich, als sie antwortete. »Ich weiß.«

Seb seufzte. »Ich halte dich auf dem Laufenden.«

»Finde diesen Mistkerl, Sebastian.«

»Ich versuche es. Tschüss.«

»Tschüss.«

Er legte auf und klopfte mit dem Telefon gegen seine Stirn, dann stieß er ein frustriertes Knurren aus. Er stieß sich vom Auto ab, stieg ein und fuhr zum alten Teil der Stadt, wo die Martins lebten. Er würde es zuerst bei ihnen versuchen, und wenn sie den Anhänger nicht erkannten, würde er Jack Beckett anrufen. Ein Teil von ihm hoffte, die Kette gehörte Rebecca Carson. Er bezweifelte, dass jemand sie identifizieren könnte, wenn sie ihr gehörte, was bedeutete, dass Declan nicht ins Gefängnis kam.

Ein schmerzliches Misstrauen nagte in seinem Magen, während er fuhr. Was, wenn er sich irrte und Declan wirklich der Mörder war? Konnte er so ein schlechter Menschenkenner sein? Oder war Declan einfach so ein guter Schauspieler?

Aber seine Reaktionen auf die Fotos der Frauen waren echt. Seb bezweifelte, dass er eine von ihnen kannte, abgesehen von der kurzen Begegnung mit Amy. Was ihn jedoch am meisten störte, war, wie Amy hierher gekommen war, wenn Declan nicht ihr Typ war. Warum würde der Mörder auf Declan abzielen? War der Kerl ein Einheimischer? Und wie groß waren die Chancen, dass zwei Personen aus der Gegend an Silvester im selben Resort waren?

Seb stieß einen weiteren frustrierten Atemzug aus und fuhr in die Einfahrt der Martins. Was auch immer die Antwort auf diese Fragen sein mochte, sie müssten warten. Er stieg aus dem Streifenwagen und ging die Verandatreppe von Lukes und Susans Haus hinauf.

Seine Stiefel hallten auf der Holzveranda wider. Er klopfte mit den Knöcheln an die Fliegentür und wartete. Im Inneren erklangen Schritte, und er konnte sehen, wie Susan zur Antwort eilte. Sie hoffte zweifellos, dass ihr Besucher Neuigkeiten hatte. Er hatte entweder sie oder ihren Mann gebeten, zu Hause zu bleiben, falls es eine Lösegeldforderung gäbe. Luke, ein pensionierter Bergmann, war nicht in der Lage gewesen, einfach herumzusitzen, also wartete Susan zu Hause auf einen Anruf, von dem Seb sicher war, dass er nie kommen würde.

Sie öffnete die Tür, ihr Gesichtsausdruck hoffnungsvoll, aber vorsichtig. »Sheriff. Haben Sie Neuigkeiten? Haben Sie sie gefunden?«

»Es tut mir leid, Susan, nein. Ich habe jedoch eine Frage an Sie.«

Sie öffnete die Tür weiter. »Kommen Sie herein.«

Seb trat ein.

»Was wollten Sie fragen?«

Er nahm die Kette aus seiner Tasche und hielt sie ihr hin. Bevor er fragen konnte, keuchte sie auf und nahm den Beutel aus seinen Händen.

»Das gehört Adelaide!« Ihre geschockten Augen trafen seine. »Wo haben Sie das gefunden?«

Schwere breitete sich in Sebs Magen aus. »Sind Sie sicher, dass es ihr gehört?«

Sie blickte wieder darauf hinab und drehte es um, dann nickte sie. »Ja.« Sie zeigte ihm die Rückseite des Anhängers. »Sehen Sie die Markierung? Die ist von Belton's in Colorado Springs. Wir haben das für sie gekauft, als sie ihren College-Abschluss gemacht hat. Wir waren sehr stolz auf sie, und das wusste sie auch, also hat sie es oft getragen. Wo haben Sie es gefunden?«

»In Declan Briggs' SUV.«

Ihre Augen weiteten sich. »Was? Warum sollte Declan es haben? Sie waren in der gleichen Klassenstufe in der Schule, aber ich glaube nicht, dass sie viel miteinander zu tun hatten, seit Adelaide nach Hause gekommen ist. Sie hatte nicht viel mit irgendjemandem ihres Alters hier zu tun - weder Männern noch Frauen. Ich war erstaunt, als ich sah, wie sie mit euch allen Softball bei Lee und Jennys Party spielte. Sie ist nicht gerade beliebt.«

Seb verbarg sein Erstaunen über ihre Offenheit, aber nicht schnell genug.

Sie winkte ihm ab. »Sheriff, ich mache mir keine Illusionen darüber, dass meine Tochter kein Einstellungsproblem hat. Wir haben sie verwöhnt, weil sie unser einziges Kind war - eines, für das wir sehr hart gekämpft haben. Ich liebe sie, aber sie kann unverschämt, höhnisch und gemein sein, wenn sie nicht bekommt, was sie will. Ich nehme es einem Mann wie Declan nicht übel, wenn er sie meidet. Oder Ihrem Bruder Thomas, wenn wir schon dabei sind. Haben Sie Declan gefragt, warum er ihre Kette hat?«

»Ja. Er sagt, er habe sie nie gesehen und wisse nicht, wie sie in sein Auto gekommen ist. Mrs. Martin, wir haben Beweise, die

Declan mit den jüngsten Morden und jetzt mit Adelaides Entführung in Verbindung bringen.«

Ihr Gesicht wurde weiß und ihre Hand zitterte, als sie sie hochhob, um ihre Stirnfransen zurückzuschieben. Sie runzelte die Stirn. »Sind Sie sicher? Ich meine, er ist so ein netter junger Mann, trotz seiner Erziehung. Ich kann mir nicht vorstellen, dass er etwas so Schreckliches tun würde.«

»Ich auch nicht, Ma'am, aber dahin zeigen die Beweise. Sie sind sicher, dass diese Kette Adelaide gehört?«

Sie nickte. »Hundertprozentig.«

Dieser schwere Ball in seinem Magen wurde größer, und Grauen ließ seine Schultern sinken. »Okay. Vielen Dank für Ihre Zeit, Mrs. Martin. Ich werde Sie wissen lassen, sobald ich etwas Neues herausfinde.«

»Danke, Sebastian.« Sie legte eine Hand auf seinen Arm. »Es tut mir leid wegen Ihres Freundes. Ich habe Schwierigkeiten zu glauben, dass er es ist. Wie auch immer, ich hoffe, Sie finden die Wahrheit.«

»Ich auch, Ma'am.« Er berührte den Beutel an seiner Schläfe zum Abschied und trat zur Tür zurück. »Ich finde selbst hinaus. Lassen Sie mich wissen, wenn Sie Fragen haben oder von Adelaides Entführer hören.«

»Das werde ich. Passen Sie auf sich auf.«

»Ja, Ma'am.« Seb öffnete die Fliegentür und trat zurück auf die Veranda, seine Schritte schwer, als er zurück zu seinem Streifenwagen ging. Sein nächster Halt war einer, den er nicht machen wollte, aber er hatte keine Wahl mehr. In seinem Auto schnallte er sich an und fuhr mit schwerem Herzen aus der Einfahrt, auf dem Weg zum Rathaus, um mit dem Staatsanwalt zu sprechen.

LONDON SPÄHTE AUS DEM FENSTER, ALS SCHEINWERFER DIE Dunkelheit in ihrem Schlafzimmer durchschnitten. Sebs Truck rollte hinter der Garagenbox, wo Abigail normalerweise parkte, zum Stehen. Sie beobachtete, wie er den Motor ausschaltete und aus dem Fahrzeug stieg. Seine Erschöpfung war selbst von ihrem Aussichtspunkt aus offensichtlich.

Sie stieß sich vom Fensterbrett ab, zog ihren Morgenmantel und Hausschuhe an, nahm ihre Schlüssel und verließ die Wohnung. Aus Gewohnheit trat sie leise auf, um ihre Gäste nicht zu stören, aber es hätte nichts ausgemacht, wenn sie in ihren Cowboystiefeln den Flur entlanggerannt wäre. Doug Brown war der einzige Verbliebene. Das andere Paar hatte sich am Nachmittag ausgecheckt und entschieden, dass die Atmosphäre zu angespannt für den entspannenden Urlaub war, den sie sich erhofft hatten.

Sie rannte durch das Wohnzimmer und erschreckte Alaina Wilder, die beschlossen hatte zu bleiben, bis Seb zurückkehrte. Sie setzte sich in dem Sessel auf, über den sie sich ausgestreckt hatte, und das Buch, das sie las, fiel zu Boden.

»Was? Was ist los?«

»Seb ist zu Hause.« London ging weiter durch die Schiebetür zur Küche und schaltete dabei die Lichter ein. Die Innentür zur Garage öffnete sich, als sie auf halbem Weg durch den Raum war.

Sie warf einen Blick auf das Elend in seinen Augen und flog zu ihm. Er zog sie eng an sich und hielt sie fest. London konnte spüren, wie seine Muskeln vor Stress des Tages zitterten, während er seine Emotionen weiterhin unter Kontrolle hielt. Sie zog sich zurück, nahm sein Gesicht in ihre Hände und blickte ihm in die Augen. Sie hatte ihn nicht so niedergeschlagen und entmutigt gesehen, seit Eddie gestorben war.

Da sie wusste, dass er sie brauchte, nahm sie seine Hand und führte ihn zurück den Weg, den sie gerade gekommen war. Alaina stand in der Türöffnung, ihr Gesicht stoisch, als sie das abgekämpfte Aussehen ihres Chefs wahrnahm. Sie trat zurück, um sie durchzulassen, aber Seb zog an Londons Hand und hielt vor seiner Deputy inne.

»Danke, dass du geblieben bist, Alaina. Es tut mir leid, dass ich so spät bin.«

Sie winkte seine Entschuldigung ab. »Kein Problem. Es tut mir leid wegen Declan. Hoffentlich stellt sich alles als Zufall heraus, und du kannst ihn gehen lassen.«

»Das hoffe ich auch.« Er ging an ihr vorbei und zog London mit sich. »Geh nach Hause. Ruh dich aus. Ich sehe dich morgen im Büro.«

Sie nickte. »Gute Nacht, Sheriff.«

Londons Herz brach bei dem traurigen Lächeln, das über sein Gesicht huschte. Gemeinsam durchquerten sie das ruhige Wohnzimmer. Alaina winkte ihnen sanft zu, als sie hinausging. Seb drehte die Türschlösser hinter ihr zu, und London schaltete die Wohnzimmerlichter aus. Er nahm ihre Hand und führte sie die Treppe hinauf. An der Tür zur Familiensuite steckte London ihren Schlüssel ins Schloss und ließ sie eintreten. Sie griff nach dem Lichtschalter, aber Sebs Hand auf ihrer hielt sie auf.

Ohne ein Wort nahm er ihr die Schlüssel ab und warf sie auf den Tisch neben der Tür. Er schob sie zu und verriegelte sie, dann schlang er seine Arme um ihre Hüften und hob sie hoch, wobei er sie in ihr Zimmer trug. Sie schob ihre Hände in sein Haar und drückte ihre Stirn an seine, versuchte, etwas von der Traurigkeit seines Tages wegzunehmen.

Mit einer Zärtlichkeit, die sie bis ins Mark spürte, legte er sie auf das Bett. Sie beobachtete durch die Dunkelheit, wie er seinen Dienstgürtel ablegte und seine Waffe auf den Nachttisch legte. Er setzte sich auf die Bettkante und zog seine Stiefel und Socken aus. Sein Uniformhemd kam als nächstes, als er es in einer glatten, fließenden Bewegung über seinen Hals zog. Als er aufstand, um seine Hose aufzuknöpfen, erhob sie sich auf die Knie und strich seine Hände beiseite. Sein schnelles Einatmen war seine einzige Reaktion.

Sie schob ihre Hände in den Bund seiner Cargo-Hose und seiner Boxershorts und schob sie an seinen Hüften vorbei nach unten. Sie rutschten mit einem leisen Rascheln zu Boden. Sie nahm ein Kondom vom Nachttisch und überzog ihn schnell. Er stöhnte erneut auf, als ihre Finger sich um ihn schlossen, dann hob er seine Hände und öffnete mit nur seinen Fingerspitzen ihren Morgenmantel und streifte ihn von ihren Schultern. Das seidige Material glitt ihre Arme hinab und sammelte sich auf dem Bett um sie herum. London wartete nicht auf ihn. Sie ergriff den Saum ihres Nachthemdes und zog es über den Kopf, sodass sie nur noch ihre Unterhose trug. Er hakte seine Finger darin ein und schob sie nach unten, dann klammerte er sich an ihren Mund und brachte sie zum Stöhnen.

London schlang ihre Finger in sein Haar und hielt ihn fest. Seine Hände legten sich um ihren Rücken und fuhren ihre Wirbelsäule hinauf, hinterließen eine Spur von Gänsehaut. Sie zog an seinem Hals und zog ihn mit sich auf die Matratze hinunter. Er unterbrach ihren Kuss, um seinen Mund ihren Hals hinab und über ihre Brüste wandern zu lassen. Jedes Flüstern seines Kusses auf ihrer Haut ließ ihr Verlangen stärker werden, bis es weißglühend brannte. Sie fuhr mit ihren Nägeln über seine Kopfhaut, und er stöhnte in ihr Fleisch.

»Bitte, Sebastian.«

Seine Hände strichen über die Haut an ihren äußeren Oberschenkeln, als er mit seinen Fingern über ihre Hüftknochen und ihre Beine hinabfuhr. Mit einem sanften Schubs drückte er sie auseinander und ließ sich zwischen ihnen nieder. Er strich ihr Haar zurück und starrte in der Dunkelheit auf sie hinab. Im schwachen Licht glitzerten seine Augen vor Emotionen.

»Ich liebe dich.«

Ihr Herz setzte aus und flatterte dann ein wenig, bevor es bei seinem zärtlichen Geständnis in ihrer Brust zu rasen begann. Tränen stiegen in ihre Augen. Sie blinzelte sie zurück und hob ihren Kopf, um einen sanften Kuss auf seine Lippen zu drücken, wobei sie sein Gesicht in ihren Händen hielt. »Ich liebe dich auch.«

Er küsste sie erneut, diesmal voller Leidenschaft. Londons Verlangen erreichte neue Höhen und verzehrte sie. Sie schlang ihre Beine um seine Taille und ließ es übernehmen. Er glitt in sie hinein und schickte sie auf eine neue Ebene. Eine erfüllt von Hitze und Licht und einer Lust so intensiv, dass sie sie zerreißen wollte.

In einem Augenblick tat sie genau das. Sie zersplitterte in eine Million winziger Stücke reiner Ekstase. Sebs Schrei folgte auf ihren. Sie versuchte, ihre Arme um ihn zu schlingen und die Welle zu reiten, konnte aber ihre Muskeln nicht zum Arbeiten bringen. Sie sank in die Matratze, befriedigt und schlaff.

Seb bewegte sich, so dass er nicht direkt auf ihr lag, und zog sie an seine Seite, wobei er ein Bein über ihres warf. Sein Körper entspannte sich und er stieß einen langen Seufzer aus. London spürte den Moment, in dem er all den Stress des Tages losließ und einschlief.

Sie strich über seine Augenbraue und fuhr mit ihren Fingern in sein dickes, dunkles Haar, starrte im Mondlicht, das durch das Fenster fiel, auf sein gutaussehendes Gesicht. Er sah jünger aus im Schlaf. Alle Sorgenfalten um seine Augen glätteten sich und sein Mund entspannte sich. Ihr Herz schmerzte wegen der Schmerzen, die er heute durchgemacht hatte. Es muss nicht leicht gewesen sein, Declan wegen Mordes und Entführung zu verhaften. Selbst wenn Seb nicht glaubte, dass er es getan hatte. Sie war sicher, dass er dachte, Deck würde es als Vertrauensbruch ansehen, und wahrscheinlich tat er das auch, selbst wenn er verstand, dass Seb nur seinen Job machte.

Sie beugte sich vor, drückte einen zärtlichen Kuss auf seine Schläfe und rutschte dann nach unten, um sich auf ihrem Kissen an seine Seite zu kuscheln. Sie schmiegte sich näher und schloss die Augen, betend, dass morgen ein besserer Tag sein würde.

KAPITEL
Sechzehn

London summte vor sich hin, während sie das Frühstücksgeschirr abwusch. Mit nur einem Gast, ihr selbst und Seb im Haus war der Vorgang schnell erledigt. Sobald sie fertig war, wollte sie den Berg hinauffahren und wieder bei der Suche helfen. Sie gingen jetzt in den dritten Tag, und die Aussichten, Adelaide lebend zu finden, wurden immer geringer.

Sie drehte den Wasserhahn zu und schüttelte das überschüssige Wasser von ihren Händen. Als sie nach dem Handtuch griff, blickte sie aus dem Fenster. Etwas am Waldrand fiel ihr auf. Sie beugte sich vor und kniff die Augen gegen die Morgensonne zusammen. Groß und blass schwankte es gegen einen Baum.

Was war das? War der Deputy, der heute das Haus bewachte, bereits eingetroffen und hatte beschlossen, zuerst das Gelände zu durchsuchen?

Es bewegte sich ruckartig und London keuchte auf.

»Oh mein Gott!«

Sie rannte los, riss die Hintertür auf und flog über den Hof, um die Gestalt zu erreichen, die aus dem Wald auftauchte.

»Adelaide! Oh mein Gott!« Sie fing die andere Frau auf, als diese zusammenbrach, ihr ganzes Gewicht sackte gegen Londons größeren Körper.

»London?« Adelaides Stimme war schwach. Sie blickte auf, ihre Augen waren vor Schmerz und Verwirrung glasig.

»Ja, ich bin's.« Sie nahm den Zustand der anderen Frau in Augenschein. Nackt wie ein Vögelchen war sie schmutzig und mit blauen Flecken übersät. Getrocknetes Blut verunstaltete ihre cremefarbene Haut von hunderten kleiner Schnitte. Ihre Haare, normalerweise so perfekt frisiert, waren ein Durcheinander – verfilzt und in alle Richtungen abstehend, mit Zweigen und Blättern, die in die zerzausten Strähnen eingewoben waren.

Himmel. Was hatte sie durchgemacht, um hierher zu kommen?

»Lass uns dich ins Haus bringen. Kannst du laufen?«

»Wenn-wenn du mir hilfst.«

London nickte. »Okay. Komm.« Sie passte ihren Griff an, half der anderen Frau, aufrechter zu stehen, und gemeinsam machten sie sich auf den Weg zum Haus. Sie drehte am Türknauf, stieß die Tür auf, und sie stolperten hinein. London führte sie zum kleinen Küchentisch und ließ sie behutsam auf einen der Holzstühle sinken.

»Ich hole dir eine Decke.« Sie drehte sich um, genau das zu tun, aber Adelaides Hand an ihrem Arm hielt sie zurück.

»Wasser. Kann ich zuerst etwas Wasser haben?«

»Oh. Ja. Ja, natürlich.« Sie änderte die Richtung und füllte eines der Gläser, das sie gerade gewaschen hatte, und reichte es Adelaide. Die andere Frau trank begierig.

»Langsam. Du willst es nicht wieder hochbringen.«

Adelaide nahm noch einen kräftigen Schluck, stellte dann das Glas ab und nickte.

»Ich bin gleich zurück.« London rannte aus der Küche, um eine Decke aus dem Wäscheschrank im Hauswirtschaftsraum zu holen.

Sie eilte zurück, entfaltete das warme Tuch, während sie zum Tisch ging. Sie wickelte es um die andere Frau, die seufzte, als es ihre Haut berührte.

»Danke.«

London hockte sich vor sie und versuchte, einige der verfilzten Haare aus ihrem Gesicht zu streichen. »Geht es dir gut?«

Tränen stiegen in Adelaides Augen auf. »Nein.« Ihr Flüstern war gebrochen. Sie schluckte schwer, schniefte und fuhr fort. »Ich hatte solche Angst.«

»Wer hat dich entführt?« London betete, dass sie nicht Declan sagen würde.

»Ich weiß es nicht. Alles, was ich sah, war eine Gestalt im Dunkeln. Er hat mich betäubt.« Sie reckte den Hals, und London sah einen kleinen blauen Fleck. Adelaides Tränen begannen wieder, und London tätschelte ihr Knie durch die schwere Decke.

»Okay. Ich werde jetzt Hilfe rufen.«

Adelaide nickte und lehnte sich im Stuhl zurück, schloss die Augen.

London stand auf und zog ihr Handy aus der Tasche ihrer Shorts. Sie wählte den Notruf und teilte dem Disponenten mit, dass Adelaide Martin sicher in ihrer Küche sei. Nachdem sie aufgelegt hatte, rief sie Seb an.

»Hey, Schatz-«

Sie unterbrach ihn. »Adelaide ist gerade aus dem Wald bei meinem Haus gekommen. Sie ist in meiner Küche.«

Es gab eine kurze Pause, während er verdaute, was sie gerade gesagt hatte.

»Was? Geht es ihr gut?«

»So einigermaßen.« London entfernte sich von der anderen Frau und senkte ihre Stimme. »Sie ist ziemlich übel zugerichtet. Überall an Armen und Beinen sind blaue Flecken. Und- und um ihren Hals.« Sie schluckte schwer bei dem Gedanken, was das bedeutete, und atmete tief durch, bevor sie fortfuhr. »Sie ist auch voller Schnitte, aber ich denke, die könnten von Dornenranken stammen. Ihre Füße sind ein Chaos.« Sie warf einen Blick auf die blutigen Fußabdrücke auf dem Boden, von der Tür bis zum Tisch. »Sie ist auch ziemlich dehydriert. Ich habe bereits Hilfe gerufen.«

»Okay. Ich bin unterwegs. Sorge einfach dafür, dass es ihr gut geht.«

Ihr Kopf nickte. »Das werde ich.« Sie legte auf und steckte das Telefon zurück in ihre Tasche, dann ging sie zu Adelaide zurück und zog den Stuhl neben ihr heraus.

Adelaide öffnete ihre Augen. Sie waren trostlos.

Londons Herz zog sich zusammen, und sie streckte die Hand aus, um die Finger zu ergreifen, die die Ränder der Decke zusammenhielten. »Es tut mir so leid, dass dir das passiert ist. Erinnerst du dich an irgendetwas über denjenigen, der das getan hat? Ich weiß, du hast gesagt, du wurdest betäubt, aber warst du überhaupt bei Bewusstsein? Auch nur ein bisschen?«

Sie schloss ihre Augen in Gedanken, und eine Träne trat aus, rollte ihre Wange hinab. »Er roch nach Sägemehl. Und ich erinnere mich, dass mir kalt war, weil er mir alle Kleidung weggenommen hat. Er-er-« sie brach mit einem Schluchzen ab, und London konnte sich den Rest denken. Sie spürte, wie ihr eigene Tränen in die Augen stiegen.

Sie blinzelte sie weg und drückte Adelaides Hand fester. »Woran erinnerst du dich noch über ihn außer seinem Geruch?«

»Er war stark«, flüsterte sie. »So stark.« Sie holte zitternd Luft. »Ich versuchte, mich zu wehren, aber ich war zu benommen von den Drogen. Ich glaube, ich habe ihn einmal gekratzt, aber ich bin nicht sicher.«

»Hat er jemals mit dir gesprochen?«

»Einmal. Als er hereinkam und mich festhielt und-« sie presste ihre Lippen zusammen, um ein gedämpftes Schluchzen zu unterdrücken.

»Schh. Es ist okay. Du bist jetzt in Sicherheit. Erinnerst du dich, was er gesagt hat?«

Adelaide schniefte. »Er nannte mich bei einem anderen Namen. Coraline. Und sagte mir, ich sei sein – dass ich immer sein sein würde.«

London schloss für einen kurzen Moment die Augen. *Was für ein krankes Schwein.*

»Wie bist du entkommen?«

»Er brachte mich zu irgendeiner alten Hütte im Wald. Sie war in schlechtem Zustand. Ich erinnere mich, dass ich Sterne durch die Risse im Dach gesehen habe, bevor er auf mich kletterte und sie verdeckte. Er – legte seine Hände um meinen Hals.« Ein Strom von Tränen rann über ihr Gesicht, und ihre Stimme brach erneut. »Danach erinnere ich mich an nicht viel mehr, bis ich aufwachte. Ich weiß nicht, wie lange oder wie weit ich gelaufen bin. Ich wusste nur, dass ich weg musste. Falls er zurückkäme.«

London bedeckte entsetzt ihren Mund. Ein paar Tränen entwischten ihr, und sie drehte den Kopf, um sie wegzuwischen. Schniefend hob sie Adelaides Wasserglas auf und hielt es ihr hin. »Hier. Nimm noch einen Schluck.«

Adelaide nahm es und nippte am Wasser. London hörte Sirenen und Erleichterung durchströmte sie.

Gott sei Dank.

Das Geräusch wurde lauter, als sie in die Auffahrt einbogen. Sie stand auf, um ihnen entgegenzugehen, und gab Adelaide einen beruhigenden Klaps auf die Hand. Als sie die Haustür öffnete, stieg die Krankenwagen-Besatzung gerade aus dem Fahrzeug, beladen mit Taschen.

»Ist sie wirklich einfach in deinen Hof gelaufen?« fragte der Ältere der beiden Männer.

London nickte.

Er schüttelte den Kopf und winkte seinen Partner nach vorne. »Ich kann nicht glauben, dass sie denken, Declan hätte das getan. Er war jahrelang mein Partner, bevor er zum Lieutenant befördert wurde. Solche Dinge machten ihn immer wütend. Er würde niemandem so etwas antun, schon gar nicht einer Frau.«

»Ich stimme zu, aber die Beweise sprechen für etwas anderes.«

»Dann wird ihm etwas angehängt.«

»Und Seb wird das beweisen. Wir müssen nur geduldig sein.« Sie drehte sich um und führte sie ins Haus, zeigte auf die Schiebetür. »Sie ist da drin.«

Sie hielt sich zurück und gab ihnen Raum zum Arbeiten. Der jüngere Sanitäter leuchtete mit einer Lampe in Adelaides Augen, während der ältere behutsam ihren Arm aus der Decke befreite, um ihren Blutdruck zu messen. London war sich sicher, dass er wahrscheinlich nicht normal war. Die Frau sah immer noch schockiert aus.

Schwere Schritte waren auf der Veranda zu hören, und die Haustür flog auf. London drehte sich um und sah Seb ins Haus stürzen. Mit vier langen Schritten war er an ihrer Seite, sein Mund stand offen, als er seinen ersten Blick auf Adelaide warf.

»Oh mein Gott.« Seine Stimme war leise, aber der Schock darin war unverkennbar. »Sie sieht schrecklich aus.«

»Ich weiß. Sie ist aber ziemlich klar bei Bewusstsein, was gut ist. Sie hat mir gesagt, dass sie sich nicht wirklich an viel erinnert. Er hat sie betäubt und vergewaltigt.« Sie holte tief Luft. »Und gewürgt. Ich glaube, er wollte sie töten und dachte, sie sei tot, als er ging.«

»Verdammt.« Sebs Fluch war leise, aber nachdrücklich. »Gott sei Dank war sie es nicht. Ihre Eltern wären am Boden zerstört gewesen.«

»Ich hoffe nur, sie kann mit dem Trauma umgehen. Was sie durchgemacht hat-« London brach ab und blinzelte Tränen weg, die überzulaufen drohten.

Seb legte einen Arm um ihre Schultern. Sie schlang ihren um seine Taille und vergrub ihren Kopf an seiner Brust, froh, dass er da war, um Unterstützung zu geben.

»Hat sie noch etwas gesagt?«

»Nur, dass er sie Coraline nannte und sie zu einer verfallenen Hütte im Wald brachte. Und dass sie glaubt, sie hätte ihn gekratzt.«

Das ließ ihn aufhorchen. Er ließ seinen Arm sinken und ging zur Tür zurück. »Ich bin gleich wieder da.«

London runzelte die Stirn, sagte aber nichts, als er aus der Tür lief. Einen Moment später kam er mit einem Beweismittel-Set zurück.

»Was machst du?«

»Ich werde ihre Nägel schneiden. Wenn sie ihn gekratzt hat, könnte DNA darunter sein.«

Londons Augen weiteten sich. »Das könnte Declan entlasten.« Oder verurteilen.

Sein Gesichtsausdruck war hoffnungsvoll. »Genau.«

Er ging an ihr vorbei und trat zu Adelaide. Die Sanitäter, die ihre Untersuchung fast beendet hatten, traten zur Seite. Seb hockte sich vor sie.

»Adelaide, London hat gesagt, du hättest ihr erzählt, dass du deinen Angreifer möglicherweise gekratzt hast. Ich muss deine Nägel schneiden und abschaben.«

Sie streckte eine zitternde Hand aus. »Alles. Ich will nur, dass ihr denjenigen fangt, der mir das angetan hat.«

Er entfernte den Pulsoximeter von ihrem Finger und ließ sie dann ihre Hand über die Tischkante legen. Mit einem Nagel-knipser schnitt er ihre Nägel in einen kleinen Papierbeutel und schabte dann unter den Kanten, wobei er sicherstellte, dass alles in die Tüte fiel. Er wiederholte den Vorgang mit der anderen Hand.

»Gibt es noch irgendetwas, an das du dich über den Mann erinnerst? Haarfarbe? Größe? Statur?«

Ein Teil des Schocks war aus ihren Augen gewichen, und sie starrte auf einen Punkt über seiner Schulter und dachte nach. »Er war durchschnittlich groß, denke ich. Ich war wirklich benommen, also ist alles nur in Bruchstücken. Einige Dinge, wie der Geruch nach Sägemehl und die Sterne, stechen hervor. Es war aber so dunkel. Er war stark. Daran erinnere ich mich.« Ihre Augen trafen seine. »Ich wünschte, ich könnte dir mehr sagen.«

»Das ist okay. Du machst das großartig. Hast du seine Stimme erkannt, als er mit dir sprach?«

Sie schüttelte den Kopf. »Nein. Er flüsterte. Ich erinnere mich nur, dass ich dachte, warum nennt er mich Coraline? Mein Name ist Adelaide.«

»Okay. Ich lasse diese Jungs dich ins Krankenhaus bringen. Ich selbst oder Deputy Bering werden später vorbeikommen, um noch einmal mit dir zu sprechen, nachdem du dich ausgeruht hast.« Er tätschelte ihre Hand. »Ich bin froh, dass du in Sicherheit bist, Adelaide.«

Ihre Augen füllten sich. »Danke. Wirst du meine Eltern anrufen? Sie sind wahrscheinlich so besorgt.«

Er nickte. »Das sind sie, und ja, das werde ich.« Er stand auf und trat den Sanitätern aus dem Weg. Sie halfen ihr aufzustehen, stellten sicher, dass die Decke um sie gewickelt blieb, und führten sie aus der Küche. Seb und London folgten und halfen, die Medizintaschen zu tragen. Es dauerte nicht lange, bis der Krankenwagen wegfuhr, auf dem Weg ins Krankenhaus.

»Was passiert jetzt?«

Seb runzelte die Stirn, während er dem sich entfernenden Fahrzeug nachblickte, bevor er zu ihr hinuntersah. Er hielt die Tüte mit Adelaides Nagelabschnitt hoch. »Ich habe die Suche bereits abgeblasen. Jetzt werde ich Herrn und Frau Martin anrufen und dann diese zu Katie Mitchum ins Kriminallabor bringen und sie die DNA beschleunigt bearbeiten lassen.

Hoffentlich wissen wir bis morgen früh, ob ich den richtigen Mann im Gefängnis habe.«

»Hast du nicht.« London war entschieden in dieser Sache. Sie kannte Declan, seit sie in der Grundschule war. Er war der nervige ältere Bruder gewesen, der sie und Macy immer gerne ärgerte. Er war kein Mörder. Oder ein Vergewaltiger.

»Und jetzt wird das hoffentlich beweisen.« Er deutete auf den Beweisbeutel in seiner Hand.

Sie schob ihn in Richtung seines Streifenwagens. »Geh. Bring diesen Beutel zu Katie. Ich werde mit den Martins reden.«

Seine Stirn furchte sich, als er die Tür öffnete. »Bist du sicher? Es ist nicht dein Job, mit den Familien zu sprechen.«

»Ich weiß, aber ich möchte es tun.«

»Okay.« Er beugte sich vor und drückte einen schnellen Kuss auf ihre Lippen. »Sei vorsichtig. Sag mir Bescheid, wohin du gehst, nachdem du mit den Martins gesprochen hast.«

Sie nickte. »Ich werde wahrscheinlich Macy suchen. Sie wissen lassen, was los ist.«

»Klingt gut. Liebe dich.« Er stieg ein und startete den Motor.

»Liebe dich auch.« Es war immer noch aufregend, diese Worte aus seinem Mund zu hören. Sie schloss seine Tür und trat zurück.

Er winkte, als er sich umdrehte und die Auffahrt hinunterfuhr. London ging rückwärts zur Veranda, beobachtete, wie er wegfuhr, dann drehte sie sich um und rannte zurück ins Haus, um ihre Handtasche und Schlüssel zu holen, begierig darauf, den Martins zu sagen, dass ihre Tochter in Sicherheit war. Als sie ihr Auto erreichte, klingelte ihr Telefon. Sie nahm ab, ohne hinzusehen, während sie sich anschnallte.

»Hallo?«

»London, hier ist Ryan Marsters. Dein Wasserhahn ist da.«

Sie drückte den Knopf an der Fernbedienung, die an der Sonnenblende befestigt war, und das Garagentor rumpelte hinter ihr hoch. »Oh. Gut. Es wird später werden, bevor ich ihn abholen kann. Ich bin gerade auf dem Weg zu den Martins. Adelaide ist heute Morgen in meinen Hinterhof gewandert. Sie ist angeschlagen, aber sie ist in Sicherheit.«

Es gab einen Moment der Stille.

»Oh.« Der Schock war in seiner Stimme deutlich zu hören. Er räusperte sich. »Das ist großartig. Ich bin froh. Wie wäre es, wenn ich ihn einfach morgen vorbeibringe? Ich kann ihn auch für dich installieren. Ich weiß, wie begierig du darauf bist, ihn zu haben.«

London bog aus ihrer Auffahrt ab und hörte nur mit halbem Ohr zu. »Sicher. Das klingt gut.«

»Gut. Ich sehe dich gegen neun? Ich muss den Laden erst um zehn öffnen, das sollte mir genug Zeit geben, ihn zu installieren.«

»Klingt super. Danke, Ryan.«

»Gern geschehen. Fahr vorsichtig und richte Adelaide meine besten Wünsche aus.«

»Das werde ich.« Sie verabschiedete sich und legte auf. Sie drückte etwas fester aufs Gaspedal. Angesichts der Umstände würde Seb ihr dieses eine Mal das Schnellfahren verzeihen.

Dankbar, dass die Stadt klein war, bog sie wenige Minuten später in die Einfahrt der Martins ein. Der Motor lief noch aus, als sie aus dem Auto stürzte und die Stufen hinaufrannte. Sie hämmerte an die Tür.

Durch das Fenster konnte sie Susan Martin sehen, die eilig zur Tür kam, um sie zu öffnen.

»London?« sagte sie, als sie die Tür öffnete. »Was ist los?«

»Adelaide lebt. Sie ist heute Morgen in meinen Hof gewandert. Sie ist in schlechtem Zustand, aber sie lebt und wird wieder gesund.«

Die ältere Frau starrte sie mit weit aufgerissenen Augen an, der Mund für einen Moment offen, bevor sich ihre Augen mit Tränen füllten. Ein Schluchzen brach hervor, und der Damm brach. Sie fiel in Londons Arme und schluchzte.

London umarmte sie und hielt sie fest.

»Oh mein Gott! Oh, Gott sei Dank.« Die ältere Frau richtete sich auf und wischte sich die Tränen aus dem Gesicht.

»Hol deine Handtasche. Ich fahre dich ins Krankenhaus.«

Susan schniefte und wischte weitere Tränen weg. »Ja. Oh, das sind wunderbare Neuigkeiten.« Sie eilte zurück ins Haus und kam innerhalb von Augenblicken mit ihrer Handtasche zurück. London geleitete sie zum Auto und richtete das Fahrzeug auf das Krankenhaus auf der anderen Seite der Stadt.

»Konnte sie dir irgendetwas darüber erzählen, was ihr passiert ist?«

»Nicht zu viel«, wich London aus. Sie wollte die ältere Frau nicht belasten, indem sie ihr von Adelaides Martyrium erzählte. »Sie wurde betäubt, also erinnert sie sich nicht an viel.«

»Oh, mein armes Baby.« Wieder stiegen Tränen auf, und sie schniefte sie weg. »Ich nehme an, das ist aber gut. Ich versuche, nicht darüber nachzudenken, was sie durchgemacht hat.« Susan nahm ihr Telefon aus ihrer Tasche. »Ich muss Lucas anrufen.«

London hörte zu, wie sie die Neuigkeiten an ihren Mann weitergab, der sagte, er würde sie im Krankenhaus treffen. Sie beendete das Gespräch, genau als London vor den Türen der Notaufnahme anhielt.

Die ältere Frau öffnete die Tür und drehte sich um, um auszusteigen, hielt aber inne, um eine Hand auf Londons Arm zu legen. »Danke.«

London lächelte. »Gern geschehen. Ich werde später nach euch allen sehen.«

Susan winkte und stieg aus, eilte auf die Türen zu. London fuhr mit einem Lächeln weg, glücklich, dass Frau Martin nicht um ihr einziges Kind trauerte.

DIE GEDÄMPFTEN GERÄUSCHE EINER KRANKENHAUSSTATION begrüßten London, als sie mehrere Stunden später aus dem Aufzug stieg. Nachdem sie Frau Martin abgesetzt hatte, war sie zu Macy gegangen, um die Neuigkeiten zu überbringen und sie davon abzuhalten, das Gefängnis zu stürmen und die Freilassung ihres Bruders zu fordern. Sie mussten nur geduldig sein, und sie war sicher, dass er bis morgen Mittag ein freier Mann sein würde.

Sie rückte den Strauß Flieder in ihren Armen zurecht und klopfte an Adelaides Krankenhauszimmertür, bevor sie den Kopf hineinsteckte. Adelaide und ihre Mutter blickten beide auf. Susan lächelte sie an.

»London, hallo. Komm rein, Liebes.« Sie winkte London ins Zimmer.

»Wie fühlst du dich?« fragte sie Adelaide und betrat den Raum. Sie stellte die Vase auf die Fensterbank.

»Besser. Danke.«

Susan stand auf. »Hier. Nimm meinen Stuhl.«

»Oh, Sie müssen nicht aufstehen, Frau Martin.«

»Unsinn. Ich hole mir nur einen Kaffee und lasse euch beide plaudern.« Sie nahm ihre Handtasche vom Boden und verließ den Raum.

London sah ihr nach und blickte dann zurück zu Adelaide, die auf den Flieder starrte, den London mitgebracht hatte.

»Die sind so hübsch. Ich war immer so neidisch auf dein Gasthaus. Auf den Erfolg, den du hattest.«

London runzelte die Stirn und setzte sich auf Susans leeren Stuhl. »Was? Warum solltest du neidisch auf mich sein?«

Adelaide drehte ihren Kopf. »Weil du erfolgreich warst. Ich habe das College abgeschlossen und bin von Job zu Job gewandert und habe versucht, den 'richtigen' zu finden. Ich erkenne jetzt, dass ich Marketing einfach gehasst habe. Ich bin nur in diesen Bereich gegangen, weil ich dachte, es wäre eine lukrative Karriere.« Sie blickte auf ihre Hände. »Es hätte eine sein können, wenn ich mich tatsächlich darauf konzentriert hätte.« Sie spottete. »Ich habe ein solches Durcheinander aus meinem Leben gemacht. Ich habe meinen Mann geheiratet, weil er reich war, wegen seines Lebensstils. Ich war immer noch nicht zufrieden. Unsere Ehe war leer, weshalb ich fremdge- gangen bin.«

»Hast du ihn je geliebt?«

Sie schüttelte den Kopf. »Er war angenehm. Am Anfang jedenfalls. Dann wurde er einfach gemein. Er hat mich nie geschlagen, aber er hat mich herabgesetzt. Mir gesagt, ich sei wertlos.«

Londons Herz zog sich zusammen. Die arme Frau. »Das tut mir leid zu hören. Du bist nicht wertlos.«

Sie sah London mit traurigen Augen an. »Bist du dir da sicher?«

»Ja.« Londons Stimme war nachdrücklich. »Schau, ich weiß, wir waren nie wirklich Freundinnen, aber ich würde das gerne ändern. Ich denke, du könntest eine Freundin gebrauchen.«

»Du willst mich nicht als Freundin. Nicht jetzt, wo du mit Sebastian zusammen bist. Sein Bruder hasst mich. Es wird nur Probleme verursachen. Außerdem habe ich dir als Freundin nichts zu bieten.«

London winkte ab. »Thomas ist ein bisschen ein Großmaul. Er wird nachgeben. Besonders wenn du dich bemühst, dich zu ändern.«

Ein Hauch eines Lächelns huschte über ihr Gesicht und gab London einen Einblick in die alte Adelaide. »Aber er ist einfach so verdammt köstlich.«

London kicherte. »Alle Archer-Männer sind gutaussehend.«

»Stimmt.«

»Und du hast eine Menge zu bieten. Du bist eine intelligente Frau. Und ich denke, du bist bereit, dich zu ändern. Ein besserer Mensch zu sein. Ich möchte mit jedem befreundet sein, der einen solchen Wunsch hat, an sich zu arbeiten. Sag dir was. Wie wäre es, wenn du, sobald du dich etwas erholt hast, zum Mittagessen vorbeikommst? Du könntest mir helfen, Ideen zu sammeln, wie man das Geschäft im Gasthaus wieder ankurbeln kann.«

Das erste echte Lächeln, das sie von der anderen Frau gesehen hatte, blühte in ihrem Gesicht auf. »Abgemacht. Danke, London. Ich kann das gar nicht oft genug sagen.«

London schluckte um den Kloß in ihrem Hals. »Gern geschehen. Ich bin einfach so froh, dass es dir gut geht.«

Sie blieb noch eine Weile dort sitzen und lernte ihre neue Freundin kennen, glücklich, dass sie in Sicherheit war und sich bereits von ihrem Martyrium zu erholen begann. Sie hoffte nur, dass Seb den Mann fangen konnte, der ihr das angetan hatte, und Adelaide etwas echten Frieden schenken konnte.

Siebzehn

Der Klang der Türklingel hallte durch das Haus. London schloss den Deckel der Waschmaschine, drückte die Knöpfe, um sie zu starten, und ging dann in Richtung Eingangsbereich. Sie spähte durch das Fenster und sah Ryan Marsters auf der anderen Seite stehen.

Er sah sie und winkte, eine Tüte hing an seinen Fingern und in der anderen Hand hielt er eine Schachtel.

Meine Armatur. Sie hatte das bis jetzt völlig vergessen. Sie drehte das Schloss und öffnete die Tür.

»Hi, Ryan. Komm rein.«

Er trat ein.

»Ich muss noch unter der Spüle aufräumen. Ich hatte vergessen, dass du kommst.«

»Macht nichts. Ich helfe dir.« Er lächelte sie an, und sie erwischte sich dabei, wie sie sein offenes, höfliches Gesicht zurücklächelte.

Sie winkten Deputy Bering zu, als sie den Wohnbereich durchquerten. London schob die Schiebetür auf und bedeutete Ryan einzutreten. Er legte die Armatur und die anderen Dinge, die er mitgebracht hatte, auf die Arbeitsplatte. Sie öffnete die Schranktüren unter der Spüle, hockte sich hin und begann, Sachen herauszunehmen. Ryan kauerte sich neben sie, um zu helfen.

»Mir war gar nicht klar, dass ich so viel Kram hier unten habe. Es ist wahrscheinlich gut, dass ich mich entschieden habe, die Armatur zu ersetzen. Gibt mir einen guten Grund, hier mal aufzuräumen.«

»Ich will gar nicht unter meine Küchenspüle schauen. Ich bin sicher, da gibt's Zeug, das schon drin ist, seit ich in das Haus gezogen bin.«

Sie kicherte und steckte ihren Kopf hinein, um die Sachen ganz hinten zu holen.

»Was hältst du eigentlich von dieser Sache mit Adelaide? Ich kann es kaum glauben.«

London rutschte mit einer Armladung Sachen zurück und stellte sie auf den Boden. Sie strich sich die Haare aus dem Gesicht und zuckte mit den Schultern. »Ich weiß. Es ist verrückt. Ich bin einfach so froh, dass sie in Sicherheit ist. Wir hatten gestern Nachmittag im Krankenhaus ein gutes Gespräch. Es ist verrückt, aber die ganze Tortur hat ihr geholfen, sich selbst in einem anderen Licht zu sehen. Sie hat ihr Leben überdacht und beschlossen, dass sie eine Veränderung will. Ich habe ihr gesagt, dass ich ihr auf jede mögliche Weise helfen würde. Sie schien ziemlich verloren.«

Er klopfte ihr auf die Schulter. »Du bist ein guter Mensch. Ich weiß nicht, ob ich zu jemandem wie ihr so rücksichtsvoll sein könnte.«

Sie runzelte die Stirn. »Warum? Im Grunde glaube ich, dass sie ein guter Mensch ist. Und sie hat mir persönlich nichts angetan. Selbst wenn sie es hätte, schien sie es ernst zu meinen mit ihrem Wunsch, sich zu ändern. Es wäre nicht sehr christlich von mir, wenn ich ihr keine zweite Chance geben würde.«

Ryan griff in den Schrank und drehte das Wasser ab. »Vergeben und ihre Freundin werden sind zwei sehr verschiedene Dinge. In der Bibel steht nichts davon, dass man Letzteres tun muss.«

»Nein, aber ich will es. Sie hat keine, und sie ist einsam. Ich glaube, sie braucht eine Freundin. Jemanden, der nicht urteilt.«

Er nahm einen Schraubenschlüssel aus der Leinentasche, die er mitgebracht hatte, und lehnte sich wieder in den Schrank. »Wie gesagt, du bist ein guter Mensch. Besser als ich.« Er schaute zurück zu ihr. »Das ist eine der Sachen, die mich zu dir hingezogen hat – deine Moralität.«

Ihre Wangen röteten sich, und sie öffnete den Mund, um höflich das Thema zu wechseln, aber er hob eine Hand.

»Ich weiß. Du bist mit Seb zusammen. Ich werde nicht noch einmal fragen. Ich wollte nur, dass du das weißt.«

London lächelte. »Du bist ein netter Mann, Ryan. Eines Tages wird irgendeine Frau auftauchen – die näher an deinem eigenen Alter ist – und das zu schätzen wissen.«

Sie stand auf und klopfte sich die Hände ab. »Ich habe noch ein paar andere Dinge zu erledigen. Kommst du alleine mit dem hier klar?«

Er nickte. »Das ist einfach. Nicht wie eingefrorene Rohre auswechseln oder ein Haus neu installieren. Ich sollte in etwa fünfundvierzig Minuten oder so fertig sein.«

»Klingt gut. Ruf, wenn du mich brauchst.«

Er zeigte ihr einen Daumen nach oben und steckte seinen Kopf wieder unter die Spüle.

London schlenderte ins Wohnzimmer. Sie musste hier staubsaugen und abstauben, dann die Snack-Station im Esszimmer auffüllen und Mr. Browns Badezimmer reinigen.

Caleb stand auf, als sie den Raum durchquerte, auf dem Weg zum Hauswirtschaftsraum, um den Staubsauger zu holen.

Er neigte den Kopf in Richtung Küche. »Warum ist Ryan Marsters hier?«

»Er wechselt meine Armatur aus. Ich warte schon seit über einem Monat darauf und er hat sich freiwillig gemeldet.«

»Oh. Okay.« Er wippte auf seinen Fersen zurück und schaute sich um.

London grinste. »Langweilst du dich?«

Seine Schultern sackten nach unten. »Mein Gott, ja. Tut mir leid. Ich mag dich und helfe gerne, indem ich auf den Ort aufpasse, aber ich bin es nicht gewohnt, einfach nur herumzusitzen.«

Sie lachte. »Komm mit.« Sie führte ihn in den Hauswirtschaftsraum und deutete auf ihre Reinigungsmittel. »Du kannst staubsaugen oder ein Bad putzen.«

Er schnappte sich den Staubsauger. »Ich weiß, ich sollte ritterlich sein und das Bad nehmen, aber ich mag es nicht mal, mein eigenes zu putzen.«

Sie grinste. »Das ist in Ordnung. Ich habe Handschuhe.« Sie nahm einen Korb vom Regal an der Wand, der ihre Badezimmerartikel enthielt. Sie nahm auch zwei Rollen Toilettenpapier mit.

»Willst du nur das Wohnzimmer saugen?«

»Wenn du ehrgeizig bist, kannst du auch den Spielraum machen. Ich habe einen Staubsauger oben für Mr. Browns Zimmer.«

Er rollte den Staubsauger zur Tür. »Passt für mich.«

»Danke, Caleb«, rief sie ihm nach. Er hob eine Hand, um ihren Dank abzuwinken, und verließ den Raum.

Sie schnappte sich einen Mopp, um ihn zu ihrem Vorrat hinzuzufügen, und folgte ihm hinaus. Zumindest würde die Zeit schneller vergehen, solange sie beschäftigt war. Sie hoffte nur, dass die DNA-Ergebnisse bald zurückkämen, damit Declan aus dem Gefängnis herauskommen könnte.

SEB BETRAT DAS KRIMINALLABOR MIT DEM FESTEN VORSATZ, AN Katies Schreibtisch zu campieren, bis sie ihm einige Ergebnisse gab. Er hatte Declan letzte Nacht besucht und ihm die Neuigkeiten mitgeteilt. Der Mann war enttäuscht gewesen, dass er immer noch nicht frei war, aber aufgemuntert durch die Tatsache, dass sie DNA unter Adelaides Nägeln gefunden hatten. Seb hatte es auch geschafft, den Staatsanwalt davon zu überzeugen, angesichts der jüngsten Entwicklungen in dem Fall keine formellen Anklagen zu erheben. Er wollte diese verdammten Ergebnisse, damit er seinen Freund aus seiner Zelle entlassen und nach dem tatsächlichen Mörder suchen konnte.

Katie hob eine Hand, sobald sie ihn herankommen sah. »Es wird noch verarbeitet.«

»Wie viel länger?«

»Ein paar Minuten.«

Er knurrte.

Eine finstere Falte teilte ihre Stirn. »Schau mich nicht so an. Ich kann nicht schneller arbeiten als der Prozess.«

Er seufzte und lehnte sich gegen den Tisch hinter ihm. »Es tut mir leid. Ich will einfach nach dem tatsächlichen Mörder suchen, anstatt dem Verdächtigen nachzujagen, von dem ich weiß, dass er unschuldig ist.«

»Das weißt du nicht. Du willst es nur, weil er dein Freund ist.«

Seb verschränkte die Arme. »Ich sage dir dasselbe, was ich unserem Gastdetektiv gesagt habe – ich esse meine Marke, wenn Declan unser Täter ist.« Er schüttelte den Kopf. »Du kennst ihn nicht, Katie. Du bist nicht hier aufgewachsen – hast ihn nicht bei der Arbeit gesehen. Er ist kein Mörder.«

»Aber Adelaide wurde nicht getötet. Nur entführt und vergewaltigt«, wies sie hin.

»Richtig, aber es war derselbe Kerl. Es gibt zu viele Ähnlichkeiten und es ist zu viel Zufall, dass zwei so gewalttätige Täter gleichzeitig in diesem Gebiet operieren.«

Sie zuckte mit den Schultern und aktualisierte ihren Computerbildschirm. »Vielleicht. Ich sage nur, dass nicht jeder das ist, was er zu sein scheint.«

Er hatte das Gefühl, dass sie aus Erfahrung sprach. Bevor er jedoch antworten konnte, drückte sie erneut die Aktualisierungstaste, und der Computer piepte. Seb schoss nach vorne, um über ihre Schulter zu schauen.

»Was steht da?«

»Gib mir eine Sekunde.« Sie drückte ein paar Tasten auf der Tastatur, um die Analyse aufzurufen. Für Seb sah es einfach wie ein Haufen verschwommener Bänder aus.

»Es ist keine Übereinstimmung.« Sie drehte sich um, um zu ihm aufzuschauen, mit einem riesigen Lächeln im Gesicht. »Declan hat Adelaide nicht entführt.«

»Ich wusste es! Okay, kannst du eine Übereinstimmung in der Datenbank finden?«

»Das könnte eine Weile dauern.« Sie drehte sich zurück zum Computer und rief einen anderen Bildschirm auf, tippte wie wild. »Du kannst gehen. Ich rufe dich an, wenn ich etwas finde.« Der Drucker erwachte zum Leben und sie zeigte darauf. »Das ist für dich.«

Er nahm das Papier aus dem Fach. Es waren die DNA-Ergebnisse. Enttäuscht, dass er nicht sofort den wahren Mörder verhaften konnte, wurde ihm klar, dass er dennoch etwas anderes zu tun hatte. »Gut. Ich werde mit dem Staatsanwalt sprechen und Declans Freilassung erwirken.«

»Gute Idee«, murmelte sie, vertieft in ihre Suche.

Sebs Mund verzog sich zu einem kleinen Lächeln, und er schüttelte den Kopf. Zumindest war sie engagiert.

Er verließ das Labor und machte sich auf den Weg zum Gerichtsgebäude, um mit dem Staatsanwalt Daniel Kerr zu sprechen. Eine kurze Fahrt später parkte er seinen Streifen-wagen vor dem dreistöckigen Gebäude und joggte hinein. Er winkte dem Sicherheitsbeamten zu und umging den Aufzug zugunsten der Treppe. Er nahm sie zwei Stufen auf einmal und stürmte durch die Tür, wobei er fast einen Justizange-stellten umrannte, dessen Arme hoch mit Akten beladen waren.

»Entschuldigung«, murmelte Seb und eilte vorbei. Er erreichte das Ende des Flurs und hielt am Schreibtisch vor Kerrs Tür an. Emma Quentin, die langjährige Sekretärin des Staatsanwalts, lächelte zu ihm auf.

»Hallo, Sheriff. Sie sehen außer Atem aus. Ist alles in Ordnung?«

»Mir geht's gut. Ich muss mit Dan sprechen. Ist er da?«

»Ja. Lassen Sie mich sehen, ob er frei ist.« Sie nahm ihr Telefon und drückte eine Taste.

»Herr Kerr, der Sheriff ist hier, um Sie zu sehen.« Sie hielt einen Moment inne, lächelte dann und legte auf. »Sie können hineingehen.«

»Danke.«

Seb umrundete ihren Schreibtisch und stieß die Tür auf.

»Seb. Was bringt dich so früh hierher?« Der Staatsanwalt lächelte und bedeutete ihm, näher zu kommen.

»Ich komme gerade aus dem Kriminallabor. Declan ist nicht unser Entführer.« Er hielt das Papier mit den DNA-Ergebnissen hin.

Dan nahm es und las es, dann sah er auf. »Gut. Ich werde die Anklagen reduzieren und ihn zum Richter bringen lassen für eine Kautionsanhörung.«

Seb runzelte die Stirn. »Was? Er hat es nicht getan, Dan. Womit willst du ihn anklagen?«

»Beihilfe zur Entführung. Wir haben immer noch ihre Halskette in seinem Auto gefunden.«

»Weil jemand sie dort platziert hat.«

»Ich schließe diese Möglichkeit nicht aus, aber im Moment habe ich keine Beweise dafür.«

»Natürlich hast du die.« Seb zeigte auf das Papier, das der Staatsanwalt hielt. »Und was ist mit unschuldig bis zum Beweis der Schuld passiert?« Er trat vor, Wut machte sein Gesicht und seine Stimme hart. »Benutze ihn nicht nur, um dich selbst gut aussehen zu lassen. Er war an nichts davon beteiligt. Adelaide sagte, es gab nur einen Mann.«

Dan verschränkte die Arme und starrte. »Hier geht es nicht um mich. Es geht um Gerechtigkeit für diese Frauen.«

»Quatsch. Es ist ein Wahljahr für dich. Wenn du Declan gehen lässt, musst du zugeben, dass du falsch lagst, und das lässt dich schlecht aussehen.«

»Es lässt auch dich schlecht aussehen.«

»Das ist mir scheißegal! Ich werde keinen unschuldigen Mann in die Enge treiben. Wenn ich falsch liege, liege ich falsch und ich stehe dazu. Das musst du auch tun. Lass ihn frei. Alle Anklagen fallen lassen.«

Noch immer zögerte er.

»Komm schon, Dan. Du kennst Declan. Er hatte nichts damit zu tun.«

Dan seufzte und lehnte sich vor, bewegte die Computermaus, um auf den Bildschirm zu klicken. »Gut. Ich werde jetzt das Entlassungsformular schicken.« Er blickte zu Seb auf. »Aber wenn sich herausstellt, dass er in irgendeiner Weise daran beteiligt war, werde ich sicherstellen, dass du den Schaden abbekommst, nicht ich.«

Seb zuckte mit den Schultern. »Einverstanden. Ich liege nicht falsch.« Er drehte sich auf dem Absatz um und marschierte aus dem Büro, bevor er etwas tat, was ihn in sein eigenes Gefängnis bringen würde.

»Auf Wiedersehen, Sheriff«, sagte Emma, als er vorbeiging.

Er winkte ihr zu, ohne zurückzublicken. Er würde da sein, um Declan herauszulassen, sobald der Beschluss das System durchlaufen hatte.

LONDONS GUMMIHANDSCHUHE SCHNAPPTEN, ALS SIE SIE AUSZOG und zurück in den Korb legte. Sie stellte alles auf das Regal und ging zum Waschbecken, um ihre Hände zu waschen. Mit dem Handtuch, das über die Stange an der Vorderseite des Waschbeckens drapiert war, trocknete sie sie ab und verließ dann den Hauswirtschaftsraum.

Caleb hatte das Staubsaugen beendet und war verschwunden. Sie schaute aus dem Fenster, als sie das Wohnzimmer durchquerte, sah ihn aber nicht. Wahrscheinlich lief er um das Grundstück herum, um sich zu beschäftigen. Sie betrat die Küche und sah Ryan über die Spüle gebeugt, wie er die neue Armatur zusammenbaute.

»Das sieht toll aus, und du bist noch nicht mal fertig.«

Er drehte den Kopf und lächelte. »Du hast eine gute ausgesucht, das ist sicher.«

Sie ging zur Speisekammer und begann, Schachteln auf ihren Armen zu stapeln, um die Snack-Station aufzufüllen. Als sie wieder herauskam, hatte sie die Arme voll.

»Wenn du fertig bist, habe ich noch etwas Wurst und Pfannkuchen von heute Morgen übrig, falls du Hunger hast.«

»Oh, das klingt toll. Ich hatte nur einen Proteinriegel zum Frühstück.«

London verzog das Gesicht. »Seb mag die auch. Ich weiß nicht, wie ihr Jungs die aushaltet. Ich finde sie eklig.«

Er lachte. »Sie sind schnell und ich muss nicht kochen.«

Sie verdrehte die Augen. »Stimmt. Lass mich die Snack-Station auffüllen, und dann wärme ich es für dich auf.«

»Danke. Das wird geschätzt. Ich bekomme nicht viele hausgemachte Mahlzeiten. Meine Schwester war eine ausgezeichnete Köchin. Ich habe dieses Gen nicht geerbt.«

Sie lächelte. »Nun, ich habe meinen letzten Klempner gefüttert. Ich kann dich kaum vernachlässigen, wenn ich ihn gefüttert habe.«

Er nickte. »War das Declan?«

Ihr Lächeln verblasste, und sie nickte. »Ja. Ich hoffe, er kommt heute Morgen raus. Seb hat DNA unter Adelaides Nägeln gefunden. Sie sollen heute die Ergebnisse zurückbekommen.«

Schock überzog sein Gesicht, und er richtete sich auf. »Wirklich?«

Sie nickte.

»Sie haben DNA bekommen?«

»Mmm-hmm. Diese Krallen von ihr waren nützlich.« Sie ging weg, bevor er antworten konnte, ihre Arme wurden müde.

Sie leerte ihre Ladung auf das Buffet, als sie hörte, wie die Hintertür geöffnet und geschlossen wurde. Sie hielt inne und lauschte, in der Erwartung, Caleb zu hören, wie er Ryan begrüßte, aber nur Stille traf ihre Ohren. Neugierig stopfte sie hastig Packungen in ihre ausgewiesenen Fächer, dann bückte sie sich, um in den Kühlschrank zu schauen. Er war voll, also sammelte sie ihre Ladung wieder und ging zurück in die Küche.

Zu ihrer Überraschung war sie leer. Ryans Werkzeuge lagen immer noch auf der Arbeitsplatte verteilt, und die neue Armatur lag seitlich am Rand der Spüle.

Unbehagen kroch ihr den Rücken hinauf.

Sie hörte einen dumpfen Schlag draußen und bewegte sich zur Tür, schnappte sich einen Schraubenzieher von der

Arbeitsplatte. Besorgt, dass Ryan verletzt sein könnte, öffnete sie die Tür und spähte nach draußen.

Da lag tatsächlich ein Mann am Boden, aber es war nicht Ryan.

»Caleb!« Sie eilte zu ihm und kauerte an seiner Seite. Er blutete stark aus seinem Hinterkopf.

Sie drückte ihre Finger gegen seinen Hals und betete, dass er noch am Leben war. Ein schwacher Puls traf ihre Berührung. Sie griff nach dem Telefon in ihrer Gesäßtasche, aber das Geräusch einer Pistole, die hinter ihr durchgeladen wurde, ließ sie erstarren.

Angst machte ihre Muskeln träge, und sie drehte langsam ihren Kopf. Ryan stand ein paar Meter entfernt und zielte mit einer Handfeuerwaffe auf sie.

»Lass den Schraubenzieher fallen und steh auf.«

Sie zögerte einen Moment, und er neigte den Kopf zu ihr.

»Ich will dir nicht wehtun, aber ich werde es tun, wenn du mich dazu zwingst. Es ist Zeit für dich, nach Hause zu kommen. Lass ihn fallen.«

Was? Sie *war* zu Hause. Ihre Angst verstärkte sich und sie tat wie geheißen. Das Werkzeug schlug dumpf ins Gras. Sie stand auf und wandte sich ihm zu.

»Du warst es? Die ganze Zeit warst du es?«

Er nickte. »Du hättest einfach einem Date zustimmen sollen. Ich hätte ihm nicht wehtun müssen.« Er deutete auf den bewusstlosen Deputy. »Oder Adelaide. Ich wollte ihr nicht wehtun. Sie war nicht die Richtige. Du bist es.«

»Ich?« Londons Stimme zitterte.

»Ja.« Er trat näher, hielt die Waffe immer noch auf sie gerichtet. Seine Augen nahmen einen etwas entrückten Ausdruck an, und er streckte die Hand aus, um mit einem Finger über ihre Wange zu streichen. Sie kämpfte den Schauder des Ekels zurück, wollte ihm keinen Grund geben, ihr zu schaden, bevor sie fliehen konnte.

»Meine Coraline. Ich habe dich wiedergefunden.«

Ihre Augen weiteten sich, als ihr klar wurde, dass er eine andere Frau auf sie projizierte. Nach dem Blick auf seinem Gesicht zu urteilen, dachte er jetzt, sie sei jemand anderes.

Er packte ihr Kinn und presste seinen Mund in einem zerquetschenden Kuss auf ihren. London wand sich in seinem Griff. Er ließ ab, ergriff aber ihren Arm und begann um die Seite des Hauses herum zu gehen, seine Waffe an ihre Seite gepresst.

Ihr Herz hämmerte in ihrer Brust und ihr Atem kam in schnellen Stößen. Tränen liefen ihr Gesicht herunter und trübten ihre Sicht. »Wohin bringst du mich?«

Er hielt an der Hintertür seines SUV an und streichelte wieder ihr Gesicht. »Irgendwohin, wo niemand uns finden wird, meine Liebe. Wir werden ganz allein sein und unsere Liebe neu entfachen können. Es ist so lange her.«

Etwas, das sie einmal in einem Buch gelesen hatte, darüber, wie eine Frau eine Entführung überlebte, indem sie auf ihren Entführer einging, sickerte in ihren ausgeflippten Verstand. Sie leckte über ihre trockenen Lippen und holte tief Luft.

»Ich weiß und es tut mir leid. Warum gehen wir nicht zurück ins Haus, und ich mache uns Frühstück? Wir können uns hinsetzen und reden. Aufholen«, sagte sie und spielte seine Fantasie mit.

Er hielt inne und runzelte die Stirn, schien ihr Angebot zu erwägen, bevor er den Kopf schüttelte. »Nein. Wir müssen hier raus. Dieser Polizist bleibt nie lange weg.« Er öffnete die Hintertür und schubste sie hinein.

London traf den Sitz und kippte durch den Schwung auf die Seite. Er zeigte auf den Boden. »Zieh die an.«

Sie schaute nach unten und sah ein Set Kabelbinder-Handschellen zu ihren Füßen und dachte schnell nach. »Warum? Ich dachte, du liebst mich. Warum würdest du mich fesseln wollen?«

»Das tue ich, aber du läufst gerne weg. Es hat mich drei Jahrzehnte gekostet, dich diesmal zu finden.«

London wusste, dass ihre Augen so groß wie Untertassen waren, aber sie konnte nichts dagegen tun. Etwas, das er zu ihr gesagt hatte, als sie ihre Wandleuchten abholte, pingte durch ihr Gehirn wie eine Flipperkugel. »Ryan. Wer bin ich für dich?«

Er runzelte die Stirn und deutete wieder auf die Handschellen. »Sei nicht lächerlich, Coraline. Du weißt, wer du bist. Du bist meine Schwester. Und meine Braut. Jetzt zieh die an.«

Ihre Hände zitterten, als sie nach den Handschellen griff.

Oh mein Gott, oh mein Gott, oh mein Gott. Er hatte seine Schwester ermordet, wahrscheinlich weil sie seine Annäherungsversuche zurückgewiesen hatte, und jetzt dachte er, sie sei Coraline. Er hatte einen kompletten psychotischen Zusammenbruch.

Gott steh ihr bei.

Achtzehn

Die Gitterstäbe klirrten, als Seb die Tür zurückschob und seinem Freund zulächelte. »Die Staatsanwaltschaft hat die Anklage fallen gelassen. Du bist frei.«

Declan erhob sich von der Pritsche, mit verhaltener Hoffnung im Gesicht. »Im Ernst?«

Seb nickte. »Ja. Die DNA-Ergebnisse sind da. Sie bestätigen, was wir die ganze Zeit gesagt haben. Du bist es nicht.«

»Endlich.« Declan ging an Seb vorbei, um im Gang vor der Zelle zu stehen. »Du schuldest mir eine Bar, erinnerst du dich? Aber ich würde mich auch mit einer Nacht voller Drinks in einer zufriedengeben.«

»Ich weiß, und ich verspreche, dass wir das machen werden, aber es muss warten. Katie versucht gerade, die DNA mit jemandem in der Datenbank abzugleichen. Ich hoffe, sie bekommt bald einen Treffer.«

»Gab es DNA in den anderen Fällen?«

Seb schüttelte den Kopf. »Nein. Er war bisher sehr penibel.« Sein Handy klingelte, und er nahm es aus der Tasche. »Es ist der Detective aus Aspen.« Er ging ran und hoffte, dass er etwas Gutes zu berichten hatte.

»Detective Farley. Sagen Sie mir, dass Sie etwas haben.«

»Vielleicht. Ich habe der Campingplatzleiterin das Bild Ihres Verdächtigen gezeigt. Sie hat ihn nicht erkannt. Sagte – und ich zitiere – ‚wenn so ein Prachtkerl hier aufgetaucht wäre, hätte ich das definitiv bemerkt.'«

Seb machte sich nicht die Mühe, sein Grinsen zu verbergen. Declan legte den Kopf schief und sah ihn mit neugierigem Stirnrunzeln an. Seb hob einen Finger.

»Ich habe das Bild auch in der Lodge herumgezeigt. Niemand hat ihn erkannt. Ich habe ihn allerdings auf den Sicherheitsaufnahmen gefunden, als er ein- und ausgecheckt hat. Er tauchte auch beim Abendessen und Frühstück im Restaurant auf.«

»Und was ist mit unserem mysteriösen Klempner? Haben Sie ihn gefunden?«

»Ich glaube schon. Ich habe die Campingplatzleiterin und den Concierge, der die Beschwerde auf dem Campingplatz bearbeitet hat, hergeholt und sie die Aufnahmen durchsehen lassen. Ich bin froh, dass der arme Kerl mit ihr zusammensitzen musste und nicht ich. Ich war noch nie so froh darüber, verheiratet zu sein.«

Seb lachte. »Ja, sie ist ein Original.«

»Untertreibung des Jahres, mein Freund. Jedenfalls haben sie einen Mann gefunden, von dem sie glauben, dass er es war. Ich habe Ihnen gerade das Bild gemailt. Es ist ziemlich körnig. Ich habe versucht, eine bessere Ansicht zu finden, aber sie konnten sein Gesicht nicht genau erkennen. Was Sie haben, ist alles.«

»Das ist mehr, als ich vor zwei Minuten hatte. Der Verdächtige, den ich in Gewahrsam hatte, ist entlastet. Die DNA, die wir von Adelaide Martin bekommen haben, war kein Treffer.«

»Nun, dann hoffe ich wirklich, dass jemand den Mann auf den Aufnahmen erkennt.«

»Ich auch. Danke, Detective.«

»Kein Problem. Lassen Sie es mich wissen, wenn Sie noch etwas brauchen.«

Die Männer verabschiedeten sich, und Seb wechselte zu seiner E-Mail-App.

»Was hat er gesagt?«, fragte Declan.

»Er hat einen Schnappschuss eines potenziellen Verdächtigen bekommen und ihn mir gemailt.« Er öffnete die E-Mail und klickte auf das angehängte Foto. Ein körniges Bild füllte seinen Bildschirm, und er starrte es eindringlich an. Es war zu verschwommen, um wirklich irgendwelche Merkmale zu erkennen. Alles, was er sagen konnte, war, dass er durchschnittlich groß und blond war.

Er zeigte Declan das Bild. »Erkennst du ihn?«

Declan schaute das Bild genau an und schüttelte den Kopf. »Er kommt mir bekannt vor, aber ich kann dir nicht sagen, wo ich ihn schon mal gesehen habe.«

Seb dachte das Gleiche.

Sein Handy klingelte erneut, und sein Herzschlag beschleunigte sich, als Katies Name über den Bildschirm flackerte. Er nahm ab und stellte sie auf Lautsprecher. »Ja, Katie. Was hast du?«

»Sheriff, Sie müssen sofort herkommen. Jetzt gleich.«

Ihr Ton ließ keinen Widerspruch zu. Adrenalin schoss durch seine Adern. »Bin unterwegs.«

»Ich komme mit. Ich will wissen, wer mich reingelegt hat.«

Seb bemühte sich gar nicht erst zu argumentieren. Es würde zu lange dauern, ihn umzustimmen, und Seb wollte auch nicht warten. Er rannte aus dem Gefängnis in den Hauptbereich der Wache. Jace schaute von seinem Schreibtisch auf, als sie vorbeirannten.

»Hey. Wohin geht ihr?«

»Katie hat etwas. Wenn du mitkommst, halte besser Schritt.« Seb hielt nicht an, als er durch den Großraum eilte. Jace reihte sich hinter ihnen ein, und die drei stürzten durch die Seitentür und rannten über den Rasen zum Kriminallabor nebenan. Er zückte seinen Ausweis, um hineinzukommen, und hielt nur lange genug an, damit sie ihre Namen in die Besucherliste eintragen konnten.

Ihre Schuhe dröhnten auf dem harten Boden, als sie eilig den Gang zu Katies Labor hinuntergingen. Drinnen sah sie auf, als sie eintraten, und winkte sie herüber, die Ärmel hochgekrempelt, sodass ihre bunten Tattoos im grellen Licht zur Geltung kamen.

»Was hast du gefunden?«, fragte Seb, der fast rutschend zum Stehen kam.

»Also, ich habe einen Treffer. *Aber* es ist nur ein partieller. Es führt zu einer Frau, die vor fast dreißig Jahren im Norden Nevadas ermordet wurde. Coraline Marsters.«

»Heilige Scheiße«, sagte Declan.

»Es gibt noch mehr. Sie wurde in einem verlassenen Haus entdeckt, auf einem Bett, in einem Hochzeitskleid und mit einer Handvoll Wildblumen in der Hand. Es war nicht im

NCIC, weil die Abteilung, die den Fall bearbeitet hat, damals zu klein war, um Daten hochzuladen. Ich kenne die Details nur, weil ich im Internet nach ihrem Namen gesucht habe und ein Zeitungsartikel aufgetaucht ist, der den Mord vor etwa zehn Jahren wieder aufgegriffen hat. Er ist immer noch ungelöst.«

Seb schlug mit der Hand auf den Tisch. »Verdammter Mist. Ich wusste, dass ich ihm mehr Aufmerksamkeit hätte schenken sollen, nachdem er London nach einem Date gefragt hatte, aber er schien zu alt zu sein, um der Mörder zu sein. Und er hat ehrlich gesagt keine gruseligen Schwingungen ausgestrahlt. Verdammt. Okay. Maile das an Kerrs Büro. Ich gehe jetzt rüber, um einen Haftbefehl zu bekommen.« Er schaute auf seine Uhr. »Marsters dürfte bald den Laden öffnen. Wir können ihn dort schnappen.« Er drehte sich auf dem Absatz um. »Tolle Arbeit, Katie«, rief er über seine Schulter.

»Schnapp den Arsch!«, rief sie zurück.

Die drei Männer rannten zu Sebs Streifenwagen auf dem Parkplatz der Polizeistation und stiegen ein. Seb widerstand dem Drang, die Sirene einzuschalten. Er musste sich zügeln, bevor er etwas Dummes tat, weil er nicht nachdachte. Sie sollten keine Probleme haben, Ryan Marsters in Gewahrsam zu nehmen. Er hatte der Öffentlichkeit nicht mitgeteilt, dass sie DNA unter Adelaides Nägeln gefunden hatten, also sollte der Mann seinen Laden wie üblich öffnen.

Er parkte auf demselben Platz wie beim letzten Mal, und sie eilten hinein. Weil er Jace und Declan dabei hatte, musste er diesmal warten, während sie durch die Metalldetektoren gingen und Besucherausweise erhielten. Er lehnte sich gegen den Sicherheitsschalter und tippte mit dem Fuß. Energie summte durch ihn mit der Vorfreude, diesen Albtraum eines Falles endlich zu beenden.

Declan und Jace steckten ihre Ausweise an, und Seb machte sich wieder auf den Weg zur Treppe. Die drei polterten die Beton- und Metallkonstruktion zum dritten Stock hinauf. Diesmal war kein Justizangestellter in der Nähe der Tür, als sie herausplatzten, aber sie erschreckten mehrere Anwälte in einem Konferenzraum gegenüber der Treppe.

»Schon wieder da?«, sagte Emma, als sie sich ihrem Schreibtisch näherten.

»Ja. Ist er da?«

»Ja, aber er arbeitet an einem Schriftsatz und möchte nicht gestört werden.«

Seb schüttelte den Kopf und ging um ihren Schreibtisch herum. »Hierfür wird er gestört werden wollen.«

»Warten Sie.« Sie stand auf. »Sheriff, Sie können da nicht reingehen!«

Seb ignorierte sie und stieß die Tür des Staatsanwalts auf. Kerr blickte erschrocken auf und runzelte dann die Stirn.

»Sheriff. Was soll das? Ich habe darum gebeten, nicht gestört zu werden.« Er warf einen Blick auf Declan, ein Hauch von Angst zeigte sich in seinem Gesicht.

Declan lächelte, ein teuflisches Glitzern in seinen Augen.

Ein Mundwinkel von Seb zuckte für einen Moment nach oben. Der Staatsanwalt hatte es verdient, ein bisschen zu schwitzen, nachdem er versucht hatte, den anderen Mann reinzulegen.

Er beherrschte seine Gesichtszüge und zeigte auf den Computer. »Checken Sie Ihre E-Mails.«

»Was? Warum?«

»Katie hat die DNA abgeglichen. Sie hat eine teilweise Übereinstimmung mit einem ungelösten Mordfall aus fast drei Jahrzehnten aus einer Kleinstadt im Norden Nevadas. Sie gehört zu Coraline Marsters.«

»Marsters?« Kerrs Stirnrunzeln verwandelte sich in Schock, als er die Verbindung herstellte.

Seb nickte. »Ryan Marsters ist unser Killer. Ich brauche einen Haftbefehl für ihn sowie einen Durchsuchungsbefehl für jedes Grundstück auf seinen Namen und sein Auto.«

Declan verschränkte die Arme und starrte finster. »Ich habe dir gesagt, dass ich nichts damit zu tun habe.«

»So scheint es, Mr. Briggs.« Er sah Seb an. »Ich werde den Haftbefehl zum Richter bringen. Sie werden ihn innerhalb einer halben Stunde haben.«

»Welcher Richter?«

Kerr fuhr sich mit der Hand um den Nacken und klickte auf seinen Computerbildschirm. »Äh, Brandt. Er ist heute im Dienst.«

Seb nickte. »Wir werden in seinem Vorzimmer warten.« Er berührte Declans Arm, als er zur Tür zurückwich. »Komm schon.«

Declan winkte dem Staatsanwalt zu und folgte Seb und Jace aus dem Raum.

Emma wartete auf der anderen Seite der Tür, mit einem wütenden Stirnrunzeln im Gesicht. Seb hob seine Hände.

»Es tut mir leid. Es konnte nicht warten. Ich werde es nicht wieder tun, es sei denn, es ist absolut notwendig.«

Sie wackelte mit dem Finger vor ihm. »Achten Sie darauf, dass Sie es nicht tun. Dies ist ein zivilisiertes Büro, Sheriff.«

»Ja, Ma'am.« Er flüchtete, bevor sie ihn noch mehr ausschimpfen konnte.

»Also, jetzt warten wir, richtig?«, sagte Jace, als er Seb die Treppe hinunter zum zweiten Stock folgte.

»Genau. Hoffentlich dauert es nicht zu lange, die Haftbefehle zu bekommen. Dies ist ein Fall mit hoher Öffentlichkeitswirksamkeit, also sollte es schnell gehen.« Sie kamen vor Richter Brandts Vorzimmer zum Stehen.

Sein Justizangestellter zog eine Augenbraue hoch. »Kann ich etwas für Sie tun, Sheriff?«

Seb nickte dem jungen Mann zu. »Sie können reingehen und Richter Brandt sagen, dass Kerr ihm einige Haftbefehle für Ryan Marsters schickt. Er hat Adelaide Martin entführt und die beiden Frauen getötet, die wir in den Bergen gefunden haben. Ich will diese Dokumente, bevor die Tinte seiner Unterschriften trocken ist.«

Der junge Angestellte schluckte schwer, seine Augen wurden weit, und er nickte. »Jawohl, Sir.« Er drehte sich um und flüchtete in das Vorzimmer des Richters.

Seb seufzte und lehnte sich gegen die Wand.

»Alles in Ordnung?«, fragte Declan.

»Ich sollte derjenige sein, der dich das fragt.«

Declan grinste. »Ich bin ein freier Mann und ich habe den Staatsanwalt in Angst und Schrecken versetzt. Mir geht's prima.«

Seb und Jace lachten.

»Es tut mir leid, Deck. Du hättest nichts davon durchmachen sollen.«

»Ich gebe dir nicht die Schuld, ich gebe diesem kranken Mistkerl Marsters die Schuld. Du solltest mich wahrscheinlich nicht allein mit ihm lassen, wenn du ihn in Gewahrsam nimmst.«

Seb schnaubte. »Ich sollte wahrscheinlich auch nicht allein sein. Nicht nach allem, was er London angetan hat.«

Jace klopfte Seb auf die Schulter. »Wir bleiben bei dir.«

»Danke. Ich weiß das zu schätzen.«

Jace nickte.

Seb nahm sein Handy heraus. »Ich muss ein Team zusammenstellen.« Er wischte mit dem Daumen über den Bildschirm und rief seinen Schreibtisch-Sergeant an, um die Sache ins Rollen zu bringen. Wilder war gut im Organisieren. Sie würde das Team bereithalten, wenn er den Haftbefehl in der Hand hatte.

Die dreißig Minuten vergingen schnell, während Seb mit verschiedenen Mitgliedern seines Personals sprach, um sich auf die Razzia in Marsters' Immobilien vorzubereiten. Er hatte gerade aufgelegt, als sich die Tür des Richters öffnete und Richter Brandt heraustrat. Der ältere Mann war schlank und gebräunt, seine gebügelten Hosen und Krawatte perfekt gerade.

Er blieb vor Seb stehen und hielt zwei gefaltete Papierpakete hin. »Hier, Sheriff. Holen Sie sich den Bastard.«

Seb nahm die Dokumente und nickte knapp. »Jawohl, Sir.«

Er steckte die Haftbefehle in die Tasche seiner Hose und machte sich wieder auf den Weg zur Treppe. Sie trafen sich mit dem Rest seines Teams auf dem Polizeiparkplatz, und kurz nach zehn Uhr dreißig führte Seb eine Prozession von Autos durch die Innenstadt zum Baumarkt.

Er und Jace stiegen aus dem Streifenwagen und passten ihre Westen an. Declan blieb im Auto.

Seb schaute sich das versammelte Team an. Er bedeutete Gentry, nach hinten zu gehen, dann Jace und dem anderen Deputy, die mit ihm durch den Vordereingang hineingehen würden. »Los geht's.«

Die drei näherten sich der Tür, Waffen gezogen. Sebs Gesichtsausdruck wurde grimmig, als er bemerkte, dass niemand im Laden war. Er zog an der Tür und fand sie verschlossen.

Er drückte den Knopf an seinem Mikrofon. »Gentry, ist die Hintertür verschlossen?«

Es gab eine Pause, dann ein Knistern von Statik. »Ja, Sir.«

»Scheiße.« Er wandte sich zu Jace. »Er ist nicht hier.«

Er drehte seinen Kopf, um in sein Funkgerät zu sprechen. »Alle zurück zu den Fahrzeugen. Wir fahren zu seiner Heimatadresse. Reeves, du bleibst hier, falls er auftaucht.«

Stiefel donnerten über den Asphalt, als alle zurück zu ihren Autos eilten. Seb schlug seine Tür zu und legte den Gang ein, aktivierte die Sirene.

»Was ist los?«, fragte Declan.

»Er ist nicht da.«

»Was? Der Laden sollte geöffnet sein.«

»Ich weiß.« Sebs Magen zog sich zusammen. Vielleicht waren sie zu nahe gekommen und hatten ihn aufgeschreckt. Er könnte inzwischen einen Bundesstaat oder mehr entfernt sein.

Oder er könnte sich versteckt halten und darauf warten, London zu schnappen.

Er drückte einen Knopf am Lenkrad, der sein Telefon mit dem Audiosystem des Autos verband.

»Rufe London an.«

Das Klingeln erfüllte den Innenraum. Nach fünf Klingeltönen ging es zur Mailbox. Seb fluchte und drückte die Taste, um aufzulegen, dann die für einen weiteren Anruf.

»Rufe Bering an.«

Mehr Klingeln erfüllte das Auto, aber auch das ging zur Mailbox.

Sebs Herz hämmerte in seinen Ohren und sein Magen verkrampfte sich. Er gab Gas.

»Denkst du das Gleiche wie ich?«, fragte Jace.

»Ja. Ich hoffe zu Gott, dass wir falsch liegen.« Das konnte nicht passieren. London ging es gut. Sie war nur außerhalb der Reichweite, oder sie hatte ihr Handy drinnen gelassen. Vielleicht arbeiteten sie an den Büschen und keiner von ihnen konnte antworten.

Er betete härter als er je gebetet hatte, während er durch die Stadt raste.

»Funk Gentry an. Sag ihm, er soll weiter zu Marsters' Haus fahren.«

Jace tat wie gebeten, aber Seb hörte ihn kaum über den Klang der Sirene und das Pulsieren des Blutes in seinen Ohren. Die Fahrt fühlte sich wie Lichtjahre an, statt nur wenige Minuten, aber schließlich kamen die hängenden Fliederbüsche in Sicht.

Die Reifen des SUVs drehten durch, als er in die Einfahrt einbog. Calebs Truck stand in der Einfahrt.

Seb parkte quer über der Einfahrt und alle drei Männer stiegen aus dem Fahrzeug. Er ging um die Rückseite und hob die Heckklappe an. Er griff hinein und nahm eine weitere Weste heraus und reichte sie Declan.

»Zieh das an.«

Declan zog sie über den Kopf und befestigte das Klettverschluss ohne ein Wort. Seb wühlte durch den Inhalt des Streifenwagens und nahm zusätzliche Munitionsclips sowie ein Gewehr und eine Schrotflinte heraus. Er schlang das Gewehr über seine Schultern und reichte die Schrotflinte Declan sowie eine Schachtel Patronen.

»Was ist der Plan?«, fragte Declan. Er stellte die Schachtel auf die Stoßstange und begann, Patronen in die Waffe zu laden.

»Du und ich gehen durch den Vordereingang. Jace, du gehst nach hinten, um sicherzustellen, dass er nicht rausläuft.«

Jace schaute sich um. »Ich habe das Gefühl, er ist nicht hier. Es ist zu ruhig.«

Seb stimmte zu, wollte aber noch nicht darüber nachdenken, was das bedeutete. Er reichte Declan ein Ersatzfunkgerät, dann schlug er ein Magazin in sein Gewehr ein.

»Welcher Kanal?«

»Fünf.«

Sie stellten alle ihre Funkgeräte ein und Seb schloss die Heckklappe. »Los geht's.«

Mit leichten Schritten näherten sie sich dem Haus. Leise tretend stiegen er und Declan die Veranda-Stufen hinauf und positionierten sich auf beiden Seiten der Tür, um auf Jaces Signal zu warten.

»Seb, ich habe Bering gefunden. Er ist tot.«

»Verdammt noch mal.« Sebs hartes Flüstern durchschnitt die

Stille. Er warf einen Blick auf Declan, dessen Augen weit aufgerissen waren.

»Verstanden. Bleib auf Position. Wir gehen rein.« Er ließ das Mikrofon los und nahm seinen Hausschlüssel heraus, schloss die Tür auf. Er trat zurück und hob sein Gewehr. »Du öffnest die Tür und folgst mir hinein. Wir gehen bei drei. Eins... zwei... drei.«

Declan drehte den Knopf und stieß die Tür auf. Seb trat in den Türrahmen. Stille empfing ihn. Er drehte sich nach rechts, in Richtung des Spielzimmers.

»Warte hier.«

Er ließ Declan an der Treppe stehen und machte sich auf den Weg in die Lounge. Auch sie war leer. Er durchquerte den Raum und ging in den Hauswirtschaftsraum. Froh darüber, dass Londons Schlüssel ein Generalschlüssel war, schloss er die Tür auf. Das Geräusch des laufenden Trockners war das einzige Geräusch. Er warf einen Blick auf die Anzeige. Die Ladung war fast fertig, was bedeutete, dass sie vor etwas mehr als einer Stunde hier gewesen war.

Er joggte zurück ins Wohnzimmer und zeigte auf die Küche. Declan folgte ihm.

»Der Trockner läuft, also haben wir ihn nicht um viel verpasst«, sagte Seb, während sie sich bewegten.

Mit schussbereitem Gewehr betrat er die Küche. Der Wasserhahn war in Stücke zerlegt, Werkzeuge und der Inhalt des Schranks unter der Spüle über die Arbeitsplatte und den Boden verstreut.

So ist er reingekommen.

Die Hintertür stand offen, und er konnte Jace draußen stehen sehen. Seb ging zur Garagentür und ging hinein. Londons

Auto stand in seiner Bucht, aber die Garage war menschenleer.

Er trat zurück in die Küche und ließ sein Gewehr hängen.

»Wir können den Rest des Hauses durchsuchen, um gründlich zu sein, aber ich glaube nicht, dass er oder London hier sind.«

»Da bin ich deiner Meinung. Ich schaue oben nach. Du gehst nach deinem Deputy sehen.«

Seb nickte und trat durch die Hintertür. Jace zeigte nach rechts, und er drehte sich um und sah Caleb auf dem Rücken am Boden liegen, eine Blutlache unter seinem Kopf. Ein großer Schraubenschlüssel lag ein paar Meter entfernt.

Trauer und Wut kämpften in Sebs Brust, als er hinüberging und sich neben seinen Freund hockte. Er drückte seine Finger an Calebs Hals und bestätigte, was Jace bereits gesagt hatte. Bering war tot.

»Er hat seine Waffe mitgenommen.« Jace deutete auf Calebs leeres Holster.

Großartig. Wenn Marsters vorher nicht bewaffnet war, war er es jetzt.

»Hast du irgendein Anzeichen von London gesehen?«

Seb erhob sich, den Kopf schüttelnd. »Declan überprüft die obere Etage, aber ich glaube, er hat sie mitgenommen.« Er nahm das Funkgerät und rief Gentry an.

»Haben Sie etwas in Marsters' Haus? Das Gasthaus ist leer.«

»Negativ, Sir. Niemand ist hier, und ich sehe keine Anzeichen, dass er jemanden gefangen gehalten hat. Wir haben den Keller und den Vorratsraum überprüft. Beide sind leer.«

Eine Reihe von Flüchen, die einen Seemann beschämen würden, kam aus Sebs Mund. Mit einem tiefen Atemzug hob er das Mikrofon wieder an. »Okay. Treffen wir uns auf der Wache. Wir müssen eine weitere Suchmannschaft bilden.«

Er ließ das Funkgerät fallen, dann stieß er einen Schrei zum Himmel aus. Er hob einen Stein vom Boden auf und warf ihn so hart er konnte in Richtung der Bäume.

Jace legte eine Hand auf seinen Arm. »Hey. Gott zu verfluchen wird sie nicht zurückbringen. Ich brauche dich ruhig, und wir brauchen einen Plan.«

Seb ließ einen harschen Atemzug frei, seine Brust und Schultern hoben und senkten sich. Er rieb sich mit den Händen über das Gesicht und um den Nacken, verschränkte sie kurz am Hinterkopf, bevor er sie wieder an seine Seiten warf. Er blies einen weiteren, sanfteren Atemzug aus. »Ja. Okay.« Er nahm wieder das Funkgerät und rief den Gerichtsmediziner und einen weiteren Deputy.

»Komm. Lass uns Deck einsammeln und zur Wache zurückfahren.«

Jace klopfte ihm auf die Schulter, und die beiden joggten zurück ins Haus. Declan kam die Treppe herunter, als sie das Wohnzimmer erreichten.

Er schüttelte den Kopf, als er sie sah, sein Mund in einer grimmigen Linie. »Es ist so leer wie der Rest des Hauses.«

Seb war enttäuscht, aber nicht überrascht. »Wir gruppieren uns auf der Wache neu. Sie sind irgendwo da draußen. Wir müssen nur herausfinden, wo.«

Declan streckte seine Hand aus. »Gib mir die Schlüssel. Du bist in keinem Zustand zum Fahren.«

»Mir geht's gut.«

»Schwachsinn. Die Frau, die du liebst, wurde gerade von einem psychotischen Serienmörder entführt, und einer deiner Deputies liegt tot im Gras da draußen. Gib mir die verdammten Schlüssel.«

Anstatt Zeit mit Argumentieren zu verschwenden, reichte er sie ihm. »Gut. Aber versucht nicht, mich bei der Suche auszuschließen.«

Jaces Mund verzog sich. »Wir müssten dich einsperren dafür.«

»Verdammt richtig.«

Eine Sirene ertönte, und Seb dankte, dass das Gasthaus nicht weit von der Stadt entfernt war. Sie trafen den Streifenwagen vor dem Haus. Einer von Sebs Rekruten stieg aus dem Auto.

»Was soll ich tun, Sir?« Der junge Mann war eifrig, was Seb zu schätzen wusste.

»Sichern Sie den Tatort und führen Sie den Gerichtsmediziner und die Spurensicherung nach hinten, wenn sie ankommen. Deputy Bering ist tot.«

Das Gesicht des jungen Deputies wurde bleich. »Was? Oh mein Gott.«

Seb legte seine Hände auf die Schultern des Mannes und schüttelte ihn leicht. »Tun Sie Ihre Pflicht, Deputy. Ich zähle auf Sie.«

Das riss den Jungen aus seinem Schock, und er nickte. »Ja, Sir.«

Seb sah Jace und Declan an und deutete mit dem Kopf zu seinem Auto. »Lass uns gehen.«

Als sie in den SUV stiegen, sprach Seb ein stilles Gebet für Calebs Seele und ein weiteres, dass sie London finden würden, bevor Marsters ihr das antat, was er Adelaide und Amy angetan hatte.

London zitterte in ihren Shorts und ihrem T-Shirt, während Ryan sie tiefer in den Minenschacht zerrte. Als er am Eingang der Mine angehalten hatte, war ihr das Herz in die Hose gerutscht. Es gab kilometerlange Tunnel unter der Erde. Er könnte sie in jedem beliebigen verstecken und sie unbegrenzt umherbewegen. Eine Suchmannschaft würde sie niemals finden.

Sie schluckte ihre Angst hinunter und versuchte, mehr Informationen zu bekommen. »Wie weit gehen wir noch?«

»Wir sind fast da, Cora. Ich habe einen schönen Platz für dich eingerichtet. Ich glaube, er wird dir gefallen.«

Londons Magen überschlug sich, und sie kämpfte gegen die Übelkeit an, die in ihr aufstieg, als sie darüber nachdachte, was das bedeutete. Sie konnte nicht anders, als an das zu denken, was Adelaide gesagt hatte.

Sie gingen noch etwa hundert Meter in die Mine hinein, als sich der Stollen zu einer größeren Höhle öffnete. Ryan ging zu einer Seite und sie hörte einen Generator anspringen. Überall um sie herum gingen Lichter an und London nahm den Raum in Augenschein.

Die Decke war niedrig. Nur etwa zwei Meter hoch, aber die Höhle erstreckte sich über dreißig Meter oder mehr. An einer Wand stand ein großer Käfig, der im Felsen verankert war. Darin befand sich eine vollständige Einrichtung, von einem Bett über ein Sofa bis hin zu einem Tisch und Stühlen. Ihre Augen weiteten sich, als sie das provisorische Gefängnis betrachtete.

Er packte ihren Arm und führte sie zum Käfig. London wehrte sich ein wenig.

»Ryan, bitte. Sperr mich da nicht ein. Ich werde brav sein, versprochen.«

Er schüttelte den Kopf. »Nein. Du bist zu oft weggelaufen. Ich kann dir nicht vertrauen. Vielleicht, wenn du erkannt hast, dass du zu mir gehörst, aber jetzt noch nicht.«

Ein Schlüsselbund klimperte, als er ihn aus seiner Tasche zog. Er steckte einen der Schlüssel in das Vorhängeschloss und öffnete die Tür. London stemmte ihre Füße in den Boden, als er versuchte, sie hineinzuschieben, aber er war zu stark für sie und sie stolperte durch den Eingang.

Er trat mit ihr hinein. Sie wich zurück, unsicher, was er vorhatte. Wenn er versuchte, sie zu vergewaltigen, würde sie sich mit Zähnen und Klauen wehren, Waffe hin oder her.

Er schien zu erkennen, dass sie nicht kooperieren würde, und hielt inne. Ein süßes Lächeln breitete sich auf seinem Gesicht aus. »Ich lasse dich ein bisschen ankommen, und wir verbringen später etwas Zeit miteinander. In den Schränken dort drüben und im kleinen Kühlschrank ist Essen. Ich habe auch ein paar Bücher für dich besorgt. Liebesromane, genau wie du sie früher immer gelesen hast.«

Londons Magen rebellierte bei dem Gedanken, eines dieser Bücher zu lesen, während sie in dieser Hölle gefangen war.

»Gib mir deine Hände.« Er zog ein Taschenmesser aus seiner Hose und klappte es auf.

Zögernd hob sie ihre Arme. Er sägte durch den harten Kunststoff und die Handschellen schnappten auf. Sie rieb sich die wunden Handgelenke und trat zurück.

»Im Schrank sind Ersatzkleider, wenn du dich umziehen möchtest, einschließlich meines Lieblingskleides. Ich komme später wieder. Ich habe eine Überraschung für dich.«

Niemals im Leben würde sie dieses Kleid anziehen. Sie stand da und beobachtete, wie er aus dem Käfig zurückwich und die Tür abschloss. Sie bewegte sich erst, als sie seine Schritte nicht mehr an den Granitwänden widerhallen hörte.

Als sie sicher war, dass er weg war und außer Hörweite, begann sie ihr Gefängnis nach allem zu durchsuchen, was sie benutzen könnte, um hier rauszukommen. Ihre erste Station war der kleine Küchenbereich. Die kleine Insel enthielt einiges an Plastikgeschirr, Pappteller und Servietten. Die Artikel in der kleinen Speisekammer waren alle in Schachteln oder Tüten verpackt, und im Kühlschrank gab es nur Wasserflaschen und Joghurt.

Sie schloss die Tür mit einem Schnauben und schaute sich um, ihr Blick fiel auf das Bett. Vielleicht könnte sie eine Feder herausziehen und damit das Schloss knacken. Sie schob die Matratze vom Bettgestell, aber es waren nur ein paar zusammengeschweißte Stangen.

»Verdammt«, flüsterte sie, Tränen stiegen ihr in die Augen. Sie ging zum Sofa und kippte es um. Darunter waren Federn, und sie zog an mehreren und versuchte, eine zu lösen, aber sie brauchte einen Hammer, um eine abzubrechen, und es gab nichts in dieser verdammten Zelle, das schwer genug war, um es als solchen zu benutzen.

Frustriert trat sie den kleinen Papierkorb neben dem Sofa um. Er prallte mit einem Klirren von der Wand ab, und sie sank auf den Boden. Schluchzer drängten sich an dem Kloß in ihrem Hals vorbei und sie gab der Verzweiflung nach, die sie zu ersticken drohte. Sie brauchte ein Wunder, um hier herauszukommen.

»Komm schon. Es muss irgendwo hier in der Gegend einen Ort geben, wo er sie verstecken würde und an den wir noch nicht gedacht haben«, sagte Brady und starrte auf die Karte. »Es gibt nicht viele verlassene Gebäude in den Bergen, die so abgelegen sind, dass er nicht riskieren würde, dass jemand über sie stolpert.«

Seb saß am Konferenztisch, den Kopf in den Händen, während die anderen um ihn herum sprachen. Er hatte seine Brüder angerufen und die Nachricht verbreitet, dass Ryan London entführt hatte. Innerhalb einer halben Stunde hatte er dreißig Leute – sowohl Zivilisten als auch Strafverfolgungsbeamte – in seinem winzigen Konferenzraum versammelt.

Tara trat vor und zeigte auf die Karte. »Was ist mit den Minen? Wir sind früher als Kinder ständig dorthin gegangen. Sie sind abgelegen und das Innenministerium sowie die lokalen Behörden sind in den letzten Jahren wirklich hart gegen Jugendliche vorgegangen, die dort unbefugt eindringen. Sie bekommen nicht mehr viele Besucher.«

Sebs Kopf schoss hoch und er stand auf. Er ging zur Karte und betrachtete die Standorte der Mineneingänge. Der südliche lag in der Nähe des Ortes, an dem Abigail und Trent

Amy Beckett gefunden hatten, und nur wenige Kilometer vom Hochsee entfernt, wo sie Rebecca Carsons Leiche geborgen hatten.

»Haben wir eine Karte der Schächte?«

»Ich schaue nach«, sagte Gentry und eilte aus dem Raum.

Declan trat vor und zeigte auf einen der Eingänge. »Dieser hier ist letztes Jahr eingestürzt. Wir behalten solche Dinge für Such- und Rettungszwecke im Auge. Es gibt auch einige Versorgungsschächte, die über den Berghang verstreut sind, aber sie sind zugewuchert. Man müsste genau wissen, wo sie sind, um sie zu finden. Einer dieser beiden wird die beste Wahl sein.« Er zeigte auf den Eingang auf der Südseite, der am nächsten an der Stadt, und auf der Ostseite am Fuße des Berges lag.

Seb kniff sich in den Nasenrücken und kniff die Augen zusammen, ein Kopfschmerz hämmerte durch seine Schläfen. Er ließ seine Hand sinken und schaute in die Runde.

»Das ist ein langer Schuss, aber ich weiß nicht, wo wir sonst suchen sollen. Wenn jemand eine andere Idee hat, sprecht jetzt.«

Nachdenkliche Stirnrunzeln senkten die Gesichter aller, aber niemand hatte andere Vorschläge.

Gentry betrat den Raum mit einer gerollten Karte. Er übergab sie an Seb, der sie über die andere ausbreitete und befestigte. Es gab einige Schächte abseits des Hauptschachts, die als unpassierbar markiert waren, aber es gab mehrere, einschließlich einiger, die sie als Teenager erkundet hatten, die Möglichkeiten boten.

Er trat zurück. »Also gut. Machen wir uns an die Arbeit. Declan, ich möchte, dass du ein Team durch den Osteingang führst. Nimm Gentry als Polizeiführer mit. Ich übernehme den Süden. Reeves, koordiniere mit den staatlichen Behörden und richte Straßensperren in einem Radius von achtzig Kilometern um die Mineneingänge ein und schicke eine Beschreibung von sowohl Marsters als auch London raus.«

Der Raum verwandelte sich in ein Bienennest der Aktivität, als sie begannen, ihre Routen durch die Mine zu planen. Seb teilte die Deputies und Freiwilligen in zwei Gruppen ein, und bald hatten sie einen Plan.

Hoffnung leuchtete zum ersten Mal in seiner Brust auf, seit sie festgestellt hatten, dass der Eisenwarenladen geschlossen war. Wenn Ryan mit London in dieser Mine war, würden sie ihn finden.

Unruhe im Großraumbüro erregte seine Aufmerksamkeit, und er schaute hinaus, um den oberen Teil eines erdbeerblonden Kopfes über den Trennwänden zu sehen. Mit klopfendem Herzen hörte er auf, mitten im Satz mit seinem Deputy zu sprechen, und stürmte zur Tür hinaus.

»London!«

Er bog um die Ecke der Bürotrennwände und blieb abrupt stehen. Abigail stand dort, Tränenspuren im Gesicht und ihr Kinn zitterte.

»Onkel Seb, ist es wahr?«

Er seufzte und ging auf sie zu, nahm sie in seine Arme. »Ja, Schätzchen. Es tut mir leid.«

Sie brach in Schluchzer an seiner Brust aus. »Nein. Du darfst nicht zulassen, dass sie stirbt.«

Seb hob ihren Kopf, um ihr in die Augen zu sehen. »Liebling, ich habe nicht vor, deine Tante zu verlieren. Ich liebe sie und tue alles, was ich kann, um sie zu finden.«

»Was kann ich tun? Ich möchte helfen.«

»Du kannst helfen, indem du auf der Ranch bleibst, wo ich weiß, dass du sicher bist.«

»Aber-«

Er legte einen Finger auf ihre Lippen. »Keine Wiederrede, junge Dame. Ich weiß nicht, ob der Killer dich schnappen würde, wenn er dich in der Stadt sieht, um mich oder London zur Kooperation zu bewegen. Das Beste, was du tun kannst, ist, meiner Mutter und meinem Vater Gesellschaft zu leisten.«

Sie runzelte die Stirn, aber ihre Tränen versiegten. »Jenny war ziemlich aufgebracht, als Maggie hereinkam und uns die Nachricht überbrachte.«

Seb nickte. »Geh zurück zur Ranch und lenke sie ab. Das wird euch beiden gut tun.«

Sie schnaubte und wischte sich übers Gesicht. »Na gut. Aber ich will sofort wissen, wenn du sie findest.«

Er malte ein Kreuz über sein Herz. »Du wirst die erste Person sein, die ich anrufe.«

Sie trat zurück. Alaina Wilder kam nach vorne, um ihre Hände um die Arme des Mädchens zu legen. »Komm, Abigail.« Sie blickte zu Seb auf. »Ich werde sicherstellen, dass sie sicher zur Ranch zurückkommt.«

»Danke.« Er drückte einen Kuss auf Abigails Kopf. »Wir sprechen uns bald.«

»Das will ich hoffen. Finde sie. Ich kann sie nicht auch noch verlieren.«

Der erste Druck von Tränen bildete sich hinter seinen Augen, und er blinzelte heftig.

Nein. Sie konnten sie nicht verlieren.

DAS SCHLEIFEN VON SCHUHEN AUF DEM ERDBODEN WARNTE London vor Ryans Rückkehr. Er hatte sie etwa zwei Stunden allein gelassen, und sie hatte diese Zeit gut genutzt. Nachdem sie sich zusammengerissen hatte, hatte sie sich in Jeans und ein langärmeliges Shirt umgezogen, weil es in der Mine kühl war. Sie wollte auch darauf vorbereitet sein, die ganze Nacht draußen in der Wildnis zu verbringen, falls sie entkommen könnte.

Sie überließ das auch nicht dem Zufall. Sie hatte ein paar Änderungen an dem Raum vorgenommen. Es gab nicht viel, was sie als Waffe benutzen konnte, aber es gab einiges, und sie hatte es an strategischen Orten versteckt. Er würde ihr nichts antun können, ohne zuerst einen höllischen Kampf zu erleben.

Sie setzte sich auf das Sofa, ein Buch neben ihr zwischen den Kissen versteckt, in das ein Plastikmesser gesteckt war. Sie hatte die heiße Glühbirne benutzt, um den Kunststoff zu schmelzen und ihn zu einer Spitze zu formen. Sie hatte mehrere davon hergestellt und im Raum versteckt, auch unter den Kissen auf dem Bett.

Seine schlanke Gestalt betrat die Höhle, eine Schachtel unter einem Arm geklemmt. London kämpfte darum, ihre Herzfrequenz zu kontrollieren. Sie brauchte ruhige Hände und ausgeglichene Emotionen, wenn sie hier herauskommen wollte.

Er ging zum Käfig und lächelte sie an.

»Hallo, meine Liebe. Ich hoffe, du hast dich eingelebt. Ich sehe, du hast die Kleider gefunden. Die stammen von einigen anderen Damen, von denen ich dachte, sie wären du. Sie haben mich jedoch enttäuscht und stellten sich als bloße Doppelgänger heraus. Aber ich weiß, dass ich dich dieses Mal gefunden habe.«

Entsetzt wurde ihr klar, dass sie Kleidung von seinen früheren Opfern trug.

Er schloss das Vorhängeschloss auf und trat ein. Er schloss die Tür hinter sich, verriegelte sie aber nicht wieder.

Ihr Adrenalin stieg, und sie bemühte sich bewusst, nicht darauf zu starren.

»Du hast das Kleid aber nicht angezogen.« Er stellte die Schachtel auf den Tisch und runzelte die Stirn.

Sie schüttelte den Kopf. »Mir war kalt und ich wollte etwas Wärmeres. Vielleicht beim nächsten Mal.«

Er nickte und lächelte sie an. »Das klingt gut.«

Eine peinliche Stille trat ein, als er sie anstarrte, seine Augen wanderten über jeden Zentimeter ihres Körpers und ließen ihre Haut kribbeln.

Sie blickte an ihm vorbei zur Box. »Also, was hast du mitgebracht?«

»Ah, ja.« Er drehte sich um, öffnete die Klappen und winkte sie zu sich. »Ich habe dieses Zeug an einem sicheren Ort hier in der Wildnis gelagert. Ich wusste, eines Tages würde ich es brauchen, wenn ich dich wiederfinde. Komm und sieh.«

Vorsichtig, aber nicht gewillt, ihn zu verärgern, stand sie auf und ging zum Tisch. Er nahm ein Stoffkaninchen aus der Box und reichte es ihr.

»Das war als Kind dein Lieblingsstück. Daddy hat es dir gegeben, erinnerst du dich? Du hast es fest an dich gedrückt und hineingeweint, wann immer du traurig warst.«

Sie konnte sich vorstellen, warum sie hineinweinen musste. Sie nahm das Spielzeug entgegen, ihre Finger versanken in seinem plüschigen Fell.

»Ich habe auch Musik mitgebracht. Ich dachte, wir könnten tanzen. Du tanzt gerne.« Er hob einen tragbaren CD-Player und einen Stapel CDs aus der Box.

Erneut kribbelte ihre Haut, aber sie unterdrückte den Schauer des Ekels bei dem Gedanken, in seinen Armen zu sein.

»Ich habe auch Wein mitgebracht. Du bist jetzt alt genug dafür.«

»Wie alt bin ich?«

Er sah sie an, als wäre sie ein bisschen verrückt, lächelte aber. »Du bist einundzwanzig, erinnerst du dich? Du hattest letzten Monat Geburtstag. Ich habe gewartet, bis du alt genug bist. Daddy sagte, ich müsste warten, also tat ich es. Er sagte, es wäre nicht gut, eine Kindbraut zu haben. Selbst nachdem er gestorben ist und du immer wieder versucht hast zu gehen, habe ich gewartet.«

London konnte nicht verhindern, dass ihre Augen sich weiteten, aber sie maskierte es, indem sie näher trat und in die Box schaute. »Ist da noch etwas drin?« Ein Fetzen weißen Chiffons am Boden ließ sie zittern.

Er griff hinein und zog es heraus, hielt es an den dünnen Trägern hoch. Sie starrte auf das spitzenbesetzte, durchsichtige Nachthemd und schluckte schwer, während alle ihre Muskeln steif wurden.

»Ich wollte, dass du für unsere erste gemeinsame Nacht hübsch aussiehst. Ich habe das für unsere Flitterwochen aufgehoben, aber da der Sheriff nach uns sucht, könnte es eine Weile dauern, bevor wir welche haben können. Mama trug immer hübsche Dinge wie dieses für Daddy, bevor sie starb. Dann hast du es getan, damit du mehr wie sie aussiehst. Daddy sagte immer, du sahst wirklich hübsch aus.«

London presste ihre zitternden Lippen zusammen, als sie ein besseres Bild davon bekam, in welch kranker Familie Ryan aufgewachsen war. Das arme Mädchen!

Da sie entschied, dass es das Beste war, vorerst mitzuspielen, nahm sie den Chiffonfetzen und wickelte ihre Hände darin ein, hielt ihn an ihre Brust. »Ich werde es später gerne für dich tragen. Wie wäre es, wenn wir uns setzen und reden? Es ist so lange her, ich würde gerne aufholen, bevor wir ins Bett gehen.«

Sein Lächeln war strahlend, auch wenn seine Augen ein wenig wahnsinnig aussahen, und er nickte. Sie führte ihn zum Sofa und setzte sich wieder neben das Buch, das in den Kissen versteckt war. Sie drapierte das Nachthemd über die Armlehne des Sofas und schob ihre Hände unter ihre Beine. Ihre Finger berührten das Buch, und sie krümmte ihren kleinen und Ringfinger über die Kanten, bis sie das Messer berührten.

Er setzte sich neben sie, und sie betete, dass er das Buch zwischen ihnen im Sofa nicht bemerken würde. Sein Oberschenkel berührte ihren. Obwohl es sie zum Kotzen brachte, zuckte sie nicht zurück. Sie musste ihn ruhig halten.

»Also, was hast du gemacht, seit ich weg bin?«

»Nun, ich habe den Eisenwarenladen vor etwa vier Jahren gekauft, wie du weißt. Ich konnte es nicht glauben, als du hereinkamst. Ich wollte etwas sagen, aber ich wollte dich nicht erschrecken. Ich wusste, dass ich anders aussehe, weil es so lange her ist. Aber du. Du siehst immer noch gleich aus.« Er berührte ihre Wange. »So wunderschön.«

Sie biss sich auf die Zunge und hielt seinen Blick. »Das ist schön. Ich bin froh, dass es dir gut geht. Hast du Kinder?«

Er schüttelte den Kopf. »Nein. Noch nicht. Ich habe gewartet, bis ich dich finde. Unsere Babys werden wunderschön sein. Sie werden dein rotes Haar und deine hübschen blauen Augen haben. Daddy war klug, als er deine Mama heiratete. Er bekam eine hübsche Frau und ein niedliches Baby. Ich war skeptisch. Plötzlich war da ein schreiendes Kind in meinem Haus. Aber als du älter wurdest, erkannte ich, dass du gar nicht so schlimm warst.«

Sie runzelte die Stirn. »Warte, ich bin also nicht wirklich deine Schwester?«

Ryan lachte. »Natürlich nicht. Inzest ist schlecht. Ich würde niemals meine richtige Schwester heiraten.«

Nun, zumindest zog er irgendwo eine Grenze.

»Das wusste ich nicht. Ich dachte immer, er wäre mein Vater. Ich kannte keinen anderen.«

Er legte seine Hand auf ihren Oberschenkel. London war dankbar, dass sie eine Jeans angezogen hatte, so dass sie seine Berührung nicht auf ihrer nackten Haut spüren musste.

»Nein. Dein Daddy starb bei einem Minenunglück kurz nach deiner Geburt. Deine Mama war bettelarm, also hatte Daddy Mitleid mit ihr. Ich brauchte eine Mutter. Ich war erst vier. Meine Mama hatte Krebs.«

»Ich weiß. Es tut mir leid.« Sie wusste es nicht und es tat ihr nicht leid, aber sie wollte ihn noch nicht aus seiner Wahnvorstellung reißen.

Er runzelte die Stirn und schaute auf seine Hand auf ihrem Bein, bevor er seine Augen wieder zu ihr hob. »Warum bist du weggelaufen, Cora? Wir haben gut auf dich aufgepasst.«

Oje. London holte tief Luft und log, was das Zeug hielt. »Ich musste meine Flügel ausbreiten. Mehr von der Welt sehen als unsere kleine Stadt. Es tut mir leid, wenn ich dich verletzt habe.«

»Das hast du, aber jetzt sind wir wieder zusammen.«

»Erzähl mir von den anderen Frauen, von denen du dachtest, sie wären ich. Ich weiß, dass sie es nicht waren, aber warum bist du nicht mit einer von ihnen weitergezogen?«

»Weil ich immer nur dich wollte. Keine von ihnen war gut genug. Du warst immer so *gut*. Die Frau, die ich um Neujahr herum gefunden habe – sie kam nah ran. Ich dachte wirklich, sie wäre du. Sie war gut wie du. Sie hatte eine Freundin, die sie nicht zurücklassen wollte. Die andere Frau fiel hin und verletzte ihren Kopf, als ich dich – nun, wen ich für dich hielt – überraschen wollte, und sie bestand darauf, dass ich sie mitbringe. Ich dachte, es könnte ihr den Übergang in ihr neues Zuhause ein bisschen erleichtern, wenn sie ihre Freundin dabei hätte, also stimmte ich zu.« Er pausierte und schüttelte den Kopf. »Die Freundin allerdings – Rebecca – war nichts als Ärger. Ich musste sie jedes Mal fesseln, wenn ich Zeit mit dieser Frau verbringen wollte. Sie versuchte sogar einmal, mich am Kopf zu treffen, aber ich war zu schnell für sie. Der einzige Grund, warum ich sie damals nicht getötet habe, war, weil ich immer noch dachte, die andere Frau wärst du, und sie mich anflehte, es nicht zu tun. Danach hielt ich sie angekettet.«

London hörte mit gespannter Aufmerksamkeit zu, erstaunt über Amys und Rebeccas Tapferkeit. Es war schade, dass sie ihn nicht aufhalten konnten.

»Sie schaffte es trotzdem, ihre Freundin zum Weglaufen zu überreden, obwohl sie aufgehört hatte, sich gegen mich zu wehren. Ich jagte sie den ganzen Berg hinauf, bevor ich sie einholte.« Seine Augen bekamen einen verträumten Blick.

»Sie hatte ein wunderschönes Ende, dort am Rand des Wassers. Sie sah so hübsch und friedlich aus in diesem Kleid. Am Ende sahen sie alle so aus, auch wenn sie nicht du waren.«

Ihr Magen rebellierte, und sie tat ihr Bestes, um nicht auf die Geschichte von Amys und Rebeccas letzten Tagen zu reagieren. Sie holte tief Luft und ließ sie langsam aus, um ihre Emotionen zu beruhigen, und schaute sich in der Zelle um. »War das also auch der Ort, wo sie untergebracht waren?«

Er nickte. »Alle Frauen waren hier.« Sein Mund verzog sich. »Außer der letzten. Ich war wütend, als ich dich mit dem Sheriff sah, und als sie mich anlächelte, als ich sie an diesem Abend in der Stadt sah, dachte ich, vielleicht habe ich mich in Bezug auf dich geirrt und sie wäre wirklich meine Coraline. Sie hatte aber ein Tattoo. Du hast keine Tattoos.«

»Woher weißt du, dass ich keine habe? Wir waren lange Zeit getrennt.«

»Weil du deinen Körper niemals so entweihen würdest.« Er fuhr mit einem Finger an ihrem Kiefer entlang. »Du bist perfekt. Makellos. Ich musste sie loswerden. Sie stand nur im Weg. Ich kann nicht glauben, dass sie überlebt hat. Ich gebe dem Sheriff die Schuld. Er ist zu hartnäckig. Deshalb habe ich Adelaides Halskette in Declan Briggs' SUV gelegt und etwas Farbe in Rebeccas Haar geschmiert. Ich erinnerte mich, dass ich ihn in Aspen gesehen hatte, als ich sie und die andere Frau mitnahm. Es schien, als wäre es Schicksal.«

Er lehnte sich vor und fuhr mit seinem Finger über ihre Lippen. »Aber genug von ihnen. Ich habe dich so vermisst. Darf ich dich küssen?« Er drückte näher, sein Gewicht ließ sie ins Sofa sinken.

Sie schluckte ihren Ekel hinunter und nickte. Wenn ihr Plan

funktionieren sollte, musste sie ihn nah und aus dem Gleichgewicht bringen.

Sie legte eine Hand auf seine Brust und stellte sicher, dass beide ihre Arme innerhalb seiner waren, damit sie sich nicht verfing, wenn sie zu rennen versuchte, dann lehnte sie sich zu ihm. Die erste Berührung seines Mundes auf ihrem war ein Schock, und sie musste ihre Faust ballen, um sich zu kontrollieren. Der Drang, ihn wegzustoßen, war stark.

Stattdessen ließ sie ihn sie küssen und berühren. Er würde das niemals kommen sehen.

Sein Mund öffnete sich gegen ihren und sie ließ ihn ein. Er strich mit einer Hand über ihre Hüfte und hoch zu ihrer Taille, um ihre Brust durch ihr langärmeliges Shirt zu umfassen. London ließ die Hand auf seiner Brust zu seinem Schoß gleiten, zögerte nur einen Moment, bevor sie sie in seinem Schoß ruhen ließ. Ekel ließ Galle in ihrer Speiseröhre aufsteigen, als sie seine harte Länge durch seine Hose umfasste. Er stöhnte und erhöhte den Druck auf ihren Mund.

Es war jetzt oder nie.

Sie ließ ihre freie Hand in die Kissen gleiten, um ihre Finger um das angespitzte Messer im Buch zu schließen. In einer fließenden Bewegung brachte sie es hoch und stach es in seine Brust, dann stieß sie ihn so fest sie konnte weg.

Er brüllte und fiel zurück.

London schaute nicht, ob er ihr folgte. Sie schoss vom Sofa hoch. Sie hob den Pullover am Boden auf, der eine Taschenlampe verbarg, und floh, schlug durch die Tür. Sie rannte so schnell sie konnte durch den Tunnel und nutzte das Licht aus der Höhle, um sich zu orientieren. Sie hoffte, sie würde den Weg nach draußen finden. Es war lange her, seit sie in der Mine gewesen war.

Seine Stimme hallte von den Wänden wider, als er Coralines Namen rief, näher, als ihr lieb war. Mit pochendem Herzen und schnellen, keuchenden Atemzügen rannte sie schneller.

Sie kam an eine Kreuzung und hielt schlitternd an. Sie konnte sich nicht erinnern, durch welchen Weg sie gekommen waren.

Das Scharren von Schuhen im Tunnel hinter ihr ließ sie nach vorne rennen. Sie bog links ab und betete.

Das Zuschlagen von Autotüren hallte um ihn herum wider, als Seb an der Mine aus seinem Streifenwagen stieg. Ein einsames Auto stand nahe dem Eingang. Es war Ryan Marsters SUV.

Er nahm das Funkgerät und rief Declan.

»Er ist von Süden hereingekommen. Sein Auto ist hier.«

»In Ordnung. Wir gehen trotzdem auf diesem Weg hinein. Wir können sie zwischen uns einkesseln.«

»Verstanden.« Er hängte das Funkgerät zurück an seine Schulter und bedeutete allen, hineinzugehen.

»Ihr wisst alle, welche Schächte ihr erkunden sollt, richtig?«

Nicken beantwortete seine Frage. »Gut. Passt auf euch auf und seid vorsichtig, wohin ihr schießt. Wir wollen London nicht versehentlich treffen. Und behaltet die Tunnel im Auge. Der ganze Ort bröckelt. Ich brauche niemanden, der eingeschlossen wird. Wenn es unsicher aussieht, kehrt um. Los geht's.«

Gemeinsam bewegten sie sich zum Eingang. Zwanzig Fuß entfernt hörte Seb einen schwachen Ruf und hielt abrupt an. Er schaute zu Jace.

»Hast du das gehört?«

Jace nickte. Alle standen bewegungslos und lauschten.

Der Klang einer männlichen Stimme, die schrie, kam von rechts. Er war schwach, aber vorhanden.

Mit weit aufgerissenen Augen blickte Seb die anderen an und zeigte dann auf zwei seiner Deputies. »Bleibt hier und bewacht den Eingang. Funkt, wenn ihr eine Bewegung seht. Der Rest kommt mit mir.«

Seb wartete nicht, um zu sehen, ob sie seinen Befehlen folgten. Er führte seine Gruppe von zwölf Männern und Frauen die Bergseite hinauf in Richtung des Geräusches.

Mit pumpenden Beinen und brennenden Muskeln dauerte es nicht lange, bis er den Grat erreichte. In der Ferne sah er zwei Gestalten rennen.

London.

Sie lief einige hundert Meter vor Marsters, sprang und huschte über den steinigen Boden, aber er holte auf, seine längeren Beine und stärkeren Muskeln fraßen die Distanz auf.

Seb rannte los und zwang sich, schneller zu laufen als je zuvor. Die anderen müssten aufholen. Dankbar für seine Größe von einem Meter fünfundneunzig nutzte er jeden Zentimeter zu seinem Vorteil, als er durch die Bäume und über die Felsen auf sie zustürmte. Er scannte das Gebiet vor ihnen und erkannte, dass sie auf eine Klippe zusteuerten. Er rechnete die Winkel im Kopf durch. Er würde es nie schaffen, vor ihnen dort zu sein, bevor sie sie erreichten.

»Scheiße.« Er lief schneller.

Als er aufholte, sah Ryan ihn kommen.

»Nein! Sie gehört mir.«

London schaute bei Ryans Ruf zurück, stolperte dadurch und fiel. Ryan war augenblicklich über ihr.

»Nein!«, schrie Seb. Er rutschte zum Stillstand, jetzt nur noch zwanzig Meter entfernt, und zog seine Waffe. »Lass sie los, Ryan.«

Ryan zog London an sich und hielt ein blutiges Stück Plastik an ihren Hals, die Spitze bohrte sich in ihre Haut. »Bleib zurück. Du kannst sie nicht haben. Ich habe sie endlich wiedergefunden. Sie ist zu mir zurückgekommen und sie gehört mir!«

»Nein, Ryan. Das tut sie nicht.«

Tränen liefen über Londons Gesicht, aber sie blieb ruhig. Sie winkte ihm mit einer Hand zu, hielt ihn auf.

»Ryan. Du willst das nicht tun. Es tut mir leid, dass ich dich gestochen habe. Ich bekam Angst, weil wir uns so schnell bewegten. Wie wäre es, wenn du das Messer weglegest und ich mit dir zur Mine zurückgehe, okay? Seb wird uns gehen lassen. Nicht wahr?« Ihre Augen flehten ihn an zuzustimmen.

Er blickte zwischen ihr und Ryan hin und her, dessen Gesicht jetzt etwas Unentschlossenheit zeigte. Langsam richtete Seb sich auf und senkte seine Waffe ein wenig. Er konnte die anderen hören, die versuchten aufzuholen, und drehte sich um, um sie mit einer Handbewegung zum Anhalten zu bringen. Sie alle stoppten einige Meter zurück.

Er wandte sich wieder Marsters und London zu. »Ich denke, wir können darüber reden«, sagte er mit flehender Stimme. »Wenn London mit dir gehen will, kann ich sie nicht aufhalten. Ich würde es aber wirklich vorziehen, wenn wir alle in die Stadt zurückgehen und darüber sprechen könnten.«

Marsters schüttelte den Kopf. »Nein. Du wirst aus dem Weg gehen und uns vorbeilassen. Sie ist meine Braut. Daddy hat es gesagt.« Er vergrub sein Gesicht in Londons Haar. »Du kannst nicht nein sagen. Daddy hat gesagt, du gehörst mir.«

Jesus Christus. Er war völlig durchgeknallt. »Okay. Das ist in Ordnung«, sagte Seb. »Wie wäre es, wenn wir alle zum Gerichtsgebäude gehen? Ich bin sicher, Richter Brandt wäre bereit, euch zu trauen.«

Ryan richtete sich bei diesen Worten auf. London nutzte seinen Moment der Unachtsamkeit und rammte ihm so fest wie möglich den Ellbogen in den Magen. Er ließ sie los, und sie stürzte zur Seite. Marsters machte einen Griff nach ihr, und Seb feuerte seine Waffe ab und traf ihn in die Schulter. Es wirbelte ihn herum, aber der Schuss kam nicht schnell genug. Ryans Griff nach London brachte sie aus dem Gleichgewicht, und sie stolperte rückwärts. Ihre Füße rutschten am Rand der Klippe, und sie stürzte hinab.

»Nein!« Sebs Schrei war laut genug, um die Bäume zum Einsturz zu bringen. Er stürmte vorwärts.

Ryan drehte sich zu Seb und stürzte sich auf ihn. »Du hast sie mir weggenommen! Du hast sie mir weggenommen!«

Seb ließ ihn nicht nahe kommen. Er schoss erneut, diesmal traf er den anderen Mann genau in die Mitte seiner Stirn. Marsters fiel wie ein Sack Steine zu Boden.

»Nein, bitte«, Sebs Flehen kam gebrochen heraus, als sich ein Kloß in seinem Hals bildete. Er rannte zum Rand der Klippe und kam schlitternd zum Stehen. Er schaute hinunter und erwartete, die einzige Frau, die er je geliebt hatte, gebrochen und blutend am Boden liegen zu sehen. Stattdessen war er schockiert, sie einarmig an einer Baumwurzel hängend vorzufinden.

»Oh mein Gott! London!« Er legte sich auf den Bauch und streckte die Hand nach unten. »Gib mir deine Hand, Baby.«

Sie schwang ihre freie Hand nach oben, verfehlte aber seine Finger um mehr als dreißig Zentimeter. »Ich kann dich nicht erreichen!«

»Scheiße! Okay, halt durch. Leg deine andere Hand auf die Wurzel und halte dich fest.« Er rutschte vom Rand zurück und blickte zu seinen Brüdern und Jace auf, die herbeigelaufen waren.

»Haltet meine Beine fest und lasst mich über den Rand hinunter.«

Sie handelten sofort. Brady packte sein linkes Bein und Thomas sein rechtes, während Tara, Maggie und zwei seiner Deputies eine Kette bildeten und Brady und Thomas festhielten, damit sie nicht über den Rand rutschten. Jace stand nahe der Klippenkante, bereit, London zu packen, sobald Seb sie hochhob.

Er ließ sich über den Rand gleiten, nur die Kraft in den Armen seiner Brüder bewahrte ihn davor, kopfüber in den sicheren Tod zu stürzen.

»Streck deine Hand hier hoch, Liebling.« Seb streckte sich, so weit er konnte.

Sie hob ihre Hand und ihre Finger berührten sich. Die Wurzel gab etwas nach, und sie schrie auf, packte sie wieder mit beiden Händen. »Sebastian, bitte! Ich rutsche ab.«

Sebs Herz sprang ihm in den Hals. Er nahm einen langsamen Atemzug, um sich zu beruhigen, dann schaute er nach oben. »Ich brauche noch ein paar Zentimeter mehr.«

Seine Brüder stöhnten und traten vorwärts. Sebs Knie kamen über die Klippenkante.

Er streckte sich erneut. »Komm schon, Baby. Streck dich!«

Sie spannte ihre Arme an und zog sich hoch, schwang ihre linke Hand in seine Richtung. Seb erwischte ihre Finger und hielt fest. »Greif mit der anderen Hand zu.« Sein Griff war bestenfalls unsicher.

Sie verharrte kurz, ließ dann los, schnappte seine Hand und hielt sich fest. Seb griff mit seiner anderen Hand nach ihrem Handgelenk und packte es fest, seufzte erleichtert, als er einen sicheren Griff bekam.

»Zieht uns hoch!«

Hektisches Treiben oben an der Klippe ließ Steine und Erde die Seite hinunterprasseln und sie beregnen, während Brady und Thomas zurückwichen. Seb spürte, wie sie zentimeterweise die Klippenwand hochgezogen wurden. Als seine Knie den Boden berührten, begann er ihnen beim Hochkommen zu helfen. Jace streckte sich über den Rand, um Londons Arm zu greifen und sie hochzuziehen. Sie stützte eine Hand im Schmutz ab und schob sich auf dem Bauch über die Kante. Seb krabbelte zurück und zog sie hoch und in seine Arme.

Sie fiel schluchzend an seine Brust. Er drückte sie an sich und vergrub sein Gesicht in ihrem Haar. Seine eigenen Tränen sickerten aus seinen Augen.

»Oh, Baby. Ich bin so froh, dass du in Sicherheit bist. Ich liebe dich so sehr.«

»Ich liebe dich auch.« Sie hob ihren Kopf, um ihn anzusehen.

Er wischte Schmutz und Tränen und Haare von ihrem Gesicht. »Bist du okay?«

Sie nickte und schniefte. »Mir geht's gut. Ist Ryan-?«

»Er ist tot.«

Ihre Schultern sackten nach unten, und sie nickte. »Es ist vorbei.«

Er küsste sie sanft. »Ja.«

»Können wir nach Hause gehen?«

Er stand auf und half ihr, sich auf wackligen Beinen zu erheben. »Auf jeden Fall.«

KAPITEL

Einundzwanzig

Trotz der Aussage, dass sie nach Hause gehen könnten, verbrachten sie weitere drei Stunden auf dem Berg, warteten auf Dr. Randalls Ankunft und transportierten dann Ryans Leiche hinunter. Als Seb vor dem B&B parkte, war London völlig erschöpft.

Als sie aus dem Streifenwagen stieg, öffnete sich die Haustür und Abigail rannte heraus. Im nächsten Moment war sie die Stufen hinunter und umarmte London.

Erneut stiegen London Tränen in die Augen, als sie ihre Nichte umarmte. »Mir geht's gut.«

»Ich hatte solche Angst«, flüsterte Abigail.

»Ich weiß. Es tut mir leid, Liebes.«

Abigail löste sich von ihr. »Aber es ist vorbei, oder? Er war der Mörder und er ist tot.«

Sie nickte. »Ja. Es ist vorbei. Ryan Marsters wird nie wieder jemandem wehtun.«

»Gut.« Sie umarmte London erneut.

London strich dem Mädchen über das Haar, dankbar, am Leben zu sein und diese wunderschöne junge Frau wieder in den Armen zu halten. Es schmerzte sie bei dem Gedanken, dass Abigail beinahe eine weitere Elternfigur durch einen Gewaltakt verloren hätte.

Durch Sebs Hand auf ihrer Schulter richtete sie sich auf.

»Lass uns reingehen.«

Sie nickte, trat zurück, legte einen Arm um Abigails Schultern und führte sie ins Haus. Seb folgte mit einer Hand auf Londons Rücken. Seine Eltern standen in der Türöffnung. Jenny kam nach vorne und umarmte London fest, bevor sie sie durchließ.

Drinnen war London überrascht, Doug Brown zu sehen. Er erhob sich von seinem Platz auf der Couch, als sie eintrat.

»Frau Scott. Ich bin so froh, dass es Ihnen gut geht.«

Obwohl sie ihm immer noch nicht traute und seine Motive, in der Gegend zu sein, hinterfragte, wirkte er aufrichtig.

Sie schenkte ihm ein müdes Lächeln. »Danke, Herr Brown.«

Er nickte. »Ich wollte Ihnen das nur mitteilen. Ich lasse Sie jetzt mit Ihrer Familie allein. Und machen Sie sich keine Gedanken wegen des Frühstücks in den nächsten Tagen. Ich muss eine Reise außerhalb der Stadt unternehmen, werde aber dieses Wochenende zurück sein.«

»Oh. Möchten Sie, dass ich Ihre Reservierung bis dahin storniere?«

Er schüttelte den Kopf. »Nein. Ich möchte nicht alle meine Sachen mitnehmen, also würde ich gerne mein Zimmer behalten, wenn das in Ordnung ist. Ich bin mir auch nicht sicher, an welchem Tag ich zurück sein werde.«

London nickte. »Das ist in Ordnung. Gute Reise.«

»Danke.« Er nickte sowohl ihr als auch Sebastian zu und zog sich nach oben zurück.

Sie schaute zu Seb hoch. »Das war seltsam.«

Seine Augen waren auf die Treppe gerichtet. »Ja. Ich muss herausfinden, warum er wirklich hier ist. Was er tatsächlich untersucht.«

Er blickte wieder zu ihr hinunter. »Aber das ist für einen anderen Tag. Wie wäre es, wenn wir dich nach oben bringen und dir ein schönes heißes Bad einlassen?«

London lächelte. »Das klingt wunderbar.«

Abigail stellte sich vor sie, mit einem unverhohlenen Grinsen im Gesicht. »Nachdem Lee-« sie hielt inne und schaute zu dem Mann, der an der Seite stand, »ich meine, Opa Lee den Wasserhahn repariert hat, habe ich Oma Jenny geholfen, Abendessen für euch zu machen. Lasagne. Sie ist im Wärmer.« Sie deutete mit dem Daumen in Richtung Küche. »Wir anderen haben schon gegessen, und ich gehe mit ihnen nach Hause, damit du dich ausruhen und etwas Zeit für euch haben könnt.«

Eine Röte überzog Londons Gesicht bei der Andeutung, und sie blickte zu Jenny, die sie anstrahlte.

»Danke, Mama. Wir wissen das zu schätzen«, sagte Seb.

Jenny lehnte sich vor und küsste ihren Sohn auf die Wange, dann London. »Gern geschehen, meine Lieben.« Sie sah zu ihrem Mann und Abigail. »Okay, ihr zwei. Lasst uns gehen. London sieht aus, als würde sie gleich umfallen.«

Sie fühlte sich tatsächlich ziemlich müde. Der Adrenalinabfall machte ihr schwer zu schaffen.

Lee klopfte Seb auf die Schulter und folgte seiner Frau zur Tür hinaus. Abigail warf ihnen ein freches Grinsen zu und wackelte mit den Augenbrauen, bevor sie hinter ihnen verschwand. Die Tür schloss sich mit einem Knall, und Stille erfüllte das Haus.

Seb sah auf sie herab, seine Augen verschleiert. London spürte, wie ihr Körper trotz ihrer Erschöpfung reagierte.

»Komm schon, Frau. Lass uns dieses Bad finden.«

Sie grinste und drehte sich um, lief zur Treppe. »Wer zuerst da ist, kriegt das heiße Wasser!«

Lachend rannte sie die Treppe hinauf, Seb dicht auf den Fersen, der knurrend behauptete, sie würde schummeln.

Ich hoffe, euch hat Schönes Ende gefallen! Buch 2 der Reihe, Liebe in Flammen, ist jetzt erhältlich. Wenn Sie über Neuerscheinungen auf dem Laufenden bleiben möchten, tragen Sie sich bitte in meine Mailingliste ein. Allein für die Anmeldung erhalten Sie ein kostenloses E-Book! Danke fürs Lesen!

So melden Sie sich für meine Mailingliste an: https://ashleyaquinn.com/deutsch